新 潮 文 庫

ブルックリン・フォリーズ

ポール・オースター
柴 田 元 幸 訳

新 潮 社 版

11304

ブルックリン・フォリーズ

わが娘　ソフィーに

序

私は静かに死ねる場所を探していた。誰かにブルックリンがいいと言われて、翌朝ウェストチェスターから偵察に出かけていった。ブルックリンに戻るのは五十六年ぶりで、まったく何も覚えていなかった。私が三つのときにわが家はブルックリンを離れたが、私は本能的に、かつて一家で住んでいた界隈《かいわい》に帰っていった。傷ついた犬のように、生まれた場所へと這《は》い戻っていったのだ。地元の不動産屋に、ブラウンストーン造りの建物を六、七軒案内された末、日が暮れる前にはもう、ファースト・ストリートにある、プロスペクト公園へもわずか半ブロックの、二寝室の庭つきアパートメントを借りていた。同じ建物にどういう連中が住んでいるのか全然わからなかったが、それもどうでもよかった。みんな九時五時で働いている人たちであり、子供がいる世帯はひとつもないから、まあ静かではあるだろう。何よりもまず、それが私の望んだことだった。わが情けない、馬鹿馬鹿《ばか》しい人生の、静かな結末。

ブロンクスヴィルの家はすでに売却契約も済んでいたから、月末に売買の手続きが完了すれば金は問題ではない。家を売って入る金は、別れた妻と折半することになっている。銀行の口座に四十万ドル入っていれば、呼吸が停止するまで私を支えるのに十分すぎるくらいだろう。

はじめのうちは、何をしたらいいかもよくわからなかった。三十一年間ずっと、郊外と、マンハッタンの方々にあるミッドアトランティック損害生命保険のオフィスとを行き来してきて、こうして職がなくなってみると、一日はおよそ長すぎた。アパートメントに移って一週間くらい経《た》ったところで、すでに結婚して家庭を持っている娘のレイチェルがニュージャージーから車を走らせてやって来た。何かにかかわらなくちゃ駄目よ、何かプロジェクトを作らないと、とレイチェルは言った。私の娘は馬鹿ではない。シカゴ大学で生化学の博士号も取得し、プリンストン郊外の大きな製薬会社で研究員として働いている。だが、母親もそうだったのだが、とにかく陳腐な決まり文句を連発する。現代的叡智《えいち》という名のゴミ捨て場を埋め尽くしている、言い古されたフレーズやら出来合いの理念やらを年じゅう口にしているのだ。

こっちはたぶん年が明ける前に死んじまうんだ、プロジェクトなんて知ったこっちゃないね、と私は答えた。一瞬、レイチェルは泣き出しそうになったが、どうにか涙をこらえて、代わりに私のことを、残酷で自分勝手な人間だと言った。ママが結局父さんと離婚したのも無理ないわ、我慢できなくなって当然よ、と。私のような男と結婚しているのは、果てることない拷問《ごうもん》、生き地獄だったにちがいないというのだ。生き地獄《ア・リヴィング・ヘル》。気の毒なレイチェル。自分ではどうしようもないのだ。この地球に二十九年暮らしてきて、私の一人娘はその間、ただの一度も独創的な言葉を口にしたことがない。これだけは絶対に間違いなく自分自身のものだという思いを、一回たりとも生み出したことがないのだ。

　まあたしかに、私も時おり意地悪が過ぎるのかもしれない。けれどいつもそうなのではないし、主義として意地悪であろうとしているのでもない。機嫌のいい日には、誰にも負けず優しく友好的な人間である。相手に反感を持たれたりしたら、あれほど生命保険を売れたわけがない。少なくとも、三十年にわたって売上げを保てるはずはない。他人に共感する力がなければ不可能だ。人の話が聞けて、相手に気に入られるすべを知っていなければ無理だ。そういう資質をすべて、私は十二分に持ちあわせている。それほど立派にやれなかった時期もあったことは否定しない。だが、家庭生活の閉ざされたドアの向こうにいかなる危険がひそんでいるか、誰だって知っているはずだ。下手をすれば、当事者全員に悲惨がもたらされかねない。とりわけ、そもそも自分が結婚生活に向いていないらしいことが見えたりしたらなおさらだ。イーディスとのセックスは楽しかったが、四、五年すると情熱も尽きてきて、それ以降、私はもはや理想の夫とは言いがたかった。レイチェルの話を聞くかぎり、親としても似たようなものだったようだ。彼女の記憶に反駁《はんばく》するつもりはない。けれど実のところ、私は私なりに妻と娘のことを大切に思ったのであり、時おりよその女性の腕に抱かれることがあったとしても、どれも決して本気のつき合いではなかった。離婚も私から言い出したのではない。いろいろあったにせよ、私としては最後までイーディスと一緒にいるつもりだった。もうやめにしようと言ったのは彼女であり、長年にわたって私が重ねてきた罪を思えば、彼女を責められはしなかった。三十三年間、同じ屋根の下で暮らした挙げ句、それぞれ反対方向に歩き去った時点で私たち二人を足し算した和は、おおよそゼロだった。

もう棺桶《かんおけ》に足をつっ込んだような科白《せりふ》をレイチェルに向かっては吐いたわけだが、それは向こうのお節介に対する、売り言葉に買い言葉の口答え、まったくの誇張の産物にすぎなかった。私の肺ガンは目下一時的に小康状態で、ついこのあいだの検査のあとに医者に言われた言葉によれば、慎重な楽観を抱くくらいの余地はどうやらあるのだ。といっても医者の言葉を鵜呑みにしたのではない。ガンを病んだショックはあまりに大きかったから、生き延びられるという可能性を私はいまだ信じられずにいた。いったんはもう、自分は死んだものとあきらめていたのだ。腫瘍《しゅよう》が体内から切りとられ、放射線治療、化学療法のすさまじい試練を味わい、嘔吐《おうと》や眩暈《めまい》にさんざん苦しめられ、頭髪を失い、気力を失い、仕事を失い、妻を失ったいま、どうやって生きていけばいいのか、想像するのも困難だった。ゆえに、ブルックリン。ゆえに、自分の物語がはじまった場所への無意識の回帰。目下六十歳近くで、どれだけの時間が残されているかもわからない。あと二十年あるのかもしれないし、あと数か月かもしれない。医者にどういう見通しを告げられようと、大事なのは、何も自明視しないことだ。命があるかぎり、もう一度生きはじめるすべを模索しないといけない。生きるとまでは行かなくても、ぼさっと何もせず終わりを待つだけでは駄目だ。いつものとおり、わが科学者の娘の言うとおりだった。私が頑固さゆえに認められなかっただけだ。自分を忙しく保たねばならない。ここはひとつ気合いを入れて、何かしないといけないのだ。

移り住んだのは早春のことで、はじめの何週間かは近所を探索し、公園を長時間散歩して、家の裏手の、何年も放ったらかしにされていたゴミだらけの狭い庭に花を植えて過ごした。新たに復活した髪を七番街のパークスロープ理髪店で刈ってもらい、ムービーヘブンなる店でビデオを借り、〈ブライトマンの屋根裏部屋《ブライトマンズ・アティック》〉に足繁《しげ》く通った。ブライトマンズはおそろしく散らかった、整理も何もあったものではない古本屋で、経営者は派手なふるまいの同性愛者ハリー・ブライトマン（彼についてはまたあとで述べる）。朝はたいていアパートメントで朝食を作ったが、料理は好きでないし全然上手でもなかったので、昼と夜は外食が多かった。いつも一人で、いつも目の前に開いた本を置いて、いつもできるかぎりゆっくり嚙《か》んで精一杯食事時間を引き延ばした。付近の候補を一通り試してみた末、結局昼食の定番は〈コズミック・ダイナー〉に落着いた。料理はひいき目に見ても月並というところだったが、ウェイトレスの一人にマリーナという名の実に素敵なプエルトリコ系の娘がいて、私はたちまち彼女に熱を上げた。歳《とし》は私の半分、もう結婚していて、ロマンスなど問題外だが、何しろ見た目は実に艶《あで》やか、私に接する態度もこの上なく優しくて、私の面白くもないジョークに一々笑ってくれたので、マリーナが休みの日など私は文字どおり彼女に焦《こ》がれて身も細る思いだった。純粋に人類学的な見地から言って、ブルックリンの民は、これまで遭遇したどの部族より見知らぬ他人と話すのを嫌がらないことを私は発見した。人々は好き勝手に他人の用事に口出しし（子供に十分暖かい服を着せていないといって年配の女性が若い母親をたしなめ、犬のリードを引っぱりすぎだといって通行人が飼い主を叱《しか》る)、駐車スペースをめぐって狂乱の四歳児同士のように言い争い、当意即妙の短いジョークを平然と決めてみせた。ある日曜の朝、〈ラ・ベーグル・デイライト〉なる馬鹿げた名の混みあったデリカテッセンに私は入っていった。シナモンレーズン・ベーグルを注文するつもりだったのだが、言葉が口に引っかかって、シ、シ、シ、ナモンレーガンとなって出てしまった。間髪《かんはつ》を容《い》れず、カウンターにいた若い男は答えた——「すいません、それは扱ってないんです。代わりにパンパーニクソン(※パンパーニッケルのもじり)はいかがです?」。実に速い。あまりの速さに、こっちは危うくズボンを濡《ぬ》らしてしまうところだった。

この意図せざる言い違いのあと、私はとうとう、レイチェルも是認するであろうアイデアを思いついた。まあ大したアイデアではないが、何にせよアイデアはアイデアであり、決意どおりにきっちり、しっかり続けるなら、それなりのプロジェクトになるはずである。やっと見つかった、このささやかな道楽に専念することで、寝ているんだか起きているんだかわからないような怠惰な日常とおさらばするのだ。ごくささいなプロジェクトだが、自分は重要な仕事に携わっているのだという錯覚を作り出そうと、私はこれに壮大な、いささか尊大でもある名をつけることにした。すなわち、

『人類愚行の書《ザ・ブック・オブ・ヒューマン・フォリーズ》』。一人の人間としての長い、波乱含みのキャリアのなかで、自分が犯したあらゆる失態、ヘマ、恥、愚挙、粗相、ドジを極力シンプルで明快な言葉で綴《つづ》ろうと思ったのである。自分について何も話が思いつかなかったら、知り合いの身に起きたことを書けばいいし、そのネタも尽きたら、人類の同胞全体に目を向けて歴史的出来事を扱い、古代世界の消えた文明からはじめて二十一世紀最初の数か月に至るまで、ありとあらゆる時代の愚を記せばいい。まあ少なくとも、いくつか笑いの種は出てくるだろう。べつに己の魂をさらけ出すとか、陰鬱《いんうつ》なる内省に耽《ふけ》るとかいうつもりはなかった。一貫して軽い、茶番めいたトーンを保つ。目的はただひとつ、一日のできるだけ多くの時間をこれによってやり過ごし、自分もなるべく楽しむことだった。

プロジェクトを「書」とは呼んだが、実のところ書物なんて代物《しろもの》ではなかった。メモ帳、そこらへんに転がった紙切れ、封筒の裏、クレジットカードや住宅リフォームローンなどのジャンクメール等々、手当たり次第何にでも書く。要するにランダムな書き殴りの集大成、たがいに何の関連もない逸話のごたまぜであり、話がひとつ書き上がるたびに段ボール箱に放り込むのだ。狂気ではあれ筋は通っている、とはハムレットについての言葉だが、私の狂気にはほとんど何の筋も通っていなかった。ほんの数行しかない断片もあれば、また、とりわけ私好みの頭音変換《スプーナリズム》〔※「壊滅的一撃《クラッシング・ブロウ》」が「赤面するカラス《フラッシング・クロウ》」になってしまうような例〕や滑稽誤用《マラプロピズム》〔※「配置《アレンジメント》」を「錯乱《ディレンジメント》」と言ってしまうような例〕などは一フレーズだけだったりもした。たとえば、私自身が高校三年のとき口にした「チルド・グリーズバーガー」〔※グリルド・チーズバーガーの言い間違いで「冷凍脂《あぶら》バーガー」の意〕。あるいは、例によって激しい夫婦喧嘩《げんか》をくり広げている最中に私がイーディス相手に口にした、意図せずして深遠な、なかば神秘的な発言――「信じたら見るさ《アイル・シー・イット・ホエン・アイ・ビリーヴ・イット》」〔※「見たら信じるさ《アイル・ビリーヴ・イット・ホエン・アイ・シー・イット》」の言い違い〕。

腰を据えて書こうとするたび、まず目を閉じて、思いが好き勝手にさまよい出ていくに任せた。このようにして強制的に自分をリラックスさせることによって、遠い過去に属す素材を、もう永久に失われたと思っていた記憶を、相当量掬《すく》い上げることができた。一例を挙げれば、六年生のときの、地理の授業のただなかのしばし静まり返った瞬間に、ダドリー・フランクリンという同級生が、長い、トランペットのように甲高い屁《へ》を放ったこと。むろんみんな大笑いしたが（教室を埋める十一歳たちにとって一陣の放屁《ほうひ》ほど愉快なものはない）、この事件をささいな恥のカテゴリーにとどめず、歴《れっき》とした古典の、赤恥と屈辱の年代記における不滅の傑作の地位にまで押し上げたのは、ダドリーが何とも無垢《むく》なことに、謝罪するという致命的なヘマを犯したからだった。「失礼しました《イクスキューズ・ミー》」とダドリーは、うつむいて机を見下ろし、頬がペンキ塗り立ての消防車に似てくるほど赤面しながら言ったのだった。人前でしでかした屁は、決して認めてはならない。それが不文律であり、これ以上はないというくらい厳格な、アメリカのエチケットにおける最大の儀礼条項である。屁は誰から発するのでも、どこから来るものでもない。それは集団全体に属する匿名《とくめい》の発散なのであって、かりに部屋中の全員が犯人を特定できるとしても、否認こそ唯一《ゆいいつ》正気の選択肢なのだ。だがダドリーは、そうするにはあまりに考えが足らず、あまりに正直であった。そして彼はその汚名をいつまでも晴らせなかった。その日以降、〈失礼しました《イクスキューズ・ミー》フランクリン〉の名が定着し、高校卒業までずっとついて回ったのである。

もろもろの話はいくつかの範疇《はんちゅう》に分かれるように思えたので、およそ一か月ほど続けてみた時点で、私は一箱システムをやめてマルチボックス・システムに切り替えた。これによって、完成させた作品をより一貫した形で保存できるようになった。言い違いのための箱、肉体上の災難の箱、挫折《ざせつ》に終わったアイデアの箱、社交場のヘマの箱等々。だんだんと私の興味は、日常生活に見出《みいだ》されるドタバタ的瞬間を記録することに傾いていった。長年のあいだに数えきれないほど経験させられた、爪先《つまさき》や頭をぶつけた事例は言うに及ばず、また靴紐《くつひも》を結ぼうとしてシャツのポケットから眼鏡を落としたその頻度（なお屈辱的なことに、それに続いて前につんのめり、レンズを踏みつぶしてしまう）はむろんのこと、ごく幼いうちからさまざまな時期にわが身に降りかかった、百万に一つの傑作。一九五二年の労働祝日《レイバー・デイ》〔※九月の第一月曜〕のピクニックで、口を開けてあくびをしたら蜂《はち》が飛び込んできて、とたんにパニックを起こし、吐き出す代わりに飲み込んでしまったこと。いっそうありえないことに、ちょうど七年前に出張で飛行機に乗り込もうとしていて、ボーディングパスの半券を親指と中指でつまんでいたところ、うしろから押された弾みに半券が指のあいだからすり抜けてしまい、それがひらひらと、スロープと飛行機入口とのすきまの方へ落ちていき――ごくごく狭い、一ミリだってあるかどうか怪しい間隙《かんげき》だ――それから、アッと驚いたことに、まさにそのありえない空間を半券がすっとすり抜けていき、六メートル下のアスファルトに落ちるのをなすすべもなく眺めていたこと……。

これらはごく一部の例にすぎない。最初の二か月でそういった話を何十と書き、精一杯うわついた軽いトーンを保とうと努めたが、つねにそうは行かないことを思い知らされた。人は誰でも、時として暗い気分に襲われる。孤独と意気消沈の発作に見舞われたときも何度かあったことは白状しよう。何しろ生涯ずっと、死にかかわる仕事をしてきた私である。陰惨な話はさんざん耳にしてきたから、気分が沈んだときには、ついその手のことを考えてしまうのだ。長年のあいだに訪問したさまざまな人々、販売したもろもろの保険、顧客と話している最中に聞かされたありとあらゆる不安や絶望。やがて私は、コレクションにもう一箱を加えた。「残酷な運命」と名づけたその箱に入れた第一号は、ジョナス・ワインバーグという男の話だった。一九七六年、私はこの男に、当時としては破格に高額の、百万ドルのユニバーサル生命保険を売った。たしか六十歳の誕生日を祝ったばかりの、コロンビア＝プレスビテリアン病院に勤務する内科医で、英語にはかすかにドイツ語訛《なま》りがあった。生命保険の販売というものを、情熱なき営みと思ったら大間違いである。一流の販売員は、顧客相手の、しばしば難解で錯綜《さくそう》した議論と化す話しあいにおいて、しっかり対等にやり合えねばならない。死を想《おも》うことで、心は否応《いやおう》なしに深刻な問題と向きあう。ある意味では金の話にすぎぬとはいえ、そこにはこの上なく重々しい、形而上学《けいじじょうがく》的な問いがかかわってくるのだ。人生の意味は何か？　私はあとどれくらい生きるのか？　私がいなくなったあと愛する者たちをどうやって護《まも》ってやれるか？　職業柄、ドクター・ワインバーグは人間の生がいかにはかないものか、どれだけ小さなことで我々の名は生者の書から抹《まっ》消《しょう》されうるか、身をもって知っていた。私たちはセントラルパーク・ウェストにある彼のアパートメントで会い、候補となる一連の保険それぞれの長所短所をこちらが一通り説明し終えると、ドクターは過去を回想しはじめた。私は一九一六年にベルリンで生まれまして——と彼は私に言った——第一次世界大戦の塹壕《ざんごう》で父親は死に、私は女優だった母親に育てられました。一人っ子だったドクターの母は、おそろしく独立心の強い、時には手に負えないくらい強情な女性で、再婚したいというそぶりをまったく見せなかった。深読みでなければ、要するにドクター・ワインバーグは、母が男性より女性を好んだということをほのめかしていたのだと思う。混沌《こんとん》としたワイマール共和国時代にあって、彼女はこうした嗜《し》好《こう》を大っぴらにひけらかしたにちがいない。我の強いフラウ・ワインバーグとは対照的に、若きジョナスは物静かで本好きの少年で、成績も優秀、科学者か医者になるのを夢見ていた。ヒトラーが政権に就いたときは十七歳で、その数か月後にはもう、母は彼をドイツ国外に送り出す手はずを整えていた。父親の親戚《しんせき》一家がニューヨークに住んでいて、彼の世話を引き受けてくれた。彼は一九三四年の春にドイツを去ったが、母親の方は、非アーリア人にとっての第三帝国の脅威をいち早く感知したにもかかわらず、自分が去る機会に関しては頑《かたく》なに拒みつづけた。あたしの家族は何百年も前からドイツ人だったのよ、と彼女は息子に言った。あんな安手の暴君が怖くて逃げるだなんて、冗談じゃないわよ。地獄が来ようが洪水が来ようが、あたしはここで生き抜きますからね。

何らかの奇跡によって、彼女は事実生き抜いた。ドクター・ワインバーグも詳しいことは言わなかったが(本人も十分な話は聞かずじまいだったのかもしれない)、どうやら母親は、さまざまな危機的場面において非ユダヤ人の友人たちに助けられたらしく、一九三八年か三九年にはもう、偽《にせ》の身分証明書を一揃《そろ》い手に入れていた。外見もすっかり変えて——エキセントリックな役柄を専門とする個性派女優にとっては朝飯前だった——新しいキリスト教徒の名を名のり、野暮ったい眼鏡の金髪女に身をやつして、ハンブルク郊外の小さな町の乾物店で帳簿係の職にありついた。一九四五年の春に戦争が終わったとき、息子には十一年会っていなかった。ジョナス・ワインバーグはもうそのころ二十代後半で、ベルヴュー病院でインターンを終えようとしている一人前の医者だった。母親が戦争を生き延びたと知ったとたん、息子は彼女をアメリカに招く手配にとりかかった。

ごく細かい部分まで、すべてが綿密に計画された。飛行機はこれこれの時間に到着し、これこれのゲートに入ってきて、ジョナス・ワインバーグはそこで母親を出迎える。ところが、いまにも空港に出かけようというところで、病院から電話がかかってきて、緊急の手術をやってくれと言われた。断りようはない。彼は医者なのだ。長年会っていない母の顔を一刻も早く見たいという気持ちはむろん強かったが、最大の義務は患者に対して負っているのだ。大急ぎで代案が練られた。航空会社に電話して、母親がニューヨークに着いたら係員が説明に行って、息子は急用で来られなくなったからタクシーでマンハッタンまで来るよう伝えてほしいと頼んだ。息子の住む建物のドアマンに鍵《かぎ》を預けておくから、受けとって先に部屋に上がって待っていてほしい、と。フラウ・ワインバーグは言われたとおりに行動し、空港を出てすぐさまタクシーに乗った。運転手は快調に発進し、街へ向けて出発してから十分後、ハンドルを取られて、別の車に正面衝突した。運転手も乗客も重傷を負った。

ちょうどそのころ、ドクター・ワインバーグはすでに病院にいて、いまにも手術をはじめようとしていた。手術は一時間ちょっと続いて、仕事が終わると、若き医師は手を洗い、服を着替え、いそいそと更衣室を出て、これでやっと母に会えると胸を躍らせていた。廊下に足を踏み出したとたん、新しい患者がストレッチャーで手術室に運ばれていった。

それはジョナス・ワインバーグの母親だった。医師が私に語ったところでは、彼女は意識を取り戻すことなく息を引きとった。

予期せぬ遭遇

十ページばかり書きつづったわけだが、これまではあくまで、私自身を読者に紹介し、これから語ろうとしている話のお膳立《ぜんだ》てをすることが目的だった。そして私はその話の中心人物ではない。この本のヒーローという称号を担《にな》う栄誉は、私の甥《おい》であり、いまは亡《な》きわが妹ジューンの一人息子トム・ウッドに属している。ジューン——私たちは〈小さなコガネムシ《リトル・ジューン＝バッグ》〉と呼んでいた——は私が三つのときに生まれ、そのこともあと押しになって、わが家はブルックリンの狭いアパートメントから、ロングアイランド、ガーデンシティの一軒家に移ったのである。彼女と私はいつも大の仲よしで、二十四年後（私たちの父が亡くなって半年後）に彼女が結婚したときも、祭壇までは私が一緒に歩き、夫となるニューヨーク・タイムズの経済担当記者クリストファー・ウッドに彼女を引き渡した。夫婦には子供が二人生まれたが（わが甥トムと、姪《めい》オーロラ)、結婚は十五年経った時点で崩壊した。二年ばかりしてジューンは再婚し、今回も私が祭壇まで付き添った。二番目の夫はニュージャージーに住む裕福な株式仲買人フィリップ・ゾーンで、二人の元妻と、ほぼ成人した娘パメラがお荷物にくっついていた。やがて、四十九歳というあまりに早い年齢で、八月のただなかの灼《や》けるように暑い午後に庭仕事をしていたジューンは大規模な脳出血に襲われ、翌日太陽がふたたび昇る前に息絶えた。兄の私にとって、それはいままで味わったなかで文句なしに最悪の打撃だった。その数年後、自分がガンになって死の一歩手前まで行ったときも、このときの悲しみに較《くら》べれば物の数ではなかった。

葬式のあとは一族との連絡もとだえてしまい、二〇〇〇年五月二十三日にハリー・ブライトマンの古書店でばったり顔を合わせるまで、トムにはほぼ七年会っていなかった。トムは前々から私の一番のお気に入りだったし、小さな子供だったころからすでに、私の目には、並外れた、人生において大きなことを成し遂げる運命を担う人物と映った。ジューンの埋葬の日を別とすれば、トムと最後に口を利《き》いたのは、ニュージャージー、サウスオレンジにある彼ら母子の自宅でのことだった。トムはコーネル大学を最優等で卒業したばかりで、今度は四年間の奨学金を得て、ミシガン大の大学院でアメリカ文学を学ぶことになっていた。私が彼に関して予言したことすべてが現実となりつつあった。その家族ディナーを、私はきわめて暖かい場として記憶している。誰もがグラスを掲げ、トムの成功にお祝いの言葉を述べた。私が彼の歳だったころには、まさに彼が選んだような道を歩みたいと思っていたものだ。彼と同じく、私も大学で英文学を専攻した。そしてさらに、文学を引きつづき学ぶか、ジャーナリズムに挑戦するかといった夢をひそかに抱いていたが、私にはそのどちらを追求する勇気もなかった。人生が邪魔に入ったのだ——二年間の兵役、仕事、結婚、家族を持った責任、より多くの金を稼ぐ必要。自分の思いを打ち出す度胸のない人間をじわじわ引っぱり込む泥沼だ。それでも、本に対する興味は失わなかった。読書が私の逃げ場、慰め、癒し、わがお気に入りの興奮剤だった。読むことがひたすら楽しいから読み、著者の言葉が頭のなかで鳴り響くときに訪れる快い静けさを求めて読んだ。トムも前々から本へのこうした愛情を共有していたから、私は彼が五歳か六歳のときからはじめて、年に何度か本を送ってやるようにしていた。誕生日やクリスマスだけでなく、彼が気に入ると思った本に行きあたるたびに送ったのだ。十一歳のときにポーを教え、トムも卒業論文で何人かの作家を取り上げるなかでポーを論じていたから、当然その晩はこの卒論のことを話したがったし、当然私としても聞きたかった。もうそのころには食事も済んでいて、ほかのみんなは外に出て裏庭でくつろいでいたが、トムと私はダイニングルームに残ってワインの残りを飲んでいた。

「あなたに乾杯、ナット伯父さん」とトムはグラスを上げて言った。

「君にも、トム」と私も言った。「それと『空想のエデン——南北戦争以前のアメリカにおける精神生活』にも乾杯」

「我ながら勿体《もったい》ぶったタイトルですよね。でもそれ以上いいのが思いつかなかったんです」

「勿体ぶっていいのさ。教授連中が背筋を伸ばして本気で読むから。Aプラスをもらったんだろう？」

成績などどうでもいいと言いたげに、例によって控えめなそぶりで、トムは片手で払いのけるようなしぐさをした。私はさらに言った。「ポーも取り上げたって言ったよな。ほかには誰を？」

「ソロー」

「ポーとソローか」

「エドガー・アラン・ポーとヘンリー・デイヴィッド・ソロー。不吉な韻だと思いませんか？　オーとオーが口に広がって。誰か永遠に止まない驚きに囚《とら》われた人間を思い浮かべてしまいますよ。オー！　オー、ノー！　オー、ポー！　オー、ソロー！」

「大したことじゃないさ。でもポーを読んでソローを忘れる人間には悲しみ《ウォー》あれだ。そうじゃないか《ノット・ツー》？」

トムは満面の笑みを浮かべ、それからふたたびグラスを上げた。「あなたに乾杯、ナット伯父さん」

「そして君にも、ドクター・サム〔※利口な一寸法師親指トム《トム・サム》のもじり〕」と私は言った。

私たちはそれぞれボルドーをもう一口ずつ飲んだ。グラスをテーブルに置きながら、私はトムに、論文の概要を説明してくれと頼んだ。

「存在しないいろんな世界の話なんです」とわが甥は言った。「内なる避難所の考察、現実世界の生がもはや不可能になった人間が行く世界の地図化」

「すなわち精神の」

「そのとおり。まずポー、これまでおおむね無視されてきた三つの作品の分析。『家具の哲学』『ランドーの山荘』『アルンハイムの地所』。一つひとつ別々に見れば、どれも単に風変わりな、エキセントリックな文章でしかない。けれど三つ一緒に見てみると、人間の渇望《かつぼう》をめぐる緻密《ちみつ》な体系が見えてくるんです」

「どれも読んだことないな。聞いたこともないんじゃないかな」

「書かれているのは、理想の部屋、理想の家、理想の風景なんです。そこからソローに飛んで、『ウォールデン』で述べられている部屋、家、風景を検討する」

「比較研究ってやつだな」

「ポーとソローを一緒に論じる人っていないんですよね。アメリカ思想の両極にいる二人だから。でもだからこそ面白い。一方は南部の飲んだくれで、政治的には反動、物腰は貴族的、想像力は幽霊のよう。もう一方は北部の絶対禁酒主義者で、思想は急進的、ふるまいは清教徒的に質素、文章は透徹。ポーといえば人工性、真夜中の陰鬱な私室。ソローといえば素朴、戸外の輝き。そうした違いはあれ、生まれた年は八年しか離れていなくて、ほぼ同時代人と言っていい。そして二人とも若くして死んだ——四十、四十四で。二人一緒にしても、長生きした一人の老人の一生をかろうじて生きた程度で、どちらも子供を残さなかった。推測しうるかぎり、ソローは童貞のまま墓に入った。ポーはティーンエイジャーの従妹《いとこ》と結婚したけれど、ヴァージニア・クレムが死ぬ前に婚姻が全うされたかどうかはいまだに議論が分かれる。でも、平行関係と言ってもいいし偶然と呼んでもいいけれど、こうした外的な事実は、それぞれの生涯の内的真実ほど重要じゃない。どちらも実に個性的なやり方で、アメリカを再発明する任を自らに課した。ポーは書評や批評において新しい土着の文学を、英文学やヨーロッパ文学の影響から自由なアメリカ文学を作り出そうと奮闘した。ソローの営みは現状に対する果てしない反逆、この国で生きる新しい方法を見出すための戦いだった。二人ともアメリカの可能性を信じると同時に、現実のアメリカがどうしようもなくひどいことになってしまったと、どんどん高くなっていく機械と金の山に押しつぶされつつあると考えていた。こんな喧噪《けんそう》のただなかで、人はどうやって考えたらいいのか？ 彼らは二人とも外に出ることを欲した。ソローはコンコードのはずれに身を移し、森のなかに自らを追放する身ぶりを演じた――ただひとえに、やればできるんだということを証明するために。社会が押しつけてくる命令を拒む勇気があるかぎり、人は自分の定めたやり方で生きることができる。何のために？ 自由であるために。でも何のための自由？ 本を読み、本を書き、考えるために。『ウォールデン』のような本を書く自由のために。一方ポーは、完全性の夢のなかに引きこもった。『家具の哲学』を読めば、その想像上の部屋がまったく同じ目的で構想されたことがわかる。読み、書き、考える場としての瞑想《めいそう》の地下室。魂がやっとそれなりの平安を見出せる、音なき聖域。不可能なまでにユートピア的？ イエス。けれど時代の現状を思えば、状況に対するまっとうな代案とも言える。なぜなら、事実アメリカはどうしようもなくひどいことになっていたから。国は真っ二つに分裂し、そのわずか十年後に何が起きたかは誰もが知るとおり。四年にわたる死と破壊。人々みんなを幸せにし豊かにしてくれるはずだったさまざまな機械によって、大量殺戮《さつりく》が引き起こされた」

実に頭のいい、雄弁な、読書量も豊富な子である。自分を彼の家族の一員とみなせることを私は誇りに思った。ウッド家もここ数年は人並みに混沌のただなかにあったわけだが、トムは両親の関係の破綻《はたん》にも――そして母の再婚に反抗して十七歳で家出した妹の思春期特有の嵐《あらし》にも――穏やかで内省的な、人生に対しどこか呆然《ぼうぜん》としているような態度で耐え抜いたように見えた。かくもしっかりと地に足をつけたままでいる彼を、私は素晴らしいと思った。離婚後すぐカリフォルニアに移ってロサンゼルス・タイムズに就職した父親とはほとんど何のつながりもなかったし、妹と同じで（妹よりはずっと抑えた態度ではあれ）ジューンの新しい夫にも何ら好意や敬意を感じなかった。けれど母親とは親しい仲を保ち、妹のオーロラが行方をくらましたときも母と対等のパートナーとしてその辛《つら》さに耐え、同じ絶望と希望を分かちあい、同じ陰惨な予測、同じ果てしない不安を生き抜いた。幼いころのローリー〔※オーロラの愛称〕は、図抜けて愉快でチャーミングな子供だった。つむじ風のごとく、生意気な物言い、派手派手しいふるまい、聞いたふうな科白を連発する、奔放かつお茶目な言動を無尽蔵に産出しつづける機関。二歳か三歳のころから、イーディスも私もつねに彼女を〈笑う女の子〉《ザ・ラーフィング・ガール》と呼んだし、ウッド家にあって彼女は家族専属のエンタテイナー、技巧と野放図ぶりを高める一方の道化師として育った。トムは妹と二つしか違わなかったが、小さいころから彼女を護ってやる役を引き受け、父親がいなくなったあとは、彼がいること自体がローリーの生活を安定させる力としてはたらいた。だがやがてトムは大学に行き、彼女は制御を失った。まずニューヨークに逃亡し、それから、母親とつかのま和解したのち、どこへとも知れず姿を消した。トムの卒業を祝ったあのディナーの時点で、彼女はすでに未婚のまま子を産んでいて（ルーシーという名の女の子）、少し前にしばし帰ってきたものの、母親の膝《ひざ》に赤ん坊を放り出したと思ったらまたすぐ姿を消してしまっていた。ジューンがその十四か月後に亡くなると、トムは葬儀の場で私に、オーロラが最近子供を連れ戻しにきたことと、そして二日後にまた去っていったことを告げた。彼女は母の葬儀に現われなかった。知らせたら来たかもしれないけど、どこにどうやって連絡したらいいのかわからなくて、とトムは言った。

このように家族は崩壊し、二十三の若さで母親を亡くしたものの、トムが着々成功を収めていくものと私は信じて疑わなかった。これだけの才能なのだから挫折なんかするはずがない。こんなにしっかりしているのだから、悲嘆や不運の風が予想外に吹いたって進路から外れてしまうはずはない。母親の葬式での彼は、悲しみに打ちひしがれ、虚脱状態にあった。おそらく私がもっと話をしてやるべきだったのだろうが、私も私でやはり動揺し呆然となっていて、ろくに助けになってやれなかった。何度か抱擁《ハグ》を交わし、何滴かの涙を分かちあったが、それだけだった。そして彼はミシガン大のあるアナーバーに戻り、私たちの連絡はとだえた。基本的に私が悪いのだと思うが、トムだってもう自分から事を起こせるくらいの歳ではあったのだし、その気になればいつだって私に声をかけてこられたはずなのだ。あるいは、私でなくとも、当時やはり中西部、シカゴの大学院に行っていた従妹のレイチェルに。レイチェルとなら幼なじみだし、いつも仲よしだったのに、トムは彼女に対しても何ら行動を起こさなかった。時おり、年月が過ぎていくなかで、いくぶん疚《やま》しい思いに私は襲われたが、こっちも辛い時期をくぐり抜けていたから（夫婦の問題、健康の問題、金の問題）、気もそぞろで彼のことを十分考えてやれなかった。考えたときは、そのたびに、トムがバリバリ学業に邁進《まいしん》している姿、着々アカデミズムの梯子《はしご》を昇ってキャリアを積み上げている姿を思い浮かべた。二〇〇〇年の春には、きっともうバークリー、コロンビアといった一流の大学で職に就いているものと確信していた。早くも二冊目、三冊目の著書に取りかかっている新進気鋭の学者。

というわけで、五月のその火曜の午前、ブライトマンズ・アティックに入っていって、わが甥が表のカウンターに座って、客に釣り銭を渡しているのを見た私の驚きはいかばかりであったか。幸い、向こうがこっちに気づくよりも前に、こっちが向こうに気づいた。ショックを吸収するのに使えたあの十秒、十二秒がなかったら、あとで後悔したにちがいないどんな言葉が口から飛び出していたことか。トムがそこにいて、古本屋の下っ端として働いているというだけの話ではない。それだけでも十分ありえないが、彼はまた、外見もすっかり変わってしまっていた。昔からずんぐりしている方ではあって、骨の太い、農民風の、相当な体重に耐えるべく作られた体つきを、なかばアル中だった不在の父親から受け継いではいた。だがそれでも、最後に会ったときは、まずまず健康そうな姿だったのだ。でっぷりはしていても、筋肉もしっかりついていて、足どりにもスポーツ選手のような弾みがあった。それが、七年たったいま、たっぷり十五キロは肉がついて、いかにもぼてっとした肥満体になっていた。あごの線のすぐ下がたるんで二重あごとなり、両手まで中年の鉛管工あたりによく見そうな感じにぼってり丸みを帯びていた。何とも悲しい眺めだった。目からは輝きが消えていて、全身から敗北の空気が立ちのぼっていた。

その女性客が代金を払い終えると、彼女がついいままで占めていた位置に私はすっと入っていき、カウンターに両手を置いて身を乗り出した。トムはそのときたまたま下を向いて、床に落ちたコインを探していた。私はえへんと咳払《せきばら》いしてから、「ようトム、久しぶりだな」と言った。

私の甥が顔を上げた。はじめはとことんまごついている表情で、私が誰だかわからないのでは、と不安になった。だが次の瞬間、笑みがその顔に浮かびはじめた。笑みが広がっていくなか、それがかつてのトムの笑顔であることが見てとれて私は勇気づけられた。まあかすかな憂《うれ》いは加わったかもしれないが、恐れていたほど変わってしまったわけではないようだ。

「ナット伯父さん！」とトムは叫んだ。「ブルックリンくんだりで何してるんです？」

私が答える間もなく、トムはカウンターの向こうから飛び出してきて、両腕で私を抱きしめた。大いに驚いたことに、私の目に涙があふれてきた。

さらば宮廷

そのあと、私は彼をコズミック・ダイナーへ昼食に連れていった。素敵なマリーナが私たちにターキークラブサンドとアイスコーヒーを持ってきてくれて、私はいつもより積極的に彼女とべたべたした。トムを感心させたかったのか、それとも単にすっかりいい気分になっていたからか。とにかく、わがドクター・サムがいなくてどれだけ寂しかったか、そのときまでは自分でもわかっていなかったが、いまや我々は隣人同士であることが判明したのだ。まったく偶然にも、ニューヨークはブルックリン古代王国の、たがいにわずか二ブロックの距離に住んでいたのである。

ブライトマンズ・アティックに勤めて五か月になると彼は言った。いままで私と出くわさなかったのは、いつもは上の階で稀覯本《きこうぼん》・手書き原稿（こっちの方が一階の古本販売よりずっと儲《もう》かる）の月刊カタログを書いていたからだった。レジに立つことはなかったが、その朝はいつもの店員に医者の予約が入ったので、その男が来るまで代わりを務めてくれとハリーに頼まれたのである。

自慢するような仕事じゃないけど、まあタクシーの運転手よりはましです、とトムは言った。大学院をやめてニューヨークに戻ってきて以来、ずっとタクシーを運転していたというのである。

「大学、いつやめたんだ？」と私は、精一杯失望を隠そうと努めながら言った。

「二年半前です」と彼は言った。「単位は一通り取って、口頭試問もパスしたんだけど、論文でつっかえてしまったんです。手に余るテーマを選んでしまったんですよ、ナット伯父さん」

「ナット伯父さんはよせよ、トム。ネイサンでいいよ、ほかの連中はみんなそう呼んでるんだから。君の母さんが亡くなってしまって、もう伯父さんという気もしないし」

「わかりましたよ、ネイサン。だけどそれでも、あなたはやっぱり僕の伯父さんですよ、そちらが好むと好まざるとにかかわらずね。イーディス伯母さんはたぶんもう僕の伯母さんじゃないんだろうけど、たとえあの人が元伯母さんのカテゴリーに移ったとしても、レイチェルはいまも僕の従妹だし、あなたはいまも僕の伯父さんです」

「とにかくネイサンと呼べよ、トム」

「わかりましたよナット伯父さん、約束します。これからはつねにあなたをネイサンと呼びます。その代わり、僕のこともトムでお願いしますよ。ドクター・サムはもうなしですよ、ね？　そう呼ばれると何だか落着かないんです」

「でもいままでずっとそう呼んできたじゃないか。君がすごく小さいころから」

「僕だってずっとあなたをナット伯父さんって呼んできたでしょう？」

「わかったよ、こっちも矛《ほこ》を収める」

「僕たちは新しい時代に入ったんですよ、ネイサン。ポスト家族、ポスト学生、ポスト過去、グラス家とウッド家の時代はもうおしまいです」

「ポスト過去？」

「いまってことですよ。それと、これから。とにかくあのころのことはうだうだ考えない」

「過去は水に流すってわけか」

元ドクター・サムは目を閉じ、首をうしろに倒して、宙に向けて人差指をつき出し、ずっと昔に忘れてしまった何かを思い出そうとするような顔になった。それから、重々しい、おどけて芝居がかった声で、ウォルター・ローリーの「さらば宮廷」の出だしを暗唱してみせた――

真実なき夢の如《ごと》く　我が喜びも失せ
寵児《ちょうじ》たる日々はもう戻らない
愛は惑わされ　恋も跡形なく去って
過去すべてのうち　残るは悲しみのみ。

煉《れん》獄《ごく》

自分はタクシー運転手になる運命だと考えながら育つ人間はいない。でもトムの場合、この仕事はとりわけ厳しい苦行であった。それは己の一番大切な夢の崩壊を悼《いた》む、一種の服喪だった。もともと人生に多くを望んでいたわけではないのに、ささやかな望みさえ手が届かないことが判明したのだ。博士号を取って、どこかの大学の英文科で職に就き、その後四十年か五十年、本について教えたり書いたりする。野心はそれだけであり、そこに妻も加わって子供も一人か二人いればなお結構という程度だったのだ。そんなに高望みとは思えなかったが、論文を書こうと三年間あがいたあげく、自分にその力がないことをトムは思い知った。あるいは、力はあったとしても、そうすることの価値をもはや確信できなくなっていた。それでアナーバーを去ってニューヨークに戻った。二十八歳の「過去の人」として、これからどこへ向かっているのか、人生がどう展開しようとしているのか、何の糸口もなかった。

はじめ、タクシーは一時しのぎ、何かほかの口を探すあいだ家賃を払うための間に合わせにすぎなかった。が、何週間か漁《あさ》ってみたものの、私立校の教職は当時すべて埋まっていたし、いったん一日十二時間シフトの流れに組み込まれてしまうと、ほかの職を探そうという気力もだんだん失せていった。「一時しのぎ」がじわじわ「恒久的」になっていき、胸のどこかでは、このままでは堕《お》ちていく一方だとわかっていても、またどこかでは、ひょっとしたらこの仕事にもそれなりの効用があるのではという気持ちもあった。いま自分が何をやっていて、なぜそれをやっているのかにきちんと注意を払うなら、よそでは学べない教訓がタクシー稼業から学べるかもしれない、そう思った。

その教訓というのが何と何なのか、いつも明確なわけではなかったが、ガタガタ音を立てる黄色いダッジで午後五時から朝五時まで大通りを週六日流していくなか、それらがしっかり身につきつつあることは間違いなかった。この仕事のマイナス点はあまりに明白であり、あまりに遍在し、あまりに圧倒的であったから、何とかそれを無視するすべを見つけないことには、恨み辛みと果てしない愚痴から成る人生にはまり込んでしまう。長い勤務時間、安い給料、肉体上の危険、運動不足、まずこのあたりは根本原則であり、これらを変えようなどと考えても仕方ない。天気を変えようとするようなものだ。子供のころ、何度母親に言われたことか――「お天気は変えられないのよ、トム」。いくつかの物事はとにかくそうなっているのであって、受け容れるしかない。トムも理屈としては納得していたが、それでもやっぱり、自分の小さな震える体に吹きつけてくる吹雪や北風を呪《のろ》うことはやめなかった。そしていま、ふたたび雪が降っている。人生はまさに天候との果てしない闘いと化したのであり、天気について文句を言うべき時があるとすればいまこそその時だった。だがトムは文句を言わなかった。自分を憐《あわ》れんだりもしなかった。僕は己の愚かさを贖《あがな》う方法を見出したのだ、そう彼は考えた。この経験を、すっかり気力を失うことなく切り抜けられたら、ひょっとして自分にもまだ少しは望みがあるかもしれない。べつに、殊勝にも悪《あ》しき状況に耐えようというのではない。自分は物事を起こす道を探しているのだ。その物事というのが何なのかわかるまでは、己を囚われの身から解放する権利はない。ニューヨーク住みかは八番街とサード・ストリートの角にある一部屋アパートだった。ニューヨークを離れて、どこか別の街で職に就いた――ピッツバーグだったかプラッツバーグだったか、どうしても覚えられなかった――友人のそのまた友人から回ってきた、長期又貸《サブレット》しである。みすぼらしい、クローゼットがひとつあるだけの独房で、バスルームには金属製のシャワーがあって、二つの窓は煉瓦塀《れんがべい》と向きあい、超ミニサイズの簡易台所《キッチネット》には小型冷蔵庫と二口のガスレンジがあった。本棚が一つ、椅子《いす》一脚、テーブル一つ、床にマットレス一枚。いままで住んだどこよりも狭いアパートだったが、家賃は月四二七ドルで固定されていたから、住めるだけ幸運だと思った。移り住んだ最初の一年は、どのみちろくにそこにいなかった。ニューヨークに行きついた高校・大学の同級生を訪ねていったり、そういう前からの友人を通して新しい連中と知りあったり、酒場で金を遣ったり、チャンスがあれば女性とデートしたり、とにかく人生を、人生のごときものを組み立てようと努めていた。多くの場合、そうした社交上の企ては、苦痛に満ちた沈黙とともに終わった。トムのことを秀才かつ愉快この上ない話し手として記憶していた昔からの友人たちは、いまの彼を見て愕然《がくぜん》とした。トムは聖別された者たちの座から陥落してしまっていた。そうした彼の没落が、それを見た者たちの自信まで揺るがし、彼ら自身の未来をめぐる新たな悲観へのドアを開《あ》けてしまうらしかった。体重が増して、かつてのぽっちゃりした丸みがいまや気まずいほどの肥満となりかけていることも足しにはならなかったが、それよりなお不安なのは、トムが何の計画も持っていないように見えること、自分で自分に対して為《な》したダメージをどう修復しどう立ち直るかといった話をいっさいしないことだった。一方、いまの仕事の話をするときはいつも、奇妙な、ほとんど宗教的な言葉で語り、霊的な力とか、忍耐と謙虚さを通して己の道を見出すことの重要性とかいった話をえんえん述べ立てるものだから、人々はとまどい、そわそわ落着かなくなった。知性は仕事によって鈍らされてはいなかったが、もう誰も彼の話を聞きたがらなかったし、特に若い女たちはそうだった。彼女たちはみな、若い男というのは自分がどうやって世界を征服せんとしているかをめぐる勇ましいアイデアやら巧妙な計画やらをどっさり持っているものと期待しているのだ。トムの疑念や自己省察、現実の本質をめぐる曖昧模糊《あいまいもこ》とした思索、ためらいがちな態度、それらすべてが女たちを遠ざけた。タクシー運転で生計を立てているというだけでも十分マイナスなのに、陸海軍の払い下げ服を着て腹には肥満を抱えた哲学的タクシー運転手となると、これはもうあんまりである。むろん感じのいい男ではあったし、誰も積極的に嫌いはしなかったが、相手としては相応《ふさわ》しくないのだ――結婚相手としてはむろん、一時《いっとき》の火遊びの相手としても。

だんだんと、一人で過ごす時間が多くなっていった。さらに一年が過ぎたころには、もうすっかり孤立してしまって、三十歳の誕生日も一人で迎える破目になった。実のところ、誕生日だということすら忘れていて、誰もお祝いの電話をかけてこなかったから、日付が変わって午前二時に到ってようやく思い出す有様だった。そのときはクイーンズのどこかにいて、酔っ払いのビジネスマン二人を〈地上の楽園〉なるストリップクラブで降ろしたところだった。人生四度目の十年間のはじまりを祝うべく、トムは北大通りの〈メトロポリタン・ダイナー〉に車を走らせ、カウンターに座って、チョコレートミルクシェークと、ハンバーガー二つと、フレンチフライを一皿注文した。

ハリー・ブライトマンがいなかったら、いつまでこの煉獄にとどまっていたかわからない。ブライトマンズ・アティックは七番街の、トムのアパートからも数ブロックのところにあって、そこに立ち寄るのがいつしか彼の日課となっていた。めったに買いはしなかったが、シフトがはじまるまでの三十分、一時間を店の一階で古本をパラパラ眺めて過ごすのは楽しかった。棚には何千冊という書物がぎっしり詰め込まれ、絶版になった辞書から忘れられたベストセラー、はたまた革装のシェークスピア全集まであった。昔からこういう紙の霊廟《れいびょう》に慣れ親しんできたトムは、ここでもまた、見捨てられた書物の山を覗《のぞ》き、古い埃《ほこり》っぽい匂《にお》いを嗅《か》いだ。通い出してまもないころ、カフカのある伝記についてハリーに訊《たず》ねたのをきっかけに、二人のあいだで話がはじまった。以後もこうしたお喋《しゃべ》りが何度かくり返され、トムが来たときハリーがいつもいるとは限らなかったが（たいていは二階にいた）、それでもその後の数か月で、ハリーはトムの故郷の町の名を知り、頓挫《とんざ》した博士論文の題材を聞かされ（メルヴィルのかの長大にして難解な叙事詩『クラレル』）、トムが男性と愛しあうことに興味がないという事実も感じとっていた。この最後の点はがっかりではあったが、二階の稀覯本・手書き原稿部門にとってトムが理想的な助手になるだろうと見抜くのにさして時間はかからなかった。一回、二回、十回以上誘ってもトムは依然断りつづけたが、いつかはイエスと言うはずだという望みをハリーは捨てなかった。トムが冬眠中であって、絶望の暗い天使と闇雲《やみくも》に取っ組みあっている最中であることをハリーは理解していた。いずれきっと事態は変わるはずだ。それだけは確かだった――たとえトム自身はまだその事実に気づいていないとしても。いったん気づきさえすれば、タクシーがどうこうといった寝言も、いっぺんに昨日の洗濯物と化すはずだ。

トムもハリーと話すことを楽しんだ。実に剽軽《ひょうきん》で率直な人物で、辛口の科白《せりふ》を連発し、途方もない矛盾を平然と抱え込み、次にその口から何が出てくるのか見当のつけようもなかった。見た目には、ニューヨークによくいる、老いかけたゲイというだけに思える。表向きのごてごてした装い《よそお》――染めた髪と眉《まゆ》、絹のスカーフ、ヨットクラブ風ブレザー、お姐言葉《ねえ》――もまさにそういう印象を強めるよう計算されていたが、少し人となりを知るようになると、実は鋭敏で挑発的な人物だった。たえず攻め立ててくる様子にはどこか刺激的なところがあって、射るような、突くようなその知性を前にすると、次々浴びせてくる狡猾《こうかつ》な、ことさらに個人的な質問に対し、よしこっちも気のきいた答えを返してやろうという気にさせられる。ハリーを相手にしているときは、ただ返事をするだけでは決して十分でない。返す言葉に何らかの火花が、自分が単に人生の道をぼんやり歩んでいる薄のろではないことを証明する熱い泡立ちがなくてはならないのだ。当時のトムには、自分がまさにそういう薄のろと思えていたから、ハリーとの会話で互角を保つにはとりわけ気合いを入れてかかる必要があった。それがまた、彼との対話で一番そそられるところでもあった。もともと速く考えるのは好きだったから、いつもとは全然違う方向に考えを推し進めることも、つねに即応できる態勢を強いられることも気持ちがよかった。初めて口をきいてから三、四か月、まだせいぜい知りあいという程度で友人でも仲間でもなかった時期からすでに、ニューヨークで知っているすべての人間のうち、誰よりもハリー・ブライトマンに対して自分が心を開いていることをトムは自覚した。

それでも彼は、ハリーの誘いを断りつづけた。半年以上にわたって、うちで働けよという書店主の呼びかけをかわすなかで、実に多くの口実をでっち上げ、なぜハリーがほかの人物を探すべきかをめぐって実にさまざまな理由をくり出したものだから、そういう彼のうしろ向きの姿勢が、二人のあいだでお決まりのジョークになっていった。はじめのうちトムは、現在の職業の美徳を擁護する手に出た。タクシー運転手の生活の存在論的価値をめぐって、ややこしい理論を即興で並べ立てた。「生きることの無定形性に直結した道を与えてくれるんだよ」と、学者だった過去に自ら使っていた通り言葉を揶揄《やゆ》することで笑みが漏れてくるのを抑えながらトムは言った。「宇宙の混沌《こんとん》たる下部構造への、またとない導入部となってくれるんだ。都市を一晩じゅう走り、次にどこへ行くのかは決してわからない。客がうしろに乗り込んできて、どこそこへ行けと命じられて、そこへ行く。リヴァデール、フォートグリーン、マリーヒル、ファーロッカウェイ、月の裏側。すべての目的地は恣意《しい》的であり、すべての決定は偶然に支配されている。漂い、縫うように進み、できるだけ速くたどり着こうとしながらも、決定権はこっちにはない。自分は神々の慰みものであって、己の意志などありはしない。そこにいる唯一《ゆいいつ》の目的は、他人の気まぐれに仕えること」

「で、その気まぐれってやつ」とハリーは悪戯《いたずら》っぽい光を目に浮かべながら言う。「いかがわしいのがどっさりあるんだろうねえ。バックミラーに、さぞいろいろ見てきたんだろうね」

「そりゃもう、何から何まで。自慰、密通、あらゆるたぐいの酔い。ゲロに精液、大便に小便、血と涙。人の体から出てくる一切合財の液体が、わがタクシーの後部席に流されてきた」

「で、それは誰が拭《ふ》きとる？」

「僕さ。それも仕事の一部だよ」

「いいかい、覚えておきなよ」とハリーは、手の甲を額にあててプリマドンナの卒倒を装って言う。「ここで働けば、本は血を流さないんだよ。ましてや排便なんてしないよ」

「いい時もあるんだよ」とトムは、ハリーに最後の決め科白を取られぬよう言い足す。「忘れがたい恩寵の瞬間、ささやかな高揚、予期せざる奇跡。午前三時半にタイムズスクェアを流していて、車の流れもとだえ、人は突然己が世界の中心にただ一人在って空一面からネオンの光を浴びている。あるいは、夜明けの直前、ベルトパークウェイで速度計を一二〇キロまで押し上げるさなか、開いた窓から流れ込んでくる海の香りを嗅ぐ。さらには、ブルックリン橋を、満月がまさに橋のアーチに入ってくる瞬間に走っていて、目の前にはもうひたすら明るい黄色い円しか見えなくなり、そのあまりの大きさに人は怯《おび》え、この地上に生きていることも忘れて、自分は空を飛んでいるのだ、タクシーには翼があって自分は本当に空間を飛翔《ひしょう》しているのだという気がしてくる。そういうのは書物じゃ絶対に再現できない。これって本物の超越なんだよ、ハリー。身体を後にして、世界の十全性、全体性に入っていくんだ」

「それだったらタクシーを走らせる必要はないよ。どんな車でだってできる」

「いや、違うんだよ。普通の車だと、単調でしんどい仕事という要素がなくなる。そこが何より肝腎なんだよ。疲労、退屈、精神が麻痺《まひ》するほどの平板さ。そこへ、出し抜けに、ささやかな自由の感覚が飛び込んでくる。一瞬、二瞬の、本物の、掛け値なしの至福が。それには代償が必要なんだ。しんどさがなければ至福もない」

なぜこんなふうにハリーに抗《あらが》うのか、自分でもわからなかった。ハリーに言っていることの十分の一も信じていないのに、仕事を変えるという話題が持ち上がるたび、一歩も譲らず、馬鹿げた反論や自己正当化を次々くり出すのだ。ハリーの下で働いた方がいいことはわかっていたが、古書店の下働きになると思っても胸は躍らなかった。己の人生の刷新を夢見るときに思い浮かべるものからはあまりに遠かった。どうもそれは、あまりに小さなステップだという気がした。かくも多くを失ったあとで、こんなちっぽけなもので手を打つなんて、と思えてしまうのだ。かくして求愛は継続され、現在の仕事を自分でも蔑《さげす》めば蔑むほど、己の惰性にトムはいっそう固執し、惰性が深まれば深まるほど自分を蔑む気持ちもまた強まった。かくもわびしい有様で三十を迎えたショックはそれなりにあったが、行動へと追いやるまでには至らなかった。メトロポリタン・ダイナーのカウンターでの食事を、今夜から一か月以内に別の職を見つけるという決意とともに終えたものの、一か月が過ぎたときにはまだ3－Dタクシー会社に勤めていた。Dは何の略なんだろう、と前々から不思議だったが、やっとわかった気がした。闇《ダークネス》、崩壊《ディスインテグレーション》、そして死《デス》。考えてみるよ、とハリーには言ったが、また結局何もしなかった。あれでもし、口から泡を吹いて喋る、薬が回っているクラック常用者に、凍《い》てつく一月の夜フォース・ストリートとアベニューBの角で喉《のど》に銃をつきつけられなかったら、いつまで膠着《こうちゃく》状態が続いていたことか。だがさすがのトムもこれで納得した。翌朝、ハリーの店に入っていって、誘いを受けることにしたと伝えるとともに、タクシー稼業《かぎょう》は突然終わりを迎えた。

「僕は三十歳で、二十キロ太り過ぎです」と彼は新しいボスに言った。「一年以上女と寝てないし、ここ十二日間、毎朝街の違う場所での交通渋滞を夢に見ている。勘違いかもしれないけど、変わる潮時かなって気がするんです」

壁が崩れる

こうしてトムはハリー・ブライトマンの下で、ハリー・ブライトマンが存在しないとはつゆ知らず働くことになった。その名は単なる名でしかなく、その名に属している人生は誰にも生きられたことがなかった。それでもハリーは涼しい顔で己の過去をめぐる物語を語ったが、その過去は捏造《ねつぞう》されたものだったから、トムがハリーをめぐって知ったと思ったことはほとんど全部偽りだった。サンフランシスコで社交界の華たる母親と医者の父親とともに過ごした子供時代も嘘《うそ》。エクセター、ブラウンで学んだというのも嘘。一九五四年の夏に勘当されてグレニッチ・ビレッジに逃れたというのも嘘。ヨーロッパをさすらった年月も嘘。ハリーはニューヨーク州バッファローの出であり、ローマで画家だったこともなければロンドンで劇場を経営したこともパリで競売会社の顧問を務めたこともなかった。家族にあった金は、中央郵便局で郵便区分け係をしていた父親が毎週持ち帰る給料だけだった。十八歳でバッファローを離れたのも、大学に行くためではなく海軍に志願するためだった。四年後に除隊となったあと、シカゴのド・ポール大学で学部の単位を事実ある程度取りはしたが、勉強するにはもう歳《とし》をとりすぎたという気がして、三学期通った末にやめてしまった。シカゴにはそのままとどまったが、九年前にニューヨークへやって来た顚末《てんまつ》を語る物語（ロンドンで株の詐欺《さぎ》に遭って一文無しになった末にここへ来た）もこれまた虚構にすぎなかった。でもニューヨークに来て九年になるというのは本当だったし、来たばかりのころは書店稼業のイロハも知らなかったというのも事実だった。だが当時の名はハリー・ブライトマンではなくハリー・ドゥンケルだった。ニューヨークに来たのはロンドン経由ではなく、シカゴのオヘア空港で飛行機に乗ったのだったし、それまでの二年半、郵便物の送り先はイリノイ州ジョリエットの連邦刑務所だった。

真実を語りたがらなかった訳もそれで合点が行くだろう。五十七歳で人生をやり直さねばならないだけでも大変なのに、頼みは脳味噌と口先だけとなれば、口を開く前にじっくり考えたくもなる。自分がやったことを恥じてはいなかったが（つかまったというだけの話だ――運が悪いことは罪か？）、それについて話す気はさらさらなかった。いま自分が生きている小さな世界を築くために、必死に、長いあいだ頑張ってきたのだ。どれだけ苦しんできたか、なんてことを他人に知らせる気はない。ゆえにトムは、シカゴにおけるハリーのキャリア――そこには元妻、三十一歳の娘、ミシガン・アベニューで十九年経営した画廊が入っていた――について何ひとつ聞かされぬままだった。もしトムが詐欺のこと、逮捕のことを知っていたら、それでもやはり仕事の誘いに乗っていただろうか？　乗っていたかもしれない。が、乗らなかったという可能性もある。知りようはなかった。だからハリーは口をつぐみ、何も言わなかった。

やがて、四月初旬の雨に濡《ぬ》れた朝、私が引っ越してきてまだ一か月も経たないころ、トムがブライトマンズ・アティックで働き出しておよそ三月半後に、秘密の大いなる壁が崩れはじめた。

発端は、ハリーの娘がいきなり訪ねてきたことだった。彼女が店に入ってきたとき、トムはたまたま下の階にいた。びしょ濡れの、服と髪から水がぽたぽた垂れている、むさ苦しいなりの見たこともない女が、目をせわしくあちこちに走らせながら入ってきたのである。体からは嫌な、刺すような臭《にお》いが漂っていた。トムはそれを、体を洗ったためしのない者の臭い、たがが外れた人間の臭いと認知した。

「父親に会いにきたのよ」と女は、両腕を組み、震える、ニコチンの染《し》みのついた指で両肱《りょうひじ》をつかんで言った。

ハリーのこれまでの人生については何も知らなかったから、トムには何の話かさっぱりわからない。「何かの間違いじゃないですか」と彼は言った。

「間違いなもんか」と女はすかさず言い返した。いきなり興奮しはじめて、怒りをピリピリみなぎらせていた。「あたし、フローラよ！」

「あのね、フローラ」とトムは言った。「あなた、違う場所に来たんだと思いますよ」

「あんたのこと、こっちがその気になったら逮捕させられるんだよ。あんた、名前は？」

「トムです」とトムは言った。

「そうそう。トム・ウッドだよね。あんたのこと全部知ってるよ。人生の旅なかばにして、我暗き森《ウッド》に在って道に迷えり〔※ダンテ『神曲』の出だし〕。でもあんたは何も知らないからそれもわかんないんだよ。あんたみたいな人間は、木を見てばかりで森を見られないんだよ」

「いいですか」とトムは穏やかな、なだめるような声で言った。「僕が誰だかそちらはご存じかもしれませんけど、こっちは何もしてさし上げられないんです」

「生意気言うんじゃないよ。木《ウッド》で出来てるから善人《グッド》ってことにはならないだろ？

わかる《コンプレンド》？　あたしは父親に会いにきたんだ、いますぐ会わせろ！」

「いま留守じゃないかなあ」とトムはすかさず戦術を変えて言った。

「留守なもんか。あの前科者、上の階に住んでるんだろ。あたしのこと馬鹿だと思ってんのかよ？」

フローラは濡れた髪を指で梳《す》き、カウンターの近くのテーブルの上に積まれた、入荷したばかりの本の山に水がはねかかった。それから彼女はゴホゴホ咳込み、破れた、ぴったりというにはほど遠いワンピースのポケットからマルボロを引っぱり出した。煙草《たばこ》に火を点《つ》けると、燃えているマッチを彼女は床に放り投げた。トムは驚きを隠して、平静を装い足で踏んで消した。店内は禁煙だったが、あえて口にはしなかった。

「誰の話です？」とトムは訊《き》いた。

「ハリー・ドゥンケルだよ。決まってるだろ？」

「ドゥンケル？」

「暗いって意味だよ、知らないかい。あたしの父親は暗い男で、暗い森に住んでるんだ。いまは明るい男みたいなふりしてるけど、ただのごまかしだよ。いまだに暗いんだよ。これからもずっと暗いんだ――この世とおさらばする日まで」

心乱される告白

薬の服用を再開するよう、ハリーがフローラを説得するには三日かかった。シカゴの母親の許《もと》に戻るよう説得するにはまる一週間かかった。フローラが去った翌日、ハリーはトムを夕食に誘い、五番街のマイク&トニーズ・ステーキハウスに連れていった。そして、九年前に刑務所を出て以来初めて、過去の真実を明かした。無駄に生きられた己の人生をめぐる、何とも野蛮にして愚かしい物語を、笑ったり泣いたりしながら、呆然《ぼうぜん》と聞いている使用人に語った。

シカゴではまず、マーシャル・フィールド百貨店の香水売場の販売員になった。二年が過ぎると、ウィンドウ展示副主任なる、いくぶん上の地位に出世していて、あれでもし、ベット・ドンブロウスキーとのおよそ予想外の関係が生じなかったら、きっとその地位にとどまっていただろう。〈中西部のおむつサービス王〉と呼びならわされる億万長者カール・ドンブロウスキーの末娘ベット。翌年ハリーが画廊を開《ひら》けたのもすべてベットの金のおかげだった。だが、想像もつかぬほどの安楽と社会的地位が金によってもたらされたからといって、ハリーが金目当てで結婚したと、偽りの見せかけとともに新しい生活に入っていったと決めてかかるのは早計である。性生活上の嗜好《しこう》について、ハリーははじめから何ひとつ隠さなかった。それでもベットの目には、これまで見知った誰よりも魅力的な男と映った。当時彼女はすでに三十代なかばで、不器量な、経験も乏しい女性で、オールドミスとして生涯を終える身へと邁進《まいしん》していた。ここでハリーを相手に本気で自分を打ち出さなければ、一生父親の家で、蔑みの対象として、きょうだいの子供たちにとっては不細工な未婚の叔母となって、一族のただなかに座礁《ざしょう》した亡命者として暮らすしかない。幸い、セックスにはそれほど興味がなく、とにかくハリーと一緒にいることの方が大切だった。自分に欠けている輝きや自信を、いくぶんなりとも与えてくれる男と生活を共にすることを彼女は夢に見た。ハリーが時おりのお遊び、秘密の愉《たの》しみにふけるくらい、彼女としては何の文句もない。とにかく結婚さえ続けてくれれば、私がどれだけあなたを愛しているかをわかっていてくれれば——そう彼女は言った。

ハリーの人生にも過去に女性は何人かいた。思春期のとば口以来ずっと、彼の性的歴史は、塀の両側に落ちる肉欲と渇望《かつぼう》の見境なきカタログだったのである。わが身がそういうふうに出来ていること、人類の半数の魅力をはねつける努力を一生強いたであろう偏見を己が免れていることを、ハリーは嬉《うれ》しく思っていた。それでも、一九六七年にベットにプロポーズされるまで、固定された家庭体制に自分が入っていくなんて、ましてや夫に変容するなんて、夢にも思っていなかった。人を愛したことは過去に何度もあったが、愛し返されることはめったになかったから、ベットの熱意には度肝を抜かれた。彼女は何の留保もなく自らを差し出すと同時に、こっちには全面的自由を与えてくれたのだ。

もちろん、対処すべき障害もいくつかあった。まずベットの家族。威張り屋の父親からの高飛車な干渉。「あの汚らわしいオカマ」と離婚しないと遺書から抹殺《まっさつ》する、と父親はくり返し娘を脅してきた。そして、ひょっとするともっと問題なのが、ベット本人。ベットの人柄、心ではなく、その身体、外見である。小さな目は細くすぼまり、ぼってりした前腕は黒い毛に飾られて、いささか見苦しい。美しいものを愛する感覚が本能的に研ぎ澄まされているハリーは、見た目に魅力的でない人間に惚《ほ》れ込んだことは一度もなかった。ベットと結婚するのをためらう要因があったとすれば、それはこうしたルックスの問題だった。けれども彼女は本当に優しくて、ハリーを喜ばせようと心底尽くしてくれたから、ここはひとつ思いきって踏みきることにした。ハリーにはわかっていた。妻帯者となった自分の最初の義務は、己の妻を、自分のなかにチラッとでも欲望を——光も状況も適切であるなら——かき立てる女性に似ていなくもない存在に仕立て上げることだ。いくつかの改善策は実行も容易だった。眼鏡をコンタクトレンズに変える。衣装棚を刷新する。腕と足には痛さを我慢させ定期的に脱毛処理を施す。だがハリーにはコントロールしようのない、花嫁が一人で努力するしかない要素もたくさんあった。そしてベットは努力した。神に仕えるシスターの規律と自己犠牲をもって、結婚最初の一年で体重の五分の一近くをダイエットによって落とし、むさくるしい七十キロがすらっとした五十七キロにまでなった。意志強固なるガラテイア〔※ギリシャ神話で、ピグマリオンの愛によって人間に変身した彫刻〕の苦闘にハリーは心を動かされた。夫の絶えまない注意と精査の甲斐《かい》あって、ベットは次第に花開いていった。二人がたがいに抱く敬意は日々募っていき、やがて確固たる恒久的な友情へと育っていった。一九六九年にフローラが生まれたのも、あらかじめ設定された一夜きりの結びつきの結果などではなかった。結婚当初、ハリーとベットはくり返し寝床を共にしていたから、妊娠はほとんど不可避、アプリオリな既成事実だった。いったいハリーの友人たちのうち誰が、このような急転を予想しただろう？　ベットと結婚したのは彼女が自由を約束してくれたからだが、ひとたび腰を落着けてみると、その自由を行使する気がほとんどないことをハリーは発見した。

画廊は一九六八年二月にオープンした。三十四歳のハリーにとっては長年の夢の実現であり、商売を成功させようと彼は全力を尽くした。シカゴは美術界の中心ではないが、さりとて山奥でもないから、町にはそれなりの富が浮遊していて、賢い人間ならその一部が自分のポケットに行きつくよう誘導できるはずだ。じっくり考えた末に、画廊はドゥンケル兄弟《フレール》と名づけた。実は兄弟などいなかったが、美術の売買に何代も携わってきたかのような、一種旧世界的な響きを持たせようと狙《ねら》ったのである。ドイツ語の固有名詞とフランス語の普通名詞が合体することで、顧客の心に、あくまで快い戸惑いが残るものと彼は当て込んだ。二つの言語が混ざっているのを見て、アルザスあたりの出かと思う人もいるだろう。ユダヤ系ドイツ人の一家が、フランスに移り住んだのかと思う人もいるだろう。こいつはいったい何者なんだ、と首をひねる人もいるにちがいない。とにかく誰一人、ハリーの素姓を確信できないはずだ。そうやって神秘の雰囲気を自分の周りに醸《かも》し出せれば、世間を相手にする際には絶対有利なのだ。

画廊では若いアーティストを専門にした。大半は絵画だったが、彫刻やインスタレーションも扱い、六〇年代後半にはまだ流行《はや》っていたハプニングも少しやった。詩の朗読会や音楽の夕べも主催したし、美しいものならどんな形式でも興味はあったから、自らを狭い芸術的立場に限定したりはしなかった。ポップアートにオプアート、ミニマリズムに抽象芸術、パターンペインティングに写真、ビデオアートに新表現主義。何年かのあいだに、ハリーと彼の幽霊兄弟は、さまざまな展示を通して、当時のあらゆるトレンドと傾向をカバーすることになった。展覧会の大半はまったくの失敗に終わった。それは想定内だが、画廊の将来にとってもっと危険だったのは、画廊を経営していくなかでハリーが発見した五、六人の本物のアーティストが、彼を見捨てて街を去ってしまうことだった。まだ半分子供に初めてのチャンスを与え、ハリーならではの華やかさ、鮮やかさで作品をプロモートし、マーケットも築き上げてそれなりに利益も上がってきて、展覧会も二度三度開いたところで、相手はニューヨークの画廊に逃亡してしまうのだ。シカゴを拠点にすることの問題もここにあったが、真に才能あるアーティストならそうせざるをえないこともハリーは理解していた。

だがやがて運が巡ってきた。一九七六年、アレック・スミスという名の三十二歳の画家が、スライドを一箱持って画廊を訪ねてきた。その日ハリーは留守だったが、翌日の午後に受付係から封筒を渡され、一連のスライドをスリーブから出して、ざっと見てみようと窓にかざした。何の期待もせず、失望を覚悟していたが、そのとたん、自分が偉大な才能を目の前にしていることを彼は悟った。スミスの作品にはすべてがあった。大胆さ、色彩、エネルギー、光。荒々しい、切りつけるような筆づかいを通してさまざまな形が渦巻き、感情の熱い咆哮《ほうこう》にうち震えていた。それはこの上なく深い人間の叫びだった。どこまでも真実な、情熱みなぎる叫びだった。歓喜と絶望とをそれは同時に具現しているように思えた。どのカンバスも、ハリーがそれまでに見た何ものにも似ていなかった。あまりに強い衝撃に手が震えてきた。ハリーは腰を据えて、小型のライトテーブルを使って四十七枚全部を見た。それからただちに受話器を取り上げ、スミスに電話をかけて個展を提案した。

これまで支援してきたほかの若い芸術家たちと違って、スミスはニューヨークにまったく興味を示さなかった。すでにニューヨークで六年を過ごし、街じゅうのありとあらゆるギャラリーに断られた結果、怒れる、恨みを抱えた男としてシカゴに戻ってきたスミスは、美術界と、その世界に住む吸血動物のごとき金の亡者すべてへの敵意をたぎらせていた。ハリーは彼を「不機嫌な天才」と呼んだが、態度は無礼で時として戦闘的であっても、根は純粋な男だった。忠誠ということの意味をスミスは理解していた。ひとたびドゥンケル・フレールの傘下《さんか》に入ると、そこから逃げ出そうという気を彼はこれっぽちも持たなかった。自分はハリーのおかげで忘却から救い出された人間なのであり、自分のディーラーは生涯ハリーなのだ。

こうしてハリーは彼にとって最初にして最後の一流アーティストを見出《みいだ》し、その後八年、画廊はスミスの作品のおかげで赤字に陥らずに済んだ。一九七六年の個展の成功のあと(二週目の終わりには十七点の絵画、三十一点のドローイングすべてが売れていた)、スミスは妻と幼い息子を連れて街を逃げ出し、メキシコのオアハカに家を買った。以後、彼はそこから一歩も動こうとせず、二度とアメリカの土を踏まなかった。シカゴで毎年開かれる個展にも現われなかったし、ましてや、評判が高まるにつれて国中さまざまな都市の美術館で催される作品展にも姿を見せなかった。ハリーが彼に会いたければ、飛行機に乗ってメキシコまで行くしかなかったが——そして年に平均二度はそうした——だいたいは手紙と、時おりの電話で連絡を保っていた。ドゥンケル・フレールのオーナーとしてもそれで異存はなかった。スミスの制作量はすさまじく、一か月おきにカンバスとドローイングの詰まった新しい大箱がシカゴの画廊に届き、ますますの高値で売れていった。それは理想的な関係だった。もしもスミスが、四十歳の誕生日の三日前に体をテキーラで満たして自宅の屋根から飛び降りなかったら、これが何十年でも続いたことだろう。悪ふざけが度を越えてしまったのだと妻は言い張り、自殺だったと愛人は主張した。どちらであれアレック・スミスは世を去り、ハリー・ドゥンケル号は沈没の一歩手前に至った。

ここでゴードン・ドライヤーなる若きアーティストが登場する。スミスの惨事が起きる半年前、ハリーはこの男の初めての個展を開いていたが、それは作品に感心したからではなく（寒々とした過度に理知的な抽象絵画は一点も売れなかったし、好意的な評もまったく書かれなかった）、ドライヤー本人が抗いがたい魅力の持ち主だからだった。三十歳なのにせいぜい十八にしか見えず、顔は優美で女性的、手はほっそりとして大理石のよう、そして一目見た瞬間からハリーがキスしたいと思った口。十六年にわたってベットとの夫婦生活を守った末に、トムの未来の雇用主はついに屈服した。ささいな一過性ののぼせ上がりなどではなく、譫妄《せんもう》のごとき掛け値なしの陶酔、およそ予想しなかった激しい恋だった。そして野心家ドライヤーは、何としてでもドゥンケル・フレールで作品を展示してもらおうと、ずんぐりした五十男ハリーの誘惑を受け容《い》れた。あるいは話は逆で、ドライヤーの方から誘惑したのかもしれない。いずれにせよ、画廊のオーナーが最新のカンバスを見に画家のスタジオへ足を運んだときに事は起きた。美しい少年大人はすぐさまハリーの意図を見抜いて、幾何学的ミニマリズムの価値をめぐる当たり障《さわ》りのないお喋りが二十分続いたのち、何げない顔で膝《ひざ》をついて、オーナーのズボンのジッパーを下ろしたのである。

ドライヤー展が反響らしい反響もなく終わると、ジッパーを下ろす回数は増加していった。じきにハリーは、画家のスタジオに週何度も通うようになった。ハリーの傘下から外されてしまうのではと心配したドライヤーにとって、代償に差し出せるものは自分の肉体しかなかった。ハリーもハリーですっかりのぼせ上がっていて、自分が利用されていることを理解していなかったが、かりにしていたとしてもたぶん同じことだっただろう。心の狂気とはそういうものだ。関係はベッドには秘密にしていたし、十五歳の娘フローラはすでに統合失調症の初期徴候を見せていたから、ハリーとしてもスケジュールの許すかぎり自宅で家族と一緒に過ごした。午後はゴードンのために使ったが、夜は忠実な夫にして父親の役割に戻った。そこへ突如スミスの訃報《ふほう》が届いて、ハリーはパニックに陥った。売れる作品はまだ何点かあるが、半年か一年で底をついてしまうだろう。そうしたらどうする？ ただでさえやっと収支とんとんというところなのだし、ベットにはもうあまりに大金を注《つ》ぎ込んでもらっていたから、これ以上援助を乞《こ》うわけには行かなかった。スミスが突然いなくなったいま、画廊の破滅は見えている。今日でなくても明日に、明日でなくてもその翌日に。なぜなら実のところ、ハリーにはビジネスというものがまるでわかっていなかったのである。さまざまな贅沢《ぜいたく》も、好き放題のやり方も（二百人を招いた豪勢なパーティやディナー、個人用ジェット機に運転手つきの車、二流三流の才能に賭《か》けた愚かとしか言いようのない冒険、売れない芸術家たちへの月々の小遣い）すべて気難し屋のスミスに頼ってきたのだ。ガチョウがメキシコでスワンダイブを決めてしまったいま、これからはもう金の卵はない。

この時点でドライヤーが、ハリーを窮地から救う案を思いついた。フェラチオやファックの効用にも限界があることを悟った彼は、ここで何とか、自分を真に欠かせぬ存在に仕立てられれば己のキャリアも救えると考えた。作品は冷たく、知性が勝ちすぎているものの、デッサン、色付けに関してドライヤーは生まれつき大変な才能の持ち主だった。画家としてはその才能を、理念の名の下、何より厳格と正確を旨《むね》とする芸術観の名の下に抑圧していたのである。スミスの荒々しいロマンティシズムを彼は嫌っていた。派手派手しい身振り、似非《えせ》英雄的な衝動がうとましかった。が、だからといって、そのスタイルを真似《まね》られないということではない。その気になればできる。だったら、本人が死んだあとも、スミスの作品を作りつづければよいではないか？夭折《ようせつ》した天才画家最晩年の絵画、ドローイング。むろん、展覧会はさすがに危険が大きすぎるが（スミスの未亡人がいずれ聞きつけて真相を見抜くだろう）、画廊の奥の部屋で熱烈なスミス愛好家に売るだけなら問題ない。ヴァレリー・スミスが何も知らずにいるかぎり、掛け値なし、百パーセントの利益が生まれるのだ。

はじめハリーは渋った。実に名案だと思ったが、怖くもあった。アイデアに反対なのではなく、ゴードンにそれをやってのけるだけの力はないと思ったのである。スミス作品の完璧《かんぺき》な、寸分違《たが》わぬクローンでなければ、たぶんいずれは刑務所行きだろう。ドライヤーは肩をすくめて、ただの思いつきだという顔をしてみせ、話題を変えた。

五日後、ハリーが例によって午後にスタジオへ訪ねていくと、アレック・スミス「オリジナル」第一号のベールをドライヤーは外した。ハリーは仰天した。傘下に置いた若者の能力を過小評価していたことを認めざるをえなかった。スミスの分身として、ゴードン・ドライヤーは自分を一から作り直していた。自身のパーソナリティを徹底的に排除し、死んだ男の心と頭のなかに入り込んでいた。その驚くべき演技、精神の魔術がハリーの脳に恐怖と畏怖《いふ》の両方を引き起こした。何しろドライヤーは、スミスのカンバスの見かけや感触を写しとって、烈《はげ》しいパレットナイフのストローク、濃密な彩色、ランダムで偶然任せのドリップをそっくり真似たにとどまらず、いわばスミス性をスミス本人よりほんの少し先まで推し進めていたのである。それがスミスの次の作品であることをハリーは悟った。

一月十一日の夜、自宅の屋根から飛び降りて死ぬことがなかったら十二日の朝に取りかかっていたであろう作品。

その後六か月のあいだに、ドライヤーは二十七のカンバスと、数十点のインクドローイングと木炭スケッチを完成させた。やがて、きわめて慎重かつ系統的に、いつもの熱狂を抑え、柄《がら》にもなく言葉少なな態度を保って、ハリーは贋作《がんさく》を世界中のさまざまなコレクターに売りはじめた。これが一年以上続き、その間に二十点の絵が売れて二百万ドル近い純益が上がった。表に立つのはハリーであり、発覚したら信用を失うのも彼だという理由で、取り分は七対三ということでドライヤーも同意した。十五年後、ハリーがブルックリンですべてをトムに打ちあけたとき、彼は当時の日々を、人生でもっとも高揚した、かつもっとも陰惨な時だったと語った。一刻も消えない恐怖に囚《とら》われた毎日だったが、その恐怖にもかかわらず、いつかは捕まるという確信にもかかわらず、自分は幸福だった、かつてないほど幸福だったとハリーは言った。偽《にせ》スミスをまた一点、日本人の会社重役やアルゼンチンの不動産開発業者に売るたびに、激しく鼓動する、過大なプレッシャーを負った心臓は、サーカスの虎《とら》のごとく喜びの輪を四十七個跳び抜けるのだった。

一九八六年の春、ヴァレリー・スミスがオアハカの住居を売却し、子供三人を連れてアメリカに戻ってきた。女性関係も奔放だったスミスとの結婚は、怒濤《どとう》のごとき、しばしば暴力も伴う日々だったが、それでも彼女はつねに夫の作品の忠実な擁護者でありつづけ、二十代前半から一九八四年の死に至るまでにスミスが描いたすべての絵を知りつくしていた。ドゥンケル・フレールでの初めての個展をきっかけに、夫妻はアンドルー・レヴィットという形成外科医と親しくなっていて、一九七六年にハリーを介して二点の絵を買ってもらったのを皮切りに、この富裕なコレクターの収集は着実に増えていき、十年後にヴァレリーがハイランドパークのレヴィット邸へ夕食に招かれた時点では十四点に達していた。ヴァレリーがシカゴに戻ってくるなどと、どうしてハリーに知りえただろう？　そして彼女をレヴィットが――ほんの三か月前に堂々たる偽スミスをまさにハリーから買ったレヴィットが――自宅に招くなどと、どうして彼に知りえただろう？　言うまでもなく、金持ちの医者は居間の壁に掛かった買ったばかりの作品を誇らしげに指差し、そして言うまでもなく、眼力鋭い未亡人はその正体を見抜いた。彼女は元々ハリーを好まなかったが、夫のキャリアを一転させてくれたのはこのドゥンケル・フレールのオーナーなのだからと、アレックのためを思って彼の人柄に対する判断は控えていた。だがもはや夫はこの世になく、ハリーは悪事を働いている。怒れるヴァレリー・デントン・スミスは、彼を破滅に追いやろうと決めた。

ハリーはすべてを否定した。だが、画廊の倉庫に偽作が七点隠されていたとあっては、警察がこれを事件として捜査するのも困難ではなかった。ハリーはなおも知らないと言い張ったが、まもなくゴードンが街から姿を消し、その裏切りによってさすがのハリーも気力を失った。絶望と自己憐憫《れんびん》に襲われた一瞬、ついに挫《くじ》けて、ベットに真実を告げた。無数の過《あやま》ち、判断の誤りから成る長い連鎖のなかのもうひとつの間違い、もうひとつのやり損ない。一緒に過ごしてきた長い年月で初めてベットは激怒し、病気、欲のかたまり、反吐《へど》が出る、変態、等々の罵詈《ばり》雑言を浴びせた。ベットはすぐに謝ったが、もう取り返しはつかなかった。シカゴでも有数の弁護士を彼女は雇ってくれたが、己の人生がもはや破綻《はたん》していることをハリーは理解した。取り調べはずるずる十か月続いて、ニューヨークにシアトル、アムステルダムに東京、ロンドンにブエノスアイレス等々全世界から少しずつ証拠が集められた末、クック郡地方検事は詐欺罪三十九件でハリーを起訴した。新聞もこのニュースを第一面で大々的に報じた。裁判に負けたら十年か十五年は刑務所暮らしだろう。ハリーは弁護士の忠告を受けて罪を認め、さらに刑を軽くしてもらおうとゴードン・ドライヤーの名を挙げて、すべてははじめからドライヤーの発案だったのであり、自分たちの肉体関係を暴露すると脅されて自分は無理に加担させられたのだと主張した。捜査に協力した見返りとして、判決は懲役五年、品行方正なら相当の年数が軽減されるという保証ももらった。探偵たちはドライヤーのニューヨークまでの足跡を突きとめ、一九八八年がはじまった数分後、クリストファー・ストリートの酒場での大晦日《おおみそか》パーティに押し入って彼を逮捕した。ドライヤーもやはり罪を認めたが、こっちは誰の名も出せず取引きのしようもないので、懲役七年の刑に処された。

だが事態はさらに悪化した。ハリーが刑務所に入る準備を整えているさなか、父ドンブロウスキーがついに娘を説き伏せ、離婚手続きを進めることに同意させたのである。過去に使ったのと同じ、遺書から外す、援助を打ちきるといった脅しを父はくり返したが、今回は本気だった。ベットとしてももはやハリーに恋してはいなかったが、さりとて彼を見捨てる気でいたわけでもなかった。醜聞があろうと、ハリーが自ら招いた恥辱があろうと、結婚生活に終止符を打つという思いは一度たりとも彼女の頭をよぎっていなかった。問題は娘のフローラだった。もうじき十九になる現時点までに、すでに私立の精神病院二軒に入退院していて、部分的に回復する見込みさえ皆無だった。こうした民間の病院に入れるには膨大な費用がかかる。一度の入院で、十万ドル以上が吹っ飛ぶのだ。父親から月々送られてくる小切手がなくなったら、次に悪化したときは州立の施設に入れるしかない。それだけは絶対に嫌だった。彼女のジレンマはハリーも理解し、代案を出せるわけでもなかったので、渋々離婚に同意し、そのさなかにもずっと、釈放されたらすぐベットの父親を殺してやると心中誓っていた。

こうしてハリーは無一文の身に、何の頼みも計画もない受刑者になり果てた。ひとたびジョリエットでの服役を終えたら、一握りの紙吹雪のように世の冷たい風に放り出されるのだ。奇妙にも、救いの手をさし伸べてくれたのは、彼が心底憎んでいた義父だった。ただしそこには交換条件が、その提案を受け容れたときに味わった恥辱と嫌悪《けんお》からハリーが二度と立ち直れなかったほどの容赦ない苛酷《かこく》な交換条件が伴っていた。だがハリーはそれに従った。ここまで弱ってしまっては、そうしないわけには行かなかった。未来に関してここまで怯えていては、要求を呑《の》むしかなかった。が、契約書にサインしたとき、自分が魂を売って永遠の呪《のろ》いを背負ったことをハリーは悟った。

この時点で、獄中生活は二年近くに達していた。ドンブロウスキーの提案はこれ以上はないというくらい単純だった。すなわちハリーは、どこかよその地域に移って新しい事業をはじめるに十分な金と引き替えに、二度とシカゴに戻ってこないこと、二度とベットにもフローラにも接触しないことを誓う。ドンブロウスキーはハリーのことを、自堕落な倒錯者、人間の名に値せぬ劣った生物亜種と見ていて、フローラの病も彼に直接の責任があると考えていた。フローラが患《わずら》っているのは、彼がベットに、病んだ、変異体の精子を植えつけたからであり、加えて詐欺師にして犯罪者でもあることが判明したいま、父親としての権利をいっさい放棄しないかぎり、出所後も貧困と困難の日々を送らせるのが相応なのだ。そしてハリーはいっさいを放棄した。ドンブロウスキーの醜悪な要求に屈した。その降伏から、新しい人生が可能になった。ブルックリンを選んだのはそこがニューヨークであってニューヨークでなく、昔の美術業界仲間に出会う確率も低かったからだ。パークスロープの七番街で本屋が売りに出ていて、書店業のことなど何ひとつ知らなかったが、骨董品《こっとうひん》や古物のガラクタを好むハリーの趣味にその店は訴えた。四階建の建物をドンブロウスキーに丸ごと買ってもらって、一九九一年六月、ブライトマンズ・アティックが生まれた。

ここまで語ったころには、ハリーはもう泣き出していたとトムは言った。夕食の残りの時間、ハリーはフローラについて語り、刑務所に入る前に彼女と最後に過ごした辛《つら》い日のことをふり返った。フローラはそのときも神経衰弱の発作の真っ最中で、やがてそれが躁《そう》病にエスカレートして三度目の入院につながるのだが、この時点ではまだハリーを父親として認識し、筋のとおったセンテンスを喋るだけの明晰《めいせき》さが残っていた。彼女はその前どこかで、ある一日の毎秒に世界中でどれくらい人が生まれどれくらいが死ぬかを計算した統計を目にしていた。それはすさまじい数だったが、フローラは前々から計算が得意だったから、このときもたちどころに、総計を十人単位のグループに分けてみせた。四十一秒ごとに（実際の数字はともかく、たとえば）十人が生まれ、五十八秒ごとに十人が死ぬ。これが世界の真実なのよ、と彼女はその朝食の席で父親に言った。そして彼女は、その真実をしっかり実感するために、その日一日自分の部屋のロッキングチェアに座り、四十一秒ごとに喜《リジョイス》べと叫び五十八秒ごとに悲《グリーヴ》しめと叫んで、十の魂の他界を悼《いた》み十人の新生児の到来を祝うことにしたのだった。

それまで何度も胸のはり裂ける思いを味わっていたハリーの心は、いまや胸部にぽっかり空いた穴を塞《ふさ》ぐ灰の山でしかなかった。自由の身として過ごす最後の日、彼は十二時間にわたって娘のベッドに腰かけ、彼女が椅子《いす》に揺られながら、ベッドサイドテーブルの上に置いた目覚まし時計の秒針が着々と文字盤上に弧を描くのをたどりつつ、喜べと悲しめの二語を交互に叫ぶのを見守っていた。「喜べ！」とフローラは叫んだ。「喜べ、十人のために、四十一秒ごとに生まれる、これから生まれる、すでに生まれた十人のために。彼らのために喜び、止《や》まるな。止むことなく喜べ、なぜならこれだけは確かだから、これだけは真実だから、これだけは疑いようがないから——

いままで生きていなかった十人がいまは生きているのだ。喜べ！」

それから、肱掛けをぎゅっと握って椅子を揺らすピッチを速めながら、フローラは父親の目を見据えて叫んだ――「悲しめ！　悲しめ、消えた十人のために。悲しめ、もはや生きていない、広大なる未知の世界へと旅立つ十人のために。悲しめ、死者のために終わりなく。悲しめ、善良であった者たちのために。悲しめ、邪悪であった者たちのために。悲しめ、老いた肉体が力尽きた者たちのために。悲しめ、若くして世を去った者たちのために。悲しめ、死が私たちを世界から奪うのを許す世界のために。悲しめ！」

悪党たちについて

ブライトマンズ・アティックでトムにばったり会う前、私がハリーと口を利《き》いたのは二度か三度だったと思う。それもほんのついでといった感じの、ごく手短なやりとりでしかなかった。雇用主の過去をめぐるトムの物語を聞いて、この特異な人物についてもっと知りたい、この悪党が実際に行動しているところを見てみたいという気にさせられた。喜んで紹介しますよ、とトムが言ってくれたので、コズミック・ダイナーでの二時間の会食が終わると、さっそくその日の午後、わが甥《おい》にくっついてもう一度店に行くことにした。入口のレジで勘定を払ってからテーブルに戻り、マリーナに二十ドルのチップを置いていった。馬鹿みたいに高い額だが——昼食代自体のほぼ倍だ——構いはしない。感謝のしるしに、憧《あこが》れの人はまばゆいばかりの笑みを見せてくれた。彼女の嬉しそうな顔を見てひどくいい気分になったので、その晩ただちにレイチェルに電話して長年消息がとだえていた従兄《いとこ》が見つかったことを教えてやろうと決めた。四月はじめに彼女がやって来た、あの気の滅入る、口やかましい訪問のあと、私は依然娘にとっての嫌な奴《やつ》リストに入ったままだったが、トムとのつながりも取り戻し、食堂から出ていく私に笑顔のマリーナ・ゴンサレスが投げキスを送ってくれたいま、私はすべてにおいて世界と和解したかった。レイチェルにはすでに一度電話をかけて、あんなきつい言い方をして悪かったと謝ったのだが、三十秒経った時点で切られてしまっていた。ここはもう一度電話して、私たちのあいだのわだかまりが解けるまで頑張って低姿勢を保つのだ。

古本屋は食堂から五ブロック半離れていて、うららかな五月の午後、トムと一緒に七番街をのんびり歩きながら二人でハリーの話を続けた。以前の自己の暗き森を逃れて、偽りの天空に昇った明るい太陽となって現われた、元ドゥンケル・フレールのドゥンケルの話。

「昔から悪党には甘くてね」と私は言った。「友だちとして最高に当てにはならないかもしれんけど、連中がいなかったら世の中きっと味気ないぜ」

「ハリーはもう、悪党じゃないんじゃないかなあ」とトムは答えた。「本気で後悔してるし」

「悪党はいつまで経っても悪党さ。人間、変われるもんじゃない」

「それは意見が分かれるよ。僕は変われると思う」

「保険業界で働いたことがないからそんなこと言うのさ。いいか、他人をだまそうっていう情熱は世にあまねく広がってるんだ。いったん味を占めちまえば、もう元には戻れない。あぶく銭、これほど大きな誘惑はほかにない。交通事故や怪我《けが》を偽装する連中、自分の店や倉庫に放火する商売人、自分が死んだと見せかける奴。こっちはそういうのを三十年ずっと見てきて、いっこうに飽きなかった。人間の不実の大いなる見世物が、四方八方から目に飛び込んでくる、よかれ悪《あ》しかれ、これこそ街一番のショーなのさ」

トムが短い音を漏らした。嘲笑《ちょうしょう》と高笑いの中間という感じに、空気がほとばしり出る。「あんたのホラって楽しいねえ、ネイサン。いままで気づいてなかったけど、ずっと聞けなくて寂しかったよ。すごく寂しかった」

「冗談だと思ってるだろ」と私は言った。「だけどこれって事実そのままなんだぜ。わが知識の結晶さ。実地体験の最前線で、生涯あくせく働いた末に得た一握りの教訓だよ。世の中、詐欺師《さぎし》とペテン師が動かしてるのさ。世界は悪党のもの。なぜだかわかるか？」

「教えてください、先生。全身耳にしてます」

「奴らは私たちより飢えてるからさ。自分は何が欲しいかわかってるからさ。私たちより人生を信じているからさ」

「それはどうですかねえ、ソクラテス。僕だっていつもこんなに飢えてなかったら、いまごろこんな巨大な腹を抱えちゃいないと思いますよ」

「お前はさ、トム、人生を愛しているけど、信じてはいない。それは私も同じさ」

「だんだんわからなくなってきましたよ」

「ヤコブとエサウの話を考えてみろよ。覚えてるか？」

「ああ、そうか。なるほどね。そういうことか」

「あれってひどい話だろ？」

「うん、底なしにひどい。子供のころ、ものすごく不安にさせられましたよ。あのころ僕はとことん品行方正、清廉《せいれん》潔白な子供だった。嘘《うそ》もつかない、盗まない、ごまかさない、誰に対しても残酷な言葉なんか絶対言わない。で、エサウもやっぱり僕と同じで、無邪気にドタバタ駆け回ってるだけの奴。どう考えても、イサクの祝福を受けるべきなのはエサウです。ところがヤコブに、すべてをだまし取られる――よりによって母親まで手を貸して」

「おまけに神もそういう展開を認めてるみたいに思える。嘘つきで裏切り者のヤコブがやがてユダヤ人たちの指導者となって、エサウは忘れられた男、価値ゼロ地位ゼロの奴として取り残される」

「僕は母親から、善いことをしなさいと教えられた。『あなたが善いことをするよう、神さまが望んでらっしゃるのよ』と母さんは言って、僕もまだ子供で神さまを信じていたから、母さんの言葉も信じた。そしたら聖書であの話に出くわして、まるっきり訳がわかりませんでしたよ。悪い奴が勝って、神さまにも罰せられない。こんなのひどいって思った。いまでもそう思ってますよ」

「いやいや、あれでいいのさ。ヤコブには生の火花があって、エサウは退屈な阿呆《あほう》だ。まあ善良かもしれんが、阿呆は阿呆さ。どっちを指導者に選ぶか考えたら、誰だって闘う方、知恵と狡猾《こうかつ》さがある方、不利を克服して勝利をかち取る方を選ぶさ。弱くて優しい奴より、強くて抜け目ない奴を選ぶのさ」

「それってずいぶん野蛮な話じゃないかなあ。その理屈、もう一歩推し進めたら、次はスターリンを偉人として崇《あが》めるべしってことになりかねませんよ」

「スターリンは人殺しだ。頭のぶっ壊れた殺人者さ。私が言ってるのは生存本能、生きる意志のことだよ。私としてはいつだって、信心深いお人好しより手練手管の悪党を歓迎するね。いつもルールを守ってプレーするとは限らんかもしれんが、とにかくガッツはある。そしてガッツがある人間がいるかぎり、世の中まだ望みはあるのさ」

本人登場

店に一番近い四つ角も越えたところで、私はふと思いあたった。フローラがブルックリンにやって来たということは、ハリーがいまだ元妻と娘に連絡をとっているということだ。ドンブロウスキーと交わした契約の明白な違反ではないか。だとすれば、なぜドンブロウスキーはさっさと飛んできて七番街のビルの権利書を取り上げてしまわないのか？ 彼らの取引を私が理解したところでは、そのような行為は、ベットの父親がブライトマンズ・アティックの経営権を奪ってハリーを路頭に放り出す十分な根拠となるはずだ。そこで、私は何か聞き逃したのかねとトムに訊いてみた。それとも君が、物語のちょっとしたひだをひとつ言い忘れたのか？

いいえ、何も言い忘れちゃいませんよ、とトムは答えた。契約はもう無効になったんです、ドンブロウスキーが死んだという単純な理由で。

「自然死かね、それともハリーが殺したのか？」

「全然笑えませんよ」とトムは言った。

「そういう話を持ち出したのは君だぜ、俺じゃない。覚えてるか？　君言ったじゃないか、刑務所から出たら真っ先にドンブロウスキーを殺してやるとハリーが誓ってたって」

「人はいろんなことを言いますからね。言ったことをほんとにやる気があるとは限りませんよ。ドンブロウスキーは三年前に往生しました。九十一歳、卒中で死んだんです」

「ハリーによればな」

トムはこの一言に笑ったが、同時に、私の皮肉なからかいの口調に少し苛《いら》ついてきているようでもあった。「よしてくださいよ、ネイサン。そう、ハリーによればね。すべてはハリーによればなんです。それはあんただってわかってるでしょう」

「君が疚《やま》しく思うことはないさ。私は裏切ったりしないから」

「裏切る？　何の話です？」

「君、思い直してるんだろう、やっぱりハリーの秘密を私に教えない方がよかったんじゃないかって。奴は君を信用して話を打ちあけ、君はその話を私に話すことで奴の信用を裏切った。なあ、心配は要らんよ。私もときどき阿呆みたいな真似はするけど、この件について喋《しゃべ》ったりはしない。いいか、私はハリー・ドゥンケルなんて奴のことは何も知らない。今日私が握手しようとしてる相手はただ一人、ハリー・ブライトマンさ」

ハリーは二階の事務室にいて、大きなマホガニーの机の向こうに座って誰かと電話で話していた。たしか紫のベロアの上着を着ていて、多色の絹のハンカチが左の前ポケットから飛び出していた。ハンカチは何か珍しい熱帯の花のように見えた。本の並ぶ茶色と灰色ばかりの部屋にあって、一瞬にして人目を惹《ひ》くあでやかな開花をハンカチは遂げている。衣裳に関してほかの細部はもう思い出せないが、こっちはハリーの服装などより、その横に広い二重あごの顔や、極端に球形でやや飛び出た青い目、上の歯の奇妙な並び――ハロウィーンのカボチャみたいに扇形に広がって歯と歯のあいだに小さなすきまがある――を吟味するのに忙しかったのだ。頭部が異様に肥大した小男、手にも指にもまったく毛のない洒落《しゃれ》者。滑らかでよく通るバリトンの声だけが、全体のにやけた感じを打ち消していた。

その声が受話器に向かって話すのを私が聞いていると、ハリーがトムに向かって挨《あい》拶《さつ》に手を振り、人差指を一本宙に上げて、すぐ済むからと無言で伝えた。喋っているのは主としてハリーではなく姿の見えない相手だったので、話の内容はわからなかったが、どうやら十九世紀の初版本を売る相談を、顧客だか古書商仲間だかとやっているらしい。だが本の書名は口にされなかったし、私の思いはじきよそへ漂い出ていった。暇つぶしに、書棚に並ぶ本を見て回った。ざっと数えた感じでは、きちんと整理されたそのスペースに七、八百冊の書物があったにちがいなく、けっこう古いもの（ディケンズ、サッカレー）から比較的新しいもの（フォークナー、ギャディス）まであった。古い本は大半が革装だったが、最近のはみな表紙の上に透明な保護カバーが巻いてあった。一階の店の乱雑さ、混沌《こんとん》ぶりに較《くら》べれば二階は静謐《せいひつ》と秩序の楽園であり、その値打ちも総額たっぷり六桁《けた》に達していたにちがいない。十年足らず前にはまるっきり無一文だったことを思えば、元ドゥンケル氏はなかなかうまくやったと言ってよかった。大したものだ。

電話の会話が終わり、私が何者かをトムから説明されると、ハリー・ブライトマンは椅子から立ち上がって私の手を握った。とことん友好的に、ハロウィーンのカボチャ的歯並びで歓迎の笑みを浮かべ、まさに礼儀作法の鑑《かがみ》という感じである。

「ではあなたが」と彼は言った。「かの有名なナット伯父さんですか。トムから何度もお話を伺っています」

「いまはただのネイサン《ジャスト・ネイサン》です」と私は言った。「『伯父さん』云々《うんぬん》は数時間前にやめたところです」

「ジャスト・ネイサン？」とハリーは答え、おどけた驚愕《きょうがく》を装《よそお》って額に皺《しわ》を刻んでみせた。「それともただのネイサンってこと？　あたし、ちょっと混乱しちゃって」

「ただのネイサンです」と私は言った。「ネイサン・グラス」

ハリーは指を一本あごに押しつけて、考え込んでいる人間のポーズを採った。「実に興味深い。トム木《ウッド》と、ネイサン硝子《グラス》。これであたしが鋼《スティール》に改姓すれば、三人で建築会社を作って、ウッド・グラス＆スティールと命名できますよ。はっはっは。こりゃいい。ウッド・グラス＆スティール。何でも建てますお望みどおり」

「それとも、私がディックに改名すれば」と私は言った。「トム・ディック＆ハリーと呼んでもらえますよ」〔※ Tom, Dick and Harry は「猫も杓子《しゃくし》も」「誰でも」の意の成句〕

「上品な人たちはディックなんて言葉使いませんよ」ショックを受けた風を装ってハリーは言った〔※ dick には「男根」の意もある〕。「男性性器《メイル・オーガン》って言うのよ。まあ場合によってはペニスもいちおう許されるけど、でもディックはいけません、ネイサン。いくら何でも品がなさすぎます」

私はトムの方を向いて言った。「愉《たの》しいだろうな、こういう人の下で働くのは」

「一瞬も退屈しませんよ」とトムは答えた。「樽《たる》入りの猿たちとはまさにこの人です〔※ a barrel of monkeys は楽しく騒々しい状況を意味する成句〕」

ハリーはニヤッと笑ってから、情のこもった目をトムに向けた。「ええ、ええ」と彼は言った。「本屋稼業《かぎょう》ってほんとに愉快なことばっかりで、あんまり大笑いするもんだから腹が痛くなっちまうくらい。で、ネイサン、そちらはどんなお仕事で？　いや、撤回します。もうトムから聞いてるんだった。生命保険の外交員よね」

「元生命保険の外交員です」と私は言った。「早期退職したので」

「ここにも『元《エクス》』か」とハリーは言って、切なげにため息をついた。「人間、あたしたちの歳《とし》になると、もう『元』の束《たば》よね。そうでしょ？　あたしも、一ダースかそこら並べられるんじゃないかな。元夫《ネ＝ス・パ》。元美術商。元海軍軍人。元ショーウィンドウ飾り付け人。元香水販売員。元百万長者。元バッファロー市民。元シカゴ市民。元服役囚。ええ、ええ、そう言いましたとも。元服役囚。あたしもこれで、人並のトラブルは経験してきました。それは進んで認めます。あたしの過去はトムも知ってますし、トムの知ってることは、ネイサン、あなたにも知ってほしいんです。トムはあたしにとって家族同然だから、トムと血がつながってるあなたも、あたしにはやっぱり家族です。元ナット伯父さん、現在ただのネイサン。あたしはもう社会に対する負債を支払い終えました。わが良心に疚しいところはありません。Xは現在地を示す、ですよ〔※Xは「元」（ex）とも聞こえる〕。いま、そしてとこしえに、Xは現在地を示す」

こんなふうに露骨に過去の罪を認めるとは、何とも意外だった。ボスが矛盾と驚きに満ちた人間だとトムも警告していたとはいえ、まさかこんな茶番めいた騒々しい会話のなかで赤の他人に打ちあけるなんて、どうにも不可解に思えた。これはやはり、すでにトムには打ちあけたという事実が大きいのだろう。そうやっていわば、ひとたび猫を袋から出す勇気を見出し、一度実行したからには、二度目をやるのはさほど難しくないのではないか。確信はなかったが、ひとまずこれが唯一《ゆいいつ》筋の通る仮説と思えた。この問題をもう少しじっくり考えていたかったが、状況がそれを許さなかった。会話はどんどん進んでいって、同じような間抜けな戯言《たわごと》やら、同じ馬鹿馬鹿しい決め科白《ぜりふ》、かまびすしい冗談や芝居がかったしぐさ等々が次々くり出された。全体として私は、このカボチャ頭の悪党に好印象を持ったと言わねばならない。一緒にいてやや疲れる人間ではあるだろうが、失望はさせない。書店を去る時点で、私はすでにトムとハリーを土曜の夕食に招待していた。

アパートメントに戻ったのは四時少し過ぎだった。頭には依然レイチェルのことがあったが、電話をかけるにはまだ早すぎるし（彼女は六時にならないと仕事から帰ってこない)、自分が受話器を取り上げて彼女の番号をダイヤルしているところを想像してみて、まあたぶんそれで幸いなのだろうと思えた。私たちの関係はひどく苦々しいものになっていたから、かけてもまたガチャンと電話を切られる可能性は高い。もう一度娘から拒絶されるかもしれないと思うと、おっかなびっくりだった。そこで電話の代わりに、手紙を書くことにした。その方が確実だ。封筒に私の名前と住所を書かずにおけば、たぶんびりびりに破かれて即ゴミ箱行きということもなく、ひとまずは中を開けて読んでくれるだろう。

簡単に書けるものと踏んでいたが、しかるべき口調にたどり着いたと思えるまでに六、七回書き直す破目になった。人から許しを乞うのは厄介な仕事である。それは強情なプライドと涙ながらの悔恨との、微妙なバランスの上に成立する行為であり、相手に向かってすっかり心を開くのでないかぎり、どんな謝罪もうつろな嘘に響く。何回も書き直しているうちに(回を重ねるたびにますます気を滅入らせつつ、人生で上《う》手《ま》く行かなくなった事柄すべてに関し自分を責め、中世の悔悛者《かいしゅんしゃ》のごとくに哀れ堕落せるわが魂を鞭《むち》打《う》っているうちに)、トムが八年か九年前の誕生日に贈ってくれた本のことを私は思い出した。まだジューンが生きていて、トムもまだ前途洋々の大秀才ドクター・サムだった黄金時代の話である。それはルートヴィヒ・ヴィトゲンシュタインの伝記だった。私もこの哲学者の名前くらいは知っていたが、読んだことはなかった。これは珍しい話ではない。私の読書は主として小説に限定されていて、ほかの分野にはまったくと言っていいほど手を出していなかったからだ。読んでみるとぐいぐい引き込まれる、よく書けた本だったが、さまざまな話のなかでひとつの話がとりわけきわ立っていて、その後もずっと頭に残った。著者のレイ・マンクによると、第一次世界大戦中に兵士だったあいだに『論理哲学論考』を書き終えたヴィトゲンシュタインは、これでもう哲学の問題はすべて解決した、もう哲学とは縁を切ったと考えた。そしてオーストリアの山村で教師となったが、いざやって見ると彼はこの仕事におよそ不向きだった。厳しく、怒りっぽく、暴力的ですらあったヴィトゲンシュタインは、年じゅう子供たちを叱《しか》っていて、学ぶべきことを学ばなかった子には体罰を加えた。型どおりに尻《しり》を叩《たた》くだけではない。頭や顔を、怒りを込めて殴りつけるのであり、何人かの子供が相当の傷を負うこととなった。この許すべからざるふるまいの噂《うわさ》が広まって、彼は教師を辞めざるをえなかった。何年もの時が過ぎた。私の記憶が間違っていなければ、少なくとも二十年の歳月が。いまやヴィトゲンシュタインはケンブリッジに住んでいて、ふたたび哲学を追究していて、いまや著名な、人々の尊敬を集める人物になっていた。ところが彼は、どういう経緯だったかは思い出せないが、精神的危機に見舞われ、神経衰弱に陥った。そして回復途上で、自分が健康を取り戻す道はひとつしかない、過去に戻っていってこれまでに傷つけたり怒らせたりしたすべての人に向かって謙虚に謝るのだ、と決意した。己のなかに巣くっている罪悪感を取り払いたい、心の疚しさを清算し新たに一からはじめたい、そう彼は思った。当然ながらこれは、彼をオーストリアの小さな山村へと連れ戻すことになった。かつての生徒たちはもうみんな二十代なかばか後半の大人になっていたが、狂暴な学校教師に関する記憶は、年月を経ても薄れていなかった。彼ら一人ひとりの家の玄関をヴィトゲンシュタインはノックし、二十年以上前の耐えがたい残酷さの許しを乞うた。うち何人かに対しては、文字どおりその前にひざまずいて頼み込み、自分が犯した罪を赦免してくれるよう懇願した。そこまで真摯《しんし》な悔恨の情を示されれば、苦悩せる巡礼者を哀れに思って気持ちも和らぎそうなものだが、元生徒たちの誰一人としてヴィトゲンシュタインを許す気にはなれなかった。彼が及ぼした痛みはあまりに深く、彼に対する憎しみはいっさいの慈悲の可能性を超えていたのである。

いろいろあったにせよ、レイチェルに憎まれているわけではないということは私にもひとまず確信があった。私に腹を立ててはいるだろうし、憤《いきどお》りも感じ苛立ってもいようが、そうした反感が、私たち二人のあいだに恒久的な亀裂を生じさせるほど強いとは思えなかった。とはいえ、楽観はできない。手紙の最終稿に取りかかったころには、私はもう、全面的かつ最大限の悔恨状態に入っていた。「べらべら偉そうなことばかり言う、いまでは心底悔やんでいる科白をいくつも吐いた馬鹿な父親を許してほしい」と私は切り出した。「世界中のすべての人間のなかで、君は私にとって誰よりも大切な人間だ。君は私の心のなかの心、血のなかの血であって、私の愚かな言葉のせいで私たちのあいだに敵意が生じたと思うと、いくら悔やんでも悔やみきれない。君がいなければ私は無だ。君がいなければ私は誰でもない。可愛《かわい》い君、愛《いと》しいレイチエル、どうか君の低能親父《おやじ》に、己の罪をあがなう機会を与えておくれ」

君こんな調子でさらに何段落か続けて、締めくくりに朗報を伝えた。驚くなかれ、君の従兄のトムがブルックリンにひょっこり現われたんだよ、君に再会するのを楽しみにしているしテレンス（レイチェルのイギリス生まれの夫で、ラトガーズで生物学を教えている）とも知りあいたいと言っているよ、と。そのうちみんなで集まって、町でディナーでもどうだろう、と私は書いた。じきそういう機会が訪れるのを願っているよ。今後数日か、数週間か、とにかく君に時間があるときに。

書き上げるには三時間以上かかった。私は疲れはて、体力的にも精神的にも消耗しきっていた。とはいえ、手紙を置きっぱなしにしておいても意味はない。すぐさま出かけていって、七番街の郵便局の前に並ぶボックスのひとつに手紙を投げ入れた。そのころにはもう夕食どきだったが、腹は少しも減っていなかった。代わりになお何ブロックか歩き、地元の酒屋シェイズに入って、スコッチの五分の一ガロン瓶と、赤ワイン二本を買った。私は大酒飲みではないが、人生には時おり、アルコールの方が食物より滋養に富む瞬間があるものだ。このときがまさにそうだった。トムとのつながりを取り戻したことで私の士気は大いに高まっていたが、こうしてまた一人になってみると、突如、自分がいかに情けない、孤立した人間になり果てたかを思い知った。何の目的もない、人肉のばらばらな寄り集まり。ふだんは自己憐憫に酔ったりしない私だが、そこから一時間かそこらは、陰気なティーンエイジャーばりに臆面《おくめん》もなく、ひたすら自分を憐《あわ》れんでいた。やがて、スコッチ二杯とワインボトル半分を経て気持ちも晴れてきて、机に向かい、『愚行の書』にさらに新たな一章を書き加えた。トイレの便器と電気カミソリをめぐる、とっておきのエピソードである。レイチェルがまだ高校生で家に住んでいたころの、肌寒い感謝祭の木曜日のことで、時刻は午後三時半ごろ。四時には十人あまりの客が来る予定だった。イーディスと私は、少なからぬ費用を注《つ》ぎ込んで二階のバスルームを改装したばかりで、すべてがぴかぴかの真新しさだった。タイル、棚、薬品入れ、洗面台、バスタブとシャワー、トイレ、何もかも。

私は寝室にいて、クローゼットの鏡の前に立ち、ネクタイを結んでいた。イーディスはキッチンにいて、七面鳥に肉汁をかけたり、最後の仕上げに余念がなかった。当時十六か十七歳だった、朝から昼過ぎまで物理の実験レポートを書いていたレイチェルはバスルームにいて、客が来る前に身支度を済ませようとあたふた動き回っていた。いまはちょうど新しいシャワーを使い終えたところで、今度は新しいトイレの前に立ち、右足をボウルの縁に載せて、電池式のシック製カミソリで脚の毛を剃《そ》っていた。と、カミソリが手からすり抜けて、水の中に落ちてしまった。手をつっ込んで取り出そうとしたが、カミソリは便器の排水口にしっかり引っかかってしまって、引き抜こうにも取っかかりは何もなかった。そこで彼女はドアを開けて叫んだ――「父さん《ダディ》」（そのころはまだ、レイチェルは私のことをダディと呼んでいたのだ）、「手伝ってほしいの」

ダディがやって来た。この窮地にあって何より可笑《おか》しかったのは、カミソリが水中で依然ブンブン回転し振動しつづけていることだった。妙にしつこい、苛立たしいその音は、すでに十分奇っ怪な、ひょっとすると前例のない難題への倒錯的な伴奏にほかならなかった。音が加わったことで、事態は奇っ怪であると同時に痛快にもなった。一目見て私はゲラゲラ笑い出し、自分が笑われているわけでないことを了解するとレイチェルも一緒になって笑い出した。過去二十九年間、彼女とともに過ごしたすべての瞬間のなかで、ひとつの瞬間、ひとつの記憶しか脳内に残せないとしたら、私はきっとこの瞬間を選ぶだろう。

レイチェルの手は私のよりずっと小さい。彼女の手でカミソリを取り出せないのなら、私が上手くやれる見込みはほとんどないが、とにかくまあ格好だけでもやってみることにした。上着を脱いで、袖《そで》をまくり、ネクタイを左肩のうしろに払って、手をつっ込んだ。ブンブンうなる器具はがっちりはまり込んでいて、私にはどうしようもなかった。

排水詰まり用のワイヤーがあったらよかったかもしれないが、わが家にそんなものはない。そこで私はハンガーを分解し、つっ込んでみた。かなり細い針金だったが、それでもまだ全然太すぎる。

たしかそこで玄関のベルが鳴り、イーディスの大勢の親戚《しんせき》の第一号が到着したのだと思う。レイチェルはまだパイル地のローブ姿のまま膝をつき、私が何とか針金でカミソリを引き出そうとあがくのを見ていたが、そのあいだにも時間はどんどん過ぎていく。もうお前は着替えなさい、と私は彼女に言った。「トイレを外して、ひっくり返してみる」と私は言った。「そうすれば向こう側から押し出せるかもしれないから」。

レイチェルはにっこり笑って、私の気が狂ったとでも思っているみたいに私の肩をぽんぽん叩き、立ち上がった。バスルームを出ていく彼女に、私は言った。「何分かしたら降りていくと母さんに伝えてくれ。何してるんだと訊かれたら、母さんの知ったことじゃないって答えなさい。それでもまだ訊かれたら、父さんは二階で世界平和のために戦ってるんだって言いなさい」

寝室の隣のリネン用戸棚に道具箱があって、まずトイレのバルブを閉めてから、プライヤーを取り出して便器を床から外した。どのくらいの重さだったかはわからない。とにかく床から持ち上げることはできたが、落としてしまわずにひっくり返せる自信はなかった。それにここでは窮屈すぎる。バスルームから出すしかないが、廊下に置くのは木の床を傷《いた》めてしまうのが心配だったので、一階まで持っていって裏庭に出すことにした。

一歩進むごとに、さらに一、二キロ重くなる気がした。階段を下りきったころには、両腕で小さな白い象を抱えている気分だった。幸い、イーディスの弟の一人がちょうど家に入ってきたところで、私の有様を見て、寄ってきて手を貸してくれた。

「何やってるんですか、ネイサン?」と彼は訊いた。

「トイレを運んでるんだ」と私は言った。「外に出して、裏庭に下ろすんだ」

もうそのころには客もみんな到着していて、誰もがぽかんと口を開けて、感謝祭当日の郊外住宅でネクタイにワイシャツ姿の男二人が音楽的なトイレを抱えて部屋から部屋を抜けていく異様な情景を眺めていた。七面鳥の香りがあたり一面に広がっていた、イーディスがみんなに酒を勧めていた。背景にはフランク・シナトラの歌がかかっていて(たしか「マイ・ウェイ」だ)、自意識過剰のわがレイチェルは、入念に計画された母親のパーティを混乱させた責任をひしひしと感じつつ、この上なく恥じ入った表情を顔に浮かべていた。

私たちは象を外に出し、茶色い秋の草の上にひっくり返した。いったいいくつの道具をガレージから引っぱり出してきたかもう思い出せないが、とにかくどれひとつとして役に立たなかった。熊手の把手《とって》、ねじ回し、錐《きり》、金槌《かなづち》、どれも駄目だった。そして依然、カミソリはブンブンと、一音のみの果てしないアリアを歌いつづけた。客のうち何人かは庭に出てきていたが、彼らもだんだん腹は減るし寒いし退屈してくるしで、一人また一人と家のなかへ戻っていった。だが私は、一途《いちず》なる、最後までやり通す男ネイサン・グラスだ。すべての望みが失われたことをついに悟ると、私はハンマーをふるって、トイレを叩き割った。不屈のカミソリは地面に滑り落ちた。私はそのスイッチを切り、ポケットにしまって、家に戻ると、赤面しているわが娘にそれを渡した。ひょっとしてあのカミソリ、今日でもなお健在かもしれない。「災難」とラベルを貼《は》った箱にその話を放り込むと、私は瓶の残り半分をやっつけ、ベッドにもぐり込んだ。真実を言えば（真実を言わなければどうやってこの本が書けるだろう？）、私はマスターベーションで自分を眠りに導いていった。服を着ていないマリーナ・ゴンサレスの姿を精一杯思い浮かべて、彼女がいまにも部屋に入ってきて私と一緒に毛布のなかに滑り込もうとしているところなのだ、その滑らかな温かい体を私の体に一刻も早く巻きつけたくてうずうずしているのだ、そう信じるよう自分を持っていこうと努めた。

精子銀行サプライズ

たまたま翌日の午後、トムと私が昼食の最中に採り上げた話題のひとつがまさにマスターベーションであった。場所は日本料理店。その日はマリーナが休みの日だったのだ。きっかけは、妹には連絡をとったのかと私がトムに訊《き》いたことだった。私の知るかぎり、一族の誰かがオーロラを見たのは、ジューンが亡《な》くなる前、赤ん坊のルーシーを取り返しにニュージャージーへ戻ってきたときである。一九九二年のことだから、もう八年前であり、前日にトムが彼女の名前も出さなかったことから見て、わが姪《めい》は消息を断ち、地表から消え去ったものと思っていた。

だがそうではなかった。一九九三年の暮れ、私の妹が埋葬されてから一年も経《た》っていないころ、トムは大学院生仲間二人と、手っとり早い金儲《もう》けの手段を思いついた。アナーバーの郊外に人工授精クリニックがあって、三人はそこの精子銀行に、ドナーとして自分を売り込みに行くことにしたのである。トムによれば、それはほんの面白半分の思いつきで、そこからいかなる波紋が生じるのかなど、誰一人考えもしなかった。射出された精液を容器に満たし、それがやがて、彼らが絶対会いもしない、腕に抱きもしない女性を妊娠させ、その女性が子供を――彼らの子供を――産んでも、その子の名前も人生も運命も、彼らは永久に知らずじまいなのだ。

三人はそれぞれ小さな個室に入れられた。人をちゃんとその気にさせるべく、部屋にはポルノ雑誌が一山周到に用意されていた。若い裸の女が、気をそそるエロチックなポーズをとった写真がこれでもかこれでもかと続く。男という獣の習性から見て、そのような像はまず間違いなく、硬直し脈打つ勃起《ぼっき》を誘発する。何事も真面目《まじめ》にやらないと気の済まぬトムは、律儀にベッドに腰かけて雑誌をパラパラめくりはじめた。一分か二分して、ズボンとパンツがくるぶしまで下ろされ、右手はペニスを握りしめ、左手はページをめくり、作業が済むのはもはや時間の問題だった。そのとき、のちに『ミッドナイト・ブルー』という誌名だと確認した出版物に、彼は妹を見たのである。間違いない、オーロラだった。一目でわかった。そして彼女は、名前を隠そうとすらしていなかった。六ページにわたる一ダース以上の写真は、「ゴージャス・ローリー」と題され、脱衣と挑発のさまざまな段階にある彼女の姿を捉《とら》えていた。ある写真ではスケスケのネグリジェに身を包み、もう一枚ではガーターベルトに黒いストッキング、さらにもう一枚では膝《ひざ》までのエナメル革ブーツ。だが四ページ目に至るともう、上から下まで混じり気なしのローリーが、小さな胸をもてあそび、性器に触り、尻をつき出し、想像力に何の余地も残さぬほど目一杯脚を開き、どの写真でも歯を見せて笑みを浮かべ、時には口を開いて高らかに笑っていて、思いきり楽しげに、奔放に、ほとばしり出る高揚感に目を輝かせ、嫌がっている風、不安げな気配はこれっぽちもなく、人生こんなに楽しいときはないと言わんばかりの顔をしていた。

「あやうく死ぬところでしたよ」とトムは言った。「たった二秒で、僕のペニスはマシュマロみたいにフニャフニャになっちまいました。ズボンを引っぱり上げて、ベルトを締めて、一目散にそこを出ました。ほんとに参りましたよ、ネイサン。自分の妹が、エロ雑誌に出て妖婦《ようふ》になってるんだから。しかもそんなひどい状況で知るなんてね――出し抜けに、糞忌々《くそいまいま》しいクリニックで、マスかいていまにも射精しようってところで。胃の底から吐き気がしました。ローリーのそんな姿を見るだけで十分嫌だったけど、しかも彼女にはもう二年会ってなくて、妹の身に何があったのか、僕が抱いていた最大の悪夢をあの写真は裏付けていたんです。まだ二十二だってのに、もうすでに最低の、これ以上堕《お》ちようのない仕事をしてる。体を売って、金に変えている。

そりゃもう悲しかったですよ、一か月ずっと泣きたかったです」

人間、私くらい長く生きれば、もう何もかも聞いた、もう何を言われたってショックの受けようがないという気になる。自分のいわゆる世間知というやつについて、いささか自己満足的になってくる。やがて、時おりそうやって何かがやって来て、独りよがりの優越感の繭《まゆ》から引っぱり出され、お前は人生についてなんにもわかっちゃいないんだと思い知らされる。可哀想《かわいそう》な私の姪。遺伝子の宝くじは彼女に優しすぎた。当たりの番号を彼女はすべて与えられたのだ。ウッド家の体型を受け継いだトムとは違って、オーロラは混じり気なしのグラスであり、私たちの家系は揃《そろ》って瘦《や》せて骨ばって背が高いのだ。彼女は母親の完璧《かんぺき》なコピーに育った。脚の長い、黒髪の、ジューンに負けず劣らずしなやかな肢体の美女。兄が『戦争と平和』の、足ばかり大きいぶざまなピエールだとすれば、妹はまさにナターシャだった。誰だって美しくありたいことは言うまでもないが、女性における美しさは時として呪《のろ》いになりうる。特にオーロラのような若い女性にとっては——高校をドロップアウトし、夫もなく、三歳の子を抱えて、野放図で反逆的な気概を持ち、世界に向かって舌をつき出し、わが身にどんな危険が訪れても臆さぬ人間にとっては。もし金に困っていて、自分のルックスが一番の売り物であるなら、服を脱いでカメラに身をさらすことをどうしてためらう必要があるだろう? 自分で状況をコントロールできるかぎり、そうした話に乗るかどうかで、食うか食わぬか、よく生きるかほとんど生きないかが決まってくるのだ。

「まあたぶん、その一回だけだったんじゃないかな」と私は精一杯トムを慰めようとして言った。「きっとさ、生活費にも事欠いていたら、カメラマンがひょっこり現われて、やってみないかと誘われる。一日の仕事でたっぷり金になる。そういうことだったんだよ」

トムは首を横に振った。そのむすっとした表情から、私の言葉は空《むな》しい願望にすぎないのだということがわかった。トムとしても事実をすべて把握していたわけではないが、話がその『ミッドナイト・ブルー』からはじまったのでもそこで終わったのでもないことははっきり知っていた。オーロラはクイーンズでトップレス・ダンサーをしていたし(よりによって〈地上の楽園〉――トムが三十歳の誕生日に酔っ払いのビジネスマンたちを下ろしたあのクラブだ)、一ダース以上のポルノ映画に出演し、ヌード雑誌にも六、七回登場していた。セックス産業における彼女のキャリアはしっかり一年半続いたのであり、金はよかったから、トムが『ミッドナイト・ブルー』で彼女の写真に出くわしてから九週間か十週間後にある事件が起きなかったら、もっとずっと長く続けていただろう。

「何か悪いことじゃないだろうね」と私は言った。

「悪いなんてもんじゃありません」とトムは答え、いきなり泣き出しそうになった。

「映画の撮影現場で輪姦《りんかん》されたんです。監督と、カメラと、スタッフの半数に」

「そりゃひどい」

「とことんやられたんですよ、ネイサン。終わったときには大量に出血していて、自分で何とか病院に行ったんです」

「そんなことをした奴らをぶっ殺してやりたい」

「僕もですよ。少なくとも刑務所にぶち込んでやりたい。でも彼女は起訴しようとしませんでした。とにかくよそへ行きたい、ニューヨークから出たい、それしか考えませんでした。そういう時期に僕に連絡してきたんです。大学の英文科気付けで手紙を受けとって、とんでもないことになってるのを知ってあわてて電話して、ルーシーを連れてミシガンに来いよ、僕のところで暮らせよって言ったんです。ねえネイサン、彼女は善人です。それはあなたもわかってるでしょう。僕もわかってます。彼女のそばに来たことのある人間だったら誰だってわかります。あの体には邪《よこしま》なところは骨一本ありません。ちょっと制御がきかないところがあって、ちょっと強情だけど、どこまでも無垢《むく》で、人を疑うことを知らない。あれほど世界に幻滅していない人間はいません。ポルノの仕事をするのを恥じていなかったことは、それはそれで立派だったと思う。彼女としては楽しんでるつもりだったんです。楽しい！　想像できます？　妹には全然わかってなかったんです、ああいう業界には下司《げす》な奴ら、宇宙で最高に下劣なクズがウヨウヨいるってことが」

こうしてオーロラは三歳のルーシーを連れて中西部に移ってきて、トムと一緒に借家の上二フロアに住むことになった。ニューヨークを去る前、稼ぎはよかったが、その大半は家賃、服、ルーシーのフルタイムのベビーシッターに注ぎ込んでいたから、貯金もほとんど底をついていた。トムには奨学金があったが、しょせん大学院生の限られた予算でやりくりしている身であり、大学の図書館でアルバイトしてやっと何とかなっていた。カリフォルニアにいる自分たちの父親に電話して金を借りようかとも二人で相談したが、結局はやめにした。ニュージャージーに住む二人の継父フィリップ・ゾーンについても同じだった。ティーンエイジャー期のローリーが、敵意丸出しに暴れまくったせいで、家庭は何年ものあいだ荒れはてていた。そうした日々の激しい戦いのなかで、義理の娘を蔑《さげす》むようになった男に、いまさら助けてくれとは言えない。オーロラには言わなかったが、ジューンが死んだのも彼女のせいだとゾーンがひそかに思っていることもトムは知っていた。オーロラのために、ジューンは長年、混乱と絶望の日々を送ったのであり、そうやってさんざん苦しまされた唯一の見返りが思いもよらず幼い孫娘を育てる機会だったわけだが、それもやがて突然奪いとられた。孫と別れねばならない辛《つら》さが、最終的にジューンの命とりになったのだとゾーンは思っていた。まあいささか感傷的な読みかもしれないが、間違っていると誰に言いきれよう？ 正直に言うなら、葬儀の当日、私の頭にもまったく同じ思いが浮かんだのだ。施しを求める代わりに、ローリーは町一番の高級フランス料理店でウェイトレスの仕事を見つけた。経験はなかったが、笑顔と長い脚と可愛らしい顔でオーナーを魅了し、もともと頭はいいから呑《の》み込みも早く、何日もしないうちに、一通りのことは身につけてしまった。ニューヨークでのボルテージの高い暮らしから見ればずいぶんな落差だが、いまのオーロラはエキサイティングな暮らしなど求めていなかった。体は傷つき、精神的にも痛い目に遭い、わが身に為《な》された卑劣な仕打ちが依然頭から離れぬいま、単調で波乱のない暮らしさえ送れればそれで十分だった。いまはただ力を取り戻す機会が欲しいだけだった。悪夢にうなされる、突然しくしく泣き出す、長いことむっつり黙り込むといった症状をトムは挙げた。にもかかわらず、彼女が自分と一緒に暮らしていた数か月を、トムは幸福な時として、強い連帯と相互の愛情に貫かれた時として記憶していた。妹が戻ってきて、ふたたびお兄ちゃん役を演じられるようになったことは、トムにとって尽きない喜びだった。彼はオーロラの友にして保護者、導き手にして支え、礎《いしずえ》だった。

かつての元気と活気が少しずつ戻ってくるにつれて、高卒の資格を取って大学を受験しようかなとオーロラは言い出した。それはいい、とトムも励まして、勉強で何かわからないところがあったら手伝うよと約束した。遅すぎるってことはないんだよ、やり直すのに遅すぎるってことはないんだからね、と妹に何度も言ったが、ある意味で実はすでに遅すぎた。何週間かが過ぎて、ローリーが依然決断を先延ばしにしているのを見て、彼女が本気で考えてはいないことにトムは勘づいた。レストランの仕事が休みの日、地元のクラブのオープンマイク・ナイトに顔を出すようになり、ある晩ディナーをサーブしている最中に知りあったミュージシャン三人と一緒にブルースを歌った。まもなく四人はバンドを組むことにした。バンド名は「素晴らしき新世界《ブレイヴ・ニュー・ワールド》」。彼らの演奏を一度見ただけで、学歴をつけようという妹のつかのまの衝動はもうすっかり絶えてしまったことをトムは悟った。そして彼女の歌は本物だった。前からいい声ではあったが、少し歳をとって、五万本の煙草《たばこ》のタールと煙霧に肺をさらしてきたいま、新しい、人を引き込む力がそこには加わっていた。何か深い、喉《のど》の奥から出てくる、官能的なもの。思わず背を伸ばして耳をそばだててしまう、疼《うず》くような、苦しみに裏打ちされた率直さのようなもの。それを聞いて、トムは嬉《うれ》しくもあり心配でもあった。一か月と経たぬうちに、彼女はベーシストとカップルになった。トムにはわかっていた。彼女がルーシーを連れて、ベーシストとほか二人とともにどこかもっと大きな街に去っていくのは時間の問題なのだ。シカゴかニューヨーク、ロサンゼルスかサンフランシスコ、とにかくアメリカのどこか、ミシガン州アナーバーでないところに。思い込みであろうとなかろうと、オーロラは自分をスターとして見ている。世界の目が彼女に注がれないことには、喜びも満足も得られはしないだろう。そのことはもうトムも理解していたから、去るのをやめさせようとする説得も、力ない、形だけのものでしかなかった。昨日はポルノ映画、今日はブルース。明日は何なのか神のみぞ知る。ベーシストの、やはりトムという名の男が見かけほど愚かではないことをトムは祈った。

避けがたい時がついに来ると、ブレイヴ・ニュー・ワールドと彼らの幼いマスコットは、走行距離十三万キロの中古プリマス・バンに乗り込み、カリフォルニア州バークリーに向かった。七か月が過ぎ、やっと連絡があった。真夜中に電話がかかってきて、電話の向こう側の彼女がトムに「ハッピー・バースデイ」を歌ってくれたのだ——いつにも増して優しい、無邪気な声で。

それからまた、何もなし。ミシガンにやって来たとき同様、オーロラはすっかり、謎《なぞ》のように消えてしまった。トムには訳がわからなかった。僕は彼女の味方じゃないのか？　僕は彼女がどんなトラブルに巻き込まれようと頼れる人間じゃないのか？　彼は傷つき、やがて怒り、それからみじめな気持ちに陥った。長い沈黙が一年以上続くにつれて、みじめな気分は深い、募る一方の落ち込みに、何か恐ろしいことが彼女の身に起きたにちがいないという確信に変異していった。一九九七年の秋、彼はついに博士論文を放棄した。アナーバーを去る前の晩、これまで書いたメモ、表、リスト、十三部から成る挫折《ざせつ》の無数の草稿をすべて集めて、一枚一枚、全ページを裏庭のドラム缶で焼いた。大いなるメルヴィル的かがり火が消されるとすぐ、ハウスメートの一人に車でバス発着所まで送ってもらって、一時間後にはニューヨークへ向かっていた。着いて三週間後にイエローキャブの運転手をはじめ、それからちょうど六週間後、オーロラから出し抜けに電話があった。動揺しても半狂乱になってもいなかったし、絶望的な状況に陥ってもいなければ金を貸してくれと言ってきたのでもなかった。ただとにかく会いたいと言ってきたのだ。

翌日の昼食に会って、はじめの二十分か三十分、トムは妹から目が離せなかった。彼女ももう二十六歳で、いまだ誰にも負けず美しかったが、彼女が自分を外に向かって示すやり方はすっかり変わっていた。依然オーロラのように見えても、いま彼の前に座っているのは別のオーロラだった。新しいバージョンと古いバージョン、自分がどちらを好きなのかトムにはよくわからなかった。かつてはたっぷりと滝のように流れ落ちる髪を長く伸ばして、メーキャップも施し、大きなアクセサリーもつけて、どの指にも指輪をはめ、服装にしても個性的で型破りなセンスを発揮していた。緑の革ブーツ、中国風のサンダル、バイカーの上着に絹のスカート、レースの手袋におそろしく派手なスカーフ。なかばパンク、なかば大人の魅力という感じのスタイルが、彼女の若々しさ、健気《けなげ》な喧嘩《けんか》腰を伝えているように思えた。いまはそれに較べると、ひどく澄まして見えた。髪は短く切り揃え、唇にほんのちょっと赤い線を入れる以外はメーキャップもしておらず、服は極端に保守的だった——青いプリーツスカート、白いカシミアセーター、地味な茶色のハイヒール。イヤリングもなしで、右手の小指に指輪をひとつはめているだけ、首にも何も着けていない。トムは訊くのをためらったが、左肩の大きなワシの刺青《いれずみ》はまだあるんだろうか、と考えてしまった。ひょっとすると、己を浄化しよう、かつての暮らしの痕跡《こんせき》をいっさい消し去ろうとするなかで、痛みを伴う処置をこらえて、あの絢爛《けんらん》たる多色の鳥も取り去ったのだろうか？

　トムに会って彼女が喜んでいることは間違いなかったが、と同時に、現在のこと以外は何も話したがっていないことも感じとれた。長いあいだ連絡しなかったことも謝ろうとはしなかったし、アナーバーを去って以来、どういう経緯でいまに至ったのかについてもほんの数センテンスであっさり流してしまった。ブレイヴ・ニュー・ワールドは一年足らずで解散した。北カリフォルニアの二、三のバンドで歌った。男が何人か現われ、さらにまた何人か現われ、やがてドラッグに溺《おぼ》れるようになった。そのうちにルーシーを友人二人に預けて――オークランドに住む四十代後半のレズビアンのカップルだ――自主的にリハビリ施設に入って、六か月かけてクリーンになった。こうしたサーガまるまるが二分以内で語られ、あまりにも速く話が過ぎていったものだから、トムは呆気《あっけ》にとられたまま、もっと細かく話してくれと頼む間もなく終わってしまった。やがて、デイヴィッド・マイナーなる男の話が出てきた。クリニックのグループリーダーだったそうで、彼女が解毒センターを出てリハビリのプログラムに入ったころにはもうすでに回復に向かっている人物だった。この人がたった一人であたしを救ってくれたのよ、と彼女は言った。あの人がいなかったら絶対やり通せなかったわ、と彼女は言った。それにも増して、この人物は、彼女が出会ったなかで初めて、彼女を馬鹿だと思わなかった人間、一日二十四時間セックスのことで頭を埋めつくしていない人間、彼女の体を求めるだけではない人間だった。もちろんトムもそうだが、トムは別だ。きょうだいと結婚するわけには行かないでしょう？と彼女は言った。法律違反だもの。だからデイヴィッドと結婚することにしたの。もうすでに二人でフィラデルフィアに引越して、二人とも仕事を探すあいだ、当面は彼の母親の家に居候《いそうろう》している。ルーシーもちゃんといい学校に行っていて、デイヴィッドは結婚したら彼女を養子にしようと考えている。そういうわけでオーロラはニューヨークに来たのだった――トムの祝福を求めるため、式で花婿《はなむこ》に引き渡す役をやってくれる気があるかを訊くため。うん、もちろんあるさ、喜んで、とトムは言った。でも我々の父親はどうなんだい？　祭壇まで花嫁と一緒に歩いていくのは、父親の役目じゃないの？　そうかもしれないけど、とオーロラは言った。でもあの人、あたしたち兄妹のことどっちも好きじゃないでしょ？　新しい奥さんと新しい子供たちのことで頭が一杯だし、だいたいあのケチがLAからフィラデルフィアまでの飛行機代出すわけないわよ。トムしかいないと彼女は言った。トム以外の誰でもありえない、と。

デイヴィッド・マイナーのことをもう少し聞かせてもらえないかな、と頼んでみたが、ごく曖昧《あいまい》な一般論が返ってくるばかりで、実は彼女自身、未来の夫について十分には知らないのではないかと思えた。あの人はあたしを愛してくれるし、あたしに敬意を持ってくれるし、優しくしてくれるし、云々、だがそういうフレーズには実体が何もなく、トムの頭のなかでいっこうにその男の像が結ばなかった。やがて、声をほとんどヒソヒソ声に落として、オーロラは「すごく宗教的な人なの」と言い足した。

「宗教的？　どういう宗教？」とトムは、これは大変だという思いを声に出さぬよう努めて訊いた。

「キリスト教よ。だから、ジーザスとか、そういうの」

「どういうこと？　特定の宗派に属してるのかい、それとも生まれ変わりの原理主義者？」

「まあ生まれ変わりの方でしょうね」

「で、君はどうなんだ、ローリー？　君もそういうの信じるわけ？」

「信じようとするんだけど、あんまりうまくできないみたい。必要なのは辛抱だ、ある日君の目が開いて光が見えるはずだってデイヴィッドは言うんだけど」

「でも君は半分ユダヤ人なんだぜ。ユダヤ教の掟《おきて》によるなら全面的にユダヤ人だ」

「わかってるわ。ママのおかげよね」

「で？」

「構わないってデイヴィッドは言うの。ジーザスだってユダヤ人だったけど神の子だったんだからって」

「ずいぶんいろんなことを言う人みたいだな。髪を切らせたのも服装を変えさせたのもその人なの?」

「あの人は何も無理強いしたりしないわ。あたしがやりたかったからやったのよ」

「デイヴィッドの後押しを得て」

「つましさは女性にふさわしいって。私の自尊心が高まるってデイヴィッドは言うのよ」

「デイヴィッドは言うわけか」

「お願いトミー、少しは歩みよってよ。よく思ってないのはわかるけど、あたしにしてみれば、やっとささやかな幸せを手に入れるチャンスなのよ、それをみすみす逃す気はないのよ。デイヴィッドがあたしにこういう服を着ろって言うとして、それで何が変わるの? あたしは以前、あばずれ女みたいな格好でうろついてた。この方があたしにはいいのよ。この方が安全で、自分がしっかりまとまってる気がするのよ。さんざん無茶苦茶やってきて、まだ生きているのがラッキーなくらいなのよ」

トムは手をゆるめて、口調を変えた。その午後二人は、熱く抱擁《ハグ》しあい、しっかりキスもして、もうこれからは連絡を絶やさないようにしようと誓いあった。今回は本気だろうとトムも確信したが、結婚式の日が近づいても招待はいっこうに来なかった。

手紙も、電話でのメッセージも、いっさい何もなかった。昼食のあいだに彼女がナプキンに殴り書きした、フィラデルフィアの市外局番からはじまる番号にかけてみると、この番号は現在使用されておりませんと機械の声が告げた。番号調べで彼女の居所を突きとめようとしてみたが、かけてみた三人のデイヴィッド・マイナーのなかでオーロラ・ウッドという名に聞き覚えのある人は一人もいなかった。いかにも彼らしく、トムは自分を責めた。マイナーの宗教について自分が否定的なことを言ったせいで、きっとローリーの感情を害してしまったのだ。もしかしたらニューヨークに住む無神論者の兄のことをフィアンセに話して、そんな人物を結婚式に呼ぶのはやめろと言われたのかもしれない。マイナーについて大して多くを聞いたわけではないが、いかにもそういう人間に思えた。独断的に威張り散らす狂信者、鼻持ちならない信心家。

「それ以降、連絡はあったのか？」と私は訊いた。

「いいえ、何も」とトムは言った。「その昼食からもう三年になります。どこにいるのか、まるっきり見当もつきません」

「彼女がよこした電話番号は？　本物だったと思うかい？」

「ローリーはいろいろ欠点があるけど、嘘をつくという欠点はありませんよ」

「なら引越したとしても、相手の母親を通して連絡がつくはずだよね」

「やってみたんですが、駄目でした」

「不思議だな」

「そうでもないですよ。彼女の名字がマイナーでなかったら？　夫が亡くなることも多いですからね。離婚ってこともある。再婚して、新しい夫の名字を使っていたのかもしれない」

「君を気の毒に思うよ、トム」

「それには及びません。そこまで思ってもらうほどのことじゃありません。ローリーが僕に会いたいと思えば、電話してきますよ。もうそういうことなんだって割りきるようになりました。もちろん会えないのは寂しいけど、僕にはとにかくどうしようもないわけで」

「で、君の父親だ。最後に会ったのはいつかね？」

「二年くらい前です。書いてる記事の用事でニューヨークに来て、夕食に招《よ》んでくれたんです」

「で？」

「まああの人のことはご存知でしょう。世界一話しやすい人じゃないですからね」

「ゾーン夫妻は？　あの人たちとはまだ連絡を？」

「少し。フィリップは毎年感謝祭のときにニュージャージーに招んでくれます。僕の母親と結婚していたころはあんまり好きじゃなかったけど、だんだん考えが変わってきました。母が死んであの人も本当に参ってしまって、どれだけ愛していたのかがよくわかって、もう悪意を持つ気もなくなりました。いまは穏やかな、おたがい敬意を抱いた関係ですよ。パメラとも同じです。前はずっと脳味噌《のうみそ》空っぽの俗物だと思って、人がどこの大学卒だとか収入がいくらだとかいったことしか頭にない人間と思えたんだけど、歳をとるにつれてだんだんよくなってきたみたいです。いまは三十五か三十六で、弁護士の夫と子供二人と一緒にヴァーモントで暮らしてます。今度の感謝祭、僕と一緒にニュージャージーに行きたかったら、きっと歓迎されますよ」

「それはちょっと考えさせてもらうよ。当面のところ、家族のうち私が耐えられるのは君とレイチェルだけなんだ。あと一人元親戚が入ってきたら、もう息が詰まっちまうと思う」

「レイチェルは元気ですか? 僕、まだお訊《たず》ねもしてなかったですよね」

「うん、そこが厄介でね。彼女本人としては、問題ないと思うんだ。いい仕事があって、まっとうな夫がいて、快適なアパートメントもある。ただ二か月ばかり前、私とはちょっとやり合ってね。その修復はまだまだなんだ。ありていに言って、もう二度と口をきいてもらえない可能性もある」

「お気の毒に思いますよ、ネイサン」

「それには及ばない。そこまで思ってもらうほどのことじゃないさ。私としては、君のことを気の毒に思うのを許してもらった方が有難いね」

ブルックリンの女王

翌日の午後、昼食どきにふたたびトムと顔を合わせると、自分たちが小さなしきたりを打ちたてつつあることを私たち二人は了解した。はっきりそう言葉にしたわけではないが、ほかの予定や義務が生じないかぎり、極力二人で会って、昼の食事を共にするのだ。私がトムの二倍の年齢で、以前はナット伯父さんの名で通っていたこともはや関係ない。かつてオスカー・ワイルドが言ったとおり、二十五歳を過ぎたら誰もが同じ歳《とし》なのであり、実のところ、我々二人は現在の状況もほぼ同一なのだ。二人とも独り暮らしで、女性とつき合ってもおらず、友だちも少ない（私の場合はゼロ）。独り身の単調さを破る上で、己の同類《サンブラブル》、似た者、長く離ればなれになっていたトマシーノと一緒にメシを食いつつ無駄口を叩《たた》きあう以上の方法があるだろうか？

マリーナはその日出勤していて、ぴっちりとしたジーンズにオレンジ色のブラウス姿が最高に素敵だった。素晴らしい組み合わせというほかない。彼女がこっちへやって来るときもほれぼれと眺められるし（豊満で刺激的な胸を正面から）、歩き去るときも同じ（丸々とした、太めの尻を真うしろから）。ついこのあいだ、深夜の逢引《あいび》きのファンタジーにふけったせいで、私はいつもより無口になったが、それでも、このあいだ置いていった巨額のチップがいまだ物を言って、注文を取る彼女は満面の笑みを浮かべ、私の心を永遠に征服したことにしっかり気づいていた（と思う）。どんな言葉を交わしたのか、一言も覚えていないが、注文を終えるころには、相当間の抜けたニタニタ笑いが私の顔に浮かんでいたにちがいない。彼女がキッチンに向かって立ち去ると、何だか様子が変ですよ、どこか悪いんですか、とトムに言われたからだ。いやいや絶好調だよ、と答えたが、それから間《ま》を置かず、狂おしい片思いの恋を自分が打ちあけるのを私は聞いた。「あの娘《こ》のためなら何だってするね」と私は言った。「でもまあ、ろくなことにはならんだろうな。向こうは結婚してるし、おまけに百パーセントのカトリックときてる。でも、おかげで夢は見させてもらっているよ」

ゲラゲラ笑われるのを覚悟したが、そんなことは全然なかった。トムは完璧におごそかな表情を浮かべ、テーブルの向こうから片腕を伸ばしてきて、私の手をぽんぽんと撫《な》でたのだ。「その気持ちよくわかりますよ、ネイサン」とトムは言った。「辛いですよね、ほんとに」

今度はトムが告白する番だった。私はわが甥《おい》から、彼もまた手の届かぬ女性に恋していることを聞かされたのである。トムは彼女のことをBPMと呼んでいた。美しき完璧な母親《ビューティフル・パーフェクト・マザー》の略である。トムは彼女と口をきいたこともないばかりか、名前さえ知らなかった。トムの住むアパートと、ハリーの古本屋とのちょうど中間あたりに建つブラウンストーン造りの家に住んでいて、トムは毎日朝食に向かう途中、彼女が二人の子供と一緒に玄関前の階段に座って、黄色いスクールバスが来るのを待っているのを目にする。とっても素敵な人なんですよ、長い黒髪で、緑の瞳《ひとみ》がキラキラ光っていて、とトムは言った。でも一番心を動かされるのは、彼女が子供たちを抱いたり、彼らに触ったりするしぐさなんです。母親の愛情というものが、あんなにはっきり、のびのびと、あれほどの優しさと掛値なしの喜びとともに表わされているのは見たことありませんよ、とトムは言った。たいていの朝、BPMは二人の子供のあいだに座って、支えを求めて身を寄せてくる二人それぞれの腰に片腕を回し、代わりばんこに鼻をすりつけたりキスしたり、二人一緒に膝の上に載せて抱きしめ、抱擁の魔法の輪を作っては歌ったり笑ったりしていた。「僕、できるだけゆっくり前を通っていくんです」とトムはさらに言った。「そういう光景はじっくり味わわなくちゃいけません。だからたいてい、地面に何か落としたふりをするか、立ちどまって煙草に火を点《つ》けるか、とにかく愉《たの》しみを何秒かでも引きのばそうとするんです。本当に美しい人なんです。あの人がああやって子供たちと一緒にいるところを見ると、もう一度人類を信じてもいいかなって気にさせられますよ。馬鹿みたいだとわかってるけど、たぶん一日に二十回はあの人のことを考えると思いますね」

口には出さなかったが、どうもまずい話だと思った。まだ三十で、若い盛りなのに、女性のこと、色恋のことに関して、トムはもうほとんどあきらめてしまっている。最後につき合っていたのはリンダ何とかという院生仲間で、その彼女ともアナーバーを去る半年前に別れて、以来とことん不運つづきだったせいで、もはやそういうことを試みるのもいっさいやめてしまっていた。もう一年以上女性とデートしていない、と二日前にも言っていたから、ＢＰＭに対する無言の崇拝が目下彼の異性関係すべてだということになる。あまりに情けない話ではないか。勇気を奮い起こして、また一から頑張ってみるべきだ。少なくとも、セックスの相手にはありついて、夜な夜な至福の地母神《ちぼしん》を空しく夢見るのはやめないといけない。もちろん私だって同じ穴のムジナだが、少なくとも私は憧《あこが》れの君《きみ》の名を知っているし、コズミック・ダイナーに足を運んでいつものテーブルにつけば、現実に彼女と話すことができるのだ。私みたいにもう盛りを過ぎた人間にはそれで十分だ。私はすでに自分のダンスを踊り、人並に楽しんだのであって、いまがどうなろうとどうでもいい。武勇伝を示す刻み目をベルトにもうひとつ加えるチャンスがやって来たら、むろんノーとは言わないが、べつにそれに生死がかかるわけでは全然ない。トムの場合は、ゲームのただなかに突入するガッツが本人にあるかないかにすべてがかかっている。それがなければ、たった一人の狭苦しい地獄の闇《やみ》にこもって、ただやつれていくしかない。年月が過ぎていくにつれて、だんだん恨みがましい人間に、本来なるべきでない人間になっていくだろう。

「その人、私も見てみたいね」と私は言った。「君の話を聞いてると、別世界から来た幻影みたいに思えるよ」

「いつでもどうぞ。朝八時十五分前にアパートに来てくれれば、一緒に前を通れます。絶対失望はしません、保証します」

というわけで翌朝、私たちは二人で、トムがブルックリンでどこよりも愛する通りを歩いていった。美しき完璧な母親の「催眠術のような力」がどうこうとトムは言い出したが、どうせ誇張だろうと私は思った。だが間違っていたのはこっちだった。この女性は事実、完璧だった。天使的なるもの、美なるものの崇高な化身だった。彼女が玄関前の階段に座って、小さな子供二人の体に腕を回している姿を一目見ただけで、老いた気難し屋の胸はときめいた。トムと私は通りの向かい側に立ち、高いニセアカシアの木陰にさりげなく陣取っていたが、わが甥の愛する人を見ていて何より感じ入ったのは、彼女のしぐさを貫く、まったくの自由さだった。余計な自意識とは無縁の奔放さゆえに、彼女は瞬間瞬間を、つねに現在でありつつねに広がりつつあるいまこのときを、存分に生きていた。歳はおおよそ三十くらいだろうが、物腰は若い娘のように軽やかで気どりがなかったし、こんなに美しい女性が、白いオーバーオールにチェックのネルシャツという格好で人前に出ていることもすがすがしかった。これは自信の表われ、他人の意見に無頓着《むとんじゃく》であることのしるしであって、この上なく安定した、しっかり足が地に着いた人物でなければできないことだ。私としてもマリーナ・ゴンサレスへのひそかな恋心を捨てる気はなかったが、女性の美しさに関するいかなる客観的基準に照らしてみても、マリーナがＢＰＭの足下にも及ばないことはよくわかった。

「あれはきっと芸術家だね」と私はトムに言った。

「どうしてそう思うんです？」

「オーバーオールさ。画家はオーバーオールを好むからね。ハリーの画廊がなくなって残念だよ。彼女の個展を企画してあげられたのに」

「また妊娠してるのかもしれませんよ。亭主と一緒にいるところも二度ばかり見たんです。背の高い金髪の男で、肩幅は広くて軽くあごひげを生やしてる。あの人は子供たちを相手にするのと同じに、亭主にも愛情たっぷりにふるまうんです」

「両方なのかも」

「両方？」

「妊娠していて、かつ芸術家。二重の用途を満たすオーバーオールに身を包んだ、妊娠した芸術家。でもその反面、あのすらっと細い線はどうだい。腹のあたりを見ても膨らみは全然わからないぜ」

「だからオーバーオールを着てるんですよ。ゆったりしてるから、膨らみを隠せる」

トムと私がオーバーオールの意味をめぐって当て推量を続けていると、家の前にスクールバスが停まって、BPMと二人の幼子がつかのま視界から消えた。一瞬も無駄にできないことを私は悟った。あと数秒したらバスは走り去り、BPMは回れ右して家のなかに戻ってしまうだろう。私はこの女性をふたたび盗み見る気はなかったし（してはならないことが世にはあるのだ）、いまが唯一《ゆいいつ》のチャンスであるなら、私はただちに行動せねばならない。わが内気な、恋患《わずら》いの甥の精神衛生のために、彼を捕えている呪縛《じゅばく》を断ち切ってやるのが自分の義務なのだ。彼の渇望《かつぼう》の対象を神話の世界から引き出して、現実の姿に——幸福な結婚生活を送っていて子供の二人いる、ひょっとしたらじきもう一人増えるかもしれないブルックリンの主婦に——変えてやらねばならない。この人はべつに聖者でも近づきえぬ女神でもなく、ほかのすべての人間同様、食って糞もすればファックもする生身の女性なのだ。

状況から見て、可能な選択肢はひとつしかない。通りを渡って、彼女に声をかける。二言三言ではなく、本格的に、私がトムを手招きで呼んで無理に仲間に入らせるのに不自然でない長さの会話にまで持っていかないといけない。最低限、トムが彼女と握手し、彼女に触れて、この女性が触知可能な人間であって彼の想像力の雲のなかに暮らす霊的存在などではないことを鈍い頭に叩き込んでやりたかった。かくして私は歩み出た。向こう見ずに、衝動に任せて、相手に何と言うのかまったく何の見通しもないままに。バスがふたたび動き出そうとしたところで私も通りの向こう側に行きつき、彼女はまさに目の前、車道と歩道の境に立って、可愛《かわい》い子供二人に——二人とももうすでにバスに乗って席につき、ギャアギャアわめいている三ダースの子供の群れに溶け込んでいる——投げキスを送っていた。私は保険外交員としての最高に感じのいい、相手を安心させる顔で彼女の方に寄っていき、「失礼ですが、ひとつ質問させていただいてよろしいでしょうか」と言った。

「質問？」と彼女はいささか面喰らった様子で言った。あるいは単に、ついいましがたまでバスがあったところに人間が立っているのを見てびっくりしただけかもしれない。

「私、近所に越してきたばかりでして」と私は続けた。「いい美術用品店を探しているんです。あなたがオーバーオール姿で立ってらっしゃるのを拝見して、ひょっとして芸術家じゃないかと思いまして。ゆえに、お訊ねしてみよう、と考えたわけで」

ＢＰＭはにっこり笑った。私の言うことを信じていないからか、私の「質問」の不細工さを面白がっているからかは定かでなかったが、彼女の顔をじっくり眺め、目や口の周りに皺《しわ》が寄るのを見ていると、彼女が当初思っていたよりもう少し歳が上であることが見えてきた。たぶん三十四か、三十五か。といってもそれで何が変わるでもなく、彼女の若々しい輝きがいささかも損なわれはしなかったが。これまでのところ、私に向かって彼女はまだ二単語しか口にしていないが――「質問《ア・クェスチョン》？」――その短い三音節を聞いただけで、生粋のブルックリンっ子の響きのよい口調が聞きとれた。聞き違えようもないこの訛《なま》りは、アメリカ中どこでもさんざんからかいの種になっているが、私には何より温かく、何より人間的に聞こえる。この声に力を得て、私の頭のなかで歯車が回りはじめた。彼女が私に向かってふたたび言葉を発したころには、私はすでに彼女の人生の大まかな物語をまとめ上げていた。生まれも育ちもブルックリン、ひょっとしたらいま前に立っているまさにこの家で生まれ育ったということもありうる。両親はおそらく労働階級で（ブルックリンの高級住宅地化がはじまったのは七〇年代なかばのことだ）、彼女が生まれた当時（六〇年代なかばか後半）、この界隈《かい》隈《わい》はまだ生き延びるのに必死の移民やブルーカラーの家族が住む、むさくるしい、くたびれた町で（わが幼年期のブルックリンだ）、彼女の背後にそびえている四階建てのブラウンストーンも、いまでは最低八十万、九十万ドルの値が付いているだろうが当時は二束三文で買えたはずだ。彼女は地元の小中高に通い、大学も自宅から行って、何人かの男を愛し、少なからぬ数の胸をはり裂き、やがて結婚して両親が亡くなると、子供のころ住んでいた家を相続する。まあ細部は違っているとしても、大筋はこんなところだろう。よそ者ではここまでこの場にしっくり収まれはしない。これほど心地よくいられるのは、やはりここの出だからだ。ここは彼女の世界なのであり、彼女はこの界隈に、人生最初の一分間からここが己の領土であったかのように君臨している。

「あなたいつも、着てるもので人を判断なさるんですか？」とＢＰＭは訊《き》いた。

「判断じゃありません」と私は言った。「単なる憶測です。ひょっとしたら愚かな憶測かもしれないけど、もしあなたが画家、彫刻家、とにかく何らかの芸術家でないとしたら、他人に関する私の憶測が初めて外れたってことになりますね。こいつは私の得意技なんです。人を見て、どういうことをしてるか当てるのが」

彼女はもう一度笑みを浮かべ、声を上げて笑った。この阿呆は何者だろう、なぜ声をかけてきたんだろう、そう考えているにちがいない。いまが自己紹介の瞬間だと私は踏んだ。「ところで私、ネイサンと申します」と私は言った。「ネイサン・グラスです」

「こんにちは、ネイサン。私はナンシー・マズッケリ。それで私、芸術家じゃありません」

「そうなんですか？」

「アクセサリーを作ってるんです」

「ズル言っちゃいけません。それなら立派な芸術家です」

「たいていの人は手工芸《クラフト》って言うでしょうね」

「作るものの質次第じゃないですかね。お作りになったものは販売なさってるんですか？」

「もちろん。自分の会社も持ってます」

「お店はこの近所？」

「店はありません。七番街の何軒かのお店に品を置いてもらってます。あと、自宅でも売ってます」

「あ、なるほど。ここにはもう長くお住まいで？」

「生まれてからずっとです。生まれも育ちもこの家」

「生粋のパークスロープっ子」

「ええ。骨の髄まで」

というわけだ。何から何まで聞き出した。シャーロック・ホームズはまたもやってのけた。私は自らの圧倒的な推理力に感嘆し、自分が二人いたら背中を叩いてやれるのにと思った。傲慢《ごうまん》な言い方なのは承知だが、これだけの知的離れ業を、人はどれだけ頻繁に成し遂げるだろう？　彼女が二単語喋るのを聞いただけで、何もかも見抜いたのだ。もしワトソンがここにいたら、首を振りふり何やらブツブツ呟《つぶや》くことだろう。

一方トムは、依然として通りの向こう側に立っている。もういい加減会話に引っぱり込まないと、と思って私は彼の方を向き、こっちへ来るよう合図を送り、ＢＰＭに対しては、私の甥でブライトマンズ・アティックの稀覯書《きこうしょ》手稿部門を任せられてるんですと伝えた。

「ハリーなら知ってます」とナンシーは言った。「結婚する前、ひと夏あの店でアルバイトしたことがあるんです」

「うん、すごい人です。すごい人ですよね」

加わりたくない場に引きずり込まれて、トムが私のことを怒っているのはわかったが、それでも彼は道を渡って私たちに仲間入りした。顔を赤らめ、うつむいて、いまにも鞭《むち》で打たれそうな犬みたいな様子で。私は突然、こんなことするんじゃなかったと後悔したが、もう手遅れだった。いまさらやめるわけには行かない。謝るにも遅すぎる。だからそのまま突き進み、トムをブルックリンの女王に紹介したが、その間ずっと心のなかで、もう絶対二度と他人の色恋沙汰《ざた》に首をつっ込んだりしない、と亡き妹の墓にかけて誓っていた。

「トム、こちらはナンシー・マズッケリ」と私は言った。「一緒に地元の美術用品店の話をしてたんだが、いつの間にか話題がアクセサリーにそれてね。驚くなかれ、生まれてからずっとこのお家《うち》で暮らしてらっしゃるそうだ」

地面から目を上げる勇気もないまま、トムは右腕を差し出してナンシーと握手した。

「はじめまして」と彼は言った。

「ハリー・ブライトマンのお店に勤めてらっしゃるんですってね」と彼女は、たったいまものすごい出来事が起きたとはつゆ知らず答えた。トムがついに彼女に触れ、ついに彼女が話すのを聞いたのであり、それが呪縛を解くに十分であるかどうかはともかく、接触がなされたのであって、今後トムは新しい地点において彼女と向きあうしかない。彼女はもはやBPMではない。ナンシー・マズッケリ、見目麗《みめうるわ》しくはあれ、生活のためにアクセサリーを作っている、ごく普通の若い女性なのだ。

「ええ」とトムは言った。「半年前から勤めてます。いい店です」

「ナンシーも前にアルバイトしてたんだってさ」と私は言った。「結婚する前に」

私の言葉に応《こた》える代わりに、トムは腕時計を見て、もう行かないと、と言った。相変わらず何も理解しないまま、彼の崇敬の対象は、穏やかな顔で手を振った。「お会いできてよかったわ、トム」と彼女は言った。「またそのうちに」

「ええ、またそのうちに」とトムは答えて、それから、驚いたことに、私の方を向いて私と握手した。「昼食の約束、まだ生きてますよね？」

「もちろん」と私は言いながら、思ったほど彼が怒ってないらしいと知って、内心胸を撫でおろしていた。「いつもの時間、いつもの場所さ」

かくしてトムは、例によって重たげな足どりで通りを下っていき、やがて彼方《かなた》に消えていった。

ひとたびトムが声の届かないところまで行ってしまうと、ナンシーが「すごく内気な人なんですね」と言った。

「ええ、すごく内気です。でも善人です、立派な人間です。この世に生きる最高の善人の一人と言っていい」

ＢＰＭがにっこり笑った。「美術用品店の名前、まだお聞きになりたいですか？」

「ええ、伺いたいです。それと、あなたのアクセサリーも拝見したい。娘の誕生日がもうすぐなんだが、まだプレゼントを買ってないんです。できたら何か選んでくれませんかね」

「ええ、喜んで。よかったら中に入ってご覧になりませんか」

男たちの愚かさについて

結局、一六〇ドル前後のネックレスを私は購入するに至った(現金で払ったので三十ドル引き)。よく出来た繊細な作りで、トパーズ、ガーネット、カットガラスが細い金の鎖にちりばめてあり、レイチェルのほっそりした首につければきっと似合うと思った。誕生日云々《うんぬん》は嘘《うそ》だったが(まだ三か月先だ)、火曜日に送った手紙のフォローに贈り物をしても害にはなるまい。ほかに手がないなら、愛情のしるしを次々浴びせるしかない。

ナンシーの工房は半地下の奥の部屋で、窓からは庭が見渡せた(まあ庭というより小さな遊び場で、一方の隅にブランコが、もう一方にはプラスチックの滑り台があり、そのあいだにいろんなおもちゃやゴムボールが転がっている)。売り物の指輪、ネックレス、イヤリングなどを一つひとつ見ていきながら、私たちは気楽にあれこれお喋《しゃべ》りをした。彼女は話しやすい人物だった。とても率直で、鷹揚《おうよう》で、どこまでも温かく友好的な人物である。が、ああ、話し込んでみると、決して頭がよいとは言えないことが判明した。程なく私は、彼女が占星術、水晶パワー等々のニューエイジ的まやかしの熱心な信奉者であることを知った。まあ仕方がない。昔の映画にあったように、完全な人間はいない――美しき完璧《かんぺき》な母親でさえも。が、トムのことを思うと残念だ。もし万一、彼女と真剣な会話を交わすところまで行ったら、きっとものすごくがっかりするだろう。でも実はそれが一番いいのかもしれない。

彼女の人生の基本的事実を私はいくつか見抜いてみせたわけだが、わがホームズ流推理の残りも有効かどうか知りたかった。というわけで質問は続けたが、大げさに真っ向から訊くのではなく、すきを見て、極力さりげなく問いをはさみ込むようにした。結果は白黒混じっていた。学校については正しかったが（公立小中PS321、ミッドウッド高、ブルックリン・カレッジに二年通った末に中退して女優としての運を試したが物にならなかった）、亡《な》くなった両親から家を相続という点は間違っていた。父親は他界していたが、母親はまだぴんぴんしていた。家の最上階の一番広い寝室に住み、日曜日はいつもプロスペクト公園で自転車を乗り回し、五十八歳のいまもマンハッタン中央部の法律事務所で秘書をしている。完全無欠の天才もこれまで、無謬《むびゅう》なるグラスの目もこれまでだった。

ナンシーは結婚して七年になり、夫のことはジムと言ったりジミーと言ったりする。夫がイタリア系でマズッケリなのか、それとも自分の名字をそのまま使っているのかと訊いてみたら、彼女は笑って、ジムは純粋なアイルランド系だと答えた。まあイタリアとアイルランドだったらどちらもIからはじまりはするよね、と私が言うと、彼女はまた楽しげに笑い声を上げ、笑いやまぬまま、自分の母親のファーストネームと夫の名字はまったく同じなのだと言った。

「へえ、何ていう名前です?」と私は訊いた。

「ジョイス」

「ジョイス?」。一瞬、混乱と驚きに私は言葉が出なかった。「ということはあなた、ジェームズ・ジョイスという名の男性と結婚してらっしゃるわけ?」〔※ジム、ジミーはジェームズの愛称〕

「ええ、あの作家と同じ」

「すごいなあ」

「笑っちゃうんだけど、ジムの両親は文学のことなんて何も知らないの。ジェームズ・ジョイスの名前も聞いたことがなかった。ジムってつけたのは、母親の父親がジエームズ・マーフィーだから」

「それで、ご亭主はまさか作家じゃないでしょうね。そんな名前を背負って本を出すのは楽じゃないだろうから」

「ええ、作家なんかじゃありません。フォーリー・ウォーカーです」

「え、何?」

「フォーリー・ウォーカー」

「さっぱりわかりませんね」

「映画の音響効果技師です。ポストプロダクションの一環なんです。マイクでは撮影中の音を全部は拾えないでしょう。それでたとえば、ここで誰かが玄関前の砂利道をザクッザクッて歩いてる音が欲しいって監督が言ったとしますよね。じゃなきゃ、本のページをめくる音とか、クラッカーの箱を開ける音とか。ジムはそういうのを作るの。いい仕事ですよ。すごく厳密で、面白い仕事。きっちり完璧なのを作ろうとして、みんなほんとに熱心なんです」

一時に昼食の場でトムと顔を合わせると、ナンシーとの話で収集した情報を私は細大漏らさず報告した。トムはいつになく上機嫌で、ＢＰＭと対面するほかないよう私が率先して手を打ってくれたことに一度ならず礼を言った。

「君がどう反応するか、わからなかったよ」と私は言った。「自分で道を渡った時点でもう、きっと君が怒るだろうなって思ったよ」

「いや、びっくりしただけです。いいことをしてくれましたよ、ネイサン。立派な、素晴らしいことを」

「ならいいけど」

「あの人を間近に見たのは初めてです。最高に美しい人ですよね？」

「うん、とても綺麗《きれい》だ。この界隈で一番綺麗だよ」

「それに優しいし。それが一番です。優しさが体じゅうの毛穴から発散されてるのがわかりますよね。自分の美しさを鼻にかけた、高慢ちきな美人なんかじゃありません。あの人は人間が好きなんです」

「土に根ざしてるってやつだね」

「それそれ。土に根ざしてる。僕もう、怖じ気づいたりしてません。今度会ったら、こっちから挨拶《あいさつ》して、話もできると思います。少しずつ話して、いつの日か友だちにだってなれるかもしれない」

「幻滅させるのは気が引けるけど、けさ話してみて、君たちあんまり共通点はないと思ったよ。たしかに愛らしい人だけど、頭の方ではさしたることは起きてないようだよ。せいぜい並の知能ってところだね。大学をドロップアウトして、本にも政治にも興味がない。国務長官は誰かって訊いても答えられないんじゃないかな」

「それがどうしたって言うんです？　僕はたぶんこの食堂にいる誰よりも本を読んでるけど、それで何の足しになりました？　インテリなんてつまんないですよ、ネイサン。世界で一番退屈な連中です」

「そうかもしれない。でも彼女が君について真っ先に知りたがるのは、きっと君の星座だぜ。そのあとも二十分、ホロスコープの話につき合わされる」

「構いませんよ」

「気の毒に。トム、君、ほんとに惚《ほ》れ込んでるんだな」

「自分じゃどうしようもないんです」

「じゃあ、次の一歩は？　結婚か、それとも昔ながらの不倫か？」

「僕の勘違いでなければ、あの人もう、ほかの誰かと結婚してると思うんですけど」

「ささいなディテールさ。奴を追い出したければ、言ってくれればいい。私にはいいコネがあるんだ。でもまあ君のためなら自分でやってもいいな。新聞の見出しが目に浮かぶね——**元保険外交員　ジェームズ・ジョイスを殺害**」

「ははは」

「でもナンシーについてひとつ言えることがある。彼女はとてもいいアクセサリーを作る」

「そのネックレス、いま持ってます？」

私は胸ポケットに手を入れて、朝の買物を入れた細長い箱を取り出した。蓋《ふた》を開けようとしたところで、マリーナが私たちのサンドイッチを持って現われた。除幕式から彼女を締め出したくなかったので、彼女にもよく見える方向に箱を動かした。ネックレスは伸ばした形で白い綿の上に載っていて、身を乗り出して吟味した彼女は、ただちに評決を下した――「あら、綺麗《ケ・リンダ》ねえ。すごく可愛い」。トムも無言のままうなずいて賛意を表《ひょう》したが、こっちは明らかに、愛《いと》しいナンシーを想《おも》い、あの神々《こうごう》しい手がいま自分の目の前にあるこの小さな光り輝く品を作ったことを想って、感動に物も言えずにいるのだった。

私はネックレスを箱から取り上げ、マリーナの方に差し出した。「これ、着けてみてくれないか」と私は言った。「どういう感じか、見てみたいから」

それが私の元々の意図だった。ただ単に、彼女にモデルになってもらう。が、彼女がネックレスを両手で受けとり、そのライトブラウンの肌に（青緑のブラウスの、一番上の外したボタンのすぐ下の、あらわになった肉体の小さなエリアに）かざしてみせたとたん、いっぺんに気が変わった。私はそれを、マリーナにプレゼントしたくなった。レイチェルにはまたいつでも別のを買ってやれる。この品はマリーナにぴったりであって、もうすでに彼女に属しているように見えるのだ。と同時に、私が彼女に言い寄っているような印象を与えてしまうと（実際言い寄っているわけだが、望みは少しも抱いていない）、厄介な立場に追い込んでいると思われて、受けとってもらえないかもしれない。

「いやいや、ただかざすだけじゃなくて」と私は言った。「着けてみてくれ、首に掛けたときにいい感じかどうか、ちゃんと見たいから」。うしろの留め金を外すのに彼女が手間取っているあいだ、こっちはすばやく、何か彼女の抵抗感を消すようなことを言わないといけない。「誰かから聞いたんだ、君が今日誕生日だって」と私は言った。「本当かいマリーナ、それともあの男、私をからかってただけなのかな？」

「今日じゃないわ」と彼女は答えた。「来週よ」

「今週、来週、違いやしないさ。もうじきなんだから、君はもうバースデイ・オーラのなかにいるんだよ、顔にしっかり書いてある」

マリーナはネックレスを着け終え、にっこり笑った。「バースデイ・オーラ？　何それ？」

「私は今日このネックレスを、特に何の訳もなく買った。誰かにあげたいとは思ったが、それが誰なのかはわからなかった。で、いまそいつが君にすごく似合うのを見て、君に受けとってほしいと思ったんだ。バースデイ・オーラってのはそういうことさ。そいつはものすごく強い力であって、あれこれ奇妙なことを人にやらせるんだ。そのときはわからなかったけど、私は君のためにネックレスを買っていたのさ」

はじめ彼女はすごく嬉《うれ》しそうで、これなら問題はあるまいと思えた。その生き生きした茶色い瞳で私を見る目つきからして、彼女がネックレスを自分のものにしたいと思っていること、私の申し出を嬉しく思っていて心を動かされていることは明らかだった。が、当初の喜びの波がひとたび退《ひ》いてしまうと、彼女は少し考えはじめ、やがてその同じ茶色い瞳に疑念と迷いが入り込むのが見えた。「ミスター・グラス、あなたはすごくいい人です」と彼女は言った。「本当に有難く思います。でもあなたからプレゼントはいただけません。いただいちゃいけないんです。店のお客さまなんですから」

「心配は要らないよ。私がお気に入りのウェイトレスに何かあげたいと思ったら、誰に止める権利がある？　私は年寄りだ。年寄りは好き勝手にやる自由があるんだ」

「あなたはロベルトをご存知ないんです」と彼女は言った。「すごく嫉妬《しっと》深いんです。

あたしがよその男から物をもらうと気を悪くするんです」

「私は男じゃない」と私は言った。「君を喜ばせたいと思ってる、ただの友だちだよ」

　ここでトムがやっと議論に加わった。「ねえマリーナ、この人、悪意はないと思うよ」と彼は言った。「ネイサンの人柄は君も知ってるよね。とにかくけったいな人なんだ。年じゅうイカレた思いつきばかりやってる」

「たしかにイカレてるわよね」と彼女は言った。「それにすごくいい人。でもとにかく、トラブルは嫌なの。わかるでしょう。いろんなことが重なっていって、いずれバン！よ」

「バン？」とトムが言った。

「そう、バン」と彼女は答えた。「それってどういう意味かなんて訊かないでね」

「わかった」と私は、彼女の結婚生活が思ったほど波立たずではないことを悟って言った。「じゃあこれでどうだろう。マリーナはネックレスを受けとるが、家には持ち帰らない。ずっとこの店に置いておく。仕事のあいだずっと身に着けて、終わったらレジのなかに入れて帰る。そうすればトムと私は毎日ここに来てネックレスを堪能《たんのう》できるし、ロベルトにもいっさい知られない」

　何とも馬鹿げたあざとい提案、何とも邪《よこしま》でふてぶてしいごまかしである。そのあんまりさにトムもマリーナもゲラゲラ笑い出した。

「あんたってほんとにずるがしこいお爺《じい》さんねえ、ネイサン」とマリーナは言った。

「いや、まだお爺さんとまでは」と私は言った。

「で、もしあたしが、ネックレスを着けてること忘れちゃったら？」とマリーナは訊いた。「ある晩家に帰って、まだネックレス着けたままだったらどうなるの？」

「君はそんなことしないさ」と私は言った。「そんなことするには賢すぎる」

かくして私は、若く邪気なきマリーナ・ルイーサ・サンチェス・ゴンサレスに誕生日のプレゼントを押しつけ、そのご褒美《ほうび》として頰にキスを――私が死ぬまで忘れないであろう長い、優しいキスを――贈られた。こういうものだ、愚かな男たちに回ってくる恩恵とは。そして私は愚かな、愚かな男以外の何者でもない。私はキスをもらい、光り輝く感謝の笑みをもらったが、実はそれ以上のものをもらっていた。その名は、トラブル。私がミスター・トラブルに引き合わされた時点まで話が進んだら、一部始終を語ることにしよう。だがいまはまだ金曜の午後、まず語らねばならぬ事柄がある。週末がはじまろうとしていて、トムと私がコズミック・ダイナーを出て三十時間も過ぎないうちに、私たちは二人ともハリー・ブライトマンとともに別のレストランにいて、ディナーを食べ、ワインを飲み、宇宙の神秘と格闘していたのである。

飲み食いの夜

土曜の晩。二〇〇〇年五月二十七日。ブルックリン、スミス・ストリートのフランス料理店。三人の男が店内左奥の丸テーブルを囲んでいる。ハリー・ブライトマン（かつての名はドゥンケル）、トム・ウッド、ネイサン・グラス。ちょうどウェイターに注文を伝えたところで（三つ別々のオードブル、三つ別々のメインディッシュ、ワイン二本——赤一本と白一本）、店に入ってまもなくテーブルに届いた食前酒をふたたび飲みはじめている。トムのグラスにはバーボン（ワイルドターキー）がなみなみと注《つ》いであり、ハリーはウォッカのマティーニをちびちび飲む。ネイサンはストレートのシングルモルト・スコッチ（十二年物マッカラン）をふたたび口一杯ぶん放り込みながら、これはもう食事が来る前にお代わりの気分だろうかと自問している。情景は以上。ひとたび会話がはじまると、ト書きは最低限に抑えられる。上述の三登場人物の語る言葉以外は物語にとって重要でないというのが作者の見解である。ゆえに彼らが着ている服、彼らが口にする食べ物については何も記述されないであろうし、誰かがトイレに立つときも間《ま》はとらず、ウェイターからの邪魔も入らないし、ネイサンがズボンにこぼす赤ワインについてもいっさい触れない。

トム 世界を救うとかいう話じゃありません。現時点の僕は、自分を救いたいだけです。それと、僕が大切に思う何人かを。たとえばあなたです、ネイサン。それにハリー、あなたも。

ハリー 何をそんなにふさぎ込んでるの？ あんたはいまここ何年間で最高のディナーを食べようとしていて、このテーブルで一番若くて、あたしの知るかぎり大病にかかってもいない。そっちのネイサンを見てごらんよ。煙草《たばこ》一本喫《す》っていないのに肺ガンを患った。あたしは心臓発作が二回。で、あたしたちブツブツ暗いこと言ってる？

あたしもネイサンも、世界一幸せな男だよ。

トム そんなの嘘です。あなたも僕と同じくらいみじめですよ。

ネイサン ハリーの言うとおりだぞ、トム。そこまでひどくないさ。

トム ひどいですよ、下手すりゃもっと悪いです。

ハリー 何がひどいの。何の話かもわからなくなってきたよ。

トム 世界です。僕らが世界と呼んでる大きな黒い穴です。

ハリー ああ、世界ね。うん、それはそうだ。それは言うまでもない。世界はひどい。みんな知ってるよ。でもあたしたち、精一杯世界を避けてるんじゃない？

トム いいえ。好むと好まざるとにかかわらず、僕たちはそのただなかにいるんです。世界は僕らを囲んでいて、僕は顔を上げてそいつをしっかり見るたび、つくづく嫌になります。悲しい思いと、嫌悪感《けんおかん》。第二次世界大戦で、すべて片がついてもよさそうなものじゃありませんか。少なくとも二百年くらいのあいだは。なのにいまだ、たがいに切り刻みあってる。いまだに相変わらず憎みあってるんです。

ネイサン なるほどそういう話か。政治だね。

トム ほかにもいろいろあるけど、まずはそうです。それと経済。それと強欲。それと、この国がいかにひどいところになったか。キリスト教右派の狂った奴ら。二十歳のドットコム長者。ゴルフチャンネル。ファックチャンネル。ゲロチャンネル。もはや敵対するものが何もなくなった、一人勝ちの資本主義。そして僕らみんな自己満足に浸って、世界の半分が飢え死にしかけてるってのに指一本動かさない。僕はもう耐えられませんよ。もう出たいんです。

ハリー 出たい？ 出てどこへ行くのよ？ 木星かい？ 冥王星《めいおうせい》？ 隣の銀河の小惑星？ 可哀想《かわいそう》な独りぼっちのトム、宇宙のただなかの岩の上に流れついた星の王子さまそのままだねえ。

トム どこへ行ったらいいか教えてくださいよ、ハリー。どんな提案にも耳を傾けますよ。

ネイサン 自分の生きたいとおりに生きられる場所。そういう話だろう？ 「空想のエデン」再訪だ。でもそれをするには、社会を捨てる覚悟がなくちゃいけない。君がそう言ったよな。ずっと前のことだが、たしか勇気という言葉も使ったはずだ。君には勇気があるかい、トム？ 私たちのなかで誰か、そうする勇気のある人間がいるのかい？

トム あんな昔の卒論、まだ覚えてるんですか？

ネイサン すごく感銘を受けたからね。

トム あのころはまだヒヨッコの学部生でした。ほとんど何も知らなかったけど、たぶん頭はいまよりよかったですね。

ハリー 何の話よ？

ネイサン 内なる逃避だよ、ハリー。現実世界がもはや不可能になったときに人間が行く場所だよ。

ハリー ああ。前はあたしにもそういうのがあった。誰にでもあるんだと思ってたよ。

トム そうとは限りません。それなりの想像力が必要だから。それがある人間って、どれくらいいます？

ハリー（目を閉じて、両の人差指をこめかみに押しあてて）何もかも思い出してきた。ホテル・イグジステンス。あたしはまだ十歳だったけど、そのアイデアが浮かんだ瞬間のこと、その名前を思いついた瞬間のことはいまも覚えてるよ。戦争中で、日曜の午後だった。ラジオがついていて、あたしはバッファローのわが家の居間にいて、『ライフ』に載ったフランスに行ってるアメリカ軍の写真を見てる。ホテルなんて入ったこともなかったけど、母親に連れられて街へ行く途中にいろんなホテルの前をさんざん通ってたから、そこが特別な場所で、日常の汚いもの嫌なものから人を護《まも》ってくれる砦《とりで》だってことはわかってた。〈レミントン・アームズ〉の前に立ってる青い制服の男たちがあたしは好きだった。〈エクセルシオール〉の回転ドアの真鍮《しんちゅう》の把手《とって》の色つやも好きだった。〈リッツ〉のロビーに下がってる巨大なシャンデリアも好きだった。ホテルの唯一の目的は人を楽しませ、快適にすることであって、ひとたび宿帳にサインして自分の部屋に上がったら、あとはもう、頼めば何でも与えてもらえる。

ホテルとはよりよい世界を約束する場だったのよ——単なる場所以上の場所を、自分の夢のなかに生きるチャンスを。

ネイサン　ホテルってのはそれでわかった。存在《イグジステンス》って言葉はどこで見つけた？

ハリー　その日曜の午後にラジオで聞いたのよ。いい加減に聞き流してるだけだったけど、とにかくその番組で誰かが人間の存在の話をしていて、響きが気に入ったのよ。存在の掟とか、存在のただなかで人が直面する危険とか言ってたよ。存在というのは単なる生よりもっと大きい。すべての人間の生を足した総和であって、たとえあんたがニューヨーク州バッファローに住んでいて家から十キロ以上離れたことがなくても、あんたもそのパズルの一部なんだ。あんたの生がちっぽけであっても同じこと。あんたの身に起きることは、ほかのみんなの身に起きることと同じく重要なんだよ。

トム　まだわかりませんね。あなたはホテル・イグジステンスという場所を思いついたわけだけど、それってどこにあるんです？　何のためにあるんです？

ハリー　何のため？　べつに何のためでもないさ。それは隠れ家だったんだよ、心のなかで訪ねていける場さ。そういう話じゃなかったのかい？　逃避っていう。

ネイサン　で、十歳のハリーはどこに逃避したんだ？

ハリー　うん、それが複雑な話でね。ホテル・イグジステンスは二つあったの。一つ目、戦争中のその日曜の午後にあたしがでっち上げたやつと、もうひとつ、高校に上がってからはじまったやつ。第一号は残念ながら陳腐のかたまり、小僧の感傷だった。でもまあ当時のあたしはただのガキだったし、戦争は至るところに広がって、誰もが年じゅう戦争の話をしてた。あたしは戦争で戦うにはまだ若すぎたけど、ドン臭いデブの男の子の常として、兵隊になることを夢に見ていた。ゲゲ。ゲゲ、まさしくゲゲゲよ。人間とは何たる空っぽの阿呆か。かくしてあたしはホテル・イグジステンスなる場を想像し、たちまちそれを、身よりのない子供たちの逃避所に変えた。もちろんヨーロッパの子供たちのことよ。父親は戦場で銃弾に斃《たお》れ、母親は崩壊した教会や住居の下に埋もれ、彼らは冬の寒さのなか、焼け出された都市の瓦礫《がれき》のあいだをさまよい、森で食べ物を漁《あさ》る。独りぼっちの子供、二人一組の子供、四、六、十人の徒党を組んだ子供、みんな脚には靴の代わりに襤褸《ぼろ》切れを巻きつけて、痩《や》せこけた顔は泥だらけ。大人のいない世界に彼らは住み、そしてどこまでも恐れを知らぬ利他的人間たるあたしは、彼らの救世主役を買って出る。それがあたしの使命、あたしの人生の目的であって、戦争が終わるまであたしは毎日パラシュートでヨーロッパのどこかの破壊された片隅に降り立ち、身よりのない飢えた子供たちを救い出す。燃えさかる山の中腹を下っていって、爆弾の落ちてくる湖を泳いで渡り、マシンガンを撃ちまくって湿ったワインセラーに突入し、孤児が見つかるたびに、その子の手をとってホテル・イグジステンスに連れていく。どこの国でも構わなかった。ベルギーでもフランスでも、ポーランドでもイタリアでも、オランダでもデンマークでも、ホテルはいつもかならずそばにあって、あたしはかならず日暮れ前には子供をそこまで連れていく。フロントでチェックインの手続きの面倒を見たら、あとはさっさと立ち去る。ホテルを運営するのはあたしの仕事じゃない——あたしはあくまで子供たちを見つけて、ホテルまで連れていくだけ。だいいち英雄ってのは休んだりしないでしょ？　ふかふかのベッドで、羽毛の上掛けと枕《まくら》三つに囲まれて眠るなんて許されやしない。ホテルのキッチンに座って、汁気たっぷりのジャガイモやニンジンがボウルのなかで湯気を立てる仔羊《こひつじ》シチューを味わう時間なんかない。夜の街に戻っていって、務めを果たさなくちゃいけないんだ。そしてあたしの務めは子供を救うことだった。最後の銃弾が発砲されるまで、最後の爆弾が投下されるまで、子供たちを探しに行かなきゃいけない。

トム　戦争が終わったらどうなりました？

ハリー　男らしい勇気と高貴な自己犠牲の夢は捨てたよ。ホテル・イグジステンスは閉鎖されて、何年かあとに再開したときは、もうどこかハンガリーの片田舎の草地に建ってはいなかったし、バーデン＝バーデンの並木通りから持ってきたバロック風のお城みたいでもなかった。新ホテル・イグジステンスはもっとずっと小さい、パッとしない造りだった。いまそれを見つけたかったら、大都市の、暗くなってから本当の人生がはじまるところに行かなくちゃいけない。ニューヨークでもいいし、じゃなきゃハバナ、あるいはパリの薄汚い裏道。ホテル・イグジステンスに入っていくことは、ホブノブ〔※金持ちや有名人とつき合う〕、キアロスクーロ〔※光の劇的な明暗対比〕、フェイト〔※宿命〕といった言葉について考えることだった。それはロビーでさりげなくあんたを見ている人たちであり、香水と絹のスーツと温かい肌だった。誰もがいつもハイボールを片手に、燃える煙草をもう一方の手に持って歩き回っていた。そういうのはみんな映画で見ていたから、どういう感じかはわかってた。常連客は一階のピアノバーで、ドライマティーニをちびちび飲んでる。二階のカジノのルーレットテーブルでは、緑のフェルトの上でさいころがくぐもった音を立てて転がり、バカラ賭博《とばく》のディーラーは脂《あぶら》ぎった外国訛りで囁《ささや》く。地下の、豪華な革張りのブースがいくつも並ぶボールルームでは、しゃがれ声できらめく銀色のドレスのシンガーがスポットライトを浴びている。そういうのがまず雰囲気作りの小道具としてあるわけだけど、単に酒、ギャンブル、歌だけを求めてくる人間は一人もいない。たとえそのシンガーがリタ・ヘイワースで、今夜一晩だけのために目下の夫でマネージャーのジョージ・マクリーディの操縦する飛行機でブエノスアイレスから直行してきたとしても。人はそこでゆったりと流れに入っていき、本格的にことにかかる前に、まず何杯か体に入れないといけない。ことっていうより、ゲームね。その晩あとで誰と一緒に上の階に行くのかを決める、無限に楽しいゲーム。最初の一手はつねに目によって為《な》される――かならず、目だけによって。何分かのあいだ、この人、あの人とただ目をさまよわせながら、ゆったり酒を飲んで、煙草を喫って、いろんな可能性を試し、自分の方に向けられる眼差しを探して、時には、軽く微笑《ほほえ》むなり肩をさっと動かすなりして相手がこっちを見るよう仕向けたりもする。男でも女でも構わない。あたしはそのころまだ童貞だったけど、自分がどっちも行けることはわかっていた。あるときはケーリー・グラントがピアノバーで隣に座って、あたしの脚をさすりはじめた。またあるときは、いまは亡きジーン・ハーローが墓から戻ってきて、四二七号室であたしと情熱的に愛を交わした。あたしのフランス語の先生の、ケベック出のすらっとした体、可憐《かれん》な脚にあでやかな赤い口紅に潤《うる》んだ茶色い瞳《ひとみ》のマドモワゼル・デ・フォレもいたし、学校代表チームのクオーターバックで女の子にモテモテの上級生ハンク・ミラーもむろんいた。夢のなかであたしがハンク相手にやってることを知られたらきっと殴り殺されただろうけど、もちろん向こうは何も知りやしない。あたしはまだ二年生で、昼のあいだはハンク・ミラーみたいなすごい人に声をかける勇気もなかったけど、夜になればホテル・イグジステンスのバーで彼と落ちあって、何杯か酒も入って親しいお喋りを交わしてから、三〇一号室まで連れていって世界の秘密に導き入れてやることができたのよ。

トム 思春期のマスかきの素材ですね。

ハリー そうも言える。でもあたしとしてはこれを、豊かな内面生活の産物と考えたい。

トム こんな話、どこへも行きつきませんよ。

ハリー どこへ行きたいのかい、トム君？ あたしたちはここに座って、次の料理が来るのを待ちながら極上のサンセールを飲んで、意味のない話に興じてる。何も悪いことないじゃないの。これって世界中たいていの地域で、洗練されたふるまいの極みに見られると思うよ。

ネイサン こいつは落ち込んでるんだよ、ハリー。話さずにはいられないのさ。

ハリー それはわかってる。この頭、ちゃんと目がついてるでしょ？ もしトムがあたしのホテル・イグジステンスを肯定してくれないなら、トムのホテル・イグジステンスの話を少し聞かせてもらいたいね。誰にだってあるんだから。同じ人間が二人といないように、それぞれみんなが違うホテル・イグジステンスを持ってる。

トム　すいません、座を白けさせるつもりはなかったんです。今夜は楽しい晩になるはずだったのに、僕一人で台なしにしてしまって。

ネイサン　そんなことはいい。ハリーの質問に答えろよ。

トム　（長い沈黙。やがて、自分に語りかけるような小声で）僕は新しい生き方をしたい、それだけです。世界を変えるのは無理でも、せめて自分を変えようと試みることはできる。でも一人ではやりたくないんです。ただでさえ一人でいすぎてるし、自分のせいであれどうであれ、ネイサンの言うとおり、いまも落ち込んでいます。このあいだオーロラの話をして以来、彼女のことが頭から離れないんです。妹が恋しいんです。母親が恋しいんです。いままでに失ったすべての人が恋しいんです。時にはものすごく悲しい気持ちになって、自分にのしかかってる重みにあっさり死んじまわないのが不思議なくらいです。ハリー、僕のホテル・イグジステンスとは何かとお訊《たず》ねですよね。よくわかりませんが、たぶん、他人と一緒に暮らすとか、このネズミの穴みたいな街を抜け出して自分が愛し敬う人たちと人生を共にするとか、そういうことなんだと思う。

ハリー　コミューン。

トム いえ、コミューンじゃなくて、コミュニティです。その二つは違います。
ハリー で、あんたのそのささやかなユートピアはどこに？
トム まあどこか田舎でしょうね。土地が十分あって、そこで暮らしたい人みんなが住めるだけの建物があって。
ハリー 何人ぐらいって話？
トム わかりません。まだじっくり考えたわけじゃありませんから。でもお二人とも大歓迎ですよ。
ハリー あんたのリストの上位に置いてもらってるとは光栄だね。でも田舎へ引越したら、あたしの商売はどうなる？
トム 商売も一緒に越すんです。いまだって売上げの九十パーセントは通信販売じゃありませんか。どの郵便局を使ったって同じでしょう？ うん、ハリー、もちろんあなたにも仲間入りしてほしい。もしよかったら、フローラも。
ハリー わが愛しい、狂えるフローラ。だけどフローラを誘うんなら、ベットも誘わないといけないね。ベットはいま病気なんだよ。気の毒に、パーキンソンで車椅子《くるまいす》から離れられない。どう反応するか見当もつかないけど、案外歓迎するかもしれないね。それにあと、ルーファスもいる。

ネイサン ルーファスって？

ハリー 本屋でカウンターに座ってる若い男さ。のっぽの、浅黒い、ピンクのボアを首に巻いたジャマイカ人よ。何年か前に、ウェストビレッジのビルの前でわあわあ泣いているところを見つけて、家に連れて帰ったのよ。まあいまでは養子みたいなもんね。本屋の仕事であの子も家賃の足しになってるけど、それに加えて、あの子は街で指折りのドラァグクイーンなのよ。週末はティーナ・ホットの名で働いてる。すごいパフォーマンスなんだよ、ネイサン。そのうちぜひ見てみなよ。

ネイサン そいつがなぜ街を出たがる？

ハリー まず、あたしを愛してるから。そして、HIV陽性になってものすごく怯《おび》えてるから。場所が変われば、気持ちも変わるかもしれない。

ネイサン 結構。でも田舎に土地を買う金はどこから出す？ 私もある程度は貢《みつ》げるけど、とうてい十分じゃないだろうし。

トム ベットも入ってくれるんだったら、ひょっとして援助してくれませんかね。

ハリー 問題外だね。いいかいあんた、人にはプライドってものがある。彼女にあと一セント頼むくらいなら十回くたばったほうがましだね。

トム じゃ、ブルックリンのあのビルを売ってくれたら、十分な額になるんじゃないですかね。

ハリー　大海の一滴だよ。山の中で余生を送るんだったら、あたしとしては豪勢にやりたい。田舎臭い暮らしはごめんだ。地方の名士に変身できるんじゃなけりゃお断りだよ。

トム　じゃあまあ、あっちこっちから集めて、ほかにも何人か仲間を募って出しあえば、ひょっとして何とかなるかも。

ハリー　いやいや、心配は要らないよ。ハリー伯父さんがすべて面倒見たげるから。少なくともその気でいるよ。目下の計画が万事うまく行ったら、近い将来、大量のキャッシュの流入が期待できるんだ。そうすればあたしたちの夢も一気に叶《かな》うさ。要するにそういう話だろ？　夢ってこと、このみじめな世界での苦労や悲しみから逃れて自分たちの世界を作ろうって夢だろ？　チャンスは低いかもしれないけど、絶対無理だなんて誰に言える？

トム　で、その「キャッシュの流入」というのはどこから？

ハリー　ひとつビジネスベンチャーを仕掛けてるところ、とだけ言っておくよ。まあ見てなさい。船が入ってきたら〔※金がたっぷり入ったら、の意〕新ホテル・イグジステンスも決まりだよ。入ってこなかったら――ま、そのときは、とにかく立派に戦いましたって話だ。人間、それだけやれば十分でしょ？　あたしは六十六歳、これまでの……これまでのいささかうさん臭いキャリアの浮き沈みを経たいま、こいつはたぶん、大金を手にして終わる最後のチャンスなのよ。あたしが大金って言ったら、ほんとに大金だよ。あんたたちどっちにも想像がつかないくらいの大金だよ。

ちょっと一服

当時私はこの話を真に受けていなかった。トムは要するに気持ちが沈んでいるだけであり、ハリーは彼を元気づけようとしているだけ、その帆に風を送ってやってふさぎの虫を追い払ってやろうとしているだけだと思ったのだ。そうやってトムに話を合わせて、現実離れした夢想につき合ってやるハリーを好ましく思ったことは認めるが、ハリーが本当にブルックリンを離れてどこか山奥の集落に引っ越すなんて、まるっきりナンセンスとしか思えなかった。この男は根っからの都会人だ。人混みと商売、一流レストランと高級な衣服に生きる人間であって、半分しかゲイでないとしても、一番親しい友はラインストーンのクリップ式イヤリングとピンクのボアを着けた黒人の異性装者なのだ。ハリー・ブライトマンのような男をどこかの田舎に放り込んでみるがいい、きっと近隣の農民たちが三叉熊手《ピッチフォーク》と包丁を持って追い出しにかかるだろう。

その一方、ビジネスベンチャーの話はまず本当だろうと私は確信した。老いたやくざ者が、懲《こ》りずにまた何か企《たく》んでいる。それが何なのか、大いに好奇心をそそられた。トムの前では言いたがらなくとも、私だけなら教えてくれるのではないか。デザートを頼んだ直後に好機は訪れた。トムが一服しに席を立ってバーの方に行ったのだ（これが目下、トムの減量作戦の最新策だった）。

「大金とは興味を惹《ひ》かれるね」と私はハリーに言った。

「一生に一度のチャンスだよ」

「それについて話したくない理由が何か？」

「トムをがっかりさせたくないだけさ。まだ詰めなきゃいけないところがいくつかある。しっかり決まるまでは、大騒ぎしてもはじまらないからね」

「私にも少し余った金があるよ。実際、けっこうたくさんある。もう一人出資者が要るんだったら、話によっては乗ってもいい」

「そりゃどうもご親切に、ネイサン。ただ幸い、パートナーを探してるわけじゃないの。でも、あんたのアドバイスはぜひ伺いたい。いまの投資仲間についてなんだ。まあ信用できる連中だとは思うんだけど、絶対の確信が持てなくて。で、疑念を抱えて生きるってのは鬱陶しいものよ。特に、これだけ大金が絡んでるとなると」

「じゃあもう一回ディナーってことでどうだい？　二人だけでさ。そこで何もかも聞かせてくれれば、こっちも意見を言う」

「来週のどこかでどう？」

「好きな曜日を言ってくれ、こっちはいつでも大丈夫だから」

男たちの愚かさについて（その2）

翌朝十一時、レイチェルのための代わりのネックレスを買おうと、私は近所のアクセサリー・ショップに立ち寄った。日曜の午後にBPMの家のベルを鳴らして邪魔する気はなかったが、その店の女性に向かっては、ナンシー・マズッケリのブランド品をひとつ残らず見せてほしいと頼んだ。女性はにっこり笑い、ナンシーとは長年のつき合いなんですと言ってガラスキャビネットを開け、彼女の作品を十点ばかり出して一点ずつカウンターに並べてくれた。いい按配《あんばい》に、最後に出てきたネックレスが、いまや毎晩コズミック・ダイナーのレジで眠ることになった品とそっくりだった。

まっすぐアパートメントに戻るつもりだった。店に歩いていく途中、エピソードが二つばかり頭に浮かんだので、早く机に戻って、拡張する一方の『愚行の書』に書き加えたかったのだ。これまでに何項目書いたか、数えてもいなかったが、もうこのころには百近くあったにちがいないし、昼も夜も（時には夢のなかでも）こうして次々思いつくことから見て、まだ何年も続けるだけの素材はありそうだった。ところが、店を出てから二十秒と経《た》たないうちに、誰あろう、ナンシー・マズッケリ、BPMその人にばったり出くわしたのだ。この界隈に越してきて二か月、毎日午前も午後も長い散歩をして、無数の店やレストランに入って、〈サークル・カフェ〉のアウトドア席に座って何百人という人が並木道をそぞろ歩くのを眺めていたのに、その日曜の朝まで、私は一度たりとも人前で彼女の姿を見たことはなかった。見てはいても気づかなかったということはないと思う。私はすべての人をじっくり見るたちだし、この女性を、ほかならぬパークスロープの女君主を前に見ていたら、きっと覚えていたと思う。それがいま、金曜日の、彼女の自宅前での出たとこ勝負の出会い以来、パターンは一気に変わった。人生遅くなってから身につけた語彙《ごい》が、その後はどこへ行っても聞こえてくるのと同じように、ナンシー・マズッケリは突如どこを向いても目につくようになったのだ。その日曜の鉢合わせからはじまって、それ以降、銀行、郵便局、近所のどこかの通りで彼女に出くわさない日はほとんどなくなった。そのうちに子供たち（デヴォンとサム）にも引きあわされたし、母親のジョイスと、フォーリー・ウォーカーの夫ジム、ジェームズ・ジョイスではないジェームズ・ジョイスにも紹介してもらった。まったくの赤の他人から、BPMはあっという間に、私の生活の欠かせぬ一要素となった。この本でこれ以降めったに言及はされないとしても、彼女はつねにそこにいる。行間に彼女の姿を探してほしい。

その最初の日曜、重要なことは何も口にされなかった。ハイ、ネイサン。ハイ、ナンシー。どう元気、うん悪くないよ、トムは元気、いい天気だねえ、じゃあまたね、等々。大都市のただなかでの小さな町ふうのお喋《しゃべ》り。報告すべき意義深いディテールがあるとしたら、彼女がオーバーオールを着ていなかったという事実だろう。いつになく暖かい日で、ナンシーはブルージーンズに白い綿のTシャツという格好だった。シャツの裾《すそ》がジーンズにたくし込んであったので、腹が平らであることが見てとれた。もちろんそれで妊娠していないということにはならないが、かりにトリメスター〔※妊娠期間の三分の一〕第一期のそのまた初期だとしても、とにかく金曜にオーバーオールを着ていたのは、腹の膨らみを隠すためではなかったのだ。今度トムに会ったら教えてやろう、と私は頭のなかでメモした。

月曜の朝一番で、私はレイチェルにネックレスを、短いメモ（君のことを考えているよ――父より）を添えて送ったが、その晩の九時にはもう心配になっていた。このあいだの手紙を投函《とうかん》したのは火曜の夜である。水曜の朝早くに集配されたとすれば、遅くとも土曜には着いたはずだ。万一遅れたとしても、日曜には着くだろう。私の娘は元々筆まめな方ではないので（いまでは連絡の大半にeメールを使っていて、私はeメールをやらない）、電話で連絡してくるだろうと私は予想していた。土曜、日曜は何もなく過ぎたから、電話してくるとしたらきっと月曜だろう。六時以降、何時であれ彼女は仕事から帰ってきて私の手紙を読むだろう。どれだけひどく怒らせたにせよ、私の言葉にレイチェルが反応してこないとは考えがたかった。私はアパートメントで電話を待ったが、九時になってもベルは鳴らなかった。ディナーのあとまでかけるのを延ばすことにしたとしても、九時にはディナーも終わっているはずだ。いささかのあせりと不安を抱え、あせりと不安を抱えている自分を少なからず気まずく思いながら、私はついに、勇気を奮い起こして彼女の番号をダイヤルした。誰も出なかった。四回ベルが鳴ったあとに留守番電話がカチッと回り出したが、ピーッと鳴る前に私は電話を切った。

火曜日も同じ結果。

水曜日も同じ結果。

ほかにどうしたらいいかもわからないので、イーディスに電話して様子を訊《き》いてみることにした。イーディスとレイチェルはつねに連絡を取りあっている。わが元妻《エクス》と口をきかないといけないと思うといささか怖《お》じ気づきはしたが、彼女が率直に答えてくれないと考える理由は何もない。ハリーがかくも雄弁に述べたとおり、Xは現在地を示すのだ。いまではもう、かつての配偶者との接触は、慰謝料の支払い済み小切手の裏に彼女の署名を見ることに限定されていた。彼女が離婚の申請をしたのは一九九八年十一月で、その一か月後、裁判所の判決が下るずっと前に、私はガンだと宣告された。この点は偉いと思うが、イーディスは必要なだけ私が家にとどまっていいと言ってくれた。家を売りに出すのが遅れたのもそのためだ。家が売れると、彼女はその金の一部を使って、ブロンクスヴィルに分譲アパートメントを買った（例によってカラフルな言葉遣いを駆使して、レイチェルはそのアパートメントを「とっても素敵《ヴェリー・ナイス》」と形容した）。コロンビアで成人クラスも受けはじめ、少なくとも一度はヨーロッパに旅行し、噂話《うわさばなし》を信じていいなら、私たちの昔からの友人である弁護士ジェイ・サスマンと深い仲になりつつあった。ジェイも二年前に妻を亡くしていて、前々からイーディスには惚《ほ》れ込んでいたから（夫というのはその手のことに敏感なものだ）、ひとたび私が退場したら彼が寄ってくるのは当然だった。陽気な男やもめと、明るい離婚女性。まあどちらにとっても結構な話である。むろんジェイはもうじき七十にならんとしているわけだが、タンゴディナー、黄昏《たそがれ》どきの閨事《ねやごと》に私が異を唱える筋合いはない。正直に言ってしまえば、私だってそういう機会があれば歓迎しただろう。「やあイーディス」と私は電話に出た彼女に言った。「こちら、過ぎ去りしクリスマスの幽霊だよ」

「ネイサン？」私から連絡があったことに驚いている、そしていくぶんムッとしてもいる声だった。

「邪魔して済まないが、ちょっと情報が必要で、君しか教われる人はいないんだ」

「これっていつもの嫌なジョークじゃないのね？」

「ジョークだったらいいと私も思う」

彼女はふうっと、受話器に向かってわざとらしくため息をついた。「私いま忙しいのよ。さっさとやってちょうだい」

「お客様のおもてなし中とご推察します」

「何でも勝手に推察すればいいわ。あなたに何も言う必要はないのよ、そうでしょ？」。奇妙な、耳をつんざくような笑い声を彼女は上げた。ひどく恨みがましい、ひどく勝ち誇った、鬱積《うっせき》した矛盾するもろもろの衝動に満ちた笑い声を、どう捉《とら》えたらいいのか見当もつかない。解放された元妻の笑い、ということか。最後に笑う者の笑い。

「もちろんそうだ。君は何でも好きにする自由がある。こっちは単に若干の情報を頼んでいるだけさ」

「何について？」

「レイチェルだ。月曜からずっと連絡を取ろうとしてるんだが、家に誰もいないみたいなんだ。彼女とテレンスが無事だってことだけ確かめたいんだ」

「あなたってどうしようもない馬鹿ね、ネイサン。あなたなんにも知らないの？」

「どうやらそうらしい」

「二人で五月二十日にイギリスに行って、六月十五日まで戻ってこないのよ。ラトガーズは夏休みに入ったし、レイチェルがロンドンの学会で発表を頼まれたんで、コーンウォールのテレンスの両親の家にしばらく泊まってるのよ」

「僕には何も言わなかったよ」

「どうして言わなくちゃいけないの？」

「だって僕の娘じゃないか」

「あなたがもう少し父親らしくふるまったら、言ってくるかもしれませんけどね。ずいぶんひどいことしたじゃないの、あの子のことさんざん侮辱して。あなたに何の権利があるの？　あの子はすごく傷ついてたのよ。ものすごく傷ついてた」

「電話で謝ろうとしたんだけど、切られてしまったよ。今度は長い手紙を書いた。僕だって修復に努めてるんだよ、イーディス。僕だってあの子を愛してるんだよ」

「だったらひざまずいて許しを乞《こ》うのね。だけど私が助けてくれるなんて思わないでよ。調停者としての私の役割はもう終わったのよ」

「助けてくれなんて言ってないさ。でももしイギリスから電話があったら、帰ったら手紙が待っているはずだと伝えてくれてもいい。それと、ネックレスが」

「お断りよ。私は何も言わない。一言だって言わない。わかった？」

離婚したカップルはたがいに寛容で親切だと世に言うが、そんなのは神話もいいところである。会話が終わったころには、いますぐブロンクスヴィル行きの列車に乗ってこの手でイーディスを絞め殺してやりたい気持ちが半分だった。残り半分は、唾《つば》を吐きたい気分だった。でもまあ彼女が役に立ってくれたことは認めよう。その怒りがあまりに激しく、その糾弾も軽蔑《けいべつ》もあまりに辛辣《しんらつ》だったものだから、私が決断に至る上で、事実助けになってくれたのである。すなわち、もう二度とイーディスには電話しない。何があっても、もう死ぬまでしない。いかなる状況でも、決して。離婚によって、法の目から見れば私たちの仲は解消され、長年私たちをひとつにまとめてきた結婚も消滅したわけだが、それでもなお、自分たちがまだひとつのことを共有していると私は思っていた。生きているかぎりレイチェルの親であることは続くのだから、そのつながりのおかげで、恒久的な敵対状態に陥ったりはせずに済むだろうと考えていたのだ。だがもうその考えも捨てた。この電話の会話が最後だった。これ以後イーディスは、私にとってただの名前でしかなくなる——もはや存在しなくなった人物を表わす、ちっぽけな五文字に。

翌日の木曜日、私は一人で昼食を食べた。トムはその日、ハリーと一緒にマンハッタンに出かけて、最近亡《な》くなった小説家の蔵書に関し作家の未亡人のところへ交渉に行っていた。トムによると、この小説家は過去五十年間の重要な作家全員と一人残らず知りあいだったらしく、その書棚には著名な友人たちから贈られた、サインと献辞の書かれた本がぎっしり詰まっているという。「文壇本」と業界で呼ばれるこうした本は、コレクターのあいだで非常に人気があり、かならずいい値がつくのだとトムは言った。トムはまた、こういうたぐいの外出がハリーの下で働いていて一番楽しいところだとも言った。ブルックリンの二階の職場からつかのま出られるだけでなく、ボスが手腕を発揮する現場を見る機会でもある。「なかなか見物《みもの》なんですよ」とトムは言った。「とにかく喋りまくるんです。とにかく交渉しまくるんです。おだてて、けなして、言いくるめて、はてしなくフェイントをかけ、ひょいとよける。僕は輪廻《りんね》なんて信じませんけど、もし信じるとしたら、あの人は前世でモロッコの絨毯《じゅうたん》商人だったって断言するでしょうね」

その前日の水曜日はマリーナが休みの日だった。トムもいないし、木曜日は彼女に会うのがとりわけ楽しみだった。ところが、一時にコズミック・ダイナーに入っていくと、彼女はいなかった。オーナーのディミトリオスに訊いてみると、朝に電話で具合が悪いと知らせてきて、何日か休むことになりそうだと言ったという。私はものすごく、理不尽なくらい落ち込んだ。前の晩に元妻にさんざん罵倒《ばとう》されたこともあって、女性に対する信頼を私は取り戻したいと思っていたのであり、それを手助けしてくれる上で、心優しきマリーナ・ゴンサレス以上の適役がいるだろうか？　食堂に入る前、私はすでに、彼女がネックレスを着けている姿を思い描き（実際、月曜と火曜にはそうしてくれていた）、そんな彼女を一目見ただけで気分も一気によくなるものと信じていた。というわけで、私は重たい心で空いているブースに腰かけ、愛《いと》しい人の代役を務めているディミトリオスに注文を伝えた。いつものとおり、上着のポケットには本が入っていて（トムに勧められて買った『ゼーノの苦悶《くもん》』）、その日は誰も話し相手がいないので、そのズヴェーヴォの小説を開いて読みはじめた。

二段落読んだところで、ミスター・トラブルの名で通る男がわがドアをノックした。

これが三十ページ前に触れた遭遇であり、それを語るべき瞬間が訪れたいま、彼と私のあいだに起きた出来事を思い出すだけで私は身がすくんでくる。この人物、私としてはトラブルと呼んでおきたいこの物体、どこでもない場所の深みから現われたこの悪夢的存在は、筋肉隆々、引き締まった体の、目には怒りの表情をたたえた三十歳のUPS〔※全米小包宅配〕配達員に変装していた。いや、怒りではあの顔に見えたものを正しく伝えてはいない。憤怒という方が近いだろうし、激昂、あるいは殺人的狂気とすら言ってもいいかもしれない。何であれ、彼がどすどすと食堂に入ってきて、ディミトリオスに喧嘩《けんか》腰の大声で、ネイサンはいるか、ネイサン・グラスだ、と訊いたとき、ミスター・トラブルのコードネームがロベルト・ゴンサレスであることを私は知った。そして私は、ネックレスがもはやレジにないことも知った。哀れマリーナは、火曜の晩に帰るときに外すのを忘れたのだ。ささいなヘマではある。だが私は、彼女が贈り物を断ろうとしたときにバンという言葉を使ったことを思い起こさずにいられなかった。その言葉と、「何日か休むことになりそうだ」というディミトリオスの知らせとが組み合わさって、このごろつきがどれだけひどく彼女を殴ったのだろうかという問いが湧《わ》いてきた。

マリーナの夫は、私の真向かいの長椅子にどさっと座り、テーブルごしに身を乗り出した。「お前がネイサンか？」と彼は訊いた。「ネイサン・ファッキン・グラスか？」

「そうだ」と私は言った。「でもミドルネームはファッキンじゃない。ジョゼフだ」

「ふん、気のきいたことを言いやがって。なぜやったのか言え」

「やったって、何を？」

相手はポケットに手を入れて、ネックレスをテーブルの上に叩《たた》きつけた。「これだ」

「誕生日のプレゼントさ」

「俺の女房だぞ」

「そう。あんたの女房だ。何が悪い？　マリーナは毎日私に昼食をサーブしてくれる。素晴らしい女性だし、感謝の気持ちを示したかったのさ。勘定を払うときだってチップは出すだろう？　このネックレスも、多めのチップと考えてくれればいい」

「そういうのは間違ってるんだよ。結婚してる女にちょっかい出すもんじゃない」

「ちょっかいなんて出してない。プレゼントしただけさ。私は彼女の父親でもおかしくない歳《とし》なんだぜ」

「だけどペニスはあるだろうが。金玉はあるだろうが」

「こないだ見たとき、まだいちおうあった」

「いいかお前、警告するぞ。マリーナに近づくな。あいつは俺のスケなんだ、もう一度近づいたらぶっ殺す」

「スケ《ビッチ》なんて言うのはよせ。彼女は女性だよ。彼女を奥さんにできて、君はものすごく幸運なんだぞ」

「何と呼ぼうと俺の勝手だ。で、こいつは」と彼はネックレスを取り上げて私の目の前にぶら下げた。「このクズは明日の朝飯にでもしな」。そうして両手でネックレスをつかみ、ぐいっと強く引っぱると、金の鎖がプツンと切れた。ビーズのいくつかが外れて合成樹脂のテーブルの上に落ちて弾み、いくつかは彼の手のひらに落ち、去ろうとして立ち上がりながら彼はそれを私の顔に投げつけた。眼鏡をかけていなかったら、まともに目に当たっていたかもしれない。「今度やったら殺してやるからな！」とゴンサレスは叫んで、狂ったあやつり人形のように指を一本私に突きつけた。「あいつに近づくなよ、さもないと命はないぞ」

このときにはもう、食堂じゅうの全員がこっちを見ていた。昼飯を食べにきて、こんなとんでもないスペクタクルを見せてもらえることなどそうざらにない。が、ミスター・トラブルが捨て科白《ぜりふ》を吐いたいま、芝居はもう終わりに近づいているようだった。少なくとも私はそう思った。ゴンサレスはすでに私に背を向け、出入口の方に向かっていた。ところが、ブースとテーブルのあいだの通り道が狭かったので、出ていこうとする彼の前に、太鼓腹の大男ディミトリオスが立ちはだかっていた。かくして第二幕がはじまった。行く手を阻《はば》まれて、頭もまだまだカッカしているゴンサレスは、声をかぎりにわめき出した。「あんなクズ野郎は店に入れるな！」と彼は言った（私のことだ）。「あんな奴は入れるな、じゃなきゃもうマリーナを働かせないぞ！　辞めさせるからな」

「じゃあ辞めてもらう」とコズミック・ダイナーのオーナーは言った。「ここは俺の店だ。俺の店で何をするか、他人《ひと》の指図は受けない。お客がいなかったら俺には何もない。だからとっとと出ていけ、マリーナにはクビだと伝えろ。もうお断りだ。そしてお前は――もう一度この店に来てみろ、警察を呼ぶからな」

そのあと押しあい、突きあいがあったが、いくらゴンサレスが逞《たくま》しく力もあるとはいえ、巨体ディミトリオスの敵ではなかった。結局、脅しと脅し返しの波がふたたび生じた末に、マリーナの夫は店から姿を消した。この阿呆《あほう》のせいで妻は職を失ったのだ。だがもっと悪いことに、もっとずっと悪いことに、自分がたぶんもう二度と彼女に会えないことを私は悟った。

店に平穏が戻ってくると、ディミトリオスは私のテーブルにやって来て腰を下ろした。騒いで済まなかった、今日のランチは店のおごりにすると言ってくれたものの、マリーナをクビにするのを思いとどまるよう私が言っても耳を貸さなかった。ネックレス＝レジ作戦に関しては共犯者になってくれたわけだが、商売は商売だ、と彼は言い、マリーナのことは「ものすごく好きだ」とはいえ、あんな頭のおかしい亭主がいるんじゃさすがに無理だと言った。ディミトリオスは次に、焼き鏝《ごて》のようにジュッと私のなかに食い込んだ一言を口にした。「気にしなさんな。あんたのせいじゃない」

だがまさに私のせいだったのだ。何もかも私の責任なのだ。罪もないマリーナに対してひどい悪を為した自分がつくづく情けなかった。彼女も最初はネックレスを断ろうとしたのだ。自分の亭主がどういう男かわかっていたからだ。なのに私ときたら、彼女の話を聞きもせず無理矢理押しつけたのであり、その愚かなふるまい、愚かなふるまいが、トラブル以外の何ものも生み出さなかったのだ。お前なんか呪《のろ》われてしまえ、と私は自分に言った。お前の体を地獄に投げ込んで、千年のあいだ燃やしつづけるがいい。

コズミック・ダイナーで昼食をとったのはそれが最後だった。いまも毎日、七番街《み》を散歩するたびに前を通るが、もう一度店内に足を踏み入れる勇気を、私はいまだ見出《いだ》していない。

悪だくみ

その晩（木曜日）、私はハリーと夕食を共にすべく、五番街とキャロル・ストリートの角のマイク＆トニーズ・ステーキハウスで落ちあった。二か月ばかり前、彼がトムに衝撃の告白をしたのと同じレストランである。ハリーがここを選んだのは、この店なら落着けるからだろう。店の表半分は地元向けのバーで、煙草《たばこ》や葉巻も積極的に奨励され、入口付近の壁に据えつけられた大型テレビでスポーツを見ることもできる。が、バーを抜けて、分厚い二重ガラスのドアを開けると、そこはまったくの別世界である。絨毯を敷いた小さな部屋の、一方の壁は書棚にびっしり本が並び、別の壁には白黒の写真が何枚か掛かっていて、テーブルはせいぜい十卓というところ。要するに、こぢんまりした静かなレストランであり、さらに有難いのは、音響がいいせいで声をひそめて喋ってもちゃんと相手の耳に届くこと。ハリーにとっては、告解の聴聞席のように心地よく密《ひそ》やかに思えたにちがいない。とにかくここで告解を行なうことを彼は好んだのだ――まずトムを、そしていまは私を司祭として。

ハリーが知るかぎり、私はブルックリン以前の彼の人生に関して、ごく基本的な一握りの事実を把握しているだけのはずだった。バッファロー生まれで、ベットの元夫で、フローラの父親で、刑務所に入っていたことがある、その程度。私がトムからすでに細部をたっぷり聞かされていることをハリーは知らなかったし、私としても伝える気はなかった。ゆえに、この日ハリーから、アレック・スミス詐欺《さぎ》、ゴードン・ドライヤーとの不和といったおなじみの話を聞かされても、私は知らぬ顔を決め込んだ。はじめは、なんでわざわざこんなことを話すのか理解できなかった。こんな話、現在のビジネスと何のつながりがあるのか？　混乱はますます募ってきたので、私はハリーに直接訊いてみた。「まあ我慢して聞いておくれ」と彼は言った。「じきに何もかもはっきりするから」

はじめのうち、私はあまり喋らなかった。その午後の食堂での大騒ぎの動揺からまだ立ち直っていなかったから、ハリーが自分の物語をぺらぺら語るさなか、私の思いはくり返し、マリーナとその阿呆の夫と、あの呪われた飾り物をＢＰＭから買うに至った出来事の連鎖とにさまよい出ていった。だがトムのボスはその晩ひどく快調だったし、食前のスコッチと、ブルーポイント産の牡蠣《かき》に合わせて飲んだワインの助けもあって、私も徐々に憂鬱から抜け出て、眼前の話に集中していった。シカゴでの犯罪をめぐるハリーの叙述は、トムによる語り直しともぴったり一致していたが、ひとつだけ顕著な、かつ愉快な違いがあった。トム相手のときは、ハリーはこらえきれずに泣き出した。後悔の念に打ちのめされて、結婚も生活の糧《かて》も己の名も駄目にしてしまった自分を責め立てた。一方私相手では、少しも悔いている様子はなく、しっかり二年続いた一大ペテンを自慢している風さえあり、贋作《がんさく》づくりの冒険を人生屈指の輝かしい時期と捉えているように見えた。こうした態度の激変をどう説明すべきか？ トムの同情と理解を得るために芝居を打っていたのか？ それともフローラの悲惨なブルックリン来訪の直後ということもあって、その第一の告白こそが真なる心の叫びだったのか？ そうかもしれない。人はみな自分のなかに何人かの人間を持っている。たいていの人間は、自分が何者かすら知ることなく、ひとつの自己から別の自己へと跳びうつりつづける。ある日はアップ、次の日はダウン。朝はむっつり黙り込み、夜はケラケラ笑ってジョークを飛ばしまくる。ハリーもトムと話したときは沈み込んでいたが、ビジネスベンチャーが進みつつあるいま、私相手には飛ぶ鳥を落とす勢いだったのだ。

Tボーンステーキが届いて、私たちは赤ワインに切り替え、そうしてとうとう、悪い知らせが降ってきた。何か驚くべき声明へとハリーが話を持っていきつつあることは明白だったが、それが何なのか、推測するチャンスを百回与えられたとしても、彼の口から穏やかに転げ出た電撃的な知らせを私が予言できはしなかっただろう。

「ゴードンが戻ってきたのよ」とハリーは言った。

「ゴードン」あまりの驚きに、それしか私には言えなかった。「ゴードン・ドライヤー？」

「ゴードン・ドライヤー。かつてのわが罪と歓楽の相棒」

「どうやって君の居場所を探りあてたんだ？」

「ネイサン、あんた、それが悪いことみたいに言うんだね。そうじゃないのよ。あたしはすごく、すごく喜んでるの」

「それだけの仕打ちをされたら、殺してやりたいと思いそうなものだがね」

「はじめはあたしもそう思った。でももうみんな過ぎたことよ。恨みも、怒りも。あいつときたら、あたしの腕のなかに身を投げ出して、許しを乞うたんだ。想像できる？　あいつ、あいつを許してくれって言うのよ」

「だけど君があいつを刑務所に入れたんだろう」

「ああ、でもそもそもはゴードンの思いつきだったんだからね。あいつが事を起こさなかったら、二人とも牢屋《ろうや》になんか入らなかった。それであいつは自分を責めてるんだ。長年のあいだに、あいつもずいぶんしっかり自分を見つめて、その結果、あいつがあたしのことを恨んでるとあたしに思われたままじゃ生きてけないと思うようになったの。ゴードンはもう子供じゃない。いまでは四十七歳で、シカゴのころに較《くら》べてすっかり大人になった」

「刑務所には何年いたんだ？」

「三年半。それからサンフランシスコに移って、また絵を描きはじめた。残念ながら、大した成果は挙がらなかった。ドローイングの個人レッスンや時おりの半端仕事で何とか食いつないでたけど、そのうちにニューヨークに住むある男に惚れ込んだ。だからいまニューヨークにいるのよ。サンフランシスコの住みかを引き払って、先月のはじめにそいつのところへ移ってきた」

「きっと金のある男なんだろうな」

「詳しいことはわからない。でもまあ、二人が食っていけるくらいの稼ぎはあるんだと思う」

「ゴードンもラッキーな男だな」

「そんなにラッキーじゃないよ。これまでずっとどんな目に遭ってきたかを思えば、ラッキーとは言えないよ。だいいち、あいつが愛してるのはこのあたしよ。いまの友人とすごく親しくはしてるけど、愛しているのはあたしなのさ。そしてあたしもあいつを愛してる」

「君のプライベートライフに鼻をつっ込む気はないんだが、ルーファスはどうなんだ？」

「ルーファスは誰より可愛《かわい》い子だけど、あたしたちの関係は全面的にプラトニックよ。いままでずっと、一晩たりとも一緒に夜を過ごしたことはない」

「でもゴードンは違うと」

「全然違う。あいつももう若くはないけど、いまも美しい男よ。あいつがあたしにどれだけ優しくしてくれるか、口では言いようがないよ。そんなにしょっちゅう会えるわけじゃないけど、秘密の関係ってのがどういうものかは、あんたにもわかるでしょ。いろんな嘘をつかなきゃいけないし、いろんな手はずを整えなくちゃいけない。でも会うたびに、火花はまだそこにあるのさ。もうそんなのは終わりだ、もう峠は越したんだと自分では思ってたけど、ゴードンがあたしを若返らせてくれた。むき出しの肌、ネイサン、それだけが唯一《ゆいいつ》生きるに値するものよ」

「まあそういうもののひとつだとは認めるがね」

「もっといいものを思いついたら教えてほしいね」

「今日はビジネスの話をするはずじゃなかったのか」

「いままさにしてるのよ。ゴードンも絡《から》んでるのよ。みんな一緒にかかわってるんだ」

「またか？」

「ものすごい計画なのよ。ほんとにあざやかで、考えるたびに鳥肌が立つ」

「なぜなんだろう、とんでもないことを考えてしまう——また詐欺をやろうとしてるんだって君が打ちあける気がしてならない。このビジネス、合法なのか、不法なのか？」

「もちろん不法よ。危険がなかったら何が楽しい？」

「ハリー、君も救いがたい男だな。あれだけの目に遭ってきたら、もう一生まっすぐな道を歩もうって思いそうなものだ」

「やってはみたのよ。九年間ずっとやってみたけど、無駄よ。あたしのなかには天邪《あまのじゃ》鬼《く》がいて、時おり出してやって悪さをさせてやらないと、世界はどうしようもなくつまらなくなっちまう。あたしは不機嫌になって退屈になる。そういうのは嫌なんだ。

あたしは熱狂して生きたい人間なの。人生が危険になればなるほど嬉しいの。トランプでギャンブルする人間もいる。山に登る奴も、飛行機から飛び降りる奴もいる。あたしは人をだますのが好きなんだ。どこまで悪いことをやっても逃れられるか、見てみたいんだ。子供のころからもう、載ってる情報がすべて嘘《うそ》の百科事典を作るのが夢だった。歴史的事件の日付が全部違ってて、川の場所も全部違ってて、存在したことのない人々の伝記が載ってる。そんなこと想像するのはどういう人間？　狂ってる人間、だと思う、でもこのアイデアがどれだけあたしを笑わせてくれたか。海軍にいたときも、航海用地図一セット丸ごと、すべて間違ったラベルを貼《は》って、危うく軍法会議にかけられるところだった。むろんわざとやったのよ。なぜだかわからないけど、そうしたい衝動に駆られて、自分を止めることができなかった。本気で間違えたんだと上官には信じ込ませたけど、そうじゃなかった。あたしはそういう人間なのよ、ネイサン。気前はいいし、親切だし、忠誠心も持ちあわせてるけど、それとともに、生まれながらの悪ふざけ屋。二か月ばかり前トムが、ギリシャの古典について誰かが言い出した説を教えてくれた。すべてでっち上げなんだ、とその誰かは言った。アイスキュロス、ホメロス、ソポクレス、プラトン、みんなルネッサンス期に賢いイタリアの詩人たち何人かで捏造《ねつぞう》したんだって。それって最高だと思わない？　西洋文明の偉大なる柱が、実はみんな偽物《にせもの》。ハ！　つくづく思うね、自分もそういうギャグに加われていたらって」

「で、今回は何なんだ？　また絵画の捏造か？」

「いいえ、手書き原稿の偽造よ。あたしはいま書籍販売業をやってるんだよ、覚えてる？」

「きっとゴードンのアイデアなんだな」

「うん、そうよ。あいつはすごく頭がいいし、あたしの弱味も知りつくしてる」

「君、ほんとにこの話、私に打ちあけたいのか？　どうして私が信頼できるとわかる？」

「あんたが名誉を重んじる、分別ある人間だからよ」

「どうしてそんなことがわかる？」

「トムの伯父さんだからよ。トムも名誉を重んじる、分別ある人間よ」

「じゃあなぜトムに話さない？」

「トムは純粋すぎる。善人すぎるし、商売のセンスはない。あんたは人生いろいろ見知ってきた。その経験を見込んで、賢明な忠告を求めたいのよ」

「いっさいやめてしまえ、というのが私の提言だね」

「それはできない。もうここまで進んだらいまさらあとには引けない。だいいち、そうしたくもない」

「わかった。でも、これが見事に失敗しても、私が警告したことを忘れるなよ」

「『緋文字《ひもんじ》』。タイトルは知ってるよね？」

「高三のときに国語の授業で読んだ。オフラーハティ先生、四時間目」

「みんな高校で読まされたよね。アメリカ文学の古典。いままで書かれたもっとも有名な書物のひとつと言っていい」

「じゃあ何か、君とゴードンとで、『緋文字』の直筆原稿を偽造しようっていうのか？　ホーソーンが書いた本物はどうなんだ？」

「そこがミソなのよ。ホーソーンの原稿はなくなってしまった――タイトルページ以外は。タイトルページはこうしてあたしたちが話してるあいだも、モーガン図書館の保管室に眠ってる。だけど残りがどうなったかは誰も知らない。ホーソーン本人が燃やしたか、倉庫が火事になって燃えてしまったかだって言う人間もいる。印刷屋があっさりゴミ箱に捨てたんだと言う奴もいる。じゃなけりゃパイプに火を点《つ》けるのに使ったか。あたしが一番好きなバージョンはそれね。ボストンの印刷所に勤める、襤褸《ぼろ》に身を包んだ職人たちが、『緋文字』でトウモロコシのパイプに火を灯す。でも真相はどうあれ、原稿は実のところ失われていないと仮定できるくらい話は曖昧《あいまい》なんだ。単に紛れてしまっただけだ、とね。たとえばホーソーンの出版社の社長のジェームズ・T・フィールズが家に持ち帰って、ほかのいろんな文書の山と一緒にどこかの箱に入れたとしたら？　そのうちに箱は屋根裏部屋に移される。何年も経って、箱はフィールズの子供の一人が相続するか、家に置き去りにされるかして、家が売却されると箱も新しい所有者の持ち物になる。わかるかい？　奇跡の発見、その土台になる十分な疑いと謎《なぞ》が、ここにはあるわけさ。ほんの数年前、ニューヨーク州北の屋敷で、メルヴィルの書簡と原稿にはまさにそういうことが起きた。メルヴィル文書が見つかるなら、ホーソーンが見つかったっていいじゃない？」

「誰が原稿を捏造するんだ？　ゴードンにはそういう素養はないだろう？」

「ああ。ゴードンは発見者になる。捏造自体はイアン・メトロポリスっていう男がやってる最中よ。刑務所に入ってるあいだにゴードンが誰かからそいつのことを聞いたんだけど、腕は最高、掛け値なしの天才らしい。これまで長年、リンカーン、ポー、ワシントン・アーヴィング、ヘンリー・ジェームズ、ガートルード・スタインとかを捏造してきて、いっぺんも捕まったことはない。何の記録も残ってないし、何の疑惑も漂っていない。闇《やみ》にひそむ、影の男よ。ねえネイサン、これってものすごく込み入った、おそろしく手間のかかる仕事なのよ。まず、しかるべき紙を見つけなきゃいけない。X線や紫外線の検査にも堪《た》える、十九世紀なかばの紙が要る。それから、現存するホーソーンの手稿をすべてじっくり見て、その筆蹟《ひっせき》を真似《まね》できるようにならないといけない。ちなみに彼の筆蹟は相当にぞんざいで、時にはほとんど判読不能だった。だけどそういう小手先のテクニックを究めるのは仕事のごく一部。印刷された『緋文字』を一冊前に置いて一語一語写していく、なんて話じゃない。ホーソーン特有の癖をすべて知らなくちゃいけない。彼が犯したもろもろの過《あやま》ち、ハイフンの独特の使い方、特定の単語を正しく綴《つづ》れないこと。Ceiling（天井）はいつも cieling だったし、steadfast（堅固な）はいつも stedfast で、subtle（微妙な）はいつも subtile だった。ホーソーンが Oh と書いた箇所は植字工がすべて O に変えた。そういうことがたくさんあるんだよ。ものすごい量の準備が必要で、ものすごく丁寧に作業しないといけない。だけどそれだけの値打ちは十分ある。『緋文字』の手書き原稿ひと揃《そろ》いとなれば、三百万ドルか四百万ドルになるはずよ。ゴードンはあたしの取り分は二十五パーセントでどうかと言ってきた。つまりこれは百万ドルに近い話だってことさ。どうだい、そうショボくないでしょ？」

「で、その二十五パーセントのために君は何をするんだ？」

「原稿を売るのさ。稀覯本《きこうぼん》、自筆原稿、文学関係の骨董品《こっとうひん》の業者としては、あたしはささやかではあれそれなりの敬意を得ている。あたしが入ることで、話の信憑性《しんぴょうせい》が増すのさ」

「もう買い手は見つかったのか？」

「そこが気がかりなところなんだ。ニューヨークのどこかの図書館に直接売ったらどうか、とあたしは提案したんだ。バーグ・コレクション、モーガン、コロンビア大。じゃなけりゃ、サザビーで競売にかけるか。ところがゴードンは個人収集家に売ると決めてる。その方が話が公《おおやけ》にならなくて安全だって言うのよ。まあわからないでもない。ただそういう言い方を聞くと、メトロポリスの腕前を心底信用できてるのか、心《こころ》許《もと》なくなってくる」

「メトロポリスはどう言ってるんだ？」

「知らない。会ったこともない」

「君、会ったこともない人間相手に四百万ドルの詐欺に足をつっ込んでるのか？」

「メトロポリスは誰にも顔を見せないんだよ。ゴードンにさえ。接触はすべて電話で行なわれる」

「なあハリー、この話、どうも気に入らないよ」

「うん、わかってる。あたしの趣味からしても、いささか怪しげすぎる。それでももう、事は進んでるみたいなんだ。買い手は見つかって、二週間前にサンプルページも渡した。そいつが何人かの専門家に見せたら、何とみんな本物と鑑定した。奴から一万ドルの小切手を受けとったところよ。ほかの人間に売られないための手付け金さ。そいつが今度の金曜にヨーロッパから帰ってきたら、売買を完了する予定なんだ」

「何者なんだ？」

「マイロン・トランベルっていう、株式の売買をやってる男よ。調べてみたよ。パーク・アベニュー育ちの御曹子《おんぞうし》で、金はうなるほどある」

「ゴードンはどこでそいつを見つけた？」

「友だちの友だちなのよ——いま一緒に住んでる男の」

「で、その男にも君は会ってないわけだな」

「会ってない。会いたくもない。ゴードンとあたしは秘密の恋人同士なんだ。何だってライバルなんかに会いたい？」

「私が思うに、君は罠《わな》にかけられてる。奴らは君を陥れようとしているんだ」

「陥れる？　何の話よ？」

「君、その原稿を何ページ見た？」

「さっき言った一ページだけよ。二週間前にトランベルに渡した」

「それで全部だとしたら？　イアン・メトロポリスなんて人間はいないとしたら？　ゴードンの新しい友人というのがマイロン・トランベルその人だとしたら？」

「ありえないね。何でわざわざそんな……」

「復讐《ふくしゅう》さ。歯には歯をだ。恨みを晴らす。人間をかくも名高き存在にしている、素晴らしい特質さ。気の毒だが、そのゴードンって奴は、君の考えてるような人間じゃないと思うね」

「そりゃいくら何でもひどすぎる。そんなの信じられない」

「君、トランベルの小切手はもう銀行に入れたのか？」

「三日前に入れた。実はもう半分以上、服を買うのに遣った」

「金を送り返せ」

「嫌だね」

「蓄えが足りないんだったら、不足分は私が貸してやる」

「ありがとうネイサン、でもあんたの慈善は要らない」

「君はしっかり首根っ子を押さえられてるのに、そんなこともわかってないんだ」

「何とでも好きに思うがいいよ。いまさらやめる気はないからね。雨が降ろうと槍《やり》が降ろうと、まっしぐらに進むのよ。ゴードンについてあんたの勘が正しいんだったら、どのみちあたしの人生はもう終わりよ。だったら何の違いがある？　そしてもしあんたが間違っていたら——間違ってるとあたしにはわかってるけど——あんたをもう一度ディナーに招待するから、そのときはあたしの成功を祝って乾杯してよね」

ノックの音が

土曜と日曜、トムは遅くまで寝ていた。ハリーの店は週末も開いているが、トムの仕事は休みだし、土日は学校もないので、早起きしても意味はない。BPMが玄関先の階段でスクールバスを待っているという魅惑なしでは、温かいシーツのあいだから出る気にもならず、目覚まし時計もかけなかった。カーテンを引いたまま、狭い自室の子宮のごとき闇に包まれて、目がひとりでに開《あ》くまで——あるいは、そういうことも多いが、建物内のどこかで立つ音に起こされるまで——眠っている。六月四日の日曜(私がロベルト・ゴンサレスと悲惨な口論をくり広げ、かつハリー・ブライトマンとの心穏やかでない話しあいを持った三日後)、わが甥《おい》を眠りの深みから叩き出したのはひとつの音だった。小さな手が、彼の部屋のドアをそっと、ためらいがちにノックする音。時刻は九時少し過ぎ、その音をトムが認識し、ベッドから身を起こしてよたよたとドアを開けに行った時点で、彼の人生は新しい、驚くべき展開を遂げることになった。ありていに言って、彼にとってすべては変わった。ここに至ってようやく、入念な準備を重ね地面をさんざん均《なら》して鍬《くわ》を入れた末に、トムの冒険をめぐるわが物語は本当に始動するのだ。

それはルーシーだった。物言わぬ、九歳半の、短い黒髪、母親と同じ丸いハシバミ色の目をしたルーシー、背の高い、思春期以前の、ぼろぼろの赤いジーンズ、すり切れた白いケッズのシューズ、そしてカンザスシティ・ロイヤルズのTシャツという格好の少女だった。鞄《かばん》もなく、上着やセーターを腕にかけてもおらず、まさに着のみ着のまま。トムがルーシーに会うのは六年ぶりだったが、一目で彼女だとわかった。すっかり変わっているとも言えるし、前とまったく同じだとも言える――大人の歯も生えそろい、顔もほっそり長くなり、背もはるかに伸びたにもかかわらず。そんな彼女が戸口に立ち、むさくるしいなりの眠たげな伯父さんを見上げて笑顔を見せ、夢見心地の、まばたきもろくにしない目でじっと彼を見ている。ミシガンにいたころもこの目だったことをトムははっきり覚えていた。お母さんはどこだい？　お母さんの旦那《だんな》さんは？　どうして一人なの？　どうやってここまで来たんだ？　それぞれの質問ごとにトムは間《ま》を置いたが、ルーシーの口からは一言も出てこなかった。耳が聞こえなくなったんだろうか、としばし思ったが、僕が誰だか覚えてるかいと訊《き》くと、首を縦に振った。そしてトムが両腕を広げると、迷わずその抱擁のなかに入ってきて、額を彼の胸に押しつけ、ぎゅっと力一杯抱き返した。「お腹空《なかす》いただろ？」とトムはやっと言って、ドアを大きく開け、自室と称する陰気な棺桶《かんおけ》にルーシーを招き入れた。

チェリオスをボウルに入れてやり、コップにオレンジジュースを注ぐと、トムが自分用のコーヒーを淹《い》れ終えたころにはコップもボウルも空になっていた。もっと何か要るかいと訊くと頷《うなず》いてにっこり笑うので、フレンチトーストを二切れ作ってやると、メープルシロップの池に浸して、一分半で片付けた。はじめトムは、何も言わないのは疲れ、不安、空腹等々のせいだろうと思ったが、実のところ疲れているようには見えなかったし、ここにいて少しも居心地悪そうでなかったし、食べ物を平らげたいま、空腹もリストから抹消《まっしょう》された。なのにいまだ、何を訊いてもうんともすんとも答えない。首を縦に振ったり横に振ったりはするが、言葉、音はなし、舌を使おうとする努力はいっさいなし。

「ねえルーシー、君、話し方を忘れちゃったのかい？」とトムは訊いた。

首が横に振られる。

「そのTシャツは？　カンザスシティからここへ来たって意味かい？」

反応なし。

「僕にどうしてほしいのかな？　君のお母さんがどこにいるかわからないと、送り返してあげることもできないよ」

反応なし。

「紙と鉛筆をあげようか？　話したくないんだったら、答えを書いてくれてもいいよね」

首が横に振られる。

「もう喋《しゃべ》るのやめちゃったの？」

ふたたび首が横に振られる。

「よかった。そう聞いて嬉しいよ。で、いつになったらまた話してもよくなるのかな？」

ルーシーはちょっと考えてから、指を二本、トムに向けて掲げた。

「二。何が二なのかな？　二時間？　二日？　二か月？　教えてよ、ルーシー」

反応なし。

「お母さんは元気？」

頷く。

「まだデイヴィッド・マイナーと結婚してるの？」

ふたたび頷く。

「じゃあどうして家出したの？　苛《いじ》められたのかい？」

反応なし。

「ニューヨークまでどうやって来たの？　バスで？」

頷く。

「切符のレシートはまだ持ってる？」

反応なし。

「ポケットのなかを見てみようよ。何か答えが見つかるかもしれない」

ルーシーは拒まず両手をジーンズの四ポケットにつっ込み、中身を引っぱり出したが、めぼしいものは何も出てこなかった。紙幣が一五七ドル、チューインガム三枚、二十五セント貨六枚、十セント貨二枚、一セント貨四枚、トムの名前と住所と電話番号を書いた紙切れ。バスの切符など、どこから旅立ったかの手がかりは何もなかった。

「よし、わかった」とトムは言った。「じゃあルーシー、ここへ来て、何をするつもりなのかな？　どこで暮らすつもり？」

ルーシーは指で伯父さんを指した。

トムは短い、まさかという笑い声を上げた。「ここをよく見てごらんよ」と彼は言った。「一人分のスペースだってやっとなんだよ。君、どこで眠るつもり？」肩がすくめられ、大きな、例によって愛らしい笑顔がそれに続く。何とかなるわよ、と言いたげな。

だが何とかなりはしない――少なくともトムにとっては。子供のことなんか何も知らないし、かりにもし十二部屋あるお屋敷にいて召使も一通り揃っていたとしても、姪《めい》の親代わりになる気などまったくなかった。普通の子だって十分大変だろうに、話そうともせず、自分に関する情報を与えることを頑なに拒む子供なんてとうてい無理だ。とはいえ、どうすればいい？　当面のところ、自分は彼女を抱え込んでしまっている。母親の居所を無理に聞き出さないかぎり追い出すこともできない。もちろん、ルーシーのことが嫌いだとか、彼女がどうなろうとどうでもいいということではない。でも自分のところに来たのは間違いだと言うほかない。彼女に少しでもつながりのあるすべての人間のなかで、最悪の選択ではないか。

私だって彼女の世話をしたいなんて気はなかったが、少なくともこっちのアパートメントはひとつ部屋が余っている。その朝のうちにトムから電話がかかってきて、降って湧いた苦境を説明されると（声はパニックに染まり、受話器に向かってほとんど絶叫していた）、解決策が見つかるまでとりあえずこっちで預かると私は言った。十一時少し過ぎに、二人はファースト・ストリートにある私のアパートメントに着いた。トムからナット大伯父さんに紹介されるとルーシーはにっこり笑い、私が彼女の頭のてっぺんに歓迎のキスをしたときも喜んでいる様子だったが、トムに対して同様、私にも何も話す気はないことはじき思い知らされた。何とか一言二言でも引っぱり出せればと思っていたのだが、得られたのはさっきトムが受けたのと同じ、首の縦横振りだけだった。不思議な、心乱される子供である。こっちは児童心理の専門家でも何でもないが、肉体的・精神的にどこも悪いところはないことは、私が見ても明らかに思えた。遅れもないし、自閉症の兆候もなく、他人との意思疎通《そつう》を妨げる器質上の障害は何もない。相手の目をまっすぐ見るし、言っていることも全部理解するし、子供を二人足したくらい頻繁に、情愛たっぷりの笑みも浮かべる。では何なのか？　何か恐ろしいトラウマを被《こうむ》って、話す能力が閉ざされてしまったのか？　それとも、推し測りがたい何らかの理由で沈黙の誓いを立て、己の意志と勇気を試すべく進んで自らを緘黙《かんもく》症に追い込んだのか？　だったらやがてそんな子供のゲームにも飽きてやめにするだろうか？　顔と腕にはあざもなかったが、いずれ風呂《ふろ》に入れて体の残りの部分も見てみようと思った。とにかく撲《ぶ》たれたり虐待《ぎゃくたい》されたりしていないことは確かめておきたかったのだ。

リビングルームのテレビの前に座らせて、二十四時間漫画チャンネルにスイッチを入れた。アニメのキャラクターたちが画面上を跳ね回っているのを見たとたん、彼女の目がパッと嬉しそうに輝いた。あんまり嬉しそうなので、これはテレビを見る習慣がないにちがいないと私は判断し、そこから今度はデイヴィッド・マイナーに、彼の信仰の苛酷《かこく》さに思いは移っていった。オーロラの夫は家からテレビを追放したのだろうか？　堅固なる信念ゆえに、養子にした娘を、アメリカの大衆文化の狂おしいカーニバルから、この国のすべてのブラウン管からえんえん流れ出てくる毒々しいガラクタの神なき混沌《こんとん》から遠ざけておこうとしたのか？　そうかもしれない。どこに住んでいるのかルーシーが話してくれないかぎり、マイナーについては何も知りようがないし、いまのところは一言も話してくれないのだ。Tシャツを根拠に、カンザスシティではとトムは推測したわけだが、本人はそれを肯定も否定もしていない。つまりは知られたくないのだ。理由は簡単、送り返されるのが心配だからだ。何と言っても彼女は家出してきたのであり、幸せな子供は家出などしない。家にテレビがあろうとなかろうと、それだけは確かだ。

ルーシーがリビングルームの床に陣取り、ピスタチオナッツを食べながら『ガジェット警部』を見ているあいだ、トムと私は、彼女に話が聞こえないようキッチンに引っ込んだ。二人でたっぷり三、四十分話したが、とまどいと心配が募るばかりで何の成果も上がらなかった。対処すべき謎、測りえない要素はあまりに多く、筋の通る説明を組み立てるための証拠はあまりに少なかった。ルーシーはどこで移動資金を得たのか？ どうやってトムの住所を知ったのか？ 母親は家出を助けたのか、それとも母親自身も別に一人で逃亡したのか？ もしオーロラが関与しているとしたら、なぜ前もってトムに連絡するなり、せめてルーシーにメモを持たせるなりしなかったのか？ もしかしたらメモはあったのにルーシーがなくしてしまったのかもしれない。いずれにせよ、娘の出奔《しゅっぽん》はオーロラの結婚生活について何を語っているのか？ 私とトムが恐れているような惨事が起きたのか、それとも、トムの妹はついに光を見出し夫の世界観を奉ずるに至ったのか？ だがもし家庭に調和が広がっているなら、娘はブルックリンくんだりでいったい何をやっているのか？ 私たちは堂々巡りに明けくれ、えんえん果てしなく話しあったが、ひとつの問いの答えにもたどり着けなかった。

「まあそのうちわかるさ」と私は、もうこれ以上悩んでも仕方ないと決めて言った。「まずは目先の問題だ。ルーシーが住むところを見つけなくちゃいけない。君のところには置けないいし、私のところも無理だ。で、どうする？」

「里子に出すっていうことだったら、お断りですよ」とトムは言った。

「いや、もちろんそうじゃない。きっと誰か、受け容《い》れてくれる知りあいがいるはずだよ。一時的にさ。オーロラの行方をつきとめるまで」

「それって高い要求ですよ、ネイサン。何か月もかかるかもしれませんよ。ひょっとしたら永久に見つからないかも」

「君の義理の姉さんは？」

「パメラですか？」

「けっこう金持ちだって言ってたじゃないか。ヴァーモントにお屋敷があって、子供は二人、夫は弁護士。この夏だけだからって言ったら、乗ってくれるんじゃないかね」

「パメラはローリーが大嫌いなんです。ゾーン家の人たちはみんなそうです。ローリーの子供のために一肌脱いでくれるとは思えませんね」

「同情心。寛容。ここ何年かは、人間としてもずっとよくなったって言ってたじゃないか。もし費用は私が持つと言ったら、親族内の共同事業と見てくれるんじゃないかね。私たちみんなが、共通の善に向けて努力する」

「あなたも説得が上手《うま》いですねえ」

「窮地から脱しようとしてるだけだよ。それだけさ」

「わかりました。パメラに連絡しますよ。まあ断られるでしょうけど、ダメモトで訊いてみます」

「その意気だ。目一杯大げさに言い立てろよ。シロップも糖蜜《とうみつ》もたっぷり、てんこ盛りで行けよ」

だがトムは私のアパートメントから電話するのを嫌がった。ルーシーがいるからだけではなく、私がそばにいると思うと硬くなってしまうというのだ。繊細で気むずかしいトム、世界で一番感じやすい魂。いいとも、でもわざわざ君のアパートまで帰るには及ばないと私は言った。ルーシーと私で外に出るから、君は一人でゆっくりパメラに電話すればいい。そうすれば長距離の電話代も私に押しつけられるし。「あの子の服装は見ただろう」と私は言った。「あんなボロボロのジーンズにすり切れたスニーカーじゃ駄目さ。ヴァーモントに電話したまえ。私は新しい服を買ってやりに行くから」

それで決まった。そそくさと用意したトマトスープ、スクランブルエッグ、サラミサンドイッチの昼食が済むと、ルーシーと私は買物ツアーに出かけた。黙ってはいてもルーシーは、何でも欲しいものを選んでいいと言われて普通の女の子並に買物を楽しんでいるようだった。はじめのうちは私たちも基本的なアイテムに絞っていたが（靴下、下着、ズボン、短パン、パジャマ、フード付きトレーナー、ナイロンのウィンドブレーカー、爪切《つめき》り、歯ブラシ、ヘアブラシ等々）、それに続いて一五〇ドルのネオンブルーのスニーカーや、ウール一〇〇パーセントのブルックリン・ドジャースのレプリカ帽、それにこれはいささか驚かされたが、ピカピカ光る本物のエナメル革のメリージェーン〔※少女用のストラップの付いたエナメル靴〕を買い求め、合わせて締めくくりは赤と白のコットンドレスだった。昔ながらの丸いカラー、背中で飾り帯を縛るようになっている。戦利品をアパートメントに運び込んだころには三時をとっくに回っていて、トムはもうそこにいなかった。キッチンテーブルの上に書き置きがあった。

ネイサン、

パメラが引き受けてくれました。どうやって説き伏せたかなんて訊かないでください。一時間以上粘りに粘って、やっとうんと言わせたんです。こんなにくたびれる、しんどい会話もそうなかったですね。「あくまで試行期間」だそうですが、朗報なのは、明日連れてこいと言ってくれたことです。テッドのスケジュールと、地元のカントリークラブのパーティか何かの関係で、そうするしかないそうです。あなたの車、使わせてもらえますよね？ あなたに運転する元気が出ないなら僕がやります。いまから店に行って、ハリーに交渉してしばらく休みをもらいます。本屋で待ってます。それじゃあとで。

トム

こんなに早く事が進むとは私も思っていなかった。もちろんホッと一安心だし、かくもすばやく能率的に問題が解決できたのは嬉しかったが、心のどこかではがっかりしてもいた。何か大事なものを奪われたような気さえした。私はルーシーのことが好きになっていたのだ。近所を買物して回りながら、しばらく彼女が身近にいると思うと、だんだん楽しみになってきていた。事態について考えが変わったのではない（いつまでも私のアパートメントに置いておくわけには行かない）が、数日か、ひょっとしたら数週間か、短期間であれば十分耐えられただろう。むしろ歓迎なくらいだ。レイチェルが小さかったころ、私は一緒に過ごすチャンスをあらかた逃してしまっていた。それがいま突然、世話を必要としている小さな女の子が現われたのだ。服を買ってくれて、お腹に食べ物を入れてくれる大人、彼女に十分注意を払うだけの暇があって謎の沈黙から引き出そうとしてくれる大人を必要としている子供が。その役割を引き受けることに私としてもやぶさかでなかったのに、どうやらショーはブルックリンからニューイングランドに移ろうとしていて、私は別の役者に取って代わられてしまったのだ。田舎に行ってパメラと子供たちと一緒に過ごした方がルーシーのためにもいいんだと考えて自分を慰めようとしたが、パメラについて私が何を知っているというのか？　もう何年も会っていないし、過去に何度か会ったときも、いい印象は全然なかった。

ルーシーが新しいワンピースを着て新しいメリージェーンを履いて本屋に行きたがったので、まずお風呂に入るという条件で私も同意した。子供を風呂に入れることなら慣れてるんだよ、と私は言って、証拠を見せようと、本棚からアルバムを引っぱり出して、レイチェルの写真を何枚か見せた。そのうちの一枚では、何と本当に、六歳か七歳になる私の娘がバブルバスに入っていた。「この人は君のお母さんの従姉《いとこ》だよ」と私は言った。「知ってたかい、この人と君のお母さんとは生まれた日が三か月しか違わないんだよ。前はすごく仲よしだったんだよ」。ルーシーは首を横に振り、その日最大級の大きな笑顔を浮かべた。この子はナット伯父さんをだんだん信用してきているのだ。じきに私たちは、バスルームめざして廊下を行進していた。私がバスタブにお湯をためると、ルーシーは大人しく服を脱いで中に入った。左の膝《ひざ》に小さな、ほぼ硬くなったかさぶたがあるほかは、かすり傷ひとつない。清潔ですべすべした背中、清潔ですべすべした脚、性器の周りにも腫《は》れやすり剝《む》けは見当たらない。ざっと肉眼で検査しただけだが、彼女の沈黙の理由が何であれ、虐待・乱暴された形跡は何も目につかなかった。この発見を祝って、私は彼女の髪を洗ってすすぎながら「ポリー・ウォリー・ドゥードル」のフルバージョンを歌ってやった。

ルーシーをバスタブから引っぱり上げた十五分後に電話が鳴った。私たちがどうなったのかと、トムが本屋からかけてきたのだった。ハリーとの話も済んで（何日か休みたいという願いも聞き入れてもらった）、トムはもう店を出たがっていた。

「ごめんごめん」と私は言った。「買物に思ったより時間がかかって、それから今度は、風呂に入れなきゃと思い立ってね。襤褸の子供にさよならしろよ、トム。われらの女の子はもう、ウインザー城へお誕生日パーティに行くところに見えるぜ」

夕食をどうするかをめぐって、しばし相談が為《な》された。朝早く出かけたいから六時ごろにははじめたい、とトムは言った。それにルーシーはすごくよく食べる子だから、たぶん六時にはもうお腹がぺこぺこになってるんじゃないかな、とトムは言い足した。

私はルーシーの方を向いて、ピザはどうだい、と訊いてみた。彼女が唇を舐《な》め、お腹をぽんぽん叩いて答えたので、私はトムに、ロッコズ・トラットリアで待ちあわせようと言った。ここのピザがこの近所で一番美味《うま》いのだ。「六時に」と私は言った。「その前に私はルーシーとビデオ屋に行って、夕食のあとにみんなで見られる映画を探すよ」

私たちが選んだのは『モダン・タイムス』だった。不気味にぴったりな選択である。ルーシーはチャップリンのことを見たことも聞いたこともなかったが（アメリカの学校教育の崩壊の更なる証拠だ）、これはかの浮浪者が初めて声を出す映画である。言葉自体はまるっきりのナンセンスだが、とにかくある時点で彼の口から音が飛び出すのであり、その瞬間を見たらルーシーのなかで何かが揺り動かされるのではないかと私は考えた。ひょっとしたら、自分の強情な沈黙にしばし思いをめぐらすのではないか。上手く行けば、それをきっかけとして一気に沈黙から抜け出るかもしれない。

ロッコズでの夕食まで、ルーシーは実に大人しくふるまっていた。私が頼んだことは何でも素直に進んでやってくれたし、額に皺《しわ》が寄ったりするようなことは一度もなかった。ところがトムがいつになく無思慮なことに、テーブルに座って何分も経《た》たないうちに、ヴァーモント行きの知らせをいきなりぶちまけたのである。何の下準備もなく、バーリントンの素晴らしさを謳《うた》い上げもせず、ブルックリンで二人の伯父さんと一緒にいるよりパメラ伯母さんといる方がなぜいいかもあらかじめいっさい説明しなかった。そのとき、ルーシーの額に初めて皺が寄るのが見え、やがて彼女は初めて泣き出し、食事のあいだ大半はむっつり不機嫌な顔をしていた。きっとお腹も空いていただろうに、ピザが目の前に届いても手もつけず、私がノンストップで喋りつづけたことでどうにか全面的な神経戦には陥らずに済んだ。私はまず、トムが怠った地均《じなら》しからはじめ、パメラ伯母さんの伝説的な優しさを謳い上げ、褒めたたえ、とことん宣伝しまくった。そうした演説も功を奏しないと見ると、作戦を切り替えて、君が落着くまで伯父さんたち二人も一緒にいるよと約束し、さらなるダメ押しに、大きな賭《か》けだと承知の上で、決めるのはあくまで君なんだよ、と請けあった。もし君が気に入らなかったら、荷物をまとめてニューヨークに帰る。でもまずは試してみないと――まあ三日か四日はね、と私は言った。それでいいかい？ 彼女はこっくり頷いた。それから、この三十分で初めて彼女はにっこり笑った。私はウェイターを呼んで、済まないけどこの子のピザを温め直してくれないかなと頼んだ。十分後にウェイターが戻ってくると、ルーシーはすぐさま食べにかかった。

一方チャップリンの実験は、成功とも不成功とも言いかねた。ルーシーは声を上げて笑った。私たちがその日初めて聞いた、彼女から発する音である（夕食の席の涙すら、無言のまま頬を流れ落ちたのだ）。が、例のレストランのシーン、あの忘れがたいナンセンスソングをチャーリーが歌い出す場面に至る数分前、彼女の目はすでに閉じ、そのまま寝入ってしまった。まあ責めるわけにも行かない。ニューヨークにはけさ着いたばかりであり、いったい何百キロ旅してきたかも神のみぞ知るであって、きっと前の晩はほとんど、下手をすれば一晩中バスに乗っていたのだ。私は彼女を予備の寝室まで運んでいき、もうすでに用意してあるソファベッドのカバーをトムが外して、上掛けのシーツと毛布を折り返した。幼い子供ほど、特に疲れきった幼い子供ほどよく眠る者はいない。私がその体をマットレスに下ろして、襟元を整えてやる最中も、ルーシーは一度として目を開けなかった。

翌日は奇怪な、不穏な出来事からはじまった。私は七時に、オレンジジュース、スクランブルエッグ、トーストを持って、眠っているルーシーの枕許《まくらもと》に行った。床に食べ物を下ろし、手を伸ばしてそっと彼女の片腕を揺すった。「起きなよルーシー、朝ご飯の時間だよ」。三秒か四秒して彼女は目を開け、それから、つかのま心底とまどった表情を浮かべたあと（ここはどこ？　私を見下ろしてるこの知らない男の人誰？）、私が何者かを思い出して彼女はにっこり笑った。「よく寝たかい？」と私は訊いた。

「ぐっすり眠ったわ、ナット伯父さん」と彼女は答えた。南部訛《なま》りのような、ゆったりした発音だった。「井戸の底にある大きな古い石みたいに」

やった。ルーシーが喋ったのだ。促されも、後押しされもせず、自分が何をしようとしているか改めて考えもせずに、穏やかに口を開いて話したのだ。沈黙の支配は公式に終わりを告げたのか、それとも目覚めたばかりでぼうっとしていて忘れてしまっただけなのか？

「それはよかった」と私は、ことさらに言い立ててケチをつけてしまわぬよう気をつけて言った。

「今日はやっぱり、嫌なヴァーモントに行くの？」と彼女は訊いた。

一言新しい言葉が、ひとつ新しいセンテンスが加わるたびに、私の用心混じりの希望は募っていった。

「あと一時間くらいしたらね」と私は言った。「さあルーシー、ジュースとトーストと卵だよ」

私が身をかがめて食べ物を床から持ち上げると、彼女はふたたびニッと満面の笑みを浮かべた。「ベッドの朝ご飯」と彼女は言った。「ネフェルティティの女王さまみたい」

これでもう窮地は脱したと私は思った。が、私なんかに何がわかるだろう——何についてであれ、私に何がわかるというのか？ 私が右手でジュースのグラスを差し出し、それを受けとろうと彼女が手をのばしたところで、空が彼女の上に落ちてきた。この瞬間の彼女ほど、表情があっという間に激変した人間を私は見たことがない。一瞬のうちに、まばゆい笑顔は刺すような恐ろしい絶望に変わった。片手で口をぎゅっと押さえつけ、何秒も経たないうちにその目には涙があふれた。

「心配は要らないよ」と私は言った。「君は何も悪いことしちゃいないよ」

だがそうではなかった。本人の目から見れば彼女はまさに悪いことをしたのであり、その苦悩に満ちた小さな顔から見て、許し難い罪を犯したのだった。自分に対する怒りを一気に爆発させて、彼女は左の手首で側頭部を乱暴に叩きはじめた。自分がいかに馬鹿だと思っているかを示していると思《おぼ》しき、何とも狂おしいパントマイムだった。彼女はそれを三回、四回、五回行ない、私が彼女の腕をつかんでやめさせようとした瞬間、今度は左手をつき出し指を一本立てて、はっきり私の顔をつき刺すしぐさをした。彼女は激怒していた。不快感と自己嫌悪《けんお》に目をギラギラ光らせ、右手で左手を叩きはじめた。まるで、たったいま指をつき立てた自分の図々しさを詰《なじ》っているかのようだった。やがて叩くしぐさが止《や》んで、ふたたび左手をつき出した。今回は指を二本立てていた。前と同じに、さも苦々しそうに空《くう》を刺している。まず一本指、次に二本指。私に何を言おうとしているのか？ 確信はなかったが、時間と関係があるのではと思えた。喋ることを自分に許すまでの日数ではないか。けさ目覚めたときにあと一日だったのに、うっかり言葉を漏らしてしまったので、もう一日沈黙を加えて自分を罰しないといけないのだ。ゆえに、一が二になった。

「そういうことなの？」と私は訊いた。「あと二日で話しはじめるってことなのかな？」

反応なし。もう一度訊いてみたが、ルーシーに秘密を明かす気はなかった。首を縦にも横にも振らず、何もなし。私は彼女のかたわらに腰かけて、その髪を撫《な》ではじめた。

「さあ、ルーシー」と私はオレンジジュースのグラスを渡しながら言った。「朝ご飯の時間だよ」

北に行く

車はかつてのわが人生の名残りだった。ニューヨークではそんなものに使い道はなかったが、無精なせいで売りにも出さず、ユニオン・ストリートの、六番街と七番街のあいだにある立体駐車場に放置してあって、ブルックリンに越してきてから一度も、乗るのはおろか見たことすらなかった。一九九四年製、ライムグリーンのオールズモビール・カトラス、おそろしく醜い代物《しろもの》である。だが車としての機能はちゃんと残っていて、二か月ずっと放ったらかしてあったのに、キーを回したらエンジンは一発でかかった。

トムがパイロット、私は助手席、ルーシーは後部席に座った。前の晩に私があれこれ約束したのに、彼女は依然パメラもヴァーモントもいっさい受けつけなかったし、彼女の意志に反して私たちがそこへ連れていこうとしていることに憤《いきどお》っていた。論理的には、その態度にも一理あった。最終的な決定権が彼女にあるのなら、わざわざ五〇〇キロ以上、どうせまた五〇〇キロ走って連れ帰ることにしかならないのに出かける意味は何なのか？　パメラをめぐる実験にまずはチャンスを与えてほしいと私が昨日頼んで、彼女もいちおう同意するふりはしたわけだが、その心が実はすでに決まっていて、何ものにも変えられはしないことは私にもわかっていた。かくして彼女は後部席に座り、むすっとして打ちとけず、私たちの残酷な企《たくら》みの罪なき犠牲者として口をとんがらせていた。I-95でブリッジポートの郊外を過ぎるあたりで彼女は眠りに落ちたが、それまでは窓の外をぼんやり見る以外ほとんど何もしなかった。明らかに、二人の悪い伯父さんをめぐって悪《あ》しき思いをたぎらせているのだろう。のちの出来事が証明したとおり、私の考えは間違っていた。ルーシーは私が思ったよりずっと知恵の働く子供だった。ただプンプン怒りを沸き返らせているどころか、あれこれ計画を練り、考えていたのであって、相当な知力を駆使して、形勢を逆転させ自分の運命の支配権を手中に収めるべく策を巡らしていたのだ。私が言うのも何だが、それは見事な計画、真の悪党のみが考えうる計画だった。狡猾《こうかつ》さがかくも高い次元にまで引き上げられたことには脱帽するしかない。だがそれについてはまた先で述べる。後部席でルーシーがじっくり考えたりうとうと眠ったりしているあいだ、トムと私は前部席で喋っていた。トムが運転するのは一月にタクシー運転手を辞めて以来であり、ただ単に久しぶりに運転しているというだけで、一種強壮剤のような作用が生じているようだった。トムとはもう二週間、ほぼ毎日一緒にいたが、その六月初旬の朝ほど明るく楽しそうな彼は見たことがなかった。都心の混雑をくぐり抜けると、車は北へとつながるいくつかのハイウェイの一本目に入っていき、そうした開《ひら》けた道まで出るとトムもリラックスしてきて、いつも抱え込んでいるみじめな思いもうち捨て、世界を憎むことをつかのまやめたようだった。リラックスしたトムはお喋りなトムだった。それが元ドクター親指《サム》の親指の法則《ルール・オブ・サム》〔※実際的な経験則〕なのだ。朝の八時半ごろから優に昼過ぎまで、おびただしい数の言葉を彼は私に浴びせつづけた。それはまさに、身近なこと神秘なこと両方をめぐる物語、ジョーク、講釈の洪水だった。

まずは『愚行の書』、わがささやかにして生半可なる執筆中作品に関するコメント。進み具合はどうです、とまず訊くので、終わりが見えないままぐんぐん進んでいるよ、ひとつ話を書くとそいつがまた別の話につながって、それがまた別の話に、と答えるとトムは右手で私の肩をぽんと叩《たた》き、驚くべき評決を口にした――「あなたは作家ですよネイサン、本物の作家になりつつあるんです」

「いや違うよ」と私は言った。「私はただの、ほかにやることもない隠居した元保険外交員だ。単なる暇つぶしだよ」

「そうじゃありませんよ。何年も砂漠をさまよった末に、あなたはついに天職を見出したんです。もうお金のために働かなくてよくなったいま、もともと為すべきだったことをやってるんです」

「そんな馬鹿な。六十で作家になる人間はいないよ」

元大学院生にして元文学研究者はえへんと咳払《せきばら》いし、その意見には賛成しかねますと答えた。書くということには何のルールもないんです、と彼は言った。詩人や小説家の生涯をよく見てごらんなさい、そこから得る総体は掛け値なしの混沌、例外ばかりの無限のごたまぜです。それは書くということが病だからです、とトムは続けた。何なら心の感染症、魂のインフルエンザと言ってもいい。誰がいつかかっても不思議はないんです。老いも若きも、強きも弱きも、酩酊《めいてい》せる人も素面《しらふ》の人も、正気の者も狂気の者も。文学の巨匠、準巨匠のラインナップを見てごらんなさい。あらゆる性的気質、あらゆる政治的傾向、この上なく気高い理想主義から最高に陰険な堕落まで、人間としてありとあらゆる特性を抱え込んだ人たちです。彼らは犯罪者であり弁護士であり、スパイであり医者であり、軍人であり独身女性であり、旅人であり隠者でした。誰も除外されないんだったら、六十歳にならんとする元保険外交員が仲間に入るのを何が妨げます？　いかなる法が、ネイサン・グラスがこの病に冒されていないと断定します？

　私は肩をすくめた。

「ジョイスは三冊小説を書きました」とトムは言った。「バルザックは九十冊。それでいま僕たちにとって、何か違いがあるでしょうか？」

「私にはないね」

「カフカは最初の短篇を一晩で書きました。スタンダールは『パルムの僧院』を四十九日で書き上げた。メルヴィルは『白鯨』を十六か月で書いた。フロベールは『ボヴァリー夫人』に五年を費やした。ムージルは『特性のない男』に十八年かけた末に未完のまま死にました。そういうことが、いまの僕たちにとって問題ですか？」

　答えを求めている問いではなさそうだった。

「ミルトンは盲目だった。セルバンテスは片腕がなかった。クリストファー・マーロウは三十になる前に飲み屋の喧嘩《けんか》で刺し殺された。どうやらナイフで目をもろに刺されたらしい。こういうのをみんな、どう考えればいいんです？」

「わからないよ、トム。教えてくれ」

「無ですよ。大きくて太った無です」

「まあ同感だね」

「トマス・ウェントワース・ヒギンソンはエミリー・ディキンソンの詩を『添削』しました。『草の葉』を不道徳な本と呼んだ思い上がりの知ったかぶりが、神々《こうごう》しきエミリーの作品に手を入れたんです。そして、気の毒なポー。ボルチモアの道端の溝で、酔っ払って頭もおかしくなって野垂れ死にしたポーは、自分の著作権執行者にルーファス・グリズウォルドを選んだ。グリズウォルドが自分を蔑《さげす》んでいるとも知らず、このいわゆる友人にして支援者が彼の名声を破壊すべく何年も精を出すことになるなどとは夢にも思わず」

「気の毒なポー」

「エディには運がなかったんです。生きているあいだも、死んだあとも。一八四九年、ボルチモアの墓地に埋められて、墓に墓標が建てられたのは二十六年後でした。死んですぐ親戚《しんせき》が注文したのに、何ともブラックユーモア風の椿事《ちんじ》が起きたんです。いったいこの世界、誰が仕切ってるんだと首を傾《かし》げたくなります。人間の愚行とはこのことですよ、ネイサン。大理石の作業場はちょうど高架鉄道の真下にありました。石に字を彫る仕事がほぼ終わるというところで、脱線事故がありました。列車が作業場に落下して、石は割れてしまった。親類にはもうひとつ石を注文するだけの金はなかったから、ポーは次の四半世紀を、何のしるしもない墓に横たわって過ごしたんです」

「君、何でそんなことみんな知ってるんだ？」

「誰でも知ってる話ですよ」

「私にはそうじゃないね」

「あなたは大学院に行かなかったから。あなたが世間に出て、世界を民主主義にとって安全な場にすべく戦ってくれてるあいだ、僕は図書館の個人ブースにこもって、役立たずの情報を頭に詰め込んでたんです」

「結局誰が石の金を出した？」

「地元の教師たちが委員会を作って資金を集めたんです。何と十年かかったんですよ。記念碑が出来上がると、ポーの遺《い》骸《がい》は掘り起こされ、町の向こうまで運ばれて、ボルチモアの教会墓地に埋め直されました。除幕式の朝、西部女子高校《ウェスタン・フィーメール・ハイスクール》なる場で特別の式典が催されました。すごい名前だと思いませんか？ 西部女子高校。アメリカの重要な詩人全員が招待されましたが、ホイッティアー、ロングフェロー、オリヴァー・ウェンデル・ホームズ、みんな口実をつけて来ませんでした。わざわざ足を運んだのはウォルト・ホイットマンだけでした。まあ彼の作品はほかの連中の仕事全部足したよりもっと価値がありますから、これはこれで、崇高なる詩的正義のなせる業だと思いますがね。興味深いことに、その朝にはステファヌ・マラルメもいました――生身の人間としてではありませんが、彼の有名なソネット『エドガー・ポーの墓』はこのときのために書かれたんです。まあ式までには完成しなかったんですが、精神としてはそこにいたんです。素晴らしいと思いませんか。ホイットマンとマラルメ、近代詩の父二人が、西部女子高校に共に立ち、共通の先達に敬意を示す――屈辱と汚名にまみれたエドガー・アラン・ポーに、アメリカが世界に初めてもたらした真の書き手に」

そう、その日トムは絶好調だった。いささか躁病《そうびょう》的と言ってもいいと思うが、その取りとめもない衒学《げんがく》的なお喋りのおかげで、ただただ走る退屈はたしかに紛れた。しばらくある方向に話が進むと思ったら、三叉路《さんさろ》に至ってぐいっと方向を、右より左の方がいいのかはたまた逆がいいのかなどと迷いもせずに切り替える。言ってみればすべての道はローマに通じ、ローマとは文学の総体にほかならなかったから（その総体についてトムは何もかも知っているように思えた）、どっちを選ぼうと構わないのだ。ポーから今度は、いきなりカフカに話は飛んだ。つなぎ目は、二人が死んだときの年齢だった。ポーは四十歳九か月、カフカは四十歳十一か月。こんな細かい事実を知っていたり気にしたりするのはトムくらいなものだが、保険統計表を吟味し、職業別死亡率について考えることに半生を費やした私も、これにはかなり興味をそそられた。「早すぎるなあ」と私は言った。「今日だったら薬や抗生物質で助かった可能性も高いのにな。たとえば私だ。ガンにかかるのが三十年か四十年前だったら、いまごろたぶんこの車に乗っちゃいない」

「ええ、四十は早すぎますよね」とトムは言った。「でもそこまですら行かなかった書き手も何人いたことか」

「クリストファー・マーロウ」

「二十九歳で没。キーツは二十五で没。ゲオルク・ビュヒナーは二十三。すごいですよ、十九世紀ドイツ最大の劇作家が二十三で亡《な》くなってるんです。バイロン卿《きょう》は三十六。エミリー・ブロンテは三十。シャーロット・ブロンテは三十八。シェリーは三十になるちょうどひと月前。サー・フィリップ・シドニーは三十一。ナサニエル・ウェストは三十七。ウィルフレッド・オーエンは二十五。ゲオルク・トラークルは二十七。レオパルディ、ロルカ、アポリネール、みんな三十八。パスカル、三十九。フラナリー・オコナー、三十九。ランボー、三十七。スティーヴンとハートの両クレインは二十八、三十二。そしてハインリッヒ・フォン・クライスト、カフカが一番好んだ書き手は三十四で愛人と心中した」

「そしてカフカは君が一番好む書き手」

「だと思いますね。少なくとも二十世紀では」

「なぜカフカで論文を書かなかった？」

「愚かだったんです。それに僕、アメリカ研究者ということになってましたから」

「カフカは『アメリカ』を書いたじゃないか」

「ははは。そうですよね。何で思いつかなかったのかな」

「あの自由の女神の描写は覚えてるよ。松明《たいまつ》の代わりに、ミス・リバティが片手に剣を掲げている。すごいイメージだよ。笑ってしまうけど、ものすごく怖くもある。悪い夢で見た何かみたいで」

「じゃあカフカは読んでるんですね」

「ある程度は。もろもろの長篇と、短篇を何本か。もうずっと昔、君の歳《とし》だったころだが、カフカっていうのは頭に残るんだ。いったん入ったら、もう忘れない」

「日記や手紙は覗《のぞ》いてみたことあります？　伝記は？」

「私のことは知ってるだろう。そんなに真剣な人間じゃないよ」

「残念ですね。本人の生涯を知れば知るほど、作品もますます興味深くなってくる書き手なんです。単に偉大な作家っていうだけじゃなく、実に非凡な人物でもありました。人形のエピソードは知ってます？」

「記憶にないね」

「じゃ、じっくり聞いてくださいよ。僕の主張の、第一の証拠として提示しますから」

「よくわからんね」

「すごく単純なことです。目的は、カフカが事実並外れた人だったと証明すること。なぜこの話からはじめるか？ それは僕にもわかりません。でも昨日の朝ルーシーがひょっこり現われて以来、ずっと頭から離れないんです。どこかにつながりがあるにちがいありません。まだしっかり考えきれてないんですが、ここには僕たちにとってメッセージがあると思うんです。僕たちがどうふるまったらいいかをめぐる、ある種の警告のようなものが」

「前置きが長すぎるぞ。さっさと本題に入って、物語を語れよ」

「僕またべらべらやってますね。こうやって陽がさんさんと輝いて、対向車が一〇〇キロ、一一〇キロでビュンビュン過ぎていくせいです。頭が破裂しそうなんですよ、ネイサン。パンパンに膨らんで、何でも来いって気分ですよ」

「結構。さ、物語を」

「了解。物語ね。人形の物語……カフカの生涯最後の年、彼はドーラ・ディアマントに恋をしました。十九か二十歳の、ポーランドのハシッド派ユダヤ教徒の家庭から家出して目下ベルリンに住んでいる女性です。カフカの半分の歳ですが、プラハを去る勇気をカフカに与えてくれるのは――もう何年も前から彼がやりたいと思っていたことです――彼女の方です。そして彼女はカフカが初めて、そして唯一《ゆいいつ》、一緒に暮らした女性になります。一九二三年の秋、カフカはベルリンにやって来て、翌年の春に他界しますが、その最期《さいご》の何か月かは、おそらくカフカの生涯で一番幸福な日々です。健康も衰えていました。食糧不足、政治暴動、ドイツ史上最悪のインフレ、とベルリンの社会情勢もひどいものです。自分がもうこの世に長くいないことをカフカは確信しています。それでも彼は、幸福だったのです。

毎日午後、カフカは公園へ散歩に出かけます。たいていはドーラも一緒です。ある日二人は、わあわあ泣き叫んでいる小さな女の子に出会います。どうしたの、とカフカが訊くと、お人形をなくしちゃったのと女の子は答えます。カフカはたちまち、人形の身に何があったかをめぐる物語を捏造《ねつぞう》しはじめます。『君のお人形は旅に出たんだよ』とカフカは言います。『どうしてわかるの？』と女の子は訊きます。『僕に手紙をよこしたからさ』とカフカが言うと、女の子は疑り深そうな顔になります。『その手紙、いま持ってる？』と女の子は訊きます。『ごめん、うっかり家に置いてきちゃったんだ、明日持ってくるよ』とカフカは言います。すごく真に迫った言い方なので、女の子はどう考えていいのかわからなくなってしまいます。この不思議なおじさん、ほんとにほんとのこと言ってるのかしら？

カフカはまっすぐ家に帰って、手紙を書きにかかります。机に向かって書く彼をドーラは見て、自分の作品を書くときとまったく同じ真剣さと緊張をもって書いていることを目にとめます。女の子を適当にだます気はカフカには毛頭ありません。これは本物の文学的努力であって、きちんとやらねばと心に決めているのです。美しい、説得力ある嘘《うそ》を思いつければ、女の子の喪失を、違う現実にすり替えることができるのだから。偽りの現実かもしれない、でも虚構の掟《おきて》から見ればそれは真実であり信用できる何かなんです。

翌日、カフカは手紙を持って公園に飛んでいきます。女の子は彼を待っています。申し訳ないんだけどあたし、いつも同じ人と暮らすのに疲れてしまったの。外へ出て、世間をまだ読み書きはできないので、カフカが読んであげます。人形は言います。見て、新しい友だちを作りたいの。あなたのこと愛していないわけじゃないんだけど、あたしには気分転換が必要だから、しばらく別々に暮らさなくちゃいけないの。そうして人形は、毎日手紙を書きます、何をしているか一つひとつ報告します、と書いていました。

ここからが、胸がはり裂けそうなところです。一通目の手紙をわざわざ書いただけでも驚くべきことなのに、いまやカフカは、毎日新しい手紙を書くという任を自分に課したんです。それもただ、一人の小さな女の子を、ある日の午後公園でばったり会っただけのまったくの赤の他人の子供を慰めるために。いったいどういう人間がそんなことをするでしょう？　カフカはこれを三週間続けたんですよ、ネイサン。三週間ですよ。この世に存在した最良の書き手の一人が、自分の時間を、じわじわ減ってますます貴重になっていく時間を犠牲にして、なくなった人形からの架空の手紙を書く。ドーラによれば、一文一文の細部に彼は痛々しいほどの注意を払い、正確で、滑稽《こっけい》で、人を夢中にさせる文章になるよう努めたんです。要するにそれは紛れもないカフカの文章でした。三週間のあいだ毎日公園に行っては、また一通女の子に読んで聞かせました。人形は大きくなって、学校に行き、知りあいもたくさん出来ます。女の子を愛していると何度も宣言しますが、生活がだんだん複雑になってきて、帰ってくるのは難しそうだということも言葉のはしばしから匂《にお》わせます。カフカは少しずつ、女の子の人生から人形が永久に消えてしまう瞬間に向けて彼女を準備させているんです。満足の行く結果を考え出そう、これが上手く行かなければ魔法の呪縛《じゅばく》も破れてしまう、と彼は懸命に知恵を絞ります。いくつかの可能性を試した末、結局、人形を結婚させることをカフカは選びとります。人形が恋に落ちた相手の若者をカフカは描き、婚約パーティ、森の結婚式を語り、さらには人形と夫が現在暮らしている家まで描写してみせます。それから、最後の一行において、人形は長年の愛《いと》しい友に別れを告げるのです。

その時点ではもう、言うまでもなく、女の子は人形がいなくても寂しくありません。カフカが代わりに別の何かを与えてくれたからであり、三週間が過ぎたころには、手紙のおかげで悲しみも癒《いや》されています。彼女には物語があるんです。物語のなかで生きる幸運、架空の世界で生きる幸運に恵まれた人にとって、この世界の苦しみは消滅します。物語が続くかぎり、現実はもはや存在しないんです」

われらが女の子、あるいはCOKE IS IT

ニューヨーク・シティからバーリントンへ行く道は二つある。速い道と遅い道。道のりの最初の三分の二、私たちは速い道を行った。フラットブッシュ・アベニュー、BQE〔※ブルックリン＝クイーンズ高速道〕、グランドセントラル・パークウェイ、ルート678といった都会の道路を通るルートである。ウィットストーン橋を渡ってブロンクスに入ると、北へさらに数キロ進んでI‐95に至り、都市部を出てウェストチェスター郡東部を抜け、そのままコネチカット南部を通っていく。ニューヘイヴンまで行って、I‐91に出た。道行きの大半はこのI‐91を走り、コネチカットの残りとマサチューセッツの全部を渡り、ヴァーモントの南端に着いた。バーリントンへ一番速く行けるのはそのままI‐91でホワイトリヴァー・ジャンクションまで行って西へ折れてI‐89に入るルートだったろうが、ブラトルボロ郊外まで来てみると、もうスーパーハイウェイは飽きあきした、もっと空《す》いている田舎道を行こうとトムが言い出した。かくして私たちは速い道から遅い道に切り替えた。一時間か二時間余計にかかるけど、こっちならひたすら走るだけの命なき車以外にもいろいろ見られそうですよとトムは言った。たとえば森、そして道端の野生の花、そしてむろん牛や馬、農場と草原、共有緑地、時おりの人間の顔。この計画変更に私も異論はなかった。パメラの家に三時に着こうが五時に着こうが、私にはどうでもいい。ルーシーもふたたび目を開けて、後部のサイドウィンドウから外をじっと見ている。自分たちが彼女に対して為そうとしている仕打ちがひどくうしろめたく感じられて、私としても着くのをできるだけ引き延ばしたかったのだ。私はランド・マクナリーの道路地図を開き、ヴァーモントの地図をじっくり眺めた。「三番出口で降りるんだ」と私はトムに言った。「で、ルート30に出る。これが斜めにくねくね北西に上がっていく。六十キロくらい行ったら、曲がりくねった道を抜けてラトランドに出てルート7に入って、あとはまっすぐバーリントンまで」

どうしてこんなささいな細部を私はくどくど述べるのか？　なぜならこの物語の真実は細部に属するからであり、起こったことをそのまま語る以外に手はないからだ。ブラトルボロでハイウェイを降りて、勘を頼りにルート30へ行く決断をしなかったら、この本で起きる出来事の多くは起きずに終わっていたのだ。そう言うとき、私はとりわけトムのことを考えている。ルーシーも私もその決断から益を得たが、トムにとってはーーこれらブルックリン愚行《フォリーズ》における苦難のヒーローにとってはーーこれこそおそらく彼の人生でもっとも重要な決断だった。そのときは、ここからどういう波紋が生じることになるか、何の予感もなかったし、己が始動させた旋風についても本人には知る由《よし》もなかった。カフカの人形と同じで、彼としては単に気分転換を求めているつもりだったわけだが、そうやって一本の道路を離れて別の道路に移ったことで、運命が思いがけず彼に両腕をさしのべ、われらのトムを別の世界へ連れていったのである。

ガソリンはほとんど空だったし、私たちの腹もほとんど空だったし、膀胱《ぼうこう》は一杯だった。ブラトルボロの二十五キロか三十キロ北西で、私たちは昼食をとろうと、ドッツなるパッとしない沿道の食堂で停まった。食事とガソリン、とハイウェイの看板にはいみじくも書かれ、私たちもその順番で自分たちの欲求を満たすことにした。ドッツで食事、それから道の反対側のシェヴロンのスタンドでガソリン。ここでもやはり、あるやり方を選び別のやり方を選ばなかったことが、重要な影響を物語にもたらすことになった。もし私たちがまずガソリンを満タンにしていたら、ルーシーもあの驚くべき早わざをなしとげることはできず、私たちは計画どおりそのままバーリントンまで行ったはずなのだ。だが、三人で腰を据えて食べはじめた時点でタンクがまだほぼ空っぽだったことで突如チャンスが訪れ、ルーシーはためらわなかった。そのときは災難に思えたが、もしわれわれらがルーシーがああしたことをやらなかったら、われらのトムが運命の女神の心優しき腕のなかに落ちることもなく、ハイウェイを降りるか降りないかもどうでもいい細部のままであったはずなのだ。

いまでもまだ、彼女がどうやってあんなことをやってのけたのか、私にはいまひとつわからない。いくつかの付随的状況が彼女に有利に働いたことは間違いないが、そうした細かい幸運を計算に入れても、あの破壊行為を敢行した大胆さと手際《てぎわ》よさには、ほとんど悪魔的なものがある。たしかに食堂は道路から三十メートルばかり引っ込んだところにあって、通りがかりの車の目を逃れることができた。たしかに食堂の真ん前の駐車スペースは一杯で、私たちは店の横の、傾きかけた平屋の建物の前面に埋め込まれた二枚の大きな窓からは見えない位置に車を駐めることになった。そしてたしかに、それらの窓にトムと私が背を向けて座るというダブルボーナスもあった。だがいったいどうやって、店の外にあったコーラ自動販売機（奇《く》しくも私たちの車の駐車した位置から三メートル以内にあった）の存在を、バーリントン行きに対抗する武器へと変換することを、彼女は一瞬のうちに思いつきえたのか？　私たちは三人で一緒に食堂へ入り、まずトイレに直行した。それからテーブルに座って、ハンバーガーとツナサラダとグリルドチーズサンドを注文した。ウェイトレスがオーダーを取り終えたとたん、ルーシーは自分の腹の下を指さして、まだトイレに用があることを示した。行っておいで、と私は言い、彼女は席を立った。ペイズリーの短パンに一五〇ドルのネオンブルーのスニーカーを履いたその姿は、そこらへんにいくらでもいそうなアメリカ人の女の子のそれである。彼女がいないあいだトムと私は、都会から出るのはいいものだなあと言いあっていた。たとえこんな暗くてみすぼらしい店で、黄色や赤の野球帽に工具や重機の製造会社のロゴが入っているトラック運転手や農夫に囲まれていても、それでもやっぱり悪くない。トムがえんえんとまくし立て、こっちもその言葉に聞き入っていたものだから、私はついルーシーのことを放念してしまった。そのとき私たちは知らなかったのだが（事実はあとになって判明した）、われらが女の子は裏口から食堂を出て、外のコーラ自動販売機に硬貨と一ドル札を必死に入れまくっていたのである。あのべたべたした糖分どっさりの代物を少なくとも二十缶買い、中身を一缶一缶、かつては健康であったわがオールズモビール・カトラスのガソリンタンクに注ぎ込んでいった。糖分が内燃機関にとって致死的な毒だということが、どうして彼女にわかったのか？　どうしてああも悪魔的に賢かったのか？　これによって彼女は、私たちの旅を唐突かつ決定的に終結させたのみならず、それを記録的な速さで実行したのだ。おそらく五分、長くてせいぜい七分というところだろう。どれだけかかったにせよ、彼女がテーブルに戻ってきたとき私たちはまだ食べ物が来るのを待っていた。その顔には、さっきとはうって変わって、ふたたびまた満面の笑みが浮かんでいた。だがその幸福の原因を、どうして私が知りえただろう？　かりに考えてみたとしても、せいぜい、ウンコが出てすっきりしたのだろう、くらいしか思わなかったにちがいない。

　食事が済んで私たちが車に乗り込むと、エンジンは自動車史上もっとも奇妙な音を立てた。私はいまここに座って、その音についてさっきから二十分考えているが、それを言い表わす適切な言葉、あの音の神髄を伝える忘れがたいフレーズはいまだ思いついていない。しわがれ声のクスクス笑い？　しゃっくりのピチカート？　高笑いの狂想曲？　私にはどうやら荷が重すぎる。あるいは、私が聞いたあの音、窒息しかけたガチョウか酔っ払ったチンパンジーの口から出たかと思えるあの何ものかを捕らえるのに、言語というものは道具として不十分なのかもしれない。やがて高笑いは、引き延ばされた一音に、騒々しいチューバのような、人間のゲップの音と言っても通りそうな噴出音に変わっていった。ビール飲みの満足げなゲップではなく、消化不良の産む緩慢で苦しげなゴロゴロ、末期的な胸やけを患《わずら》った男の喉《のど》から漏れてくる低音の空気だった。トムはエンジンを切ってもう一度試してみたが、二度目にキーを回したあとはかすかなうめき声しか出てこなかった。三回目は沈黙が生じた。交響曲は終わりを告げ、毒を盛られたわがオールズは心停止に陥った。

「ガソリンがなくなったんだと思う」とトムが言った。

それは引き出しうる唯一まっとうな結論だったが、私が左側に身を乗り出してメーターを見てみると、針は八分の一あたりを指していた。私はその赤い針を指さし、

「そうじゃないみたいだぜ」と言った。

トムは肩をすくめた。「メーターが壊れてるんですよ。向かいにガソリンスタンドがあってラッキーだ」

車の状態をめぐる説得力なき診断をトムが口にするさなか、私はふり向いて、リアウィンドウごしにそのガソリンスタンドを見てみた。荒れはてた、ポンプが二台あるだけの、一九五四年以来一度もペンキを塗っていなさそうな場所である。それを見ている最中、私の目がルーシーの目と合った。彼女はトムの真うしろに座っていて、まさか彼女がこのトラブルの犯人だとは思わないから、その顔に浮かんだ穏やかな、ほ

とんど異様なまでに満足げな様子に私はいささか面喰らった。エンジンはたったいまその不協和音のジャングルメドレーを吐き出したところで、普通だったら、その傑作な音を聞けば彼女から何か反応がありそうなものである。ギョッとする、面白がる、動揺する、とにかく何かが。ところがルーシーは、自分の奥深くに引っ込んでしまっていた。無関心の雲に乗ってふわふわ浮かぶ、自らの肉体から離脱した純粋なる霊という風情。実は己の使命を見事遂げたことに歓喜していたのだと――奇跡を成し遂げるのに手を貸してくれた全能なる存在に無言で感謝していたのだと――いまになってみればわかる。けれどその午後、彼女と一緒に車のなかにいた私はただ当惑するばかりだった。

「ルーシー、大丈夫かい？」と私は訊《き》いた。

長いこと、無表情な目で私を見たあと、彼女は首を縦に振った。

「心配しなくていいよ」と私はなおも言った。「すぐ動き出すからね」

言うまでもなく、それは間違いだった。その後に生じた喜劇の一コマ一コマを報告したい誘惑に私は駆られるが、厳密には物語と関係ないことを述べて読者を苛立《いらだ》たせる気はない。この車に関して大事なのは、その結果のみである。ゆえに、トムが道路の向かい側のガソリンスタンドからえっちらおっちら抱えてきたハイオクタンガソリンの五ガロン缶については(それは何の足しにもならなかったのだから)省略するし、やがてカトラスをそのガソリンスタンドに牽引《けんいん》していったレッカー車にもいっさい触れまい(ほかにどういう選択肢があったのか?)。唯一触れておくに値する事実は、スタンドを経営している男二人(アル・シニアとアル・ジュニアで通っている親子チーム)のどちらも、車のどこが悪いか見抜けなかったということだ。ジュニアとシニアはおおよそトムと私の年齢だったが、私が瘦《や》せていてトムが恰幅《かっぷく》よいのとは裏腹に、若きアルは細身で老いたアルは太っていた。

エンジンを何分か調べてみても、どこにも悪いところが見つからないので、アル・ジュニアはボンネットを閉めた。「こりゃもう分解してみるっきゃないですね」と彼は言った。

「ふうん、そこまで悪いんだ」と私は言った。

「悪いとは言ってません。でもまあよくもないですね。うん、全然よくない」

「直すのにどれくらいかかる?」

「場合によるね。一日かもしれないし、一週間かもしれない。まず第一に、問題のありかをつきとめなくちゃいけない。それが単純なことだったら、話は簡単。そうでなかったら、ディーラーから部品を注文することになる場合もあって、そうするとけっこうかかったりしますね」

それはまっとうで正直な査定と思えたし、とにかくこっちは車となるとまるっきり無知なので、どれだけ時間がかかろうと任せる以外ないように思えた。車のメカに関してはやはりまったく無知なトムもその選択を支持した。それはまあいいのだが、ヴァーモントの山の中の裏道で立ち往生してしまったいま、われらの病めるマシンの蘇《そ》生《せい》に二人のアルが勤《いそ》しむあいだ、私たちはどうすればいいのか？　レンタカーを借りてバーリントンまで行き、今週はパメラの家で過ごして、ニューヨークへの帰り道にオールズモビールを受けとるというのもひとつの手である。あるいは、もっと単純に、地元の宿屋に部屋をとって、車が直るまで休暇を決め込む手もある。

「もう今日は十分運転しましたよ」とトムは言った。「僕はここにとどまる方に一票入れますね。少なくとも明日までは」

私もそっちに傾いていた。そしてルーシーが——言葉なき、油断怠らぬルーシーが——私たちの決定にいっさい抵抗しなかったことは容易に想像いただけよう。

いま来た道を十五キロばかり戻ったところにニューフェーンという村があって、アル・シニアがそこの宿屋を二軒勧めてくれた。ガソリンスタンドの店内に入って両方に電話してみたところ、どちらも満員であることが判明した。結果を報告すると、親父はムッとしたようだった。「まったく、観光客どもが」と彼は言った。「まだ六月の第一週だってのに、もうすっかり夏休みなんだな」

その後三十秒かそこら、みんなでポケットに手をつっ込んで立ちつくし、父と息子が思案するのを眺めていた。やっとのことでアル・ジュニアが沈黙を破った。「スタンリーはどうだい、父さん？」

「うーん、どうかなあ」と父親は言った。「どうして奴が商売に戻ったって思うんだ？」

「今年開《あ》ける予定だって聞いたよ」と若者は答えた。「メアリー・エレンがそう言ってた。先週、郵便局でスタンリーにばったり会ったんだって」

「スタンリーって誰です？」と私は訊いた。

「スタンリー・チャウダーです」とアル・シニアが片腕を持ち上げ、西の方を指しながら言った。「あそこの丘を五キロばかりのぼったあたりに、宿屋があったんです」

「スタンリー・チャウダー」と私は鸚鵡《おうむ》返しに言った。「そりゃまた妙な名前ですね」

「ええ、でも本人は気にしてません」と大アルは言った。「けっこう気に入ってるみたいですよ」

「昔、エルマー・ドゥードゥルバウムって男を知ってましたよ」と私は、自分が二人のアルと話すのを楽しんでいることを突如悟りつつ言った。「そんな名前、生涯しょい込みたいと思います?」

アル・シニアがニヤッと笑った。「御免だよね。そりゃ御免こうむる。でも少なくとも人に覚えてはもらえる。あっしは生まれたときからずっとアル・ウィルソンで、それってもうジョン・ドーとほとんど同じだよね〔※「ジョン・ドー」は訴訟などで名が不明の人物に使う「某氏」の意〕。こんな名前じゃ取っかかりも何もありゃしない。アル・ウィルソン。ヴァーモントだけで千人いるよね」

「スタンリー、試してみるよ」とアル・ジュニアは言った。「わからないもんだよ。痩せた息子が電話をかけに店内に入っていくと、ぽっちゃりした父親は私の車に寄りかかり、シャツのポケットから煙草《たばこ》を出して(口にはくわえたが火は点《つ》けなかった)、チャウダー・インの悲しい物語を私たちに語った。

「いまはそればっかりなんです」と彼は言った。「芝を刈るんです。朝早くから夕方まで、赤いジョンディアに乗って芝を刈る。四月の雪溶けからはじめて、また十一月に雪が降り出すまでやめません。毎日、雨でも晴れでも敷地に出て、何時間もずっと芝を刈ってるんです。冬になると家にこもってテレビを見てます。それ以上テレビを見るのに耐えられなくなると、車に乗り込んでアトランティック・シティに行きます。そのへんのカジノホテルに部屋をとって、十日間ぶっ続けでブラックジャックをやります。勝つときもあれば負けるときもあるけど、本人はどっちだっていいんです。食っていく金は十分あるから、時おりちょっとくらいドブに捨てたってどうってことないんです。

もうずいぶん前から知ってますよ。三十年以上かな。昔はマサチューセッツのスプリングフィールドで公認会計士をやってまして、六八年だか六九年に、奥さんのペグと二人で丘の上にあの大きな白い家を買いまして、週末、夏休み、クリスマス、とにかく来れるときはいつでも来てました。二人の夢は、あそこを宿屋に変えて、スタンリーが引退したあと一年じゅうそこに住むことでした。そんなわけで四年前スタンリーは公認会計士の職を捨てて、スプリングフィールドの家を売り払い、チャウダー・インを開こうと二人でここに移ってきたんです。その春、メモリアル・デイ〔※五月の最終月曜〕のオープニングに間に合うようあの二人がどれだけ懸命に働いたか、あっしは絶対忘れないね。何もかも計画どおりに進みました。建物じゅう宝石みたいに光るまで綺麗《きれい》にしました。シェフとメイド二人も雇って、さあいよいよ予約を取るぞってところで、ペグが脳卒中で死んでしまったんです。昼日なかに、キッチンで。元気一杯、スタンリーとシェフと話をしてたと思ったら、もう床に倒れて息を引きとりかけてたんです。あまりにもあっという間で、救急車が病院を出るより前に亡くなりました。

スタンリーはそういうわけで、芝を刈るんです。少し頭がいかれたって言う人もいますが、あっしと話すと、三十年前に会ったときと少しも変わっちゃいません。あっしがずっと見知ってきたスタンリーです。ペグの死を悲しんでる、それだけなんです。べ酒に溺《おぼ》れる奴もいる、新しい女房を探す奴もいる。スタンリーは芝を刈るんです。べつに何の害もないでしょう?

あっしはしばらく会ってませんが、メアリー・エレンがちゃんと聞いたんだとしたら――で、メアリーはいつだってちゃんと他人の話を聞く人です――こいつはいい知らせだね。スタンリーがよくなってきてるってこと、まともな暮らしに戻ろうとしてるってことです。アル・ジュニアの奴、もう二、三分喋《しゃべ》ってますよね。違ってるかもしれんけど、きっとスタンリーが電話に出て、あんた方に泊まってもらう算段を二人でつけてるんじゃないかね。そうなったら、いいよねえ。スタンリーが宿を開くんだったら、あんた方はチャウダー・イン史上最初の有料滞在客です。そうなったら、ほんとにいいよねえ」

ホテル・イグジステンスでの夢の日々

喜びと幸福について語りたい。頭のなかの声が止《や》んで、世界と一体になった気のする、稀《まれ》な、予想しがたい瞬間について。六月初旬の気候について語りたい。調和と、至福の休息について、緑の葉のあいだを飛びかうコマドリとキンノジコとルリツグミについて。眠りの効能について、食べ物とアルコールの楽しみについて、二時の陽光のなかに歩み出て体が空気に温かく抱擁されるのを感じるとき心に起きることについて語りたい。

トムとルーシーについて、スタンリー・チャウダーについて、私たちがチャウダー・インで過ごした四日間について、ヴァーモント南部の丘の上で私たちが思った思いと夢見た夢について語りたい。

空色の黄昏《たそがれ》を私は思い出したい。気だるい薔薇《ばら》色の夜明けを、夜に森の中で声を上げる熊《くま》を思い出したい。

すべてを私は思い出したい。それが無理なら、その一部だけでも。いや、一部では足りない。ほとんどすべてを。ほとんどすべてを思い出したい。欠けた部分は一行空きのなかに読みとってほしい。

無口な、しかし愛想のいいスタンリー・チャウダー。芝刈りの熟練者、巧妙なポーカープレーヤーにして卓球の求道者、古いアメリカ映画愛好者、朝鮮戦争従軍者、ハニーなる異様な名で三十二歳でブラトルボロ在住の公立学校四年生担任教師である娘の父親。目下六十七歳だが、年の割に元気、髪もふさふさとして眼も青く澄んでいる。身長一七〇センチ前後、がっちりした体つき、私と握手するときもしっかり手を握る。

私たちを迎えにスタンリーは丘から車で降りてくる。アル・ジュニアとアル・シニアに挨拶《あいさつ》したあと、私たちに向かって自己紹介し、私の車のトランクから彼のヴォルヴォ・ステーションワゴンの後部に荷物を移すのを手伝ってくれる。その動きのすばやいこと、二台の車のあいだをほとんど飛ぶように往復していることに私は目をとめる。その身のこなしにはすばしっこい、ほとんど神経質なほどの能率よさが備わっている。この男はだらだら事を行なう人間ではない。怠惰は思考を生み、思考は危険である。一人暮らしの人間ならみなすぐわかるだろう。ペグが亡くなった話をアル・シニアから聞いていたこともあって、私の目にスタンリーは、失われた、苦悩する人物として映る。他人には親切な、ほとんど過剰なくらい優しい、しかし自分自身でいることに落着けずにいる男。ばらばらになった人間が、己の断片を拾おうとあがいている。

私たちはウィルソン親子に別れを告げ、助けてもらった礼を述べる。車の状態は毎日報告しますよ、とアル・ジュニアが約束してくれる。

森に囲まれた、険しい上り坂の砂利道。でこぼこの地形。時おり枝が低く垂れている丘のてっぺんめざして走る車のフロントガラスを撫《な》でる。宿屋で生じるであろういろいろな問題に関しスタンリーはあらかじめ詫《わ》びる。この二週間ずっと、準備を整えようと一人で頑張ってきたのだが、まだ出来ていないところも多い。独立記念日の七月四日にオープンするつもりだったが、アル・ジュニアから電話が来て私たちの苦境を聞いて、これはしばらく泊めてあげねば「気持ちが収まらない」と思ったという。従業員もまだ雇っていないが、ベッドメークも自分がやるし、とにかくできるだけ快適に過ごしてもらうよう努める気だ。ブラトルボロにいる娘にもさっき声をかけて、毎日夕食を作りに来てもらうことにした。料理上手なんですよ、とスタンリーは請けあう。トムと私は彼の親切に感謝する。もろもろのことで頭が一杯なものだから、ルーシーがまだ一言も喋っていないことにスタンリーは気づいていない。

三階建、十六室、前面にポーチが広がった家。車寄せの端に据えた看板には**チャウダー・イン**と書いてあるが、私は心のどこかで、自分たちがホテル・イグジステンスに来たことをすでに理解している。当面、トムにはその思いを伝えないことにする。

部屋に案内してもらう前に、トムが一階の談話室からパメラに電話して事情を伝える。スタンリーは二階でベッドメークをしている。ルーシーはソファの方に寄っていき、少し経《た》つと両膝《りょうひざ》をついてスタンリーの犬を撫でている。老いた黒いラブラドル、スポット。そうしたいという気もないのに、私はついハリーのことを、ここ二週間ずっと頭に引っかかっている無意味な言葉のことを考えてしまう——Xは現在地《ザ・スポット》を示す。現在地はいまや、四本足の動物に姿を変えたのだ。犬がルーシーの顔を舐《な》めるのを見ながら、パメラに何か一言挨拶するよう呼ばれる場合に備えて私はトムのそばに立っている。結局呼ばれはしないが、トムがパメラと話すのを聞いていて、到着が遅れるという知らせに彼の義姉が苛立ちを示しているのがわかって私は驚いてしまう。車の故障が私たちの責任であるかのような口ぶり、予測外の出来事がこの世でしじゅう起きていないかのような口ぶり。パメラはついさっきスーパーマーケットで一時間半かけ買物をし、いまもキッチンで私たちの到着前にディナーの支度を済ませようと「首がもげそうなくらい」頑張っていたという。歓迎のしるしに、ガスパチョからホームメードのピーカンパイまで揃《そろ》った手の込んだマルチコースの食事を彼女は計画したのであり、その努力がすべて無になったと聞いて機嫌を損ねている、否《いな》、激怒している。トムは謝罪の言葉をいくつも並べるが、パメラはなおもガミガミ文句を言っている。これがさんざん聞かされた、新しい、人間として向上したパメラなのか？　この程度の失望にも耐えられない人間が、ルーシーにとっていったいどんな母親代わりになるだろう？　この子がおよそ必要としていないのは、不可能な要求をせかせか押しつけてくる神経症のブルジョワ女である。

トムがまだ電話を切らないうちから、バーリントン解決策はもうなしだと私は決める。リストからパメラの名を抹消《まっしょう》し、自分自身をルーシーの一時的保護者に任命する。私はパメラよりルーシーの世話役に適任だろうか？　たいていの面ではノーだろう。が、ルーシーについて自分に責任があることを私の直感が告げている。好むと好まざるとにかかわらず。

トムが電話を切り、首を横に振る。「いやあ、えらく不機嫌ですよ」と彼は言う。

「パメラのことは忘れろ」と私は答える。

「どういう意味です？」

「バーリントンには行かないって意味さ」

「へえ？　いつ決まったんです？」

「いま決まったのさ。車が直るまでここにいて、それから三人でブルックリンに帰る」

「で、ルーシーはどうするつもりです？」

「私のアパートメントで暮らす」

「昨日話したときは、そんな気はないって言ってたじゃないですか」

「気が変わったのさ」

「じゃあここまで来たのは無意味だったわけだ」

「そうでもないさ。周りを見ろよ、トム。私たちは楽園に行きついたんだ。二、三日休んでリラックスして、生まれ変わって帰るのさ」

私たちがこうしたやりとりを交わしているところから、ルーシーは三メートルと離れていない。私たちが口にする一言一言を彼女は聞いている。彼女の方を向いてみると、両手で私に投げキスを送っている。オープニングナイトで得意満面、行列の先頭に立つ女性のように、唇をチュッと鳴らしては両腕を広げている。彼女が本当に嬉《うれ》しそうなのを見て私も嬉しい。が、私は怯《おび》えてもいる。自分がどういうことに足をつっ込もうとしているのか、私にはわかっているのか？

突然、七〇年代後半に見た映画の科白《せりふ》を私は思い出す。タイトルは忘れてしまったし、物語も登場人物も忘却の彼方《かなた》に消えてしまったが、その言葉はいまも、つい昨日聞いたかのように私の頭のなかで鳴り響いている。「子供ってのは、すべてのことに対する慰めだ――子供を持つこと以外の」

上の階に私たちを案内しながら、調度品を選んだのはペグすなわち故チャウダー夫人（「亡くなって四年になります」）であることをスタンリーは説明する。家具、ベッドリネン、壁紙、ブラインド、ランプ、カーテン、いろんなテーブルやナイトスタンドやタンスに載っているこまごまとした品すべて（レースのドイリー、灰皿、蠟燭《ろうそく》立て、本）。「非の打ちどころのない趣味の持ち主でした」とスタンリーは言う。私から見るといささか過度に気取った装飾であり、過ぎ去りしニューイングランドの雰囲気を再現しようというノスタルジックな企てである。実のところかつてのニューイングランドは、こんな和やかで少女っぽい部屋よりもっとずっと厳めしく質素だったのだ。でもそんなことはいい。すべては清潔で快適であり、さらに、全体を包む嘘っぽい凝りすぎ感を補って余りある美点がここにはある。壁にかかった写真だ。どうせまた刺繡《ししゅう》のサンプラーか、ヴァーモントの雪景色の下手くそな水彩画か、カリアー・アンド・アイヴズ〔※十九世紀の風俗を活写した石版画で知られる印刷工房〕の複製だろうと思っていたら、あにはからんや、昔のハリウッドの喜劇役者の二十×二十五センチ白黒写真が壁に並んでいるのだ。宿の屋内の見かけに関し、唯一スタンリーが為《な》した貢献だが、これがあるとないとでは大違いである。大真面目《おおまじめ》な雰囲気のなかに、一筋のウイットと軽薄さが盛り込まれている。私たちのために用意してくれた三部屋のうち、一室はもっぱらマルクス兄弟、もう一室はバスター・キートン、最後の一室はローレルとハーディ。トムと私がまずルーシーに選ばせると、一番奥のスタンとオリーのコンビをルーシーは選ぶ。トムがバスターを選び、私は真ん中の部屋でグラウチョ、ハーポ、チコ、ゼッポそしてマーガレット・デュモントと過ごすことに相成った。

＊

敷地の視察第一回。荷を解くとすぐ、私たちはスタンリーの名高き芝を見に外へ出る。何分かのあいだ、刻々変わっていく感覚の流れに私はひたすらさらされている。足下の柔らかな、よく手入れされた草の感触。アブがぶんぶん耳許《みみもと》を過ぎていく音。芝の匂い。スイカズラとライラックの茂みの匂い。家の縁にそって植えたあざやかな赤のチューリップ。空気が振動しはじめ、少しあとに、かすかなそよ風が私の顔を撫でていく。

三人の仲間と犬一匹とともに私はぶらぶら歩き、頭ではとんでもないことを考えている。敷地は百エイカー以上あるとスタンリーが言うのを聞くと、ホテル・イグジステンスの人口が母屋《おもや》の収容能力を超えたら建増しするのは簡単だな、などと考えるのだ。私はトムの夢を夢見ていて、その可能性に酔いしれている。六十エイカーの森。池。荒れたリンゴ園、うち捨てられた蜂《はち》の巣のコレクション、メープルシロップを作る森の小屋。そして、スタンリーの芝。美しい、切れ目ない芝生が、私たちの周りじゅうに、さらにその向こうに広がっている。

そんなこと起きるわけないさ、と私は自分に言い聞かせる。ハリーの計画は失敗するに決まっているし、かりにしないとしても、どうしてスタンリーが家を売る気になるとわかる？　でも、スタンリーが私たちと一緒にとどまって、事業のパートナーになったら？　スタンリーはトムがやりたがっていることを理解してくれるような人間だろうか？　まずはこの人物をよく知るようにせねば。極力この男と一緒に過ごすことにしようと私は決める。

二十分かそこらで、私たちは敷地を一周して家の方に戻ってくる。スタンリーはガレージに飛んでいってローンチェアを持ってきてくれて、私たちが腰を落着けると、失礼しますと言って家のなかに消えていく。彼には仕事があるが、チャウダー・イン史上初の有料宿泊客は心ゆくまで陽なたでのんびりしていられるのだ。

二、三分のあいだ、私はルーシーが芝の上を駆けめぐり犬に棒を投げるのを見ている。トムは私の左でドン・デリーロの戯曲を読んでいる。私は空を見上げ、過ぎていく雲を眺める。タカが一羽、旋回して視界に入ってきて、また消えていく。タカが戻ってくると、私は目を閉じる。何秒も経たないうちに、私はぐっすり眠っている。

五時にハニー・チャウダーが初登場する。生鮮食料品を満載してワインも二ケース載せた車をハニーは家の前に駐める。このころにはもうトムと私はローンチェアを離れ、玄関ポーチに座って政治の話をしている。ブッシュ二世と共和党の糾弾を私たちは中断し、階段を降りて白いホンダの方に歩いていき、スタンリーの娘に向かって自己紹介する。

彼女は大柄の、顔にそばかすのある女性で、二の腕はでっぷり逞《たくま》しく、握手は骨が砕けそうなくらい力強い。自信と、ユーモアと、好意にあふれた人物。まあ少し高圧的かもしれないが、何しろ四年生の担任なのだ。声は大きく、ややしわがれているが、よく笑うところ、自分の性格の大ぶりさを恐れていないところが私は気に入る。きっと有能な、やる気に満ちた人物で、ベッドの相手としても楽しいにちがいない。いわゆる美人ではないが、美人でないとも言えない。にこやかに光る青い目、たっぷりした唇、赤っぽいブロンドの豊かな髪。彼女が食料品の袋を車のトランクから下ろすのをトムと二人で手伝いながら、彼女がトムのことを醒《さ》めた好奇心以上の目で見ていることを私は目にとめる。愚鈍なトムはいっこうに気づかないが、私は早くも、この親分肌で頭のいい若き女性が、わが祈りに対する答えではないかと思いはじめている。トムももういい加減、霊妙なるBPMのたぐいはやめにして、男を探している未婚の女を相手にすべき時なのだ。蒸気ローラー。トルネード。われらがトムを圧倒し屈服させる力のある、飢えた、喋りまくる女。

もうこの午後で二度目だが、私は自分の思いを胸にしまい、トムには何も言わないことにする。

スタンリーが請けあったとおり、ハニーは素晴らしい夕食を作ってくれる。クレソンのスープ、ポークロイン・ロースト、アーモンドとあえたサヤインゲン、デザートにはクレームカラメル。ワインもたっぷり注《つ》いでくれる。私は一瞬パメラに同情を感じ、彼女が用意してくれた無駄に終わったディナーを想《おも》って胸が痛むが、バーリントンでの御馳走《ごちそう》が、目下チャウダー・インのテーブルを飾っている食事をしのぐとは考えがたい。

＊

迫りくる拘束状態から解放されて、勝ち誇るルーシーは、赤と白のチェックのワンピース、黒いエナメル革の靴という姿で食卓に現われる。白いソックスのてっぺんにはレースの飾りがついている。他人のふるまいに鈍感なのか過度に思慮深いのか、スタンリーはいまだルーシーの沈黙について何も言っていない。が、食事がはじまって十分経ったところで、無遠慮にして眼光鋭きスタンリーの娘が質問を開始する。

「この子、どこが悪いの？」と彼女は訊く。「喋り方、知らないの？」

「もちろん知ってるさ」と私は答える。「喋りたくないだけだよ」

「喋りたくない？」とハニーは言う。「どういう意味？」

「テストなんだ」と私は真っ先に浮かんだ嘘《うそ》を口走る。「このあいだルーシーと二人で、大変なことの話をしていて、喋らないっていうのが一番大変だってことで意見が一致したんだ。それで、賭《か》けをすることにしたのさ。ルーシーは三日間一言も喋らない。もしそれが実行できたら、五十ドルあげるって約束したんだ。そうだろう、ルーシー？」

ルーシーは頷《うなず》く。

「で、あと何日残ってる？」と私はさらに訊く。

ルーシーは指を二本掲げる。

よし、これでわかったぞ、と私は胸のうちで言う。やっと聞き出せた。あと二日で、この責め苦も終わる。

ハニーが目をすぼめる。疑ってもいるし、動揺してもいる。何といっても彼女は子供が仕事なのであり、これは何か臭《くさ》いぞと感じている。だが私は赤の他人であって、この子相手に私が奇妙で不健全なゲームをやっているとはわかっても、さすがに面と向かってこれ以上訊けはしない。そこで今度は別の角度から迫ってくる。

「どうしてこの子、学校に行ってないの？」と彼女は訊く。「今日は六月五日で、月曜でしょう。夏休みまでまだ三週間あるじゃないの」

「それは……」と私は、またも嘘をでっち上げようと頭の中をひっかき回す。「私立の学校に行ってるから……学年暦が公立より短いんだ。先週の金曜で授業が終わったんだよ」

今回も、ハニーが信じていないのが私にはよくわかる。だが、自分に関係ない問題についてこれ以上尋問を続ければ、さすがに無礼が過ぎてしまうだろう。私はこのがっちりした体格の、率直な女チャウダーが気に入ったし、私の向かいに座って静かに食べ物を嚙《か》みワインをちびちび飲んでいる彼女の父親も好きだ。とはいえ、私たち一族の秘密を彼らに知らせるつもりはない。自分たちが何者であるかを恥じているわけではない。だが、ああ、本当に何という家族だろう。何と滅茶苦茶でぶざまな連中の寄せ集めか。人間の不完全さの、何と衝撃的な例たる一団か。娘に見放された父親。もう三年妹に会っていないし連絡も受けていない兄。家出して喋ることを拒む小さな女の子。そう、わがひびだらけの、益体《やくたい》もない氏族の真実をチャウダー父娘に明かす気はない。少なくとも今夜は。今夜のみならず、きっといつまでも。

トムも似たようなことを考えているにちがいない。急いで割って入って、話題を別の方向に持っていこうとするからだ。まずハニーに彼女の仕事のことを訊く。いつから教えているのか、そもそもなぜ教師になろうと思ったのか、ブラトルボロの教育制度についてどう思うか、等々。ありきたりの、馬鹿らしいくらい陳腐な問いだし、ハニーに向かって話すトムの顔を見ても、彼女に興味がないことは明らかだ――女性としても、人間としてさえも。だが、相手が無関心だからといってめげるハニーではない。聡明《そうめい》な、楽しい答えを彼女は次々くり出す。まもなく会話はすっかり彼女の仕切るところとなり、彼女の方から何ダースもの質問がわれらのトムに浴びせられる。その積極さにトムはしばしたじたじとなるが、相手が自分に負けずしっかり知恵がある人間だとわかると、一転きちんと受けて立ち、ベストの答えをめざすようになる。スタンリーと私はほとんど何も言わず、目の前ではじまった言葉のスパーリングを楽しんでいる。話は不可避的に、政治と、来《きた》る十一月の選挙とに移っていく。右翼がアメリカを乗っ取ってしまったことをトムはさんざん毒づく。クリントンが破滅寸前に追い込まれたこと、反中絶運動、銃砲規制反対ロビー、トークラジオのファシスト宣伝、メディアの不甲斐《ふがい》なさ、いくつかの州で進化論を教えるのが禁止されたこと。「どんどん退化してるんだ」とトムは言う。「毎日、国から何かが失われていく。これでブッシュが当選したら、もう何もなくなってしまうよ」。意外なことに、ハニーは全面的に同意する。およそ三十秒ほど平和が続き、それから、ネイダーに投票するつもりだと彼女は言う。

「やめた方がいい」とトムは言う。「ネイダーへの一票はブッシュへの一票だよ」

「違うわ」とハニーは言う。「ネイダーへの一票はネイダーへの一票よ。ヴァーモントはどのみちゴアが勝つわ。それが確かじゃなかったら私もゴアに入れるところだけど。ネイダーに入れれば、自分なりの抗議を示せて、かつブッシュを政権に就かせずに済むのよ」

「ヴァーモント、ほんとに確かかなあ」とトムは言う。「きっと接戦になると思うよ。鍵《かぎ》を握っている州で、君みたいに考える人が一定数いたら、ブッシュが勝ってしまうよ」

ハニーは笑みを抑えようと努める。トムがあまりに大真面目なものだから、何か馬鹿馬鹿しい、突拍子もないことを言って、高みから転げ落としてやりたがっているのだ。ジョークがいまにも発されんとしているのが私にはわかる。いいジョークでありますように、と私は祈る。

「前回、国民が藪《ア・ブッシュ》の言うことを聞いたとき何が起きたかわかる?」とハニーは問う。

誰も一言も言わない。

「民が四十年間、荒野をさまよったのよ」〔※モーセが藪《やぶ》のなかから神の声を聞きユダヤの民を率いて四十年荒野をさまよったことを指す〕

笑うまいと思ったトムも、プッと吹き出してしまう。

一騎打ちは唐突に、かつ決定的に終わりを告げ、ハニーが明らかな勝者となる。あまり舞い上がりたくはないが、トムがやっと己に相応《ふさわ》しい相手にめぐり逢《あ》ったのでは、と私は考えている。ここからどういう結果が生じるか、それは別の話である。時間と、肉体の神秘なる嗜好《しこう》とによって語られるべきもうひとつの物語である。今後の展開を見逃すなよ、と私は自分に言い聞かせる。

翌朝早く、ガソリンスタンドのアル・ジュニアに電話してみるが、車の謎《なぞ》はまだ解決されていない。「調べてる最中です」とアル・ジュニアは言う。「わかり次第連絡しますから」

こう聞かされても、自分が平然としていることに私は驚いてしまう。むしろ、今日もこの丘にいるしかないこと、ニューヨークに帰る云々《うんぬん》をまだもう少し考えずに済むことが嬉しいくらいである。

その朝、私には任務があるのだが、スタンリーをじっくり座らせて真剣な会話に引き込むのはおよそ無理な相談である。朝食を作ってサーブするのも彼の仕事だし、私たちの前に皿を置いたとたん、キッチンから飛び出して二階に駆け上がりベッドをメークしないといけない。そのあとも、家のなかのさまざまな仕事が待っている。電球を入れる、絨毯を叩《たた》いて埃《ほこり》を払う、壊れた窓サッシを直す。今日のどこかでチャンスが訪れるのを待つしかない。

朝の空気は涼しく、靄《もや》がかかっている。玄関ポーチに出て朝露に濡《ぬ》れた芝を見渡す私たちは、みなセーターを着ている。やがては雲も陽に焼かれて消え、私たちはふたたび光り輝く午後を与えられることになるが、当面は灌木《かんぼく》も木立もかろうじて見える程度だ。

ルーシーは部屋で一冊の本を見つけ、それをポーチに持ってくる。小さなペーパーバックで、彼女の手でタイトルが隠れているので、見せてくれと私は言う。ゼーン・グレイ著、『ユタの流れ者』〔※一九一二年刊の有名なカウボーイ冒険小説〕。面白いかい、と訊くと、威勢よい首肯《しゅこう》が返ってくる。面白いどころか世紀の傑作よ、と言いたげである。九歳の女の子にしては妙な選択だと思うが、私が異を唱える筋合いはない。本が好きな子なんだな、と私は考える。いい傾向じゃないか。われらの小さな家出人は、およそ知的に怠慢な人間ではない。

ルーシーがそのウェスタン小説を手に滑り台に寝そべる一方、トムは私の隣に椅子《いす》を持ち出す。朝食後の煙草に火を点けて、「アル・ジュニア、いつかはあの車直せますかね？」とトムは言う。

「たぶんな」と私は言う。「でも私としては、急いでここを出たいって気はないね。君は？」

「うん、同じですね。この場所、だんだん気に入ってきましたよ」

「このあいだハリーと食べた夕飯は覚えてるか？」

「あなたがズボンに赤ワインこぼした晩？　忘れようったって忘れられませんよ」

「あの夜君が言ったこと、あれからけっこう考えてたんだ」

「たしかずいぶんいろんなこと言いましたよね。大半は愚かなことです。とてつもなく愚かなこと」

「調子はよくなかったよな。でも愚かなことはひとつも言わなかった」

「あなたも酔っ払ってたから気づかなかったんですよ」

「酔ってたかどうかはともかく、ひとつ知りたいことがある。都会を抜け出したいって言ったこと、あれは本気か――それとも口だけか？」

「本気ですよ、でも口だけでもありました」

「両方ってことはありえないだろう。どっちかのはずだ」

「本気だけど、絶対実現しないってこともわかってます。ゆえに、口だけだったということ」

「で、ハリーの申し出は？」

「あれは口だけです。ハリーのことはもうあなただって知ってるでしょう。『口だけ人間』が一人いるとしたら、われらが友ハリー・ブライトマンです」

「それに反論はしない。でもあくまで議論のために、ハリーが本当のことを言っていたと仮定してみよう。本当にもうじき大金が入ってくるところで、田舎の邸宅にその金を注ぎ込む気があると。だとしたら君、どう答える？」

「『了解、じゃあやりましょう』って答えますね」

「よし。ならよく考えろよ。世界中どんな場所でも買えるとしたら、どこがいい？」

「そこまではまだ考えてませんねえ。でも、どこか人里離れたところがいいな。他人がすぐそばに迫ってこないところ」

「たとえばチャウダー・インみたいなところか？」

「ええ。言われてみれば、ここなんてぴったりですよね」

「売る気があるか、スタンリーに訊いてみないか？」

「どうして？　僕たちそんな金、ないじゃありませんか」

「ハリーのことを忘れてるぜ」

「忘れてませんよ。ハリーにはいいところもたくさんあるけど、こういう話では誰よりも当てになりませんよ」

「百万に一つのチャンスだとは認める。でも万一、ハリーがほんとに一山当てたときに備えて、スタンリーに話してみないか？　何はともあれ面白いじゃないか。その気ありと言われたら、少なくともホテル・イグジステンスがどういう姿をしているかはわかる」

「たとえここに住むことはなくても」

「まさしく。生涯二度と、ここに戻ってこないとしても」

何とスタンリーは、この場所を売ろうかと何年も前から考えていたことが判明する。「思いきって踏みきる」まで行かなかったのは、単に惰性と無気力の結果にすぎないそうで、まっとうな値さえつけば即座にそっくり投げ出す気があるという。ペグの幽霊とともに暮らすことにもう耐えられないのだと彼は言う。苛酷《かこく》な冬にも耐えられない。一人で孤立していることにも耐えられない。ヴァーモントはもう十分です、いまは熱帯に移ることばかり考えてます、一年じゅうずっと暖かいどこかカリブの島に。じゃあ何だって、チャウダー・インを開こうとそんなに頑張ったんです？　理由なんかありません、とスタンリーは言う。ほかにすることもなかったし、退屈しのぎにはなるし。

昼食時。私たち四人はダイニングルームの食卓を囲み、ハムソーセージの薄切り、果物、チーズを食べている。霧ももう晴れて、開いた窓を通して陽の光がさんさんと注《そそ》ぎ込み、部屋じゅうのすべての物体がよりくっきりと輪郭を帯び、より生きいきとして、よりたっぷり色を染《し》み込ませているように見える。宿の主人は生涯の悲しみを私たちに切々と訴えているが、私はいまここにこうしていることにものすごい幸福感を覚えている――己の体のなかにとどまって、テーブルの上にあるいろんな物を見て、肺から空気を出し入れして、自分が生きているという事実を楽しんでいることに。人生が終わるなんて、永久に生きつづけさせてもらえないなんて、何と残念なことか。

いますぐ購入を申し出る金はないが、今後数週間のうちにそうなる可能性があるとトムは説明する。ここの資産価値がいくらかはわからないけれど、地元の不動産屋に連絡して訊いてみることはできるとスタンリーは言う。話せば話すほど、スタンリーの熱意は募ってくる。私たちの言うことを一言でも信じているのか、それはわからないが、単に新しい生活が思い描けただけで、まったく別人になったように見える。

なぜ私はこんなナンセンスを煽《あお》ったのか？　すべては『緋文字』の偽造手書き原稿

が売れるかどうかにかかっているのであり、私はハリーの犯罪的計画に道義上反対であるばかりか、そもそもその計画を全然信用してもいない。あまつさえ、かりに信用していたとしても、私自身ヴァーモントに移る気はまったくない。私は私で新しい生活をはじめたばかりなのであり、ブルックリンに落着くという選択に完全に満足しているのだ。長年郊外で暮らしたものの、都会暮らしが性《しょう》に合っていることを感じるし、近所にも愛着が湧《わ》いてきた。白、茶、黒の混ざりあいが刻々変化し、外国訛《なま》りが何層ものコーラスを奏《かな》で、子供たちがいて、木々があって、懸命に働く中流階級の家庭があって、レズビアンのカップルがいて、韓国系の食料品店があって、白い衣に身を包んだ長いあごひげのインド人聖者が道ですれ違うたび一礼してくれて、小人がいて障害者がいて、老いた年金受給者が歩道をゆっくりゆっくり歩いていて、教会の鐘が鳴って犬が一万匹いて、孤独で家のないくず拾い人たちがショッピングカートを押して並木道を歩き空壜《あきびん》を探してゴミ箱を漁《あさ》っている街。

そういうのを捨てる気がないんだったら、なぜトムをけしかけて、不動産をめぐってスタンリー・チャウダー相手にこんな意味ない議論をやらせるのか？　トムを喜ばせるため、だと思う。たとえ新しいホテル・イグジステンスが「口だけ」の土台に建っていることは二人ともわかっていても、私が彼の夢に味方すると思ってくれていいのだというメッセージを、彼に伝えるためだと思う。自分が彼の味方であることを証《あか》すため、私はトムに話を合わせている。トムもこっちの姿勢を有難く思ってくれて、やはり話を合わせている。それはおたがい納得ずくの、自己欺瞞《ぎまん》の実践である。そこからは何の結果も生じるまい。だからこそ、そこからどんな波紋が生じるかも気にせず一緒に夢を見ていられるのだ。スタンリーをこのささやかなゲームに引きずりこんだいま、夢はほとんど現実に見えはじめている。だがそれは現実ではない。いまもただの駄法螺《だぼら》であり望みなきファンタジーであり、ハリーの――おそらく存在すらしない――ホーソーン原稿と同じくらいインチキな思いつきだ。でもだからといってゲームが楽しくないわけではない。生きている人間ならみな、突っ拍子もないことを話して楽しくないはずがない。そしてそれをやるなら、ニューイングランドの静かな山中の、丘の上ほどいい場所があるだろうか？

昼食が済むと、すっかり若返ったスタンリーが、納屋《なや》で卓球決戦をやろうと私に挑む。もう錆《さ》びついてるからなあ、何年もやってないんですよ、と私が言っても引き下がらない。運動は体にいいですよ、「循環が戻ってきます」と言うので、私はしぶしぶ一、二ゲーム相手することにする。ルーシーも見物しに一緒に納屋まで来るが、トムは家にとどまり、一服しながら本を読もうとポーチの椅子に腰を落着ける。

スタンリーの卓球が、私の慣れているたぐいのそれとはまったく別物であることを私はたちまち思い知る。ラケットやボールは一緒でも、彼の手にかかると、もはやそれはお上品なパーラーの遊びではなく、精力を要する本格的なスポーツ、テニスの悪魔的ミニチュア版である。すさまじい、およそ打ち返し不可能なスピンのかかったサーブをスタンリーは送り出し、台から三メートル離れて立って、私がくり出すショットをすべて、まるでこっちが四歳児程度の腕前にすぎぬかのように難なく打ち返す。三セットとも彼のストレート勝ち——21対0、21対0、21対0。虐殺《ぎゃくさつ》が終わると、私はもはや勝者に向かって謙虚に一礼し、疲れきった体を引きずって納屋から出ていくしかない。

汗まみれになったので、ざっとシャワーを浴びて服を着替えようと母屋《おもや》に戻る。ルーシーと一緒に玄関前の階段をのぼっていくと、十五分前にブルックリンに電話したとトムが言う。ハリーは用事で外出中だったが、帰ってきたら向こうからかけてくれるよう、ルーファスに頼んである。「まだ興味があるか訊こうと思って」とトムは言う。「ハリーの気が変わったんだったら、スタンリーの望みを膨らましても意味ありませんからね」

私が納屋に行っていたのは三十分足らずだが、その短い幕間《まくあい》にトムはじっくり考えていたのだ。スタンリーとの昼食時の話しあいによって、新しいホテル・イグジステンスをめぐるトムの姿勢が大きく変わったことを、彼の目に浮かぶ何かが告げている。それが実現しうるとトムは信じはじめている。希望を持ちはじめているのだ。

たまたま私が玄関広間に足を踏み入れたとたん、電話が鳴る。受話器を取ると、向こうからブライトマンその人の甲高いさえずりが聞こえてくる。私はハリーに、車の故障のこと、チャウダー・インのこと、スタンリーが売却に乗り気であることを伝える。「ここそうってつけだよ」と私はさらに言う。「あの都会のレストランで聞いたときはトムの話も少し奇妙に聞こえたけど、実際ここまで来てみると、何もかもものすごく理にかなって見えるんだよ。だからトムも君に電話したのさ。君にまだ気があるか訊こうと」

「気がある?」とハリーが、なかば狂える十九世紀の役者みたいに胴間声を上げる。「もちろん大ありよ。しっかり握手したじゃないの」

「そうだっけ」

「ま、実際に握手まではしなかったかもしれないけど。でもとにかくみんなで合意したよ。それははっきり覚えてる」

「心の握手か」

「そうそう。心の握手。精神同士の真なる遭遇」

「もちろんすべては、君のささやかな取引きの結果にかかっている」

「もちろん。それは言うまでもない」

「じゃあ君、あの話まだ進める気なんだな」

「あんたが懐疑的なのはわかってる。でも何もかも、一気に軌道に乗りはじめてるのよ」

「そうなのか？」

「うん。それに、実に悦《よろこ》ばしい報告が一件あるんだ。あんたの忠告はしっかり受けとめたんだよ、ネイサン。ゴードンにはっきり言ったのよ、あたしは迷いはじめてる、謎の人物メトロポリス氏との会合を設定してくれなけりゃこの話から降りるって」

「で？」

「会ったよ。ゴードンが店に連れてきて、会ったんだよ。すごく興味深い男よ。ほとんど一言も喋らなかったけど、これは本物のプロだとわかったね」

「サンプルを持ってきたのか？」

「チャールズ・ディケンズが愛人に宛《あ》てたラブレター。見事な出来映えだよ」

「幸運を祈るよ、ハリー。君のためじゃないとしても、トムのために」

「あんたもあたしのこと誇らしく思ってくれると思うよ、ネイサン。このあいだの晩にあんたと話して以来、やっぱりそれなりの用心が必要だと思うようになったのよ。上手《うま》く行かなくなった場合に備えてね。上手く行かないと思っちゃいないけど、あたしみたいに人間長くやってりゃ、あらゆる可能性を考えておかないのは愚かってもんだ」

「よくわからんね」

「わからなくていいのよ。少なくとも、いまは。時が来たら、そのときには、すべてわかるよ。たぶんこれってわが生涯で最高に賢い一手よ。これ以上はないってくらい太っ腹の行為よ。大盤振舞いのなかの大盤振舞い。永遠の偉大さめがけての、盛大なスワンダイブ」

何のことかさっぱりわからない。ハリーらしい大言壮語の吹きまくり、ひたすら自分の声を聞くのが楽しいばかりに並べている謎めかした法螺。もうこれ以上話を引き延ばしても意味はないし、さっきからトムが私の隣に寄ってきている。それ以上もう何も言わずに私は受話器をトムに渡し、シャワーを浴びに二階へ上がる。

＊

翌朝、ルーシーがついに口を開き、話しはじめる。解明と啓示を、私は期待している。幾重もの謎がときほぐされ、大いなる光の筋が闇《やみ》を照らし出すことを。私も愚かなものだ、言葉が首の縦横振りより効率的な意思疎《そ》通《つう》の手段だなどと当てにしたのだから。三日にわたって、何かを聞き出そうとする私たちの企てに抗《あらが》ってきたルーシーなのだ。ひとたび喋ることを自分に許したあとも、その言葉は、助けにならぬこと沈黙とさして変わらない。

まず私は、どこに住んでいるのかとルーシーに訊《たず》ねる。

「キャロライナ」と彼女は、月曜の朝に聞いたのと同じ南部の田舎訛りで、一音節一音節間延びした声で答える。

「ノースキャロライナかい、サウスキャロライナかい?」

「キャロライナキャロライナ」

「そんな場所はないよ、ルーシー。君だって知ってるだろう。もう大きいんだから。ノースキャロライナかサウスキャロライナのどっちかだよ」

「怒らないでよ、ナット伯父さん。言うなってママに言われたの」

「ブルックリンのトム伯父さんのところに行くっていうのも、お母さんの思いつきかい?」

「ママに行けって言われたから行ったの」

「ママを置いていくのは辛《つら》かった？」

「すごく辛かった。あたしママのこと大好き、でもママは何が正しいかわかってるの」

「で、君のお父さんは？　お父さんもやっぱり、何が正しいかわかってる？」

「当然。世界で一番正しい人よ」

「どうして喋らなかったんだい？　なぜ何日も黙っていたの？」

「ママのためにしたの。あたしがママのこと考えてるってわかるように。キャロライナじゃみんなそうやってるの。沈黙は心を浄《きよ》める、神の言葉を受けとる準備になるってパパは言うの」

「お父さんのこと、お母さんと同じくらい好きかい？」

「パパはほんとのお父さんじゃないの。あたし、養子なの。でもママの子宮から出てきたの。あたしはママのお腹《なか》に九か月いたの。だからあたしママの子なの」

「どうして君をこっちへ行かせようと思ったのか、ママは何か言ってた？」

「行けって言われたから行ったの」

「トムと私とで、ママと話をした方がいいと思わないかい？　トムはママのお兄さんなんだし、私はママの伯父さんだ。君のママのお母さんは、私の妹だったんだよ」

「知ってる。ジューンお祖母《ばあ》ちゃん。前は一緒に暮らしてたけど、もう死んじゃった」

「おうちの電話番号を教えてもらえたら、すごく楽になるんだけどな。君が帰りたくないんだったら、無理に送り返したりはしない。とにかく君のお母さんと話したいだけなんだ」

「電話、ないの」

「え？」

「パパは電話が嫌いなの。前はあったんだけど、お店に返しちゃった」

「よし、わかった。じゃ住所は？　それは知ってるだろう」

「うん、知ってる。でもママが言っちゃ駄目だって。ママに言われたら言うとおりにするの」

　この腹立たしい、だが画期的ではある会話が行なわれるのは午前七時ごろである。ルーシーが私の部屋のドアをノックして私を起こし、ベッドの上に私と並んで座る。そして私は目をこすりつつ空《むな》しい質問をはじめるのだ。トムはまだ隣のバスター・キートン室で眠っていて、一時間後、朝食をとりに一階へ降りてくると、同じくルーシーから情報を引き出そうとするが、やはり成果ははかばかしくない。午前中半分を費やして私たちは彼女を尋問しつづけるが、この子は鋼《はがね》で出来ていて一歩も譲らない。父親がどういう職についているのかすら言おうとしないし（「仕事してるの」）、母親の左肩にまだ刺青《いれずみ》があるかどうかも言わない（「服着てるところしか見たことないの」）。唯一《ゆいいつ》打ちあけてくれるのは、私たちには無関係な情報だ。彼女の一番の仲よしはオードリー・フィッツシモンズという名前の女の子である。オードリーは眼鏡をかけているが四年生で一番腕相撲が強いのだと私たちは聞かされる。女の子全員を負かすばかりか、どの男の子よりも強いのだそうである。

とうとう私たちは匙《さじ》を投げるが、その前にルーシーは、ふたたび喋りはじめたときに五十ドルくれるという約束のことを私に思い出させる。

「そんなこと言ってないよ」と私は言う。

「言ったもん」と彼女は答える。「このあいだ、夕ご飯のときに。どうしてあたしが喋らないのか、ハニーに訊かれたとき」

「あれは君を護《まも》ろうとしてたんだよ。本気で言ったんじゃない」

「じゃあ伯父さんは嘘つきってことよ。嘘つきは宇宙で最低の毛虫だってパパは言ってるよ。ナット伯父さんって宇宙で最低の毛虫なの？　ろくでなしの、卑《いや》しい毛虫なの？」

ついさっきまではルーシーを絞め殺しかねない勢いだったトムが、いきなりゲラゲラ笑い出す。「あげるっきゃないですよ」とトムは言う。「この子の敬意を失いたくないでしょ？」

「そうよ」とルーシーも言う。「あたしに愛されたいでしょう、ナット伯父さん？」

私はしぶしぶ財布を取り出し、五十ドルを手放す。

「君、大したやり手だな、ルーシー」と私はブツブツ言う。

「知ってる」とルーシーは言って札をポケットに押し込み、彼女ならではの大きな大きな笑みを私は賜《たまわ》る。「自分のことはしっかり自分で守れってママに言われたの。約束は約束でしょ？　もし伯父さんが約束破るのをあたしが黙って見逃したら、伯父さんもうあたしのこと好きじゃなくなるわ。あたしのこと、弱い奴だって思うようになるもの」

「どうして私が君のこと好きだって思うんだ？」

「あたしがすごく可愛《かわい》いから」とルーシーは言う。「それに、パメラのことで伯父さんの気が変わったから」

はたから見れば、何とも笑える話なのだろう。が、彼女が犬と遊びに駆け出していくと、私はトムの方を向いて、「いったいどうやって喋らせる？」と訊く。

「喋ってるじゃないですか」とトムは言う。「しかるべき言葉を言ってないだけです」

「脅《おど》かすのはどうかな」

「それってあなたのやり方じゃないでしょう」

「どうかな。もう一度気が変わったって言ってみたら？　質問に答えなかったら、問答無用、パメラのところまで連れていって、置いていくって言う」

「まあ無理ですね」

「なあトム、ローリーのことが心配なんだよ。あの子に喋らせなけりゃ、どうなってるのかいつまで経ってもわからずじまいだよ」

「僕だって心配ですよ。この三年、ずっと心配しかしてこなかったんです。でもルーシーを脅かしたって駄目です。あの子はあの子で、さんざん辛い目に遭ってきたんだから」

同じ午前の十一時、アル・ジュニアが丘の下のガソリンスタンドから電話してきて、問題が解決したと告げる。ガソリンタンクと燃料ラインに砂糖が入ってました、と彼は言う。何とも当惑させられる宣告であり、何の話か私にはさっぱりわからない。

「砂糖です」とアル・ジュニアはもう一度言う。「誰かがタンクにコーラを五十缶ばかりぶち込んだみたいです。車を滅茶苦茶にしたかったら、あんなに手っとり早い手はほかにないね」

「参ったな」と私は言った。「つまり、誰かがわざとやったってこと？」

「そういうことです。コークの缶って、足生《は》えてないですよね？　自分で自分を開《あ》ける手も指もない。唯一の説明は、誰かがおたくの車をやっつけようと思い立ったってことですね」

「だとすれば、こっちが昼飯を食ってる最中のことだな。あの食堂の前に駐めるまではちゃんと動いてたんだから。問題は、何でそんなひどいことをするのかだ」

「理由はいくらでもありますよ、ミスター・グラス。地元の不良どものしわざかもしれない。退屈したガキどもが、悪戯《いたずら》心を起こしたとか。そういう野蛮な真似《まね》はこのへんじゃしょっちゅうです。それとも、ニューヨークの人間が嫌いな奴がやったとか。おたくの車のナンバープレートを見て、こいつはひとつお仕置きをしてやろうと思ったとかね」

「そんな馬鹿な」

「それがね、けっこうあるんです。ヴァーモントのこのへんじゃ、よその州から来た人たちへの反感が相当強いんです。特にニューヨーク、ボストンの人が目のかたきにされますけど、ニューハンプシャーから来た人間に喧嘩《けんか》吹っかける馬鹿も見たことありますよ。ついこないだ、ルート30のリックズ・バーでのことです。ニューハンプシャーのキーンから来た男が入ってきて、キーンなんてヴァーモントとの州境から二センチってとこなのに、誰か地元の酔っ払いが——名前はやめときますが——そいつの頭に椅子を投げつけたんです。『ヴァーモントはヴァーモントの人間のためにあるんだ！』ってわめいてね。『そのニューハンプシャーのケツ持って、とっととここから出ていきやがれ！』。本物の殴りあいになりましたよ。聞いた話じゃ、警察がやめさせなかったら一晩じゅう続いたろうって」

「何だかここがユーゴスラビアみたいなこと言うんだな」

「ええ、おっしゃりたいことはわかりますよ。どの阿呆《あほう》も自分の芝を守ろうとしてて、部族に属さない他所者《よそもの》は災難ってことです」

さらに一、二分アル・ジュニアはまくし立て、悲しげな、呆《あき》れはてた声で世界の現状を嘆きつづける。きっと言葉を口からくり出しながら首を横に振っているのだろう。やがて、破壊行為に遭ったわが緑のセダンに話は戻り、これからエンジンと燃料ラインの中身を洗い流しますとアル・ジュニアは告げる。新しいスパークプラグ、新しいディストリビューターキャップ、その他もろもろの交換部品の費用も出していただくことになりますとの話だが、とにかくこっちはオンボロ車がまた走り出してくれれば何でもいい。今日中にはすっかり元気になりますよとアル・ジュニアは請けあう。親父と二人で時間があったら、二台で丘の上まで行ってお届けしますと彼は言う。今晩が無理でも、明日の朝にはかならず。修理代がいくらになるか、私は訊きもしない。私の頭はしばしユーゴスラビアに囚《とら》われていて、サラエボとコソボの惨事のことを私は考えている――自分たちとは違う人間だと見なされたという、ただそれだけの理由で殺された数千の罪なき人たちのことを。

昼食時まで暗い思いにつきまとわれて、私は敷地を一人で歩き回り、トムとルーシーのことは放っておく。これはチャウダー・イン滞在中で唯一陰気な時間だが、とにかくその朝は何ひとつ上手く行かなかったものだから、世界が四方からじりじり迫ってきているような思いに私は突如襲われてしまう。ルーシーの狡猾《こうかつ》にして寡黙《かもく》な言い逃れ。彼女の母親をめぐって募る不安。私の車に対する悪意の攻撃。遠い国での虐殺をめぐる止めがたい陰鬱《いんうつ》な思い。こうしたもろもろのことが頭に流れ込んできて、この世にはびこる悲惨から逃れるすべはないのだと私に思い知らせる。たとえ南ヴァーモントの人里離れた丘の上にいても、ホテル・イグジステンスなる絵空事の避難所《サンクチュアリ》の鍵のかかったドアと閂《かんぬき》を差した玄関柱廊《ポルチコ》の内側にいても。

私は反論を、物事のバランスを取り戻してくれる思いを探し求める。やがてトムとハニーのことを私は考えはじめる。現時点ではまだ何も確かでないが、昨夜のディナーで彼女に対するトムの態度が相当和らぐのを私は感じた。ハニーはもう何年も前から、ここから移るよう父親をせっついていたのであり、ひょっとしたら私たちがこの家を買う気になるかもしれないとスタンリーから聞かされると、グラスを持ち上げて私たちに感謝の念を表した。それから彼女はトムの方を向き、何だって都会の暮らしを捨ててヴァーモントの舗装もされていない道を選ぼうなどと思うのかと訊《き》いた。すると、軽薄な答えで彼女をからかうかと思いきや、トムはきちんと詳しく説明し、ブルックリンのスミス・ストリートでの夕食でハリー相手に主張した論点の多くをもう一度くり返したが、なぜか今回の方があの晩より雄弁だった。アメリカの未来に対する絶望を述べていくなかで、話はより切実に、より説得力を増していった。いまやトムの才知が十二分に発揮されていた。向かいに座って彼を見ているハニーを観察していた私は、彼女の目尻《めじり》に小さな涙が浮かぶのを見てとった。そして私は知った。いまや疑念の余地なく知った。胸も心も大きいスタンリーの娘は、わが甥《おい》にぞっこんなのだ。

だがトムの方は？ 彼がハニーにだんだん目を向けはじめていること、前ほど用心深くも攻撃的でもない話し方をするようになってきていることは私にもわかったが、それはどういう意味なのか？ 興味が募ってきているしるしかもしれないが、単なる礼儀正しさの表われかもしれない。

晩の終わり近くの、ささやかな瞬間。その問いへの答えとなっているかどうかはともかく、私はそれを最後の証拠として提出しようと思う。

デザートを食べ終えるころには、ルーシーはもう二階に上がってベッドに入っていて、残った大人四人はみんないくぶん酔っていた。軽くポーカーでもやろうとスタンリーが提案し、カードをシャッフルしつつ熱帯での新しい生活について語りながら（椰子《やし》の木の下で、片手にラムパンチを、もう一方の手にモンテクリスト葉巻を持って、夕暮れどきの白い砂浜に波が寄せては返すのを眺める）、スタンリーは私たちを淡々とかつコテンパンにやっつけ、四回のうち三回は勝っていた。昼間に卓球で完膚《かんぷ》なきまでに打ち負かされていたから、私は少しも意外に思わなかった。この男が秀《ひい》でていないことは何ひとつないように思えた。スタンリーが知恵較《くら》べで着々と私たち三人を負かしつづけるなか、トムもハニーも自分の下手さ加減を笑いながらますます無茶苦茶な賭けに打って出た。それは複雑な種類の笑いであるように私には思えた。その笑いに仲間入りせぬよう意識しつつ、カードを楯《たて》に二人の若者の様子を私は観察した。やがて、ゲームもそろそろお開きというところで、トムの言った一言が私の不意を討った。「ブラトルボロに帰るのはやめなよ」とトムはハニーに言ったのだ。「もう十二時を過ぎてるし、君もずいぶん飲んだから」

単なる礼儀正しさか、彼女をベッドに誘うための遠回しの作戦か？

「あすこの道路なら目をつむったままだって運転できるわよ」とハニーは答えた。「あたしのことなら心配無用」

彼女はさらに、明日の朝は特に早起きをしないといけないのだと説明したが（PTAの会合がどうこうという話）、トムの気遣いに心を打たれていることは見てわかった（少なくとも私にはそう見えた）。それから彼女はみんなにお休みのキスをした。まず父親に、次に私のあごを軽くつっつき、最後はトム。トムは唇にキスを得たばかりか、大きな抱擁《ハグ》を受けもした――普通こういう状況でなされるより数秒長く続いた大きなハグを。

「みなさん、お休みなさい」とハニーは言って、玄関に歩いていきながら私たちに手を振った。「また明日ね」

三日目のその日、彼女は四時にロブスター五匹、シャンパン三本、デザート二種類を持って現われた。われらが非凡な才能のシェフによってまたも御馳走が用意され、会話に入ることをルーシーがいとわなくなったいま、四年生の教師と四年生の生徒は食事の時間の大半にわたって学校の話をし、お気に入りの本のタイトルを投げつけあっている。アル・ジュニアとアル・シニアはまだ車を届けにきていないが、修理は済んだから明日には戻ってくるはずだと私は宣言する。上機嫌な会話がテーブルを飛びかっていることだし、そんな不愉快な話題を持ち出してせっかくのムードを壊したくないので、故障の原因はあえて口にしない。トムももう事情は知っているが、彼もやはり、私たちが被《こうむ》った悪質ないたずらを報告しようという気にはならない。ハニーとルーシーはナンセンスソングをあれこれ歌いながらロブスターの殻を割っている。あんなに楽しそうなのに、階級間の反感や地域的敵意をめぐる気の滅入る話をして何になる？

ルーシーを二階に連れていった私は、今夜はもう自分が遅くまでほか三人と一緒にワインのグラスを重ねる元気がないことを悟る。チャウダー父子は二人とも酒が強いし、巨体にして食欲もすさまじいトムは十分対抗できるが、私は酒量も少ない痩《や》せた元ガン患者であり、翌日の二日酔いも心配なのだ。

私はルーシーのベッドの縁に陣取り、彼女が目を閉じて眠りに落ちるまでゼーン・グレイの小説を読んでやる。隣の自分の部屋まで歩いていくさなか、下のダイニングルームから笑い声が漂ってくる。「もうグロッキー」とか何とかスタンリーが言うのが聞こえ、それからハニーが「チャップリン室」がどうこうと言い、「まあそれも悪くないかしらね」と言い足す。何の話か知るのは困難だが、ひとつ考えられるのは、スタンリーはもう寝床に入ろうとしていて、ハニーは車で帰るには飲みすぎたので今夜はこの宿に泊まる気でいるという可能性だ。そしてたしか、チャーリー・チャップリン室はトムの部屋のすぐ隣である。

私は自分のベッドにもぐり込み、イタロ・ズヴェーヴォの『トリエステの謝肉祭』を読みはじめる。ズヴェーヴォの小説はこの二週間で早くも二冊目だが、『ゼーノの苦悶《くもん》』に非常な感銘を受けたので、この作家で手に入る本は全部読もうと思ったのだ。イタリア語の原題は *Senilità*（老年）、私のような老いぼれにはぴったりである。年配の男とその若い愛人。愛の哀《かな》しみ。打ち砕かれた希望。一段落、二段落読むごとに私はしばし読むのを止めてマリーナ・ゴンサレスのことを考え、もう二度と彼女に会えないのだと思って胸の疼《うず》きを感じる。自慰したい欲求に私は駆られるが、錆びついたスプリングがきしんでバレてしまうだろうからそれは我慢する。それでも、時おりカバーの下に手を入れて、つかのまわがペニスに触れはする。まだそれがそこにあることを確かめるため、長年の友がいまだ私とともに在ることを検証するため。

三十分後、階段をのしのしと上がってくる音が聞こえる。二組の脚、二つのひそひそ声。トムとハニーだ。二人は廊下を、私の部屋の方に歩いてきて、やがて止まる。彼らの会話を少しでも捉《とら》えようと私は耳をそばだてるが、声が小さすぎて何も聞きとれない。やがてトムが「お休み」と言うのが聞こえ、少ししてチャーリー・チャップリン室のドアが開いて、閉じる。その三秒後、バスター・キートン室のドアに同じことが起きる。

私の部屋とトムの部屋のあいだの壁は薄い。紙同様の石膏板の仕切りであり、トムが立てる音はすべてこっちにも筒抜けだ。靴を脱いでベルトを外す音が聞こえ、流しで歯を磨く音が聞こえ、ため息が聞こえ、ハミングが聞こえ、きしむベッドカバーの下にトムがもぐり込むのが聞こえる。私は本を閉じて明かりを消そうとするが、ランプに手を伸ばしたとたん、トムの部屋のドアをかすかにノックする音が聞こえる。ハニーの声が「眠ってる?」と言う。いいや、とトムは言い、入ってもいいかしらとハニーが訊くと、いいよ、とわれらがトムは言う。この、いいよ、の一言で、私たちが州間ハイウェイからルート30に降りたことの隠れた目的がいまにも遂げられそうになる。

音はものすごく鮮明で、壁の向こう側で展開していく出来事の細部一つひとつが私には難なくたどれる。

「変なこと考えないでね」とハニーは言う。「あたし、こんなこと毎日やるわけじゃないのよ」

「わかってる」とトムは答える。

「ただ、すごく久しぶりだから」

「僕もだよ。すごく久しぶりだ」

彼女がベッドに入ってくる音が聞こえ、そのあとに起きることもすべて聞こえる。セックスとは何とも奇怪でむさくるしい営みである。その後に生じた吸う音うめく声を一つひとつたどっても意味はない。トムとハニーにもプライバシーの権利はある。ゆえに私は、その夜の出来事の報告をここで終わろうと思う。不服な読者がいらっしゃったら、目を閉じてご自分の想像力をお使いいただきたい。

＊

翌朝、みんながベッドから出るころにはハニーはもうとっくにいなくなっている。今日も素晴らしい天気である。ひょっとするとこの春で最高の天気かもしれない。だがこの日はまた、驚きに満ちた一日ともなる。結局それらの衝撃が、風景と天気の完《かん》璧《ぺき》さをしのいでその影を薄くしてしまうことになる。いま私がその日を少しでも思い出すとすれば、それはばらばらのジグソーパズルとしてであり、個々に孤立したイメージの集積としてである。ここにちょっとした青空。そこに樹皮が陽の光をはね返している一本のシラカバ。人の顔に見える雲、いろんな国の地図に見える雲、十本脚の幻獣に見える雲。一瞬垣間《かいまみ》見える、草むらを進んでいくガーターヘビ。姿は見えないマネシツグミの四音から成る嘆きの歌。風が枝のあいだを滑り抜けていくなか、傷ついた蛾《が》の群れのようにはためくポプラの葉。一つひとつ、それぞれの要素はそこにある、だが全体は欠如していて部分部分がひとつにまとまらない。十全に存在しない日の残余を探すことしか私にはできない。

まずは九時、アル・ジュニアとアル・シニアの来訪からそれははじまる。トムはまだバスター・キートン室にいて、一晩じゅうハニーと跳ね回ったあとの昏睡《こんすい》状態にある。ルーシーと私は八時から起きていて、ちょうど散歩に出かけようとしたところでウィルソン親子の二台の軍団が現われる。赤いムスタングのコンバーチブルと、私のライムグリーンのカトラス。私はルーシーの手を放して頼もしい紳士二人と握手する。もう新車同然ですよ、と彼らは言い、アル・シニアが私に請求書を手渡し、私はその場で小切手を書く。それから、これでもうやり取りは済んだと思ったところで、アル・ジュニアがその日一個目の爆弾を落とす。

「この件、オチがありまして」と彼は、私の車の屋根をぽんぽん叩きながら言う。

「タンクにどこかの阿呆がいたずらしてくれてよかったですよ」

「どういう意味です？」と私は、その奇妙な一言をどう受けとめていいかわからぬまま言う。

「昨日の朝に電話でお話ししたときには、もうあと二時間ばかりで仕事も済むだろうと思ったんです。だから、たぶん夜にはお届けできると申し上げたわけで。覚えてらっしゃいます？」

「うん、覚えてるよ。でも、今日になってしまうかもしれないとも言ったよね」

「ええ、たしかに言いました。でもそのときそう言った理由は、こうしてお届けがいまになっちまった理由とは違うんです」

「違うんですか？　じゃ何があったんです？」

「おたくの車でちょっと走ってみたんです。念のため、すべて正常に戻ったか確かめようと思って。戻ってませんでした」

「え？」

「九十キロ、百キロまで出してみて、一気にスピードを落とそうとしたんです。これってブレーキがすり減ってると大変ですよね。私、死ななくてラッキーでしたよ」

「ブレーキ……」

「ええ、ブレーキです。ガレージに戻して見てみました。摩擦材《ライニング》が紙みたいに薄くなってましたよ、ミスター・グラス。もういまにもおしまいってところでした」

「どういうことです？」

「つまり、ガソリンタンクの問題がなかったら、このブレーキの問題もわからずじまいだったろうってことです。あのままもっと走ってたら、けっこうひどいトラブルになってたでしょうよ。事故のトラブル。死のトラブル。あらゆるたぐいのトラブル」

「じゃあタンクにコークを入れた糞アタマ《シットヘッド》は、実のところ我々の命を救ってくれたわけだ」

「どうやらそういうことのようで。けっこう不気味でしょ」

ウィルソン親子が赤いコンバーチブルで帰っていくと、ルーシーが私の袖《そで》を引っぱる。

「やったのはSアタマじゃないよ、ナット伯父さん」と彼女は言う。

「Sアタマ？　何のことだい？」

「伯父さんさっき汚い言葉言ったでしょ。あたし、そういう言い方しちゃいけないの」

「あ、そうか。Sね。あれの略か」

「うん。S言葉」

「その通りだよ、ルーシー。君といるときは私もそういう言葉を使わないようにしないとね」

「いつだって使っちゃいけないんだよ。あたしといてもいなくても」

「まあそうだね。でもさっきは頭に来ていてさ。人間は頭に来てると、自分の言うことを抑えられなくなるんだよ。悪い男が私たちの車を駄目にしようとしたんだ。何の理由もなしに。ただ単にひどいことをするため、私たちに嫌な思いをさせるため。あの言葉を使ったのは悪かったけど、カッとなったことまで責められても無理だよ」

「悪い男じゃないよ。悪い女の子だよ」

「女の子？　どうしてわかる？　君、見たのか？」

ルーシーはしばし元の沈黙に退行し、答えとして首を縦に振る。すでに目に涙がたまってきている。

「どうして言わなかったんだ？」と私が訊く。「見たんだったら、言ってくれなきゃ。そうしたらその女の子をつかまえて、牢屋《ろうや》に入れたのに。ガソリンスタンドの人も、どこが悪いかわかってたらすぐ直せたのに」

「怖かったの」と彼女は、私と目を合わせたがらず、うつむいたまま言う。涙が本格的に目からあふれて、それが乾いた地面に落ちるのが見える。塩っぽいカゲロウ、つかのま土を暗く染めたのち土に吸い込まれていくキラキラの球体。

「怖かった？　どうして怖いことがあるんだい？」

答える代わりに、ルーシーは右腕で私の体にしがみつき、顔を私の肋骨《ろっこつ》に食い込ませる。私は彼女の髪を撫《な》でるが、私の体に接したその体がぶるっと震えるのを感じて、突然、彼女が何を言おうとしているかを私は理解する。一瞬、混じり気なしのショックに私は襲われ、それから、怒りの波が体を貫くのを感じるが、ひとたび波が過ぎると、怒りはなくなっている。怒りが同情に変わり、私は悟る。ここで彼女を叱《しか》ったら、私は彼女の信頼を永久に失ってしまうだろう。

「どうしてやったんだい？」と私は訊く。

「ごめんなさい」と彼女は、さらにぎゅっとしがみつき私のシャツに顔を埋《うず》めてわあわあ泣きながら言う。「ほんとに、ほんとにごめんなさい。なんだか頭がおかしくなっちゃって、何やってんのか自分でもわかんないうちにもうやっちゃってたの。パメラのことはママから聞いてたの。嫌な人だから、行きたくなかったの」

「嫌な人かどうかはわからないけど、まあ一番いい結果になったんじゃないかな。君のやったことは間違ってる。すごく間違ってる。もう二度とあんな真似《まね》はしてほしくない。でも今回は、今回だけは、間違ってることが正しいことでもあったんだね」

「どうして間違ってることが正しいことになれるの？　それって犬は猫だとか、鼠は象だとか言うのと同じじゃない」

「アル・ジュニアが言ってたブレーキのこと、覚えてないかい？」

「ううん、覚えてる。あたし、伯父さんの命を救ったのよね？」

「そして君自身の命も。トムの命も」

やっとのことで彼女は私のシャツから身を振りほどき、目から涙を拭《ふ》いて、思いつめた、考え深げな目で私を見る。「あたしがやったこと、トム伯父さんには言わないでよ、ね？」

「どうして？」

「もう私のこと好きでなくなっちゃうから」

「そんなことないさ」

「きっとそうよ。あたし、トム伯父さんに好かれたい」

「私はいまも君のこと好きじゃないか」

「ナット伯父さんは違うよ」

「どういうふうに？」

「わかんない。トム伯父さんほどいろんなことを強く受けとめない。トム伯父さんほど真面目《まじめ》じゃない」

「それは私の方が歳《とし》が上だからだよ」

「とにかく言わないでよ、ね？　言わないって誓って」

「わかったよ、ルーシー。誓う」

するとルーシーはにっこり笑い、日曜の朝に現われて以来初めて、若かったころの彼女の母親の面影を私はそこに見る。オーロラ。不在のオーロラ、神話の地キャロライナキャロライナのどこかに失われた、生者の届かぬところにいる影の女。彼女がいまどこかにいるとすれば、それは娘の顔のなかにでしかない。母親に対する小さな女の子の忠誠心のなか、母親がどこにいるのか言わないといういまだ破られざる約束のなかにしか彼女はいない。

トムがやっと起きてくる。彼の精神状態は読みとりがたい。穏やかな満足感と、そわそわぎこちない自意識過剰とのあいだを行き来しているように見える。昼食の席でも昨夜の出来事については何も言わないし、私としても彼の側からの話は聞きたいがひとまず質問は控える。元気一杯のC嬢に惚《ほ》れたのか、それとも一晩かぎりの相手として払いのける気か？　すべてはセックスだけなのか、それとも感情も方程式に含まれているのか？　昼食が済むと、ルーシーは芝刈りを手伝いにスタンリーにくっついてトラクターに乗っていく。トムは食後の一服にポーチへ引っ込み、私も隣の椅子《いす》に腰を落着ける。

「昨日はよく眠れましたか？」とトムが訊く。

「うん、けっこう寝た」と私は答える。「壁の薄さを思えば上出来さ」

「僕もそれが心配でした」

「君のせいじゃないさ。君が建てた家じゃない」

「静かにって何度も彼女に言ったんですけど、わかるでしょう。夢中になっちゃうと、もうどうしようもありませんよね」

「心配は要らない。正直言って、私としても嬉《うれ》しかったよ。君のことを想《おも》って喜んでいた」

「僕もです。一晩のあいだ、嬉しかった」

「またこういう夜があるさ。昨日はほんのはじまりだよ」

「どうですかねえ。彼女はけさ早くさっさと帰っちゃったし、いたあいだもあんまり話してないし。何を求めてるのか、全然わかりませんよ」

「それよりまず、君は何を求めてる？」

「まだいまはわかりませんね。何もかもがあっという間に起きて、考える時間がいままでなかったから」

「べつに訊かれたわけじゃないけど、君たち二人いいペアだというのが私の意見だね」

「ええ。二人のデブ、夜中の激突。ベッドが壊れなかったのが驚きですよ」

「ハニーはデブじゃないさ。いわゆる『彫像的《スタチュエスク》』ってやつだ」

「僕の好みじゃないですよ、ネイサン。タフすぎる。自信がありすぎる。意見がありすぎる。そういう女性には昔から惹《ひ》かれないんです」

「だからこそいいのさ。彼女といれば君も気を抜けない」

トムは首を横に振り、ため息をつく。「上手く行きませんよ。僕は一か月でくたびれ果てちまいます」

「じゃあ一晩だけでやめる気なのか」

「べつに悪いことじゃないでしょう。楽しい一夜、それでおしまいです」

「で、もしまた彼女がベッドにもぐり込んできたら？　蹴《け》って追い出すか？」

トムは二本目の煙草《たばこ》にマッチの火を当て、長いこと黙っている。「わかりませんね」と彼はやっと言う。「そうなってみないと」

あいにく、そうなってみるチャンスは訪れない。

最後の不意討ちが私たちを待っている。これはきわめて大きな、壊滅的な、影響も甚大な不意討ちであり、私たちはもうその午後のうちに車を出す以外手はない。チャウダー・インでの私たちの休暇は唐突に、あっけなく終わりを告げる。

さよなら丘の上。さよなら芝生。さよならハニー。

さよならホテル・イグジステンスの夢。

トムが「そうなってみないと」と言ったのがおよそ一時ごろである。スタンリーとのトラクター乗りを終えたルーシーを、私は池へ泳ぎに連れていく。四十分後に家に帰ると、トムにその知らせを聞かされる。ハリーが亡《な》くなったのだ。たったいまブルックリンからルーファスが電話してきて、受話器に向かってしくしく泣きながら、一言喋《しゃべ》るのもやっとの有様で、ハリーが死んだこと、息絶えたことを伝えたという。トムによると、ルーファスは喉《のど》がつかえてしまってもうそれ以上何も言えなかった。私たちは何もわかっていない。ただちにヴァーモントを発《た》たねばならないという事実以外は。

私はスタンリーを相手に勘定を済ませる。震える手で小切手にサインしながら、パートナーが亡くなってしまって私たちがもう家を買える立場にないことを私は伝える。スタンリーは肩をすくめる。「真剣な話じゃないってわかってました」と彼は言う。「それでも、話すのはけっこう楽しかったですよ」

トムが彼に、自分の住所と電話番号を書いた紙を渡す。「これをハニーに渡してください」とトムは言う。「そして彼女に、申し訳ないと伝えてください」

私たちは荷造りをする。車に乗り込む。去る。

裏切り

私はそれを殺人と見なした。誰も彼に手を触れなかったことも、撃ったり胸を刺したり、車で轢《ひ》いたりしてもいないことも関係ない。たとえ殺した者たちの凶器が言葉だけであったとしても、奴らがハリーに与えた暴力は、金槌《かなづち》で頭を殴ったのに劣らず肉体的だったのだ。ハリーは若い人間ではない。過去三年で冠血栓症を二度起こしていて、血圧も高く、動脈はいつ破裂してもおかしくなかった。そういう状態の身体《からだ》が、どれだけの責め苦に耐えられるか？　それほど耐えられはしまい。全然耐えられはしまい。

この非道行為には一人だけ目撃者がいた。が、ルーファスはたしかに彼らの話を一言残らず聞いたが、理解できたのはそのごく一部分だった。ゴードン・ドライヤーと企《たくら》んでいる計画についてハリーから何も聞かされていなかったし、その日の午後、ドライヤーがマイロン・トランベルとともに店に入ってきたときも、彼らのことを、おおかた同業のディーラーだろうくらいにしか思わなかった。ルーファスは二人を二階のハリーの事務室に通したが、ドアを開けたハリーがいつになくピリピリしていて、およそふだんの彼らしくなく、訪問者たちの手をぜんまい仕掛けの人形みたいに上下に振るのを見て、ひどく不安になってしまった。そこで、一階レジの定位置に戻る代わりに、そこにとどまってドアに耳を押しつけ、話を盗み聞きすることにしたのだ。

二人は何分かハリーを適当にあしらってから、短剣を手に迫っていき、最後の一撃に向けてじわじわ彼の防御を解いていった。まずは友好的な挨拶《あいさつ》が交わされ、天気が話題にされ、オフィス家具に関するハリーの趣味が褒めそやされ、書棚に並んだ初版本の小綺麗《こぎれい》な列に賛辞が贈られる。愛想のよいやりとりにもかかわらず、ハリーはとまどっていたにちがいない。メトロポリスは原稿をまだ作り終えてない。トランベルに渡す偽物《にせもの》はまだ出来上がっていないのに、なぜいまゴードンが立ち寄ったのか、ハリーには理解できない。

「君と会うのはいつでも嬉しいが」とハリーは言う。「ミスター・トランベルががっかりなさるのは残念だな。原稿はマンハッタン五十三丁目のシティバンクの貴重品保管室にしまってあるんだ。前もって電話してくれていたら、今日用意しておいたんだが。でもたしか、集まるのは来週月曜の午後の予定だったよね」

「貴重品保管室？」とゴードンは言った。「私の発見をそういうところに入れたわけですか。知らなかったな」

「言ったと思ったがな」とハリーはなおも出任せを続けながら、会合の予定より四日前にゴードンがトランベルを連れてきた意図をいまだ測りあぐねていた。

「実は私、迷いはじめてるんです」とトランベルは言った。

「そうなんですよ」とゴードンが、ハリーが答える間もなく口をはさんだ。「いいですかミスター・ブライトマン、こういう売買は軽々しく考えちゃいけません。大金が絡《から》んでますからね」

「それはわかってる」とハリーは言った。「だからこそ一ページ目を専門家に調べてもらったんじゃないか。一人でなく二人に」

「二人じゃない」とトランベルが言った。「三人だ」

「三人？」

「三人です」とゴードンは言った。「念には念を入れてってことで、マイロンがモーガン図書館の館長のところにも持っていったんです。この世界じゃトップレベルの人です。けさ結果を知らせてきました。偽造に間違いないと言っています」

「いや、でも」とハリーはしどろもどろに言った。「三人のうち二人ならそう悪くないじゃないか。どうしてほかの二人でなく、この一人の意見を信用する？」

「説明に大変説得力があったのさ」とトランベルは言った。「私がこの原稿を買うとしたら、疑いが残っては困る。少しでもあっては困る」

「なるほど」とハリーは、彼らが仕掛けた罠《わな》から逃れようとあがきながら言ったが、明らかにもう戦意を喪失し、どうしようもないほど意気消沈していた。「どうかミスター・トランベル、私が一貫して正直にふるまったことだけはご理解ください。ゴードンがお祖母《ばあ》さんの家の屋根裏部屋で原稿を見つけて、私のところに持ってきた。私たちはそれを鑑定に出し、本物だと言われた。あなたがその購入に興味を示された。もし気が変わられたんでしたら、残念ですと申し上げるしかありません。取引きはいまここでキャンセルということで結構です」

「あなた、マイロンから受けとった一万ドルのこと忘れてますよ」とゴードンが言った。

「忘れてませんよ」とハリーは答えた。「金はお返しします、それでおしまいです」

「そんなに簡単じゃないんじゃないかなあ、ミスター・ブライトマン」とトランベルが言った。「それとも、ミスター・ドゥンケルとお呼びすべきですかね？　ゴードンからいろいろ聞きましたよ、ハリー。シカゴ。アレック・スミス。偽造絵画二十数点。刑務所。新しい名前。あんた、筋金入りの嘘《うそ》つきじゃないか。あんたみたいな前科なんだったら、一万ドルはむしろ取っておいてもらった方がいいね。そうすればあんたを告発できる。あんた、はじめから私をだますつもりだったんだろう？　私は人が私の金を奪おうとするのを好まない。そういうことをされると腹が立つ」

「この男何者なんだ、ゴードン？」とハリーは言った。にわかに声の抑えがきかなくなっていた。

「マイロン・トランベル」とゴードンは答えた。「私の恩人。私の友。私の愛する男」

「じゃあこいつがそうか」とハリーは言った。「もう一人なんて、はじめっからいなかったんだな」

「この人だけさ」とゴードンは答えた。「いつだってこの人だけ」

「ネイサンの言ってたとおりだ」とハリーはうめいた。「はじめっからネイサンの言うとおりだった。ああ、何であいつの言うことを聞かなかったんだろう？」

「ネイサンって誰だ？」とゴードンが訊いた。

「知りあいだよ」とハリーは言った。「どうでもいいさ。知人だよ。占い師だ」

「あなた昔から、人の忠告が聞けませんでしたよね――いい忠告でも」とゴードンは言った。「欲深すぎるから。自惚《うぬぼ》れが過ぎるから」

ハリーが崩壊しはじめたのはこのときだった。ゴードンの声にこもったあまりの悪意に、もうそれ以上耐えられなかった。もはやビジネスの話のふりを続けること、こじれてしまった取引きの細部を話すふりを続けることは不可能だった。壊れてしまった愛。出会ったこともない途方もない裏切り。その痛みが、いつもなら持てたかもしれない粘り強さをハリーから奪った。

「なぜだ、ゴードン？」と彼は言った。「なぜあたしにこんな仕打ちをする？」

「お前が憎いからさ」と元愛人は言った。「まだそんなこともわかってなかったのか？」

「いいや、わからない。あんたはあたしを愛してるんだ。いつだってあたしを愛してたじゃないか」

「あんたの何もかもに虫酸《むしず》が走るぜ、ハリー。臭《くさ》い息。静脈瘤《りゅう》。染めた髪。最低のジョーク。出っぱった腹。節くれだった膝《ひざ》。ちっぽけなペニス。何もかも。あんたの何もかもに反吐《へど》が出る」

「じゃあなぜ何年も経《た》ってから戻ってきた？　放っておけなかったのか？」

「あれだけの仕打ちをされてか？　あんた頭がおかしいのか？　あんた俺の人生を滅

茶滅茶にしたんだぞ、ハリー。今度は俺があんたの人生をぶち壊す番だ」

「あんたはあたしを捨てて逃げたんじゃないか、ゴードン。あたしを裏切ったじゃないか」

「もう一度考えろよ、ハリー。俺を警察に引きわたしたのは誰だ？　俺を指さして自分は得した奴は誰だ？」

「それで今度はあたしを警察に引きわたそうってのか。悪を二つ足したって一つの善にはならないんだよ、ゴードン。少なくともあんたは生きてるじゃないか。少なくとも将来を楽しみにできる若さじゃないか。あたしはもう一度刑務所に入れられたらもうおしまいだ。死んだも同然だよ」

「私たちとしても、君に死んでほしいわけじゃないさ」とトランベルが会話に突然戻ってきた。「我々は君と取引きしたいのさ」

「取引き？　どんな取引きだ？」

「我々は血を求めてるわけじゃない。正義を欲しているだけだ。ゴードンは君のせいで苦しんだ。だからいま彼には、何らかの償いを受ける権利があると私たちは思っている。それが正義というものだ。君が協力してくれたら警察には何も言わない」

「でもあんたは金持ちじゃないか。ゴードンだって金には困らないだろうに」

「私の一族の何人かは金持ちだ。あいにく、私はその一人じゃないのさ」

「現金なんかないぞ。あんたに返す一万は何とかかき集められるけど、それで精一杯だ」

「君、現金はそんなにないかもしれんが、めぼしい資産があるじゃないか」

「資産？　何の話だ？」

「周りを見てみろよ。何が見える？」

「嫌だ。あんまりだ。冗談じゃない」

「私には本が見えるよ、ハリー。君には見えないか？　何百冊という本が私には見える。それもそんじょそこらの本じゃない、初版本だ、中にはサイン入りの初版本まである。それに、下の引出しやキャビネットにもいろいろ入ってるだろう。手書き原稿。書簡。サイン色紙。この部屋の中身をもらえたら、それで手を打とうじゃないか」

「そうしたら私は破滅だ。一文なしだ」

「ほかの選択肢を考えてみろよ、ミスター・ドゥンケル＝ブライトマン。どっちがお好みかね。偽造容疑で逮捕されるか、それとも古本屋の親父として静かに平和に暮らすか。よく考えろよ。ゴードンと私は明日、大きなバンで、引越し屋のチームを連れて戻ってくる。二時間とかからないさ、そうしたら君も我々と永遠に手を切れる。もし我々を阻止しようとしたら、あっさり受話器を取り上げて警察を呼ぶまでだ。君が決めるんだよ、ハリー。生か死かだ。一部屋空っぽになるか、牢獄への第二の旅か。明日この本みんな渡さなくても、どのみち君はこれを失うことになる。それはわかるだろう？　頭を使えよ、ハリー。戦っても無駄だ。下手に抵抗したりせずあきらめればみんなが得をするんだ、特に君自身が。十一時から十二時のあいだに来る。もっと正確に言えたらいいんだが、近ごろの道路の混み具合では予測も難しくてね。それじゃ明日《ア・ドマン》、ハリー。バイバイ」

そこでドアが開いて、ドライヤーとトランベルがルーファスを押しのけるようにして出ていき、ルーファスが部屋の中を見てみると、ハリーは両手で頭を抱えて机に座り、子供のようにしくしく泣いていた。もしハリーがそこに何分かとどまって、たったいまのやりとりを冷静にふり返っていたら、ドライヤーとトランベルが彼を陥れるなどできはしないこと、警察に突き出すぞという脅しも芸のない粗雑なはったりであることを理解しただろう。ハリーが意図的に偽造原稿を売ろうとしたことを、どうやって自分たちもグルであることを明かさずに証明できるというのか？　自分たちも偽造を知っていたことを認めれば、偽造者を警察に引きわたすことを余儀なくされるはずだ。そして、自分もペテンにかかわっていることをイアン・メトロポリスが認める可能性がどれだけあるか？ もちろん、イアン・メトロポリスなる人物が存在すればの話だが――そして私にはその可能性はおよそ低いと思えた。彼の仕事を鑑定したというい わゆる専門家三人も同じだ。私の勘としては、ホーソーンの一ページを作ったのはドライヤーとトランベル本人であり、ハリーのように与《くみ》しやすいカモが相手となれば、これぞプロ中のプロの仕事と信じさせるのにさして手間はかかるまい。ヴァーモントに電話してきたとき、メトロポリスに会ったとハリーは言っていたが、どうしてその男が本当に名のったとおりの人間だとわかるのか？ ディケンズの書簡にも意味はない。本物であれ偽物であれ、その手紙は物語には何の関係もない。はじめから終わりまで、ハリーを破滅させる策略は二人の人間によって行なわれていたのであり、三人目がつかのま顔を見せて別の人間を演じていったにすぎない。二人の、実はそれほど賢くない悪党と、その匿名《とくめい》の仲間。みんな人でなしだ。

だがその日、ハリーははっきり考えられる状態ではなかった。どうして考えることができただろう、心がぱっくり開いた傷口に変えられてしまったというのに？ ぐじゃぐじゃの脳内物質、爆発したニューロン、ショートした電気パルス等々の化膿《かのう》したかたまりに変えられてしまったというのに？ 心底愛していた相手から、およそ理不尽な非難を次々浴びせられ、その蔑《さげす》みの鉈《なた》でもってずたずたに切り裂かれたら、理性などどこに残る？　そしてその相手が、新しい相棒とつるんで、自分の全財産を奪う意図を明かし、それを止めるすべはないと思えたら、精神の安定などどこにある？　混じり気なしの動物的パニックに陥ったハリーを、批判できる人間はいるか？　長い目で見るだけの余裕を欠いていた彼を、とがめられる人間はいるか？

ルーファスが事務室に入っていくと、ハリーは机から立ち上がり、吠《ほ》え出した。もう言葉を越えた状態まで墜《お》ちていて、筋の通ったセンテンスひとつ組み立てられなかった。喉から出てくる音のあまりの陰惨さ、その苦悶のあまりの凄絶《せいぜつ》さに、ルーファスは恐ろしくなって震え出した。ドライヤーとトランベルはまだ一階に向かって階段を降りていく最中で、ハリーはルーファスがそこにいることを認めるそぶりも見せず、机の向こうから飛び出して二人を追いかけはじめた。ルーファスも、ゆっくり、用心深くあとを追った。怖くてほとんど足もすくんでいた。彼が階段を降りきったころにはドライヤーとトランベルはもう店から出ていて、ハリーがちょうど表のドアをぐいっと開けている最中だった――いまだ吠え声を上げながら、いまだ二人を追って。道端にイエローキャブが一台、エンジンをかけたままメーターも上げた状態で駐《と》まっていて、ハリーが追いつく間もなく二人の男は後部席に乗り込んだ。走り去るタクシーに向かってハリーは拳骨《げんこつ》を振り回し、一瞬立ちどまってひとつの言葉を二度叫び――

人殺し《マーダラーズ》！　人殺し！——あとはもうすっかり正気を失って、七番街を必死に突進していき、通行人にぶつかり、よろけ、倒れ、起き上がり、隣の四つ角に達して、タクシーが視界から消えるまで立ちどまらなかった。ルーファスは遠くからすべてを見ていた。涙が顔を流れ落ちるなか、ハリーの体のぼやけた輪郭をたどっていた。

ハリーが四つ角で立ちどまると同時に、ナンシー・マズッケリが同じ四つ角を曲がってきて、かつての雇い主に近づき、彼がかくも陰惨な有様でいるのを見て愕然《がくぜん》とした。頬は真っ赤で、ゼイゼイ喘《あえ》ぎ、上着の肱《ひじ》は破れ、いつもきちんと整っている髪は四方八方に飛びはねていた。

「ハリー、どうしたの？」とナンシーは言った。

「奴らに殺されたんだよ、ナンシー」とハリーは答え、胸をぎゅっとつかんで、息をしようとなおも喘いだ。「私の心にナイフを突き刺して、殺したんだ」

ナンシーは彼の体に両腕を回して、そっと背中を叩《たた》いた。「心配要らないわ」と彼女は言った。「何もかも上手《うま》く行くわよ」

だが上手く行ってはいなかった。少しも、まったく上手く行ってはいなかった。ナンシーがその言葉を口にした直後、ハリーは長い、かすかなうめき声を発した。それから彼女は、ハリーの体から力が抜けて自分に寄りかかってくるのを感じた。何とか支えようとしたが、相手は彼女には重すぎた。二人は少しずつ、地面にくずおれていった。こうしてハリー・ブライトマン、かつてのハリー・ドゥンケル、フローラの父親にしてベットの元夫は、二〇〇〇年のある蒸し暑い午後、ブルックリンの歩道で、ＢＰＭの腕に抱かれて息を引きとったのだった。

逆襲

トムが車を飛ばして、私たちは五時間足らずでパークスロープに着き、ちょうど陽が沈みはじめるころ店の前に乗りつけた。ルーファスとナンシーが私たちを待っていて、三階にあるハリーの住居の、暗くなった寝室でひっそり体を寄せあっていた。ナンシーがそこにいるのは正しいことに思えたが、その日それまでに何があったのかをルーファスから聞かされるまでは、なぜ彼女がいるのか私にはわからなかった。ただちに処理しないといけないことはあまりに多く、訊《き》いてみようという気も起きなかった。

二人ともルーシーに会うのは初めてだったので、まずはたがいを引きあわせることからはじまった。それからわれらが女の子をトムがリビングルームに連れていき、テレビの前に座らせた。ふだんならそれは私の仕事だっただろうが、こんなところでB

PMに出くわしてトムはすっかり動転してしまい、どこかに引っ込んで一息つかずにはいられなかったのだ。女王様が奇跡的にもふたたび現われたのであり、きっと心臓はドキドキ、恋患《わずら》いの胸で狂おしく鳴っていたにちがいない。

ルーファスは午後に電話してきたときよりだいぶ落着いていた。ショックが少しは和らいで、それほど頻繁に中断せずとも一通り話せるようになっていた。ルーファスとナンシーはベッドに腰かけていて、ルーファスがまたワッと泣き出すたびにナンシーは彼の体に両腕を回し、涙が引くまでしっかり抱えてやっていた。ナンシー自身もやや涙ぐんではいたが、思いやりは彼女の得意とするところであり、その夜アパートメントにいる人間のなかでルーファスが誰よりも激しい悲しみに襲われていて誰よりも慰めを必要としていることを彼女は察したのだ。ジャマイカ人らしいゆったり歌うような声でルーファスが私たちに語りつづけるなか、私の心は何度も、ここからほんの数ブロックの、メソジスト病院の冷凍庫に横たえられたハリーの死体の像を浮かび上がらせた。

ハリーのことはそんなによく知らなかったが、私は私なりに一風変わったかたちで彼のことを気に入っていた（魅惑、畏怖《いふ》、不信感の混合）。もし彼がほかの経緯で死んでいたなら、あそこまで気持ちを揺さぶられはしなかったと思う。ショック以上に、悲しみ以上に、彼に為《な》されたグロテスクな仕打ちに対する怒りが私の胸に満ちていた。ドライヤーの裏切りを私自身が予言していたことも足しにはならなかった。ホーソーン詐欺《さぎ》は単なる策略に、でっち上げのなかのもうひとつ手の込んだでっち上げにすぎなかったのであって、はじめから動機はひたすら復讐《ふくしゅう》だと私は直感的に見抜いていたわけだが、友の破滅を食い止めるために使わないのなら叡智《えいち》など何の役に立つ？ 私もいちおうハリーに警告はしたが、十分に強調したとは言えない。この取引きから手を引くべきだと彼に納得させようと、十分な時間と労力を注《つ》ぎ込みはしなかった。そしていま、ハリーは死んだ。冷酷に、殺人者が決して告発されないようなやり方で殺されたのだ。

ルーファスが話を終えると、私がとっさに抱いたのは、こっちも復讐し返そうという衝動だった。ドライヤーとトランベル相手の言い争いについてトムはほとんど何も知らなかったし（例の金儲《もう》けに絡んだ話だとはわかっただろうが、それだけだ）、ルーファスとナンシーはまったく何も知らなかった。トムと違ってゴードン・ドライヤーという名前も聞いたことがなかったし、立派とは言いがたいハリーの過去についても二人ともまったく無知だった。私もわざわざ彼らに細かいことを伝えはしなかった。伝えても意味はない。唯一《ゆいいつ》大事なのは、できるだけ早く電話すること、翌朝にいかなるバンも店の前に現われないようにすることだ。ドライヤーとそのボーイフレンドはハリーを殺した。その上ハリーの財産まで奪わせはしない。

二階の事務室の鍵《かぎ》を貸してくれ、とトムに頼むと、何しろその時点ではひどく混乱していたものだから（雇用主の予期せざる死を悼《いた》み、突然BPMが目の前に現われて喜びとパニックに震え、ほとんど慰めようもないルーファスを精一杯慰めている）、トムは何も考えずにポケットに手をつっ込んで鍵を私に渡した。私が部屋から出て行こうとするところでやっと我に返り、二階で何をするんですと私に訊いた。「べつに何も」と私は曖昧《あいまい》に答えた。「ちょっと確かめたいことがあって。すぐ戻ってくる」

私はハリーの机に座って、真ん中の一番上の引出しを開けた。ゴードン・ドライヤーの電話番号を入れておくとしたらたぶんここではないか。必要とあらば番号調べに電話してトランベルの連絡先を探し出す気だったが、まずは引出しを見てみて時間を節約できればと思ったのだ。人生たまにはこういうこともあるもので、私はツイていた。引出しの一番上、ビジネスサイズの封筒に四角い緑のポスト・イットが貼《は》ってあって、そこに万年筆で二つの単語が殴り書きしてあり――Gordon's cell（ゴードンの携帯）――そのあとに917〔※ブルックリンの市外局番〕からはじまる十桁《けた》の番号が書いてあった。封筒からポスト・イットを剝《は》がして電話の横の机に貼りつけると、封筒にこうも書いてあることが目に入った――私が死んだら開けること。

中にはタイプされた紙が十二枚折りたたまれて入っていた。遺言書　コート・ストリート、フリン・バーンスタイン・バリェロ法律事務所作成、本人署名、立会人署名、二〇〇〇年六月五日。私がチャウダー・インから電話でハリーと話したつい前日だ。文面にざっと目を通してみて、これ以上はないってくらい太っ腹の行為、大盤振舞いのなかの大盤振舞い、永遠の偉大さめがけての盛大なスワンダイブといった文句で彼が何を言わんとしていたのかを私は理解した。ハリーはこの、私がいま手に持っている遺書のことを言っていたのであり、それは確かに壮大な、実に驚くべき壮大な代物《しろもの》であって、私が思っていたよりずっと本気でハリーが私の警告に耳を傾けていたことを私は知った。忠告にそのまま従うことは拒んでも、ゴードンがいまにも牙《きば》を剝《む》くかもしれないという可能性は考慮に入れて、何もかも失わぬよう手は打っていたのだ。もしそのような裏切りが生じたとしたら、どのみち自分の人生は終わりだとハリーは感じていた。文字どおりではなくても、耐えられないほど大きな破滅が心のなかで起きるという意味で。六月一日の、私とのディナーでも言っていたではないか。ゴードンについてあんたの勘が正しいんだったら、どのみちあたしの人生はもう終わりよ。ゴードンを二枚舌の復讐者と考えることは、自分の死を考えることでもあった。一つめの思いはそのまま二つめの思いにつながっていき、最終的には二つの思いはまったく同一だったのだ。ゆえに、遺書。まあやや過剰にドラマチックな手段ではあったかもしれない。胸のうちで荒れ狂う苦悩に対する、ヒステリーに近い反応だったかもしれない。が、それなりの用心（彼自身の言葉だ）をしたいと思った彼を誰が責められるだろう？ その日それまでに起きていたことに鑑《かんが》みれば、まさにそれは、最高の叡智に支えられた行動だったのだ。

遺書で名が挙がっていた受益者二人は、トム・ウッドとルーファス・スプレーグだった。七番街のビルは、ブライトマンズ・アティックとして知られる店舗、ならびにその店舗に属するすべての商品および金銭とともに二人が相続する。その他のこまごました遺贈物への言及もあったが（私には馴染《なじ》みのない名の人々に贈られるべき書物、絵画、装飾品）、主たる遺産はトムとルーファスに行き、ブライトマンズ・アティックから生じる所得はすべて二人で均等に分ける。建物がローンに入っていないことと、いま私の座っているこの部屋にある書籍や手稿の価値を考えれば、ちょっとした一財産に、二人とも夢に見たこともない額になるだろう。最後の最後に、ハリーはこれ以上はないってくらい太っ腹の行為、大盤振舞いのなかの大盤振舞いをやってのけたのだ。二人の若者の身を、彼は引き受けたのである。

自分がどれだけ彼を過小評価していたか、私は思い知った。大人になったハリーは、悪党のやくざ者だったかもしれないが、彼はどこかいまも、焼け出されたヨーロッパの都市から孤児たちを救う夢想にふける十歳の子供でありつづけたのだ。辛辣《しんらつ》で不敬な科白《せりふ》を並べ、チャチな罪や嘘にまみれていても、ホテル・イグジステンスの精神を彼は決して忘れなかった。われらがハリー・ブライトマン。愉快ないい奴ハリー・ブライトマン。机の上に何かのボトルがあったら、私はきっとグラスに一杯注いで彼の思い出に乾杯したことだろう。代わりに私は受話器を取り上げ、ゴードンの番号にダイヤルした。長い目で見れば、それはたぶん乾杯と同じことだった。

ゴードンは電話に出なかったが、四回鳴ったあとでメッセージが聞こえ、私は彼の声を初めて聞いた。異様に落着いた、ガードの堅い声。感情も抑揚もほとんどない。幸いメッセージは別の番号を伝えていたので（たぶんトランベルの番号だろう）、こっちが自分で調べる手間が省けた。また今度も誰も出ないことを十分覚悟しつつ、私はふたたびダイヤルした。きっといまごろドライヤーとトランベルはどこかにくり出して、その午後のブルックリンでの勝利を祝っているにちがいない。留守電に切り替わったらこっちのメッセージを残しておくべきか迷いはじめたところで、ベルが鳴りやみ、三十秒で二度目のドライヤーの声が聞こえてきた。念のため、本人だと確信してはいたが、ゴードン・ドライヤーさんはいらっしゃいますかと私は訊いた。

「私です」と彼は言った。「どなたです？」

「ネイサンです」と私は答えた。「会ったことはありませんが、あなた、私のことは聞いてるでしょう。ハリー・ブライトマンの友人です。占い師の」

「何の話かさっぱりわかりませんね」

「わかるはずさ。今日あんたが仲間と二人でハリーのところに訪ねてきたとき、ドアの向こうで誰かが立ってあんたたちの話を聞いていたんだ。ある時点で、ハリーが私の名前を出した。『ネイサンの言うことを聞いておくんだった』とハリーが言ったんで『ネイサンって誰だ？』ってあんたは訊いて、そのときハリーが占い師さと答えたんだ。思い出したか？　遠い過去の話をしてるんじゃないぜ、ミスター・ドライヤー。ほんの何時間か前にあんたはその言葉を聞いたんだ」

「あんた、誰だ？」

「悪い知らせの使者さ。脅しや警告を発して、ああしろこうしろと人に命じる男さ」

「ふん。で、私にどうしろと命じるわけかね？」

「気の効いた皮肉言うじゃないか、ゴードン。あんたのその冷たい声を聞けて、あんたがどういう人間か、俺の予想が外れてなかったこともわかった。ありがとう。おかげで仕事がすごく簡単になった」

「こっちは電話を切れば済むんだぞ。それで会話は終わるんだぞ」

「でもあんた、切る気はないだろう？　あんたいま死ぬほど怯《おび》えていて、俺が何を知ってるのかわかるなら何だってする気でいる。どうだ、合ってるか、違ってるか？」

「あんたは何も知りやしないさ」

「さあ、それはどうかな。いくつか名前を出してみるぜ、俺が何を知ってて何を知らないか、それでわかるさ」

「名前？」

「ドゥンケル兄弟。アレック・スミス。ナサニエル・ホーソーン。イアン・メトロポリス。マイロン・トランベル。どうだ？　もっと続けようか？」

「わかった、あんたは私が誰だか知ってる。大したもんだ」

「ああ、ほんとに大したもんさ。俺はしっかり知っていて、ゆえにあんたから欲しいものを引き出せる立場にいる」

「何だ、そういうことか。金が欲しいのか。あんたも一枚絡みたいってわけか」

「また外れたぜ、ゴードン。俺は金なんかに興味はない。あんたにひとつ頼みがあるだけだ。すごく簡単なことさ。一分とかからない」

「頼み？」

「明日予約してある引越し会社に電話して、キャンセルしろ。気が変わったからバンはもう要らないと言え」

「なんで私がそんなことをする？」

「あんたの詐欺が裏目に出たからさ。あんたがハリーの店を出て五分後に何もかもパアになったからさ」

「どういうことだ？」

「ハリーは死んだ」

「え？」

「ハリーは死んだ。タクシーで走り去るあんたを追って七番街を駆けていった、そのプレッシャーに体が耐えられなかったんだ。心臓が停まって、その場で息を引きとった」

「信じないね」

「信じた方がいいぜ。ハリーは死んで、殺したのはお前だ。気の毒な、馬鹿なハリー。あいつはただお前を愛しただけなのに、お前はそのお返しに、あいつを下司《げす》な詐欺の企みに引っぱり込んだ。よくやったぜ。さぞ得意だろうよ」

「そんなの嘘だ。ハリーは生きてるんだ」

「じゃあブルックリンのメソジスト病院に電話してみな。俺の言葉を真《ま》に受けるには及ばん。白衣の連中に訊いてみな」

「そうするさ。そうするとも」

「結構。でもその前に、引越し屋に電話するのを忘れるなよ。ハリーの本はハリーの店から出ない。お前が明日ブライトマンズ・アティックに顔を見せたら、首をへし折ってやるからな。そして警察に引きわたす。わかるか、ゴードン？　見逃してやるって言ってるんだぜ。一枚きりの偽造原稿のことも、一万ドルの小切手のことも、こっちはみんな知ってるんだ。俺はとにかく、ハリーの名前がゴタゴタに引っぱり込まれないようにしたいだけだ。ハリーは死んだ。あいつの名誉を汚《けが》すような真似は許さない。だけどそれもお前がいい子にふるまえばの話だ。言うとおりにしないと、B案に切り替えてお前のことをとことん痛めつけてやるぜ。聞こえるか？　お前が逮捕されて刑務所にブチ込まれるようにしてやる。もう生きていたくないと思うくらい、お前の人生滅茶苦茶にしてやる」

店も建物も要らない、とルーファスは言った。ブルックリンともニューヨークともアメリカとももうかかわりたくない、と彼は言った。ルーファスが信じられる唯一のアメリカは、ハリー・ブライトマンがいるアメリカであって、ハリーが国を去ったいま、故郷に帰るときだとルーファスは決めた。

「キングストンに帰って祖母ちゃんと暮らすよ」と彼は言った。「祖母ちゃんはあたいの友だちなんだ、世界でただ一人の友だちなんだよ」

これがハリーの遺書に対する、ルーファスの何とも意外な反応だった。一方トムは、ただ黙ってそこに座って、どう考えたらいいかもわからずにいた。

私は十時少し過ぎに三階の住居部分に戻っていった。ナンシーは子供たちの世話があるので、もう家に帰っていた。ルーシーはテレビの前で寝入って、ハリーのベッドに移されていた。ベッドカバーの上に大の字になって、服を着たまま、口を開け、暖かいニューヨークの夜に包まれてかすかに喉をゴロゴロ鳴らしていた。トムとルーファスはリビングルームに座って煙草を喫《す》っていた。キャメル・フィルターを喫いながら、トムは思案に暮れた顔をしていた。マリワナと思《おぼ》しきものを吹かしているルーファスは、いくぶん正気を失くしているように見えた。

が、ハイになっていたにせよいなかったにせよ、ハリーの遺書を私が読んで聞かせたあと、ルーファスの言葉はきわめて明晰《めいせき》だった。彼の決心は固かった。トムが何を言っても一歩も譲らなかった。彼が唯一やりたがったのはハリーについて話すことであり、彼はそれをえんえん実行した。初めて会ったときのことを切々と、思い入れたっぷりに語った。友人のタイローンと一緒に住んでいたアパートから追い出されたルーファスがしくしく泣いていると、ハリーが闇《やみ》のなかから現われて、片腕を彼の肩に回し、何かしてやれることはあるかと訊く……そこから話は、過去三年間にハリーがしてくれた数々の無私の行ないに移っていった。特に、職を与えてくれたこと、その上にティーナ・ホットとしてのパフォーマンスの衣裳《いしょう》やアクセサリーの金も出してくれたこと。それに何と言っても医療費まで肩代わりしてくれて、生き延びるのに必要な高価な薬も惜しまず買ってくれた。この世にハリー・ブライトマンほどいい人がいるかい、とルーファスは問うた。あたいは知らないよ、と自ら答えて、それから、もうその夜何回目になるだろう、ふたたび泣き崩れた。

「選択の余地はないよ」とトムが、呆然《ぼうぜん》自失の沈黙からようやく抜け出して言った。「君がここに残っても残らなくても、金は僕たち二人に属しているんだ。僕たちはパートナーであって、君の取り分を盗む気なんか僕にはない。半分ずつだよ、ルーファス。何もかも二人で分けるんだ」

「薬の金だけ送っておくれよ」とルーファスは小声で言った。「あとは何も欲しくない」

「建物と店を売ろう」とトムは言った。「何もかも売り払って、売上げを二人で分けよう」

「いやトミー、あんたが取りなよ」とルーファスは言った。「あんたすごく頭いいから、そのうちきっと金持ちになれるよ。ここはあたいのいるところじゃないよ。本のことなんか何も知らないし。あたいはただのフリークだよ、しょせんよそ者の色つきのフリークだよ。男の子の体をした女の子、故郷が恋しい死にかけてる男の子だよ」

「君は死にやしないよ」とトムは言った。「君は健康だよ」

「あたしたちはみんな死ぬんだよ、ベイビー」とルーファスは言って、もう一本マリワナに火を点《つ》けた。「そんなに思いつめなさんな。あたいは大丈夫だよ。祖母ちゃんがしっかり面倒見てくれるから。まあたまには電話ちょうだいね。それは約束してよね、トミー。あたいの誕生日忘れたら許さないからね」

二人の若者のこうしたやりとりを聞いているうちに、何だか私まで胸が詰まってきた。人が強い感情をさらけ出した姿に左右されるのは私らしくないが、何しろこっちもさっきのドライヤーとの電話でまだ頭がくらくらしていた。思っていたよりもずっと、あの会話に精力を吸いとられていたのだ。対決にあたって私はタフガイの役柄を演じ、古いB級映画に出てくるガラガラ声のごろつきの残忍さでぐいぐい押していった。もちろんドライヤーはしっかり罰を受けて当然だが、言葉が口から出てくるまで、自分があんなに粗暴に、野蛮にふるまえるなんて思ってもみなかった。そして、電話を終えて何分も経たないいま、私はふたたび三階の住居にいて、ドライヤーがまさにハリーから盗もうとしたものをルーファス・スプレーグが退けるのを聞いている。あまりにも明白な対照、二人の人間のあまりの違いに、つくづく感じ入らずにいられなかった。とはいえハリーは、その両方を愛したのであり、その一人ひとりに同じ抑えようのない情熱、同じ無欲の献身ぶりで忠誠を保ちつづけたのだ。どうしてそんなことがありうるのか？　一人の人間が、どうしてここまで一人の人間を徹底的に見誤り、同時にもう一人の人間の人格をここまで正確に見抜けるのか？　ルーファスはまだ二十六、七歳である。肉体的には、どこかよその惑星からやって来たエキゾチックな生物という感がある。その小さな完璧《かんぺき》な形の頭、蜂蜜《はちみつ》色の顔、すらりと長い手足は、いかにも弱虫、いじめられっ子、「オカマ」の典型だが、と同時に彼のなかには、何かしら烈《はげ》しいもの、虚栄心や欲望のたぐいを退ける一種変わった理想主義もまたある。ほかの人間はみな、ついそうしたたぐいのものに動かされて、世界のさまざまな誘惑に屈してしまったりするが、ルーファスにはそれがない。私は彼のためを想《おも》って、遺産に関し気が変わってくれればいいがと願った。彼が私たちみなと同じに考えるようになって、自分に遺《のこ》された財産を受けとってくれればと願った。が、その後二時間、トムと彼が言いあうのを聞いていて、そんな変化は決して起きないと思い知った。

翌日は実際的な作業に費やされた。ハリーの友人たちへの電話（これはルーファスが担当）、シカゴのベットとニューヨークの同業者への電話（トムが担当）、ブルックリンの何軒かの葬儀屋への電話（私が担当）。遺体は火葬に、とハリーは遺書に書いていたが、灰をどこでどのように処理すべきかは何も指示していなかった。長々と議論した末に、プロスペクト公園の木深いエリアにみんなで撒《ま》くことにした。ニューヨーク市の法律では、死者の灰を公共の場に捨ててはいけないことになっているが、どこか離れた、めったに人の通らない場所に引っ込めば誰にも見とがめられるまい。遺《い》骸《がい》を燃やして灰を金属の箱に入れてもらう費用だけで一五〇〇ドルをちょっと超える額になった。ほかは誰も貢献できる立場にないので、全額私が負担した。

式の日――六月十一日日曜日――の午後、私はルーシーをベビーシッターに預け、灰の箱をブライトマンズ・アティックのロゴが入った緑の買い物袋に入れて持っているトムと一緒に公園に行った。週末に入って以来ひどい天気が続いていて、三十五度、湿度も高くぎらぎら陽が照りつけてうだるような暑苦しさだったが、なかでも日曜は最悪で、ほとんど息もできない、ニューヨークが赤道ジャングルの前哨《ぜんしょう》地点に、地上でどこより暑く汚い場所に変わる日だった。ただ動くだけで体じゅうびっしょり汗にまみれた。

参列者が少なかったのも、たぶん天候のせいだったのだろう。マンハッタンに住むハリーの友人たちはエアコンの効いたアパートメントにとどまることを選び、したがって来てくれたのは、地元ブルックリンの忠実な仲間一握りに限られることとなった。七番街の商店主が三、四人、ハリーがいつも昼食をとった店のオーナー、髪を切ったり染めたりしてもらっていた美容院の女性。もちろんナンシー・マズッケリも、夫の偽《にせ》ジェームズ・ジョイス、通称ジムもしくはジミー、と一緒に来てくれた。私がナンシーの夫に会うのはこれが初めてだったが、残念ながらあまりよい印象は持たなかったと言わざるをえない。トムが言っていたとおり長身でハンサムではあったが、暑さやら林に飛び交うブヨやらについてブツブツ文句を言いつづけた。私にはそれは、子供っぽさと場を考えぬ自分勝手さの表われと思えた。もはや何についても不平を言えなくなった人物に、最後の敬意を表《ひょう》しにきた人間のすることではない。

だがそれはいい。その日大事だったことはただひとつであり、それはナンシーの夫とも天候とも無関係だった。すべてはルーファスだった。一同が集まってから二十分遅れて、もうそろそろ彼抜きで式をはじめようと私たちが思いはじめていたところでブヨだらけの木立に堂々登場したルーファスだった。彼がなかなか来ないので、きっと怖《お》じ気づいたのだろう、ハリーが壺《つぼ》一個の灰と化してしまったのを見ると思うと耐えられなくなったのだろう、というのが大方の意見だったが、まあしばらく待ってみようということで、膨れ上がった息苦しい空気のなか、顔を拭《ふ》きふき腕時計をチラチラ見ながら、我々は自分たちの読みが外れることを願っていたのだった。とうとう現われたとき、それが彼だとわかるにはしばらく時間がかかった。やって来たのはルーファス・スプレーグではなかった。それはティーナ・ホットだった。あまりに完全な、唖然《あぜん》とするほかない変身に、私の背後で誰かが文字どおりハッと息を呑《の》むのが聞こえた。

彼は私がいままでに見たなかで最高に美しい女性の一人だった。ぴっちりした黒いドレス、八センチの黒いヒール、華奢《きゃしゃ》な黒いベールを垂らした丸い縁なし帽。堂々たる未亡人の正装に身を包んだ彼は、絶対的な女らしさの権化《ごんげ》に変身していた。その姿は、現実の女性の領域にあるいかなるものも超えた、女性的なるものの理念そのものだった。とび色のかつらは本物の髪のように見えたし、胸も本物の胸に見えたし、メーキャップも巧みに、精緻《せいち》になされていた。ティーナの脚はすこぶる長く美しく、それが男の脚だとは信じられなかった。

だが、彼女がつくり上げていたのは、単なる表面的な華やかさだけではなく、服やかつらやメーキャップにとどまるものではなかった。女性性の、内なる光がそこにはあった。ティーナの威厳ある、痛ましい物腰は、悲しみに暮れる未亡人の完璧な表現であり、非凡な才能の女優によるパフォーマンスだった。式を通して彼女は一言も喋《しゃべ》らず、完全な沈黙を保ったまま参列者の輪のなかに立っていた。人々はハリーをめぐって短いスピーチを行ない、それからトムが箱を開け、灰を地面に撒いていった。これでもう用事は済んだと思え、もう帰ろうか、というところで、十二歳くらいのまるまるとした黒人の男の子が小さな林の縁から現われて、私たちに近づいてきた。つき出した両腕に子供はポータブルCDプレーヤーを抱えていて、まるでビロードのクッションに王冠を載せて運んでいるみたいに見えた。あとでルーファスの従弟《いとこ》と判明したその子は、プレーヤーをティーナの足下に置いて、ボタンを押した。突然、ティーナが口を開いた。オーケストラの音楽がスピーカーから流れ出て、聞こえてきた歌の言葉に合わせて彼女は唇を動かしはじめた。少しして、それがリナ・ホーンの声であり、ミュージカル『ショー・ボート』の挿入曲「キャント・ヘルプ・ラヴィン・ダット・マン（あの男を愛さずにいられない）」であることを私は認識した。これがまさに、ティーナ・ホットの土曜夜のキャバレーでのパフォーマンスだったのだ――シンガーではなく、伝説的な女性歌手の歌うミュージカル曲やジャズ・スタンダードの歌詞を口パクする偽シンガー。それは堂々たる、かつ馬鹿げた、笑える、かつ胸のはり裂ける、感動的かつコミカルなパフォーマンスだった。それはそうしたものすべてであり、そうしたものでないものすべてだった。私たちの目の前で、歌詞を喉《のど》の奥から絞り出すふりを続けながら、ティーナは両腕でたっぷりジェスチャーをつけた。その顔は優しさと愛情に満ち、目は涙に濡《ぬ》れていた。私たちはそこに釘付《くぎづ》けになって立ちつくし、彼女と一緒に泣くべきか、それとも笑うべきかわからずにいた。私自身にとっても、人生でこれほど奇妙な、これほど日常を超越した瞬間もめったになかった。

魚は泳ぐっきゃない
鳥は飛ぶっきゃない
あたしは一人の男を
死ぬまで愛するっきゃない……

その晩ルーファスは飛行機に乗ってジャマイカへ帰った。私の知るかぎり、その後二度と戻ってきていない。

さらなる展開

トムは混乱していた。ごく短期間にきわめて多くのことが起きたいま、眼前に突如広がった豊かな可能性にどう対処したらいいのか、不意討ちを食って途方に暮れていた。自分はハリーの商売を受け継いで、生涯パークスロープの店で稀覯本《きこうぼん》、古本を商って過ごしたいのか？　それとも、ハリーが死んだ夜に提案したように、あっさり丸ごと売ってしまって金をルーファスと折半するか？　ルーファスが金を欲しがっていないこと自体はどうでもよかった。この建物は価値のある物件であり、ルーファスが自分の分を受けとろうとしないなら、彼の祖母に受けとってもらうよう手を打つまでだ。売れば大量の現金が入る。一人数十万ドルにはなるだろう。トムも自分の分で、一から自分自身を作り直し、どこへでも行きたい方向に飛び出すことができる。だがどこへ行きたいのか？　これが根本的な問いであり、当面、唯一この問いにだけは答えがなかった。ホテル・イグジステンスの理想を追求する気はまだあるのか？ それともミシガン後の当初のプランに戻って、高校の英語教師の口を探すか？ だとしたら、どこで？ ニューヨークにとどまりたいか、荷物をまとめて田舎へ行く気はあるか？ その後の日々、私たちはこうした問題を何十回となく話しあったが、結局トムは、狭いアパートを引き払ってひとまず店の上階のハリーの住まいに移った以外、相変わらず煮えきらず、くよくよ考え込んで、ふさぎこむばかりだった。幸い、すぐ決めなければいけない事情はない。ハリーの遺書はこれから長く面倒な検認作業に入るところであり、建物の証書が受取人の手に渡るまでにはまだ何か月もかかるだろう。ハリーのほかの資産（わずかな銀行預金、若干の株券や債券）も同様に凍結されている。黄金の山の上に座っているトムだが、フリン・バーンスタイン・バリエロ法律事務所の弁護士たちが事務処理を終えるまでは、実のところいままで以上に貧窮していた。毎週の給料はなくなったわけだし、ブライトマンズ・アティックをフル稼働《かどう》させないかぎり、収入はほぼゼロなのだ。私は金を貸すと申し出たが、トムは聞かなかった。あるいはまた、夏のあいだ店を閉めてルーシーと私と三人で長い休暇に出るのはどうか、という提案にもあまり乗ってこなかった。ハリーのためにもアティックを生かしつづけるべきだと思うんです、とトムは言った。それは倫理的な負債であって、彼としては最後までやり通す義務を感じていたのだ。いいとも、でもどうやって一人で店をやりくりする？と私は言った。ルーファスがジャマイカに帰ったってことは、店員がいなくなったってことだろう。で、君に新しい店員を雇う余裕はないだろう？どこから給料を出す？

トムとは長いつき合いだが、このとき初めて彼は激怒した。「うるさいな、ネイサン」とトムは言った。「そんなことどうだっていいじゃないか！　何とかしますよ。他人《ひと》の話にくちばしつっ込まないでください！」

だがトムの話は私にとって他人の話ではない。トムが厄介な立場に陥ったのを見るのは私だって辛《つら》かった。そこで私は、大義に尽くすべく、ボランティアに志願した。一月一ドルという名目上の給料で、店員として働く。私がルーファスの役を引き継ぐよ、と私は言った。必要がなくなるまで、隠居の身は中断してブライトマンズ・アティック一階店員の重責を担《にな》うことにする。もしその方がよければ、何なら君をボスと呼んだって構わない。

こうして、私たちの生活の新時代がはじまった。ルーシーはリンカン・プレイスにあるバークリー・キャロル校のサマーアート・キャンプに入れた。毎朝七ブロック半、アパートメントからキャンプまで送っていったあと、アベニューをのんびり歩いて戻り、店のカウンターの奥の定位置に就いた。日課が変わったせいで『愚行の書』の進行は滞ったが、できる範囲で精一杯続け、夜ルーシーが寝ついてからコツコツ書き、店が暇なときにもこっちで十五分、そっちで二十分と時間を盗んで書いた。大変残念なことに、トムとの毎日の昼食は休止を余儀なくされた。もはやゆっくり座って食事を楽しんでいる時間はなかった。持ち帰りの昼食を買ってくる身に私たちは堕し、アティックの狭苦しい店内でサンドイッチを頬張りアイスコーヒーを流し込み、ものの数分で食事を終えた。四時になると、私がルーシーを迎えにキャンプへ行けるようトムがカウンター業務を引き継いだ。私はルーシーを店に連れて帰り、六時に閉店するまでルーシーは一人で大人しく、一階の棚に並ぶ四二〇〇冊の本のどれかを読んでいた。

ルーシーは依然、私にとって謎《なぞ》だった。多くの点で模範的な子供であり、私としてもおたがいよく知りあえば知りあうほど彼女のことが好きになったし、そばに彼女がいるのがますます楽しくなった。母親の問題をしばし措《お》くなら、われらが女の子について肯定的なことは無数に言えた。大都市の生活はまったく未経験なのに、新しい環境にもすぐに慣れ、あっという間にブルックリン暮らしに馴染んでいった。キャロライナキャロライナがどこにあるにせよ、そこではみんな英語しか話さなかっただろう。

それがいま、二人で七番街を歩き、ドライクリーニング店、食料品店、パン屋、美容院、新聞スタンド、コーヒーショップの前を通ると、彼女はさまざまな言語の洪水にさらされた。スペイン語に韓国語、ロシア語に中国語、アラビア語にギリシャ語、日本語、ドイツ語、フランス語。だがそれで怖じ気づいたり戸惑ったりもせず、人間が出す音のかような多様性に彼女は歓喜した。「あたしもあんなふうに喋りたい」とルーシーはある朝、どこかの店の開いたドアの前を二人で通りかかってずんぐりした小柄の女が年とった男に向かって金切り声を上げるのを見て言った。「ねえ《ミラ》！　ミラ！　ミラ！」とルーシーは、女の声を気味悪いほど正確に真似て言った。「あんた《オンブレ》！　猫《ガト》！　汚《スシオ》い！」。一分後、今度は一人の男が道の向こうの誰かにアラビア語で呼びかけるのを同じように真似る。私にはたとえ命がかかっていたって発音できそうにない言葉を言ってのけるのだ。耳のいい子であり、しっかり見る目を持ち、考える頭を、感じる心を持つ子だった。キャンプでも難なく友だちが出来て、週の終わりにはもう、三人の女の子からいわゆるプレイデートに呼ばれていた。私のお休みのキスやハグにも尻込《しりご》みせず、食べ物の好き嫌いを言ったりもしない。何に関しても、めったにわがままを言わない。言葉の遣い方はよく滅茶苦茶になるし（これについては直さないことに決めた）、テレビ漫画の前に釘付けにもなるが（こっちはしっかり介入して一日一時間と定めた）、この子の身を引き受けたことを私は一度も後悔しなかった。

それでもなお、母親のことを何も話そうとしないのは、やはり心穏やかでない事実だった。オーロラは、私とルーシーのささやかな家庭を支配する見えざる存在だった。私がいくら質問しても、何回ちょっとした誘導尋問で情報を引き出そうとしても、依然何の成果もなかった。この幼さでこれほど意志が強いというのは立派と言うべきなのだろうが、同時に腹立たしい話でもある。膠着《こうちゃく》状態が長引けば長引くほど、私の苛《いら》立《だ》ちは募っていった。

「ねえルーシー、お母さんがいなくて寂しいだろう？」と私はある夜彼女に訊いた。

「すごく寂しい」とルーシーは言った。「ものすごく寂しくて胸が痛い」

「また会いたいだろう？」

「たまらなく会いたい。毎晩神さまにお祈りするの、お母さんが戻ってきますようにって」

「戻ってくるさ。どこに行けば見つかるか、教えてくれさえすればいいんだよ」

「言っちゃいけないことになってるの。もう何度も言ってるのに、ナット伯父さん、あたしの言うこと聞いてくれてないみたいね」

「聞いてるさ。君にこれ以上悲しい思いをしてほしくないだけだよ」

「話せないの。約束したんだから、約束破ったら地獄で燃えるの。地獄は永遠だし、あたしはまだ小さな子。永遠に燃えるのはまだ嫌なの」

「地獄なんてないんだよ、ルーシー。君は一分だって燃えたりしないよ。みんなが君のお母さんを愛してるんだ、みんな何とかお母さんを助けたいと思ってるんだよ」

「違うよ。そうじゃないよ。お願い、ナット伯父さん。ママのことはもう訊かないで。ママは大丈夫。いつかあたしのところに戻ってくる。あたしにはわかってるし、伯父さんに言えるのもそれだけ。伯父さんがやめてくれないと、あたしまた、来たときみたいになっちゃうよ。お口ぎゅっと締めて、一言も言わなくなっちゃうよ。そしたらあたしたちどうなる？　二人で喋ってるとすごく楽しいのに。伯父さんにママのこと訊かれさえしなければ、あたし最高に楽しい。伯父さんと喋るのが。ナット伯父さんってすごく面白いよ。あたしたち、いいこと駄目にしたくないでしょ？」

一見したかぎりでは、これほど楽しそうで、これほど満ち足りた子供はいないように見える。だが、秘密を守るために彼女が日々味わっているにちがいない責め苦を思うと、私の心は安らかでなかった。九歳半の女の子に、そんな重い責任を負わせて毎日を送らせるのはあまりに酷だ。何らかのダメージが刻々彼女に加えられているのに、それを止めるすべが私には思いつかなかった。精神科医に診せたらどうかとトムにも相談したが、時間と金の無駄だというのがトムの意見だった。私たちにも話さないのに、赤の他人に話すわけはないと言うのだ。「気長に行くしかありませんよ」とトムは言った。「遅かれ早かれ、さすがに耐えきれなくなって、そうしたら何もかもいっぺんに出てきますよ。でも本人がその気になるまでは一言も言いやしません」。私はトムの忠告を受け入れ、医者に診せるという案はひとまず棚上げにしたが、べつに彼の意見を高く評価したわけではない。この子は絶対その気になんかなりっこない。とにかくタフで、強情で、とことん難攻不落の子供なのだ。この子なら永遠に持ちこたえる、そう私は確信した。

私がトムの店で働きはじめたのは十四日、ハリーの灰がプロスペクト公園に撒かれてルーファスがジャマイカのお祖母《ばあ》ちゃんの許《もと》に帰った三日後のことだった。その翌日、私の娘がイギリスから帰ってきた。わが娘を産んだ、いまや口にしたくもない人物との惨憺《さんたん》たる会話以来、十五日のことはずっと考えていたのだが、チャウダー・インをあわただしく出たあとの混乱にすっかり気をとられて、日付を追うことを私は怠っていた。十五日が来たのに、すっかり忘れてしまい、まるで気づかなかった。六時に店を閉めると、トムとルーシーと一緒にセカンドストリート・カフェで早めの夕食をとり、ルーシーと私は私のアパートメントに戻っていった。晩は〈モノポリー〉か

〈クルー〉で一勝負するつもりだった。留守番電話でレイチェルのメッセージを聞いたのはそのときだった。彼女が乗った飛行機は一時に着陸し、彼女は三時に家に帰りつき、私の手紙を五時に読んだ。手紙という言葉を発するその口調を聞いて、すべて許されたことを私は理解した。「ありがとう、父さん《ダッド》」とレイチェルは言っていた。「この手紙がどれほどあたしにとって大事か、わかってもらえたら。最近は辛いことばかり起きていて、まさにこういう言葉をあたしは求めていたんです。父さんを頼りにできるんだったら、何があっても耐えていけると思う」

翌日の夜、ルーシーの世話はトムに任せて、私はレイチェルとマンハッタン中央部の、かつて勤めていたミッドアトランティック損害生命保険のビルからも遠くないあたりで食事をした。私たちの周りで、世界はいかに目まぐるしく変わることか。ひとつの問題が済んだと思ったらまたすぐに別の問題が現われ、勝利に酔いしれている暇などありはしない。一か月近く、私はずっと、わが怒れる、気持ちの離れてしまった娘に送った手紙のことをよくよく考え、自分の卑屈な謝罪の言葉が、何年にもわたる憤《いきどお》りを貫き通して、もう一度娘とやり直すチャンスを与えてくれればと願っていた。何らかの奇跡によって、手紙は私が望んでいたことすべてを叶《かな》えてくれたのだ。私たちはふたたび堅固な地面に戻ったのであり、過去の恨みつらみもすべて水に流したいま、その夜のディナーは悦《よろこ》ばしき再会の場、ジョークと笑いと気まぐれな回想の時となるはずだったのだ。ところが、レイチェルの父親としての地歩をふたたび固めたと思ったら、当のレイチェルは大人になって以来最悪の苦境にあって、助けてほしいと私に訴えてきたのである。わが娘は「辛いこと」のただなかにいる。危機に瀕《ひん》している。そんなとき、父親以外誰に頼れよう――たとえそれまでは無能で阿呆であった父親だとしても？

私はラ・グルヌイユにテーブルを予約した。かつて（名前削除）と私とでレイチェル十八歳の誕生日を祝って彼女を連れていった、おそろしく値の張る、一分のすきもなく装飾された昔のニューヨーク・スタイルのフランス料理店である。私が送った、コズミック・ダイナーにおいてかくも大きな悲嘆をもたらした品とそっくりのネックレスを着けてレイチェルは現われた。それが彼女に似合っていて、目と髪の黒さとのコントラストでいかにも映えているのを目にするのは嬉《うれ》しかったが、と同時に、もうひとつのネックレスのことも考えずにいられなかった。自分がマリーナ・ゴンサレスにもたらした悲惨をあらためて痛感し、自責の念に何度も胸を刺された。二十代後半から三十代前半の、こんなにも多くの若い女たち、と私は胸のうちで言った。こんなにも多くの若い女の人生が、私の周りで渦巻いている。マリーナ。ハニー・チャウダー。ナンシー・マズッケリ。オーロラ。レイチェル。このグループのなかで、私の娘は見たところ一番バランスがとれていて、社会的にも成功し、誰より堅実で、誰より厄介事を抱え込みそうにないと思えたのに、いまその彼女が、目に涙を浮かべてテーブルの向こう側に座り、結婚生活が破綻《はたん》しかけていると私に打ちあけていたのだ。

「わからないな」と私は言った。「このあいだ会ったときは万事うまく行ってたじゃないか。テレンスは元気一杯、君も元気一杯だった。結婚二周年の記念日が過ぎたばかりで、この二年間は人生で最高に幸せだったって言ってたじゃないか。いつだった？　三月末か？　四月初旬？　結婚ってのはそんなにあっさり破綻したりしないよ。おたがい愛しあっていれば」

「私はいまも愛してる」とレイチェルは言った。「心配なのはテレンスの方なの」

「世界の反対側から追いかけてきて君を口説き落とした奴がか？　覚えてるかい？　言い寄ってきたのはあっちだろ？　はじめ君は、あんな人、好きかどうかもわからないって言ってたんだぜ」

「そんなのずっと前の話よ。いまはいまよ」

「このあいだ、いまの話をしたときは、子供を作ろうかと思ってるって言ってたよ。テレンスが父親になりたがってるって。抽象的な意味じゃなくて、君の子供の父親になりたがってるって。それこそ、一緒に暮らしてる女を愛している男の科白だよ」

「わかってる。あたしもそう思ってたのよ。でもそれから、あたしたちイギリスに行ったのよ」

「アメリカ、イギリス。何が違うんだ？　どこにいたって君たちは君たちじゃないか」

「かもしれない。でもジョージーナはアメリカにはいない。イギリスにいるのよ」

「なんだ、そういうことか。どうしてはじめからそう言わないんだ？」

「辛いのよ。名前を言うだけで胃がひっくり返るのよ」

「こんなこと言って慰めになるかどうかわからんが、馬鹿げた名前だと思うね。ジョージーナ。金髪の巻毛で、でっぷり赤いあごの、クスクス笑ってるヴィクトリア朝の小娘が思い浮かぶ」

「脂《あぶら》ぎった髪で、肌の荒れた、鼠《ねずみ》みたいなブルネットよ」

「大した競争相手には聞こえないがね」

「大学の同級生なのよ。テレンスの初めての本物の恋人だったの。でも女の方が誰かほかの人に恋して、テレンスとは別れた。それでテレンスはアメリカに来たの。ものすごく落ち込んでたんですって。自殺も考えたって私に言ったわ」

「で、いまその誰かほかの人ってのがいなくなったわけだ」

「よくわからないわ。わかってるのは、私たちがロンドンにいたときに三人で一緒にディナーを食べたら、テレンスが彼女から目を離せなかったってことだけ。まるであたしなんかそこにいないも同然だった。そのあとはもう、彼女の話ばっかり。ジョージーナはほんとに頭がいい。ジョージーナはほんとに面白い。ジョージーナはほんとにいい人だ。二日後に、テレンスは彼女と二人だけで昼食を食べた。それから、テレンスの両親の家にしばらく泊まりにあたしたちコーンウォールに行ったんだけど、三日か四日したら、テレンスは一人でロンドンに戻っていった。いま書いてる本のことで出版社の人と会いに。とにかく本人はそう言ってた。ほんとはあの馬鹿女の、ジョージーナ・ワトソン、生涯ただ一人の恋人に会いに行ったんだと思う。ひどい話よ。あたしは田舎に一人、右翼でユダヤ人嫌いの両親と一緒に置き去りにされて、楽しくて仕方ないって顔をするしかなかった。テレンスはあの女と寝たのよ。あたしにはわかる。あの女と寝て、あたしのことをもう愛してないのよ」

「テレンスに訊いたのかい？」

「もちろん訊いたわよ。両親の家に帰ってきたとたんに。すごい喧嘩《けんか》になったわ。あの人と出会って以来最悪の喧嘩だった」

「で、何て言ったんだ？」

「否定したのよ。君は嫉妬《しっと》していて話を勝手に作り上げてるって」

「いい徴候じゃないか」

「いい？　いいってどういうこと？　あの人あたしに嘘《うそ》ついたのよ、もうあたし二度とあの人のこと信用できないのよ」

「最悪の事態を仮定してみよう。テレンスがその女と寝て、それから戻ってきて、君に嘘をついたと仮定してみよう。それでもやっぱりいい徴候さ」

「どうしてそんなこと言えるの？」

「テレンスが君を失いたくないってことだからさ。夫婦生活を終わらせたくないと思ってるってことだからさ」

「それってどういう夫婦よ？　相手を信用できなかったら、全然夫婦なんかじゃないわ」

「いいかい、私はとうてい君に忠告なんかできる柄じゃない。結婚に関しては、他人にああしろこうしろって言う資格が世界一ない人間だ。君は人生最初の十八年を私と同じ家で暮らしたから、私と君の母さんがどれだけへまをやったか、いまさら言う必要はないよね。時には私が彼女にほとほとうんざりして、本気で死ねばいいと思ったこともあった。自動車事故、列車事故、巨大な階段から落ちる、なんてことまで想像したよ。ひどい告白だとはわかってるし、それを自慢に思ってるなんて思わないでほしい。でも、ひどい結婚生活っていうのがどういうものか、ぜひとも君にわかってもらわないといけない。君の母さんと私はひどい結婚生活を送った。しばらくは愛しあっていたけど、そのあと何もかもがひどくなった。それでもおたがい長いこと耐えて、ひどい夫婦ではあれとにもかくにも君が生まれた。君は悲惨な物語のハッピーエンドなんだよ。そして私は、君が君という人間であるがゆえ、万事何の後悔もしていない。わかるかい、レイチェル？　テレンスについて意見を持てるほど、私は彼のことを知っちゃいない。でも君たちがひどい結婚生活を送っていないことはわかるよ。人は過《あやま》ちを犯す。馬鹿な真似もする。でももうジョージーナは海の向こうにいるんだし、君の相棒が度しがたい女たらしでもないかぎり、この話はもはや一件落着じゃないかと思うね。もうちょっと我慢して、様子を見てごらん。早まったことをしちゃいけない。自分は何もしてないとテレンスは言ったわけだろう。ほんとにそうじゃないって誰に言える？　昔の恋ってのはなかなか体から抜けないものさ。テレンスも一瞬のぼせ上がったかもしれないけど、もう君と一緒にアメリカに帰ってきたんだし、君が本当に言葉どおり彼を愛してるなら、きっとすべて丸く収まると思うね。テレンスが君の父親みたいな最低の夫になり下がりでもしないかぎり、望みはある。すごくいろんな望みが。二人で生きる幸福な未来の望み。赤ん坊の望み。猫や犬の望み。木々や花々の望み。アメリカの望み。イギリスの望み。世界の望み」

何を言っているのか、自分でもさっぱりわからなかった。言葉が私のなかから狂おしくほとばしり出てきたのだ。ナンセンスと、煮えすぎの感情のとめどない洪水。馬鹿馬鹿しい演説の終わりにたどり着くと、レイチェルが笑みを浮かべているのが見えた。レストランに入ってきて以来初めて見せた笑顔である。たぶん私としても、ここまでやれれば上出来なのだろう。私が彼女の味方であって、彼女という人間を信じていて、おそらく状況は彼女が思うほど暗くはないと納得させること。少なくともその笑顔は、彼女が落着きを取り戻してきたしるしである。べらべら喋りつづけながら、私は徐々に、眼前の話題から彼女の気をそらしていった。私にはわかっていた。最良の薬はテレンスのことをしばらく忘れさせること、何週間も前から取り憑《つ》かれてきた問題について考えるのをやめさせることなのだ。このあいだ会って以来私の身に起きた出来事を、一章一章私はレイチェルに物語った。基本的にそれは、この本でここまで綴《つづ》ってきたことすべての短縮版だった。いや、すべてではない。マリーナともうひとつのネックレスの話は削除したし（あまりに悲しすぎるし、屈辱的すぎる）、口にしえぬ者との電話での醜い会話にもいっさい触れず、『緋文字《ひもんじ》』捏造《ねつぞう》の一件に関しても痛々しい細部は省いた。けれどもその他の要素はほぼ全部語った。『愚行の書』、従兄《いとこ》のトム、ハリー・ブライトマン、幼いルーシー、ヴァーモント行き、トムとハニー・チャウダーとのつかのまの情事、ハリーの遺書の内容、「キャント・ヘルプ・ラヴィン・ダット・マン」の歌詞を口パクするティーナ・ホット。レイチェルはじっくり耳を傾け、食べ物を呑み込みワインを飲みながら、かくも多くの驚くべき情報を精一杯吸収しようと努めていた。私の方は、話せば話すほど楽しくなっていった。いまやコールリッジの老水夫もかくやという語り手に私はなりきっていった。必要とあらば、夜が明けるまで物語を紡《つむ》ぎ出すことだってできただろう。話を聞いたレイチェルは、とりわけルーシーに会いたがったので、次の日曜にレイチェルが私のアパートメントに来るよう私たちは手はずを整えた（夫を連れてくるかこないかは彼女次第）。トムに会うのも楽しみだわ、とレイチェルは言い、それから重大問題を口にした。

「ハニーはどうなの？　何か起きると思う？」

「無理じゃないかな」と私は言った。「トムは自分の電話番号をハニーの父親に預けて、彼女に渡してくれと言ったんだが、いまのところ電話はかかってきていない。そして私の知るかぎりトムも電話していない。私が博奕《ばくち》打ちだったら、ハニーはもう登場しない方に賭《か》けるね。残念だがこの一件は終わったと思う」

例によって、私は間違っていた。レイチェルとディナーを共にしてから二週間後、その月最後の金曜日に、白いサマードレスを着てパタパタつばの揺れる大きな麦わら帽をかぶったハニー・チャウダーが大股《おおまた》で本屋に入ってきたのである。午後五時のことだった。トムは店先のカウンターに入って、『フェデラリスト・ペーパーズ』の古いペーパーバックを読んでいた。私はすでにルーシーをキャンプから連れて帰ってきて、二人で一緒に店の奥で、歴史書の棚の本を並べ替えていた。それまで二時間、一人の客も入ってきていなくて、聞こえるのは扇風機のブーンというこもったうなりだけだった。

ハニーが入ってくるのを見て、ルーシーの顔がパッと明るくなった。そしてさっそくハニーのところへ駆けていこうとしたが、私はその腕に手を当てて、「まだだよ、ルーシー。まずは二人に話させてあげよう」と囁いた。ハニーの目はトムに釘付けになっていて、私たちがいることにも彼女は気づいていなかった。二人の密偵のごとく、われらが女の子と筆者は本棚の陰に隠れ、以下のやりとりを目撃したのである。

「こんにちは、トム」とハニーは、カウンターの上にハンドバッグをどさっと置きながら言った。それから帽子を脱いで、長い、たっぷりした髪を振り下ろした。「どう、トムは本から顔を上げ、「ハニー！　こんなところで何してるんだい？　元気？」と言った。

「それは後回しよ。まずはあんたが元気か知りたいのよ」

「悪くないよ。忙しいし、ちょっとストレスもあるけど、悪くない。君と最後に会ってからいろんなことがあったんだ。僕のボスが死んで、どうやら僕がこの店を相続したみたいなんだ。まだどうしたらいいか決められずにいる」

「商売の話してるんじゃないわ。あんたの話よ。あんたの心《ハート》の動きのことよ」

「僕の心臓《ハート》？　まだ脈打ってるよ。一分間七十二回」

「じゃあまだ一人ってことね？　誰かに恋してたら、もっとずっと速く打ってるはずだもの」

「恋？　何の話だい？」

「この一か月で、誰にもめぐり遭ってないのよね？」

「遭ってないよ。もちろん遭ってない。忙しくてそれどころじゃなかったよ」

「ヴァーモントのことは覚えてる？」

「どうして忘れられる？」

「そして最後の夜のこと。それは覚えてる？」

「うん。あの夜のことは覚えてる」

「それで？」

「それで何？」

「あたしを見て何が見える、トム？」

「わからないよ、ハニー。僕には君が見える。ハニー・チャウダー。ありえない名前の女性。ありえない名前のありえない女性」

「あたしがあんたを見て何が見えるかわかる、トム？」

「わかりたいかどうかもよくわからないね」

「すごい人間が見えるのよ、あたしには。いままで出会った最高に立派な人が見えるのよ」

「え？」

「そうよ、『え？』って話よ。で、あんたを見てそういうものが見えるから、あたしは何もかも捨てて、あんたの人生に仲間入りしにブルックリンまで来たのよ」

「何もかも捨てて？」

「そうよ。二日前に年度が終わって、辞めるって言ってきたの。あたしもう、鳥のように自由なの」

「だけどハニー、僕は君に恋してないんだよ。君のこと、ほとんど知りもしないし」

「これからなるわよ」

「なるって、何に？」

「まず、あたしのことを知るようになるのよ。それからあんたは、あたしのことを愛するようになるのよ」

「そんな簡単な話かい」

「そうよ。そんな簡単な話よ」。ハニーはちょっと間《ま》を置いて、にっこり笑った。「ところで、ルーシーは元気？」

「ルーシーは元気だよ。ネイサンと一緒に、ファースト・ストリートで暮らしてる」

「気の毒なネイサン。そんなのあの人には無理よ。あの子には母親が要るのよ。これからはあの子、あたしたちと暮らすのよ」

「君、ずいぶん自信があるんだね」

「そりゃそうよ、トム。自信がなかったらここにいないわよ。表に駐めた車に鞄《かばん》をどっさり積んじゃいないわよ。あんたがあたしの人生でただ一人の男だってこともわからないわよ」

その時点で、もうおたがい十分話したと踏んで、私はルーシーを隠れ場所から出してやった。ルーシーはまっすぐ、部屋の向こう側のハニーのところへ飛んでいった。「あらそこにいたのね、あたしのマンチキンちゃん」と元教師は言い、われらが女の子を両腕で包んで抱き上げた。ようやく下ろしてから、「あんた、いまの話聞いてたの？」と訊《たず》ねた。

ルーシーは頷《うなず》いた。

「で、どう思う？」

「いい考えだと思う」とルーシーは言った。「ハニーとトム伯父さんと暮らしたら、あたしもう外食しなくてよくなるから。ハニーが美味《おい》しい料理一杯作ってくれるよね。ナット伯父さんもいつでも一緒に食べにこれるし。ハニーとトム伯父さんがお出かけするときはナット伯父さんがあたしの世話してくれるし」

ハニーはニヤッと笑った。「で、あんたはいい子になるのね？　世界一のいい子に」

「ううん、ならない」とルーシーは、これ以上はないというくらいの無表情を装《よそお》って言った。「あたし、悪い子になる。神さまがお作りになった最高に悪い、最高に意地悪の、最高に口汚い子になる」

Hawthorn Street か Hawthorne Street か

何か月かが過ぎた。十月なかばには弁護士たちもハリーの遺産の事務処理を終え、トムとルーファスはブライトマンズ・アティックとその建物の合法的所有者になった。トムとハニーはもうその時点では結婚していて、ルーシーは――母親の居場所については相変わらず沈黙を守ったまま――地元のPS321の五年生になった。レイチェルはまだテレンスと暮らしていた。ウッド＝チャウダーの結婚式から一週間後、レイチェルは私に電話してきて、妊娠二か月だと告げた。

私は本屋の仕事を続けていたが、六月末にハニーが劇的に登場してからは彼女と交代で勤務するようになって、店には半分だけいればよかった。休みの日には『愚行の書』の逸話を書きつづり、ルーシーが言ったとおり、トムとハニーが夜出かけるときはいつもベビーシッター役を務めた。最初の数か月、これはかなりの頻度で生じた。

ずっと田舎暮らしで文化に飢えていたハニーは、ニューヨークへ来たからには都市の利点を目一杯活《い》かそうという気でいた。芝居、映画、コンサート、ダンス、詩の朗読、月光の下のスタテン島フェリー。だらしない、もっそりしたトムが、新しい妻の精力的な影響の下で活気づくのを見るのは嬉しかった。ハニーがやって来て何日も経《た》たぬうち、トムは遺産をどうするかをめぐってうだうだ言うのをやめて、建物を売りに出すことに決めた。売上げを折半した金で、近所に二寝室か三寝室のアパートメントが楽に買えるだろうし、二人がきちんとした職――おそらくは次の学年からの私立学校教師の口だろう――を見つけるまで乗りきる金も十分残る。こうして何か月かが過ぎ、十月なかばにはトムは十キロ近く痩《や》せて、かつての若きドクター・サムの面影をなかば取り戻していた。家庭料理は明らかにトムに合っているようだったし、彼の予想に反しハニーは彼をすり減らしたり押しつぶしたり気力を挫《くじ》いたりはしなかった。一日一日、ゆっくりと、ハニーは彼を、本来そうなるべきだった人間に変えていった。

愛に関してかくも多くの肯定的展開が見られたいま、われらがブルックリンのささやかな一画にはあまねく幸福が広がったものと読者は思われるかもしれない。ああ、しかし、すべての結婚が生きのびる運命にはない。そのことは周知の事実である。とはいえ、誰が想像できただろう、この数か月間この界隈《かいわい》でもっとも不幸な人物は、トムのかつての憧《あこが》れの人、美しき完璧《かんぺき》な母親であったとは？　たしかにプロスペクト公園の林で会ったとき、彼女の夫に私は感心しなかったが、まさか妻の愛情を当然視するほど馬鹿だとは思わなかった。この世にナンシー・マズッケリほどの女性はそうざらにいない。そういう女性の心を勝ちとる幸運に恵まれたなら、以後その男の仕事は、彼女の心を失わぬよう全力を尽くすことである。だが男たちは（この本の各章でこれまで再三示してきたように）馬鹿な生き物であり、美青年ジェームズ・ジョイスは大半の男以上に馬鹿だったのである。ナンシーの母親と私はその夏に友人になっていて（これについてはあとで述べる）、一家の夕食にも頻繁に招かれるようになっていた。ジミーの過去の罪について聞き、彼とナンシーとの結婚が破綻するのを私が目にしたのも、キャロル・ストリートに建つ彼らの家でのことだった。BPMなる存在が登場する前から、違反ははじまっていた。優に六年前、ナンシーが初めての子デヴォンを身ごもっていたときからである。トライベカの女性バーテンダーとの不倫を知ったナンシーは、一時期夫を家から叩《たた》き出したが、いったん子供が生まれると、もう二度としないという涙ながらの約束に抗《あらが》う力はなかった。だがこういう事柄に関し、言葉はさしたる意味を持たない。いったいその後いくつひそかな密通が生じたことか？　ジョイス自身の勘定では、一夜かぎりの情交や職場の裏階段でのあわただしいファックも入れると七、八件はあった。寛大で赦《ゆる》しの心をつねに失わぬナンシーは、噂《うわさ》が聞こえてきてもほとんど相手にしなかった。が、やがてジムは同僚フォーリー・ウォーカーのマーサ・アイヴズに夢中になり、それでおしまいだった。俺は恋してるんだと彼は告白し、二〇〇〇年八月十一日、ハリーの葬式で私が初めて会った二か月後に、荷物をまとめ、出ていった。

十二日後、私はガンの専門医から、あなたの肺は依然として綺麗《きれい》ですと言われた。そのわずか四日後、レイチェルはトムとハニーと共謀し、みんなでシェイ・スタジアムへ野球を見に行くものと私に思わせておいて、私の六十歳の誕生日のサプライズ・パーティを計画した。私があくまで野球に行くつもりでトムを迎えに行くと、部屋に入ったとたん一ダースばかりの人が私をハグやキスで迎え背中をばんと叩き、素っ頓狂《とんきょう》な叫びと歌声が上がった。こうした好意の急襲にすっかり不意を衝《つ》かれ、体のシステムがショックを受けたあまり、私はあやうく吐いてしまうところだった。お祭り騒ぎは夜遅くまで続き、ある時点で私はみんなに促されて立ち上がりスピーチを行なった。シャンパンがずいぶん前から頭に回っていたので、しばらくのあいだ、訳のわからない戯言《ざれごと》や筋の通らないジョークを、何とか理解しようと努める、これまた半分酔っ払った聴衆相手に並べたのだと思う。無茶苦茶だったその演説でいま唯一《ゆいいつ》思い出せるのは、ケイシー・ステンゲルの言語的洞察力をめぐる短い余談だけである。私の記憶が正しければ、ステンゲルその人の言葉を引用して話を締めくくりさえしたように思う。「彼が『老教授』と呼ばれたのは故《ゆえ》ないことではありません」と私は言った。「われらがメッツの初代監督であったのみならず、人類全体の益にとってはより本質的なことに、彼は英語という言語に対する私たちの理解を変えた数々のセンテンスの作り手でもあったのです。腰を下ろす前に、彼の発したなかでもとりわけ貴重で、忘れがたい傑作を披露することをお許しいただきたい。この一言こそ、私がこの肉体に棲《す》んできた六十年間に出会ったいかなる言葉にも増して、私自身の人生経験を要約しているのです――『誰の人生にも唯一の瞬間が来る。私にはそれがたくさん来た』」。ヤンキース対メッツの「地下鉄シリーズ」がはじまって終わり、気候は涼しくなり、ゴアがブッシュに対抗して出馬した。私にとって結果はおよそ疑いえなかった。ネイダーの邪魔が入ってもなお、民主党が敗北するなんてありえないと思えたし、近所を回って話してみても、ほとんど誰もが同意見だった。ただ一人心配そうな顔をしているのは、アメリカの政治となると誰より悲観的な男トムだった。接戦になるものとトムは信じていて、もしブッシュが勝つようなことがあったら、「共感に支えられた保守主義」だの何だのといったたわごとは忘れた方が身のためだと言っていた。ブッシユは保守なんかじゃない。極右のイデオロギーに凝り固まった男であって、あの男が就任したとたん、政府は狂人たちに支配されるだろう。

投票日のちょうど一週間前、オーロラがようやく現われた——そしてその三十秒後にはもうふたたび消えていた。接触はトムへの電話という形でなされたが、その朝アパートメントには誰もおらず、したがって私たちに残ったのは、留守番電話に録音された、途中で切断されたメッセージだけだった。トムとハニーと一緒に、いったい何回そのメッセージを聞いたかわからないが、とにかく何度も何度もテープを巻き戻したものだから、すべてのセンテンスがすっかり頭に入ってしまった。聞き返すたび、オーロラの声はまたさらに少し絶望の色が深まったように、さらに少しピリピリし、さらに少し怯《おび》えているように聞こえた。はじめから終わりまで、静かな、ほとんど囁《ささや》きのような声だったが、言葉はこの上なく暗く、インパクトとしては悲鳴に等しかった。

トム。あたしです。ローリーです。公衆電話からかけていて、どれだけ時間があるかわかりません。たぶんもうあたしのことなんかうんざりだと思ってるでしょうけど、あたしもルーシーがいなくて寂しくて寂しくて、元気かどうかだけでも教えてもらおうと思ったんです。あたしだって辛かったのよ、トミー。考えに考えて、頼れるのはやっぱりあんただけだった。あの子はあれ以上ここにいられなかったの。もう何もかもがめちゃめちゃになってきています。ひどいことになっています。あたしも逃げ出そうとしてるんだけど、難しい。いつも一人じゃないから……。手紙を下さい、ね？　電話はないけど、住所はホーソーン・ストリート八十七番地、町の名前は……あっ。行かないと。ごめんね。行かないと。

受話器ががしゃんと置かれ、待ち望んだ電話は突然、中途半端《はんぱ》なまま終わった。私たちの最悪の不安がいまや事実の重みを帯び、にもかかわらず依然オーロラの居所はわかっていなかった。妹相手にトムは過去にも同じような状況を経験していたから、私に劣らず彼女の身を心配してはいても、その不安は疲労と、苛立ちと、長年の失望と後悔に弱められていた。「あんなに無責任な人間はいませんよ」とトムは言った。「ルーシーがやっと僕たちと一緒の暮らしに落着きかけてきたっていうのに、何か月も経ってから突然、ルーシーがいなくて寂しいって電話してくるなんて。それってどういう母親です？　手紙をくれって言っておいて、いまいる町の名前も言わない。あんまりですよ、ネイサン。ハニーと僕とで精一杯頑張って、とにかくこれ以上の混乱だけは避けたいのに。これ以上ドラマは要りません。もう沢山です」

「まあたしかにあんまりかもしれん」と私は言った。「でもローリーは何かトラブルに巻き込まれてるんだ。何とかして探さないと。ほかに道はないよ。裁きは後回しにしてくれ、な?」

その時点から私にとって、世界は丸ごと変わった。二〇〇〇年大統領選の惨事はすぐ数日後に控えていたわけだが、その後の五週間、トムとハニーが愕然《がくぜん》としてテレビの前に釘付《くぎづ》けになり、共和党がごろつき連中を引き入れてフロリダの開票結果に異を唱え、最高裁に手を回して法的クーデターを画策し、そうした悪がアメリカ国民に対して為《な》され、わが甥《おい》とその妻がデモ行進に加わり下院議員に手紙を書き無数の抗議文や請願書に署名していたさなかにも、私の頭にはただひとつのことしかなかった。ローリーを探し出して、ニューヨークへ連れ戻すこと。

ホーソーン・ストリート八十七番地。サンザシ(hawthorn)から採った名か、それとも人名(Hawthorne)にちなんだ名か。ひょっとしてナサニエル・ホーソーン、ずっと昔に死んだ、本人はつゆ知らずにわれらの悲運の友を死へと導いたあの作家にちなんだのか。苦々しい、ほとんど何の意味もない結びつきだが、それでもやはり不気味ではある。二つ別々の文脈で現われた同じ言葉が、ハリーとオーロラのあいだにひそかなつながりを築いたみたいではないか。一方は永遠にいなくなり、一方はあと少しで手の届かないところにいるが、どちらも見えない世界の住人である。このたったひとつの手がかりを除けば、あとはすべて当て推量でしかなかった。とはいえ、ルーシーに南部訛《なま》りがあって、彼女が母をキャロライナキャロライナなる非在の地に据えたのを頼りに、私はまず本物のキャロライナ——ノースキャロライナとサウスキャロライナ——からはじめることにした。オーロラと夫に電話がないのは残念だ。もし彼らが電話帳に載っているなら、両方の州の町と市の番号案内に片っ端から問い合わせて、Hawthorn(e) Street 八十七番地のデイヴィッド・マイナーの番号を訊ねて彼らを見つけ出すことも可能だろう。骨の折れる作業ではあるだろうが、いずれはきっと結果が出るにちがいない。だがその選択肢はないのだから、ここは逆の手順で行くしかない。ある日曜、私は列車に乗ってプリンストン・ジャンクションに出かけ、妊娠中のわが娘と、叱責《しっせき》されしおらしくなったその夫と一緒に、コンピュータ画面の前で十二時間を過ごした。魅力に乏しい人物ではあれ、テクノロジーとくればテレンスはスーパーヒーローである。翌朝帰宅した私は、両キャロライナの Hawthorn Street と Hawthorne Street をすべてリストアップしたプリントアウトを抱えていた。仰天したことに、それらの名を冠した通りは数百あった。いくら何でも多すぎる。リスト上のすべての八十七番地を訪ねるには、半年旅を続けねばならないだろう。

そこで私は、ミッドアトランティック損害生命保険のかつての同僚ヘンリー・ピープルズの助けを仰ぐことにした。その昔ヘンリーは社でも指折りの調査員で、長年のあいだに私も何度か一緒に仕事をしたが、なかでも「ドゥビンスキー事件」と呼ばれた一件は実に華々しかった。この件で、ヘンリーはこの分野でのちょっとした伝説的存在となった。アーサー・ドゥビンスキーなる五十一歳の人物が自分の死を偽装しようと、ニューヨークの街なかで見つけてきたホームレスの男を殺して、その死体を自動車のなかに入れ、ロッキー山脈の崖《がけ》から車を転落させて炎上させ、自分の死体と見せかけたのである。二十八歳になる彼の三人目の妻モーリーンが一六〇万ドルの保険金を受けとり、そのわずか一か月後、彼女はマンハッタンの分譲アパートメントを売却して姿を消した。当初からドゥビンスキーを疑っていたヘンリーは、その後もモーリーンの動向を追いつづけていたが、彼女が唐突にニューヨークを去ったのを見るや、部署長に報告書を提出し、モーリーンを探しに出る許可を得た。九か月の根気強い追跡の末に、とうとうドゥビンスキー夫人が見つかった。彼女はまったく無傷の夫と二人で、セントルシア島に住んでいた。私たちは保険金の八十五パーセントを取り戻すことに成功し、アーサー・ドゥビンスキーは殺人罪で投獄され、ヘンリーと私は多額のボーナスを得た。

二十年以上一緒に働いたが、ヘンリー・ピープルズのことが一度でも好きになったなどとは言うまい。偏屈な、感じの悪い男で、厳密な菜食主義を貫き、その人物の温かさ、人間味たるや、明かりの消えた街灯柱のそれに等しかった。皺《しわ》だらけのポリエステルのスーツ（大半は茶色）、分厚い角縁眼鏡、年中消えないフケ、あらゆる種類の雑談・世間話に対する異様に烈《はげ》しい反感。こっちが腕を三角巾《きん》で吊《つ》って出勤しようが片目に眼帯を当ててこようが、絶対何も言わない。しばしこっちをじっと見て、損傷の度合を見定め、あとはもう、どうやって傷《いた》めたのかとも痛くないかとも訊《き》かずに、落着き払った顔で報告書をこっちの机の上に置くのだ。

それでもこの男には、狭い穴に身をねじ込み、行方不明の人間を狩り出す才能があった。もう隠退したのだから、頼めば引き受けてくれるのではないか。幸い、夫を亡《な》くした姉と猫四匹と一緒に住んでいるクイーンズのアパートメントからはいまも引越していなかった。以前の番号にかけてみると、ベルが二度鳴ったところで本人が出た。

「いくらでも出す」と私は言った。「好きな額を言ってくれ」

「あんたの金は要らんよ、ネイサン」とヘンリーは答えた。「経費だけ出してくれればいい。それで決まりだ」

「何か月もかかるかもしれんぜ。そんなにたくさん時間を無駄にして、何にもならないんじゃ申し訳ない」

「構わんさ。いまじゃほかに大してすることもあるわけじゃなし。またいっちょう働いて、栄光の年月をもういっぺん生き直すさ」

「栄光の年月？」

「そうさ。一緒に過ごしたあの良き日々だよ。ドゥビンスキー。ウィリアムソン。オハラ。ルピーノ。覚えてるだろう、ネイサン？」

「もちろん覚えてるさ。あんたがそんなセンチメンタリストだとは知らなかったよ、ヘンリー」

「センチメンタリストなんかじゃないさ。少なくとも前はそうじゃないと思ってた。でもとにかく、当てにしてくれていい。昔のよしみで」

「ノースキャロライナかサウスキャロライナだと思うんだ。でも間違ってる可能性もある」

「心配するな。マイナーが前に電話を持っていたかぎり、きっと見つかる。大丈夫だ」

六週間後、ヘンリーは真夜中に電話をかけてきて、四音節を私の耳に囁いた——「ウィンストン＝セーレム」。

翌朝私は飛行機に乗って、タバコ産地のただなかに向かって、一路南へ飛んでいた。

笑う女の子

ホーソーン(結局Hawthorneだった)・ストリート八十七番地は、市の中心から五キロばかり離れた、半分田舎で半分郊外の道路に面したみすぼらしい二階建ての家だった。何度か迷った末にやっと行きついて、玄関前の砂利道にレンタカーのフォード・エスコートを駐《と》めると、表の窓のブラインドがみんな下ろしてあることに私は気がついた。十二月なかばの、どんより陰気な日曜日である。普通なら誰もいないと考えるところだろう。それともローリーと夫は、穴蔵に住むようにこの家に住んでいて、自然光のぎらつきから身を護《まも》り、二人きりから成る社会で、外界の侵入を遮《さえぎ》って暮らしているのか。呼び鈴はなかったので、ドアをノックした。何も反応はなく、もう一度ノックした。トムの留守番電話にローリーがメッセージを残して以来、彼女がもう一度電話してくるものと私たちは期待しつづけた。だが結局連絡はなかったし、いまこうして、誰もいないと思える家の前に立ってみると、彼女がもうここに住んでいないのではないかという疑念が湧《わ》いてきた。あらゆるたぐいの陰惨な思いが脳内を跳ね回るなか、三度目のノックを私は試みた。逃げようとして、マイナーに追いつかれたのだとしたら？　別の州、別の都市に連れていかれて、永久に消息が絶たれてしまったのだとしたら？　マイナーが殴るか何かして、うっかり殺してしまったのでは？　終わりはすでに訪れていて、もはや彼女を助けるにも、彼女が本来属している世界に連れ戻すにも手遅れなのではないか？

と、ドアが開いて、マイナーその人が現われた。背の高い、ハンサムな四十がらみの男で、黒い髪には小綺麗に櫛《くし》が入っていて、目は青く優しそうだった。この数か月、恐ろしい怪物を思い描いてきたものだから、彼がおよそ威嚇《いかく》的でないことに、まったく正常に見えることに私は愕然としてしまった。もし何か奇妙なことがあるとすれば、白い長袖のワイシャツを着て、青いネクタイをきっちり襟で結んでいることだ。白のワイシャツにネクタイ姿で自宅にいるなんて、どういう人間だ？　少し時間がかかったが、答えが思い浮かんだ――教会に行って帰ってきた人間。安息日を遵守《じゅんしゅ》し、宗教を本気で考えている人間。

「何のご用でしょう？」とマイナーは訊いた。

「私、ローリーの伯父です」と私は言った。「ネイサン・グラスです。近くに来たんで、ちょっと寄って会っていこうと思いまして」

「ほう。本人もそのつもりでいるんでしょうか？」

「それはないと思います。お宅には電話を引いていらっしゃいませんよね」

「そのとおりです。私どもは電話の効用を信じないのです。無駄なお喋《しゃべ》りを促進するだけですから。私どもとしては、もっと本質的な事柄のために言葉を取っておきたいのです」

「興味深いお話ですね……ミスター……ミスター……」

「マイナーです。デイヴィッド・マイナー。オーロラの夫です」

「そうだとは思ったんですが、勝手に決めてはいけないかと」

「お入りください、ミスター・グラス。あいにくオーロラは今日具合が悪いのです。いま二階で休んでいますが、どうぞお入りになってください。この田舎では私どもみな鷹揚《おうよう》に心を開いております。私どもと信仰を分かちあわない方々にも、威厳と敬意をもって接するよう努めております。それが神聖な戒律のひとつですから」

私は笑みを浮かべたが何も言わなかった。物腰は十分よい感じなのだが、言うことはすでに狂信者のそれになってきている。こっちは神学的問題をめぐってこいつとやり合う気はない。神と教会のことは好きに言わせておこう。私がここにいる唯一の理由は、ローリーが危険な状態にいるのかいないのかを確かめ、もしいるならば、できるだけ早くこの家から彼女を連れ出すことなのだ。

外装の状況から見て（ペンキは剥《は》げかけ、鎧戸《よろいど》は崩壊寸前、コンクリートの上がり段からは雑草が生えている）、室内もきっと、不揃《ふぞろ》いの壊れかけた家具が散乱したむさくるしい有様なのだろうと覚悟していたが、意外にも普通以上に小ざっぱりしていた。少しの物で大きな効果を上げるジューンの才能をローリーも引き継いでいて、居間は簡素ながら魅力的に装飾され、鉢植えが置かれ、手作りのギンガムチェックのカーテンが掛けられて、反対側の壁にはジャコメッティ展の大きなポスターが貼《は》ってあった。マイナーが手振りでカウチを指したので、私は座った。マイナー自身はガラスのコーヒーテーブルの向こう側の椅子《いす》に腰を下ろし、しばらくのあいだ二人とも何も言わなかった。一気に本題に入りたい誘惑に私は駆られた。二階に行ってオーロラと話がしたいと要求し、ルーシーについてこの男に質問を浴びせ、なぜ自分の弟にも電話できないくらいあなたの妻は怯えているのかと詰問《きつもん》する。だが、この手はおそらく裏目に出るだろうと判断し、極力さりげなく会話に入っていくことにした。

「ノースキャロライナとはねえ」と私は切り出した。「前のときは、フィラデルフィアのあなたのお母さんのところにいらっしゃると伺ったんですがね。どうしてまたここへ？」

「いろいろありまして」とマイナーは言った。「私の妹夫婦がこのへんに住んでおりまして、私によい職を世話してくれたんです。その職がさらによい職につながりまして、いまはキャメルバック・モールのトゥルーバリュー金物店で副店長をやっております。あなたには大したことないように聞こえるかもしれませんが、まっとうな仕事ですし、十分食べていけます。七、八年前の自分を考えると、ここまで来られたのは奇跡ですよ。私は罪人《つみびと》だったのです、ミスター・グラス。ドラッグ中毒で、姦淫《かんいん》者で、嘘つきで、ちゃちな犯罪者で、私を愛してくれる人すべてを裏切っていました。それが神に安らぎを見出《みいだ》して、人生を救われたのです。あなたのようなユダヤ人の方には私どものことはおわかりになりにくいでしょうが、私どもはそこらへんによくいる、聖書を振り回し地獄の業火を説くキリスト教徒ではありません。黙示録も審判の日も私どもは信じません。肉体的昇天《ラプチャー》も時の終わりも私どもは信じません。私どもはあくまで、地上で善き暮らしを送ることによって天の暮らしに備えるのです」

「私どもとおっしゃるのは、誰のことで？」

「私たちの教会です。〈聖なる御言葉《みことば》の神殿〉です。小さな集団です。会衆は全部で六十人ですが、尊師《レヴァレンド》ボブは神の霊感を受けた立派な指導者でして、私たちに多くのことを教えてくださいました。『太初《はじめ》に言《ことば》あり、言は神と偕《とも》にあり、言は神なりき』」

「ヨハネ福音書、第一章第一節」

「では聖書をご存知なのですね」

「ある程度は。神の存在を信じないユダヤ人にしては詳しい方です」

「ということは、無神論者だとおっしゃるのですか？」

「ユダヤ人はみな無神論者です。もちろん、例外を除いて。でも例外の連中とはあまりつき合いがありません」

「ミスター・グラス、あなた、私をからかってらっしゃるんじゃありませんよね？」

「いいえミスター・マイナー、からかってなどいません。滅相もない」

「もし私をからかっていらっしゃるなら、お引きとり願うしかありませんから」

「その尊師ボブという人に興味がありますね。その人の教会がよそとどう違うのか知りたいです」

「犠牲ということの意味をご存じの方なのです。聖なる言葉が神であるなら、人の言葉には何の意味もありません。動物のうなり声や鳥の鳴き声ほどの意味しかない。神を自分たちのなかに吸い込み御言葉をわがものにするために、人間の虚《むな》しい言葉に溺《おぼ》れてはならぬと尊師は私たちに説くのです。それが犠牲です。宗派の全員が、七日のうち一日、二十四時間通して全き沈黙を貫くのです」

「それはさぞ大変でしょうね」

「はじめは。ですが慣れてくるにつれて、沈黙の日が週で一番素晴らしい、充実した時間になっていきます。神が自分の内に在《あ》ることを実感できるのです」

「もし沈黙を破ったらどうなります？」

「次の日もう一度はじめからやり直さねばなりません」

「もし子供が病気になって、沈黙の日に医者を呼ばねばならなくなったら？」

「夫婦が同じ日に沈黙を守ることは決してありません。配偶者に電話をかけさせればよいのです」

「でも電話がないのにどうやってかけられます？」

「もよりの公衆電話に行けばいい」

「なら子供たちは？　やっぱり沈黙の日があるのですか？」

「いいえ、子供は免除されます。会衆に加わるのは十四歳になってからです」

「尊師ボブ、すべて考え抜かれていらっしゃるんですね」

「たいそう頭のよい方です。あの方の教えのおかげで、私たちの人生はよりよい、よりシンプルなものになります。私どもは幸福な群れなのです、ミスター・グラス。私は毎日ひざまずいて、私たちをノースキャロライナに送ってくださったことをジーザスに感謝するのです。もしここに来ていなかったら、私たちが〈聖なる御言葉の神殿〉に属す悦《よろこ》びを知ることもなかったでしょうから」

マイナーの話を聞いていると、ほっておけばこの調子で尊師ボブの人徳を六時間でも十時間でも讃《たた》えつづけるのだろうと思ったが、一方で、妻の名と、養子にした娘の名は周到に避けているのは奇妙だと思った。私はニューヨークからわざわざ、トゥルーバリュー金物店やら頭のおかしい何トカ神殿やらの話をするためにここまで出かけてきたのではない。すでにしばらく時を共にし、相手も私といて少しは気を緩めるようになってきたようだし、話題を変える潮時だと私は判断した。

「ルーシーのことをお訊ねにならないのは意外ですね」と私は言った。「ルーシーをご存じなのですか?」

「ルーシー?」と彼は、本気で不意を衝かれた様子で言った。

「もちろん知ってますとも。いまルーシーは、オーロラの兄と、その新婚の妻と一緒に暮らしています。私もほとんど毎日顔を見ていますよ」

「あなたは一族と接触を断たれたのかと思っていましたよ。オーロラが言うには、あなたはどこかの郊外に住んでおられて、もう何年も誰とも会っていらっしゃらないと」

「それは半年くらい前に変わりました。接触を取り戻したんです。四六時中、接触していますよ」

マイナーはつかのま、切なげにニヤッと笑った。「あの子は元気ですか?」

「気になるんですか?」

「もちろん気になります」

「じゃあどうして遠くへ行かせたんです?」

「私が決めたのではありません。オーロラがもうあの子をそばに置きたがらなくなって、私には止めようがなかったんです」

「信じられませんね」

「あなたはオーロラをご存じないんです、ミスター・グラス。あれは頭がまともでないのです。私としては精一杯助け、支えているのですが、向こうは少しも感謝の気持ちを見せません。地獄の底から引き上げて命を救ってやったのに、いまだに屈服しない。いまだに信じようとしないのです」

「あなたの信じていることを、彼女も信じなくちゃいけないという法律でもあるんですか？」

「あれは私の妻です。妻は夫に従うべきです。すべての事柄に関し、夫に従うのが義務です」

ここからどう進んでいくのか、見定めるのは困難だった。会話は一度にいろんな方向に広がっていて、私の勘が働かなくなってきていた。マイナーが落着いて、穏やかにルーシーについて訊ねたその口調は、彼女の無事を本気で気遣っている表われと思えた。この男にものすごい嘘つきの才があって、自分の目的に適《かな》うかぎりいくらでも真実をねじ曲げる人間であるなら別だが、そうでないとすれば、私はこの男をいささか気の毒に思うという気まずい立場に陥ったのだ。少なくとも、しばしのあいだ本気で気の毒に思って、その突然の思いがけない同情の波が私のガードを解いてしまった。その結果、意志と意志との裸のぶつかり合いになるはずだったものが、もっとずっと複雑な、もっとずっと人間的なものに変容したのである。ところがそこで、今度はローリーのことを悪《あ》しざまに言い出し、娘を捨てたのも彼女だと詰《なじ》り、精神が不安定だと言って責め、あまつさえ結婚というものをめぐって馬鹿馬鹿しい反動的なご宣託を口にしはじめた。それでも、いくつかの事実は否定しようがなかった。この男はローリーをドラッグから救い出し、ローリーと恋に落ちたのであり、ローリーの過去を考えれば、彼女が時おり無茶苦茶なふるまいに走る可能性はたしかにある。一緒に暮らすのに耐えがたい人間である可能性、精神に部分的に異常を来《きた》している可能性はたしかにある。その一方、この葛藤《かっとう》全体が、つまるところただひとつの、解決不能な一点に帰結するのかもしれない。すなわち、マイナーは尊師ボブの教えを信じ、ローリーは信じない。彼女が信じるのを拒むがゆえ、マイナーは徐々に彼女を憎むようになったのではないか。

私が座っているソファの位置からは、二階に通じる階段がよく見えた。次にどう言ったものかを考えながら、私はふとマイナーの左肩ごしにその方向を見た――目の隅に何かが見えて、つかのま気をそらされたのだ。何か小さな黒っぽい物体が一秒より短い時間パッと現われて、その正体を私が見きわめる間もなくまた消えたのである。それからマイナーがふたたび話をはじめて、良き正しき結婚とはいかなるものかをめぐる見解をくり返したが、もう私はその言葉に全面的に注意を払っていなかった。私は階段を見ていた。さっき見たのが、おそらく靴の、疑いなくオーロラの靴の爪先《つまさき》であることに遅ればせながら気がついたのだ。だとすれば、彼女はしばらく前からあそこに立って、私が入ってきて以来ずっと話を立ち聞きしていたのかもしれない。そうだとしたら好都合だ。マイナーは自分の話にすっかり夢中になっていて、私がまともに彼の方を見ていないことにまだ気づいていない。もう沢山だ、と私は思った。はぐらかしはもう沢山、遠回しな話はもう十分やった。ここはカーテンを引き上げて第二幕に移る時だ。

「下りてこいよ、ローリー」と私は言った。「私だよ、ナット伯父さんだよ、君と話すまではこの家を出ていかないよ」

私はソファから飛び上がって、マイナーの脇《わき》をすり抜けて——万一阻止されるといけないので精一杯速く動いた——階段の下まで行った。

「眠ってるんです」とマイナーがうしろで言うのが聞こえると同時に、階段のてっぺんにオーロラの脚が見えた。「木曜日からインフルエンザにかかっていて、高い熱が出ているんです。週のなかばにもう一度いらっしゃい。そうしたら話もできますから」

「いいえ、デイヴィッド」と私の姪《めい》は階段を下りてきながら声を上げた。「あたしは大丈夫」

黒いジーンズをはいて古いグレーのトレーナーを着ている彼女は、たしかに具合が悪そうだった。およそ大丈夫とは言いがたい。青ざめ、痩せこけて、目の下には隈《くま》があり、ゆっくり私に向かって進んでくるにも手すりにしがみつかないといけなかった。

だが、インフルエンザと高熱に苛《さいな》まれていても、その顔には笑みが浮かんでいた。もう何年も前の〈笑う女の子〉そのままの、光り輝く最高の笑みだった。

「ナット伯父さん」と彼女は私に向けて両腕を広げながら言った。「輝ける鎧《よろい》に身を包んだあたしの騎士」。そしてどさっと私に体を預けて、力一杯私をハグした。「あたしのベイビーは元気?」と彼女は囁いた。「あの子、どうしてる?」

「元気だとも」と私は言った。「君に会いたくてたまらずにいるけど、元気にやってる」

マイナーはもう私たちのすぐ横に来ていて、親族同士の愛情の表明を少しも喜んでいない様子だった。「ねえ君」とマイナーは言った。「君は本当に、二階に行って横にならないといけないよ。ほんの三十分前には三十八度の熱があったじゃないか。そんなに熱があるのに動き回っちゃよくないよ」

「この人はあたしのナット伯父さん」となおも私にしがみつきながらローリーは言った。「あたしの母さんのただ一人のきょうだい。すごく、すごく久しぶりなのよ」

「それはわかってる」とマイナーは言った。「でも二、三日後にまた来てもらえばいい。君が元気になり次第」

「何が一番いいか、あなたにはわかってるのよね」とローリーは言った。「何が一番いいかあなたにはいつもわかってるのよね、デイヴィッド。あなたの許可なしに下りてくるなんてあたしも馬鹿ね」

「行きたくないなら行くなよ」と私は彼女に言った。「ここにもう二、三分いたからって死にゃしないさ」

「ううん、死ぬわよ」と彼女は皮肉を隠そうともせず言った。「デイヴィッドはね、言われたことをすべてやらないと私は死ぬと思ってるのよ。そうでしょ、デイヴィッド？」

「落着きなさい、オーロラ」と彼女の夫は言った。「伯父さんの前なんだよ」

「いいじゃないさ」と彼女は答えた。「何がいけないってんだよ？」

「言葉遣いに気をつけなさい」とマイナーが叱《しか》った。「この家ではそんな話し方はしないよ」

「へえ、そうなの」と彼女は言った。「じゃああたしもうそろそろ、こんな糞《くそ》ったれの家から出る潮時ね。ダニは立ち去る時ね、そうすりゃあんたは汚《けが》れなき思いで汚れなき言葉で物言わぬ神の糞野郎と水入らずでしっぽりできるもんね。もうおしまいよ、ミスター・聖者。真実の瞬間ってやつよ。あたしのラッキーデーがやっと来たのよ、ナット伯父さんがあたしをここから連れ出してくれるのよ。そうでしょ、ナット伯父さん？　伯父さんの車であたしたち出ていくのよね、そうして明日の朝、陽が昇る前にあたしはルーシーと一緒になれるのよね」

「何でも言ってくれ」と私は答えた。「君の好きなところ、どこへでも連れていく」マイナーはすっかり面喰らって、どうしたらいいかわからずにいた。私は彼がローリーに向かって突進してくるものと、私と彼女が出ていくのを全力で阻止しようとするものと身構えていたのだが、あまりに突然、あまりに劇的に対決が生じたからか、マイナーは一言も言いすらしなかった。私はオーロラの体に腕を回し、何がわが身に起きたのか夫が呑《の》み込む間もなく、私たちはもう車に乗っていて、道路に出るべく車をバックさせ、ホーソーン・ストリートを永久にあとにした。

北へ北へ

オーロラは旅ができるような状態ではなかったが、どこかのホテルに部屋をとって熱が下がるのを待とうかと私が言うと、首を横に振って、次の飛行機でニューヨークへ行こうと言い張った。

「デイヴィッドは馬鹿じゃないわ」と彼女は言った。「ここで何時間もぐずぐずしてたら、きっと追いつかれるわ。アドヴィル〔※鎮痛剤〕か何かどっさりもらえばあたしは大丈夫」

そこで私はアドヴィルを買ってやり、彼女の体を私のコートでくるんで、車の暖房を強くし、空港に直行した。その朝私はグリーンズボロに着陸していたが、マイナーがきっとそっちへ追ってくるだろうからローリー=ダラムから飛ぶ方がいいとオーロラは言った。一五〇キロの道のりを走っていた二時間、彼女はずっと眠っていた。アドヴィル四錠と、この長い昼寝のおかげで、目が覚めるとだいぶ元気になっていた。まだ少し顔は青く、血の気も引いているが、熱はどうやら下がったようで、空港でもう一度アドヴィルを服用しオレンジジュースも二杯飲むと、喋る元気も出てきて、その後の数時間ずっと喋りつづけた。出発ゲートの前に座った瞬間から、その夜ブルックリンの私の自宅の前でイエローキャブから降りるまでずっと。

「みんなあたしが悪いの」とオーロラは言った。「こうなるってずっと前からわかってたのに、弱さのせいで自分を主張できなくて、臆病《おくびょう》だから反抗することもできなかった。相手が自分より優れてると思ってしまうとそうなるのよね。自分で考えるのをやめてしまって、あっという間に自分の人生が自分のものでなくなる。しかもそのことに気づきもしない。もうそうなったら駄目。全然駄目なのよ……

第一の間違いは、トムに背を向けたことだったわ。リハビリ施設から出ると、デイヴィッドと一緒にカリフォルニアを去って、ルーシーを連れて東海岸に来た。フィラデルフィアのデイヴィッドの母親の家に半年居候《いそうろう》して、これはいい時期だった。思い出せるかぎり、この時期が一番よかったと思う。あたしはデイヴィッドに狂おしく恋していた。こんなに優しくしてくれる人は初めてだった。自分は護られてるんだ、この頭のいいまっとうな人があたしのことを本当にわかってくれてるんだって、ほとんど信じられない思いだった。あたしたちは二人とも辛《つら》い日をくぐり抜けてきた人間だった。どちらもさんざんな目に遭ってきて、紆余《うよ》曲折を経た末に、一緒にしっかり自分の足で立っていて、結婚をじきに控えていた……

そんなある日、トムに会いにニューヨークに行って、正直言って少し気が滅入ったわ。トムはすっかり太っていたし、大学院も辞めてタクシーの運転手をしていて、私にも、少なくともはじめはちょっと突《つ》っ慳貪《けんどん》だった。もちろんトムを責められやしない。ずいぶん長いこと連絡してなかったんだから、怒って当然だと思う。言い訳はできない。それまでカリフォルニアをうろうろして、だんだんボロボロになっていって、とてもじゃないけど受話器を取り上げる気になれなかった。そう説明しようとしたけど、大して足しにならなかった。それでもトムはあたしのお兄ちゃんなんだし、結婚することになったんだから、式のときは一緒に祭壇まで歩いてほしかった――ママが結婚するときにナット伯父さんがしてくれたみたいに。喜んでするよ、とトムが言ってくれて、それでいっぺんに昔に戻ったみたいになって、すごく嬉《うれ》しかった。お兄ちゃんを取り戻した、そう思った。あたしはもうじきデイヴィッドと結婚するんだし、ルーシーは、あたしの驚くべき娘ルーシーは、また母親と――やっと大人になりかけた馬鹿で未熟な母親と――一緒に暮らしてる。これ以上何が望める？　あたしには欲しいものすべてがあったのよ、ナット伯父さん。すべてが……

それからバスでフィラデルフィアに帰って、結婚式にトムを呼ぶ話をデイヴィッドにしたら、駄目だ、論外だって言われた。あたしがニューヨークに行っているあいだデイヴィッドもずっとそのことを考えていて、兄はあたしに悪い影響を与えるって決めたのよ。結婚の話を進めたいなら過去との絆《きずな》はすべて断ち切らなくちゃいけないってあの人は言った。友だちとかだけじゃなくて、家族も全員。何言ってるのよ？　そうあたしは言い返した。あたしは兄を愛してるのよ。兄は世界一いい人なのよ。でもデイヴィッドは相手にしなかった。私たちは一緒に新しい生活をはじめようとしているんだよ、とあの人は言った。過去に君を堕落させたものすべてとすっぱり縁を切らないかぎり、君はいずれまた昔の生き方に戻ってしまう。君は選ばなくちゃいけないんだ。白か黒か、どちらかだ。信仰か、反逆か。神との人生か、神なき人生か。結婚するか、しないか。夫か兄か。デイヴィッドかトムか。希望ある未来か、過去へのみじめな逆戻りか……

あたしはそこではっきり言うべきだった。そんな馬鹿な話冗談じゃない、トムを式に呼ばずにあたしと結婚できると思うんだったら大間違いよ、それなら結婚はなしよ――そうきっぱり言うべきだった。でもあたしはそうしなかった。逆らわなかった。

デイヴィッドの好きなようにさせてしまって、そこから終わりがはじまったのよ。人は自分に対する力を譲り渡しちゃいけない、たとえ相手の人格を信じていても、たとえ相手が物事を一番よくわかってるんだと思っていても。これであたしは駄目になったのよ。単にデイヴィッドを失うのが怖いっていうだけじゃなかった。本当に怖いのは、たぶんデイヴィッドの言うとおりだと自分が思うっていうことだった。あたしはトミーを愛してる、でもあたしが兄に何をしてやれただろう、さんざん面倒と心配をかけた以外？　絆を断って、トムを放っておく方がいいのかもしれない。もう二度とあたしの顔なんか見ない方がトムのためなのかもしれない……

いいえ、デイヴィッドはあたしを撲《ぶ》ったりはしなかったわ。ルーシーを撲ちもあたしを撲ちもしなかった。暴力をふるう人じゃないの。あの人の武器は喋ること。喋り、喋り、喋る。そしてもっと喋る。論理を重ねて相手をねじ伏せる。声は優しくて穏やかだし、言葉もすごく巧みだから、何て言うか、聞いてるとあの人の脳に吸い込まれる感じなのよ。ほとんど催眠術にかけられてるみたいに。バークリーのリハビリ・クリニックではまさにそれに救われたのよね。あたしにずうっと声をかけてくれて、いかにも気にかけてくれている表情であたしの目をまっすぐ見て、あの物静かな、落着いた声で喋って。あの人に抵抗するのは大変なのよ、ナット伯父さん。こっちの頭のなかに入ってきて、しばらくすると、この人はすべてに関して正しいんだ、絶対間違わないんだって思えてきてしまう……

トムが心配していたのはわかってる。あたしがそこらへんによくいる狂信的な信者になっちゃうんじゃないかって心配してたけど、あたしはそういう柄じゃない。デイヴィッドは粘り強くはたらきかけてきたけど、あたしは話を合わせるふりをしてるだけだった。あの人があいうたわごとを信じたいんだったら、結構、あたしは気にしない。それであの人は幸せなんだし、あたしは人を幸せにするものに楯《たて》つく気はない。さっきあの人が伯父さんに話すの聞いてたけど、あれってほんとなのよ。あの人は原理主義者みたいにわめいたりどなったりしない。ジーザスを信じてるし来世も信じてるけど、ほかの連中が信じてることに較《くら》べたらそんなに極端なことじゃない。あの人の問題は、自分が聖者になれると思ってること。完璧《かんぺき》な存在になりたいのよ……

そんなわけで、あたしは毎週日曜、あの人と一緒に教会に行った。まあこっちは選びようもないしね。でもそんなにひどくもなかった。少なくとも、フィラデルフィアにいたあいだは。あそこの教会では歌も歌えて、歌ならあたし大好きだものね。ああいう賛美歌ってもうどうしようもなく甘ったるかったりするけど、まあとにかく週に一回肺を使ういい機会だし、デイヴィッドにジーザスジーザスってうるさく言われすぎないかぎり、あたしもべつに不満はなかった。いまもときどき、フィラデルフィアを出なかったら何もかも上手《うま》く行ったんじゃないかって思ったりするわ。でもあの街では二人ともまともな仕事が見つからなかった。あたしはそこらへんの小汚い食堂でウェイトレスをパートでやっただけだったし、デイヴィッドは何か月も探した末にマーケット・ストリートのオフィスビルの夜警が精一杯だった。二人でNA〔※麻薬中毒者更生会〕の集まりに出かけて、酒も断って、ルーシーも学校を楽しんでたし、デイヴィッドのお母さんもまあちょっとネジが外れてるにしても基本的にはいい人なんだけど、とにかくあそこじゃ金が稼げないのよ。そのうちノースキャロライナに職があって、デイヴィッドはそれに飛びついた。トゥルーバリュー金物店。これでだいぶましになったんだけど、それが、一年半くらい前にデイヴィッドが尊師ボブに出会って、今度は一気に悪くなっていった……

父親を亡くしたとき、デイヴィッドはまだ七つだった。仕方ないことだと思うけど、それ以来ずっと父親の代わりを探してるんだと思う。権威的な存在を。懐《ふところ》に取り込んでくれて、人生を導いてくれる強い人を。だからたぶん、高校を出たときも大学へ行かずに海兵隊に入ったのよ。ビッグ・ダディのアメリカの命令に従えば、ビッグ・ダディが面倒見てくれるってわけよ。しっかり面倒見てくれたわよ、ビッグ・ダディは。

あの人を〈砂漠の嵐《あらし》〉に送り込んで頭をしっかり変えてくれたわよ。何年かのあいだ、デイヴィッドはどんどん堕《お》ちていって、結局ヘロインにどっぷり浸った。そのへんはもう知ってるわよね。今日もあの人が伯父さんにその話してるのを聞いたけど、面白いのはあの人が結局クスリと縁を切った経緯よ。AA〔※アルコール中毒者更生会〕みたいに高次の力を信じて、とかじゃなくて、本物の宗教の力でクスリを断ったのよ。ずんずん上にのぼって行って、最高にビッグな父親のところまで行ったのよ。ミスター・ゴッド、ミスター・ガッデムゴッド、宇宙の支配者。でもひょっとすると、それでも十分じゃないのかもしれない。神に呼びかけて、神に声が届けばって思うわけだけど、こっちの脳が二十四時間ずっと統合失調症ネットワークにでも同調してないかぎり、神は言葉を返してくれやしない。いくら祈ったって、パパの声なんて一言も聞こえない。聖書で御言葉《みことば》は学べるけど、聖書だってしょせん本であって、本は喋りやしないでしょ？　でも尊師ボブは喋る。で、ひとたびその喋《かた》りを聞いたら、これぞわが父だと思うわけよ。これこそ探し求めていた父、血の通った肉体ある現実の父、その人が口を開くたびにこの方はビッグ・ボスその人からじかに言葉を受けてるんだって信じて疑わないわけよ。この人を通して神が語っておられるんだ、この人に命令されたら従うしかないんだ、さもないと……

五十代だと思う。背が高くて痩《や》せていて、鼻が長くて、ダーリーンっていう牛みたいに太った奥さんがいて。〈聖なる御言葉の神殿〉をいつはじめたか知らないけど、これってあたしたちがフィラデルフィアで通ってたみたいな普通の教会じゃないの。自分のことキリスト教徒って言ってるけど、どういう種類かは言わないし、そもそもあの男が宗教なんてものを少しでも大事に思ってるかどうかも怪しいわね。要するに他人を支配したいってことなのよ、支配して、自分を破壊するような狂ったことやらせて、それで神の意志に仕えてるんだって思わせるのよ。あの男はニセモノだと思う。根っからのペテン師だと思う。でも信者たちはすっかり手玉にとられていて、あの男のこと愛してるのよ。みんな愛してるのよ、特にデイヴィッドは誰よりも。何にみんなそんなに熱くなるかっていうと、あの男は次々新しい思想をくり出してくるのよ、どんどんメッセージを変えてくるの。ある日曜日は物質主義の悪っていう話で、我々は現世の所有物を捨てて愛《いと》しい神の子のように清貧に生きねばならないって説く。次の日曜日は身を粉《こ》にして働け、稼げるだけ稼げって話。あんな男頭がおかしいわよ、あんな寝言をルーシーに聞かせたくないわよってデイヴィッドに言ったんだけど、もうあの人はすっかり染まってしまっていて、耳も貸さなかった。で、二、三か月経《た》って、尊師ボブが突然、日曜の礼拝から歌を締め出すことに決めたの。歌なるものは神の耳に対する冒瀆《ぼうとく》である、これからは沈黙とともに神を崇《あが》めるのだって言い出したのよ。あたしはこれでもう限界だった。ルーシーもあたしも教会に行かないってデイヴィッドに言った。あんたは好きなだけ行けばいいけど、あたしたちはもう二度とあの場所に入らないって。結婚して以来、自分の立場を主張したのはこれが初めてだった。でも何の役にも立たなかった。デイヴィッドはいかにもわかってくれてるような顔したけど、信徒は一家全員が毎週日曜礼拝に出るのが決まりだって言うのよ。あたしが行くのやめると自分も破門されちゃうって言うの。病気だって言えばいいじゃない、ルーシーもあたしも不治の病にかかっていてベッドを離れられないって言えばいいじゃないって言ったら、デイヴィッドはあのいつもの、悲しげな、保護者ぶった笑みを浮かべて、ごまかしは罪だって言うの。つねに真実を語らなければ、私たちの魂は天の入口で締め出され、地獄のあごのなかに突き落とされる……

　それで結局毎週行きつづけて、それから一か月くらいして、尊師ボブが次の大きなアイデアを持ち出してきた。アメリカは世俗の文化に滅ぼされつつある、その害を取り除くすべは文化が与える物すべてを拒むことだって言うのよ。そうやっていわゆる〈日曜の布告〉がはじまったわけ。まず、テレビを捨てよ。次はラジオ。次は本——聖書以外のすべての本。次は電話。コンピュータ。CD、カセット、レコード。想像できる？　音楽も小説も詩ももうなしなのよ。雑誌の定期購読もやめさせられた。次は新聞。映画に行くことも禁じられた。もう無茶苦茶言いまくってるんだけど、犠牲を強いられれば強いられるほど、みんなますます喜んでるみたいなのよ。あたしの知るかぎり、抜けた家族は一組もなかった……

とうとう、もう捨てるものがひとつもなくなってしまった。文化とメディアへの攻撃はそれでおしまいで、今度は尊師言うところの「根本問題」だった。喋るたびに、あたしたちは神の声をかき消している。人の言葉に耳を傾けるたびに神の御言葉を蔑《ないがし》ろにしている。これ以後、十四歳以上の信者は全員、毎週一日完全な沈黙を守らねばならない。そうすれば神とのつながりが取り戻され、魂の内で神が語るのが聞こえるであろう。それまでさんざん並べてきたデタラメに較べれば、ずいぶん穏やかな話に思えたんだけどね……

デイヴィッドは月曜から金曜まで仕事があるから、土曜日を沈黙の日に選んだ。私のは木曜日だったけど、ルーシーが学校から帰ってくるまでは誰もいなかったから、好き勝手にやっていられた。歌ったり、独り言を言ったり、全能なる尊師ボブを呪《のろ》う言葉を叫んだり。でもルーシーとデイヴィッドが帰ってきたら、何もいけない。何も言わずに夕食を出して、何も言わずにルーシーを寝かしつけて、何も言わずにデイヴィッドにお休みのキスをした。簡単なことよ。それから、そんなのを一か月くらい続けたあたりで、ルーシーがあたしの真似《まね》をしようと思い立ったの。あの子はまだ九つだった。さすがの尊師ボブも子供まで仲間に入れとは言ってないのに、あの子ときたらあたしのことをものすごく愛していて、あたしがやることは全部自分もやりたがるのよ。土曜日三週間続けて、あの子は一言も喋らなかった。やめてちょうだいっていくら頼んでも駄目なの。すごく賢い子だけど、ものすごく頑固なところもあるのは伯父さんもきっと同じ目に遭って知ってるわよね。いったんこうと決めたら、あとに引かせるのはビルを押して倒そうとするようなものよね。信じがたいことに、デイヴィッドも今回はあたしに味方したんだけど、たぶん心のどこかで、あの子が大人と同じにふるまうのを誇らしく思ったんだと思う。そんなに強くも言わなかったし、説得力もなかった。そもそもあの人には関係ないことだった。すべてはあたしの問題、あたしとルーシーの問題だった。それであたし、尊師ボブに談判したいってデイヴィッドに言ったの。あたしが木曜の沈黙から解放してもらえれば、ルーシーの義務も解けて、また元のあの子に戻る……

デイヴィッドも一緒に来たがったんだけど、それは駄目、あたし一人で会わなくちゃいけないって言った。絶対口をつっ込んでこないように、デイヴィッドが喋っちゃいけない土曜日に面会の約束を取りつけた。尊師の家まで車で連れてってちょうだい、そうデイヴィッドには頼んだ。車に乗ったまま外で待っててちょうだい、そんなにかからないから……

尊師は書斎で机に向かって、翌朝の説教の仕上げをしていた。座りなさい、わが子よ、どんな用件かねと尊師は言った。あたしはルーシーのことを説明して、私を木曜の沈黙から解放してくださったら大変助かるのですがと頼んだ。ふむむ、と尊師は言った。ふむむ。これはじっくり考えんと。来週の終わりまでに私の決断を伝えよう。そう言いながらこっちをまっすぐ見てるんだけど、何か喋るたびに、ゲジゲジ眉毛《まゆげ》がぴくぴく変なふうに動くの。ありがとうございます、あなたは賢いお方だと思いますから幼い子供を助けるためにきっと特例を認めてくださるものと信じています、そうあたしは言った。本心を言うつもりなんかなかった。好むと好まざるとにかかわらず、あたしも忌々《いまいま》しい会衆に入ってるわけだから、ここはさも本気で言ってるようにふるまわなくちゃいけない。もうこれで話は済んだと思って立ち上がったら、あの男は右腕をつき出して振ってあたしをもう一度座らせた。女よ、私は前々から君のことを見ていたのだ、とあの男は言った。私があらゆる面で君を高く評価していることを知ってほしい。君とブラザー・マイナーは私たちコミュニティの柱であって、君があらゆる点で私に従ってくれるものと確信しているよ——聖なること、聖ならざること両方に関して。聖ならざる？ どういう意味です、聖ならざるって？ 君もたぶん知ってのとおり、私の妻ダーリーンは子供が産めなかった。そして私は、それなりの年齢に達したいま、自分が遺《のこ》すもののことを考えはじめて、跡継ぎなしにこの世を去るのは痛ましいことだと思うに至った。養子を取ればいいじゃありませんか、とあたしは言った。いいや、それでは不十分だとあの男は言った。自分の肉体から子供を作らねばならん。自分の血が流れている子孫が、ここではじめた仕事を引き継いでくれないといかんのだ。女よ、私は前々から君のことを見ていた。信徒たちのなかで、私の種《たね》を受けるに値するのは君一人だ。何言ってるんです？とあたしは言った。私は結婚してるんですよ。私は夫を愛してるんです。それはわかっている、とあの男は言った。〈聖なる御言葉の神殿〉のために夫君と離婚して私と結婚してくれと頼んでいるのだ。だってあなたには奥さんがいるじゃありませんか。二人の妻を持つなんて、いくらあなただって許されませんよ。もちろんそうだとも、言うまでもなく私も妻と離婚の手続きをする。少し考えさせてください、とあたしは言った。何もかもあまりに急な話で、何と言っていいかわからなかった。頭がくるくる回って、手が震えて、すっかり混乱してしまった。わが子よ、心配は要らない、と尊師は言った。好きなだけ時間をかけるがいい。だが、どんな快楽が君を待っているかをわかってもらうために、君に見せたいものがある。そう言って尊師は椅子から立ち上がって、机の前に回ってきて、ズボンのジッパーを下ろした。あたしの目の前に立っていて、開いたジッパーはあたしの顔から五十センチと離れていなかった。これをごらん、とあの男は言って、ペニスを引っぱり出してあたしに見せた。正直言って、相当大きいペニスだったわよ――あんな痩せっぽっちの男の股間《こかん》にぶら下がってるとは信じられないくらい大きかった。あたしも裸の男はずいぶんたくさん見てきたけど、長さと太さでいえば、まあ上位十パーセントに入ると認めざるをえなかったわね。ポルノサイズってやつね。でもあたしの目には全然魅力的じゃなかった。硬くなって、紫っぽい赤なんだけど、勃起《ぼっき》してるせいで一面に血管が浮き上がって、ぴんと伸びてはいても左に曲がってた。大きなペニスだけど、見ていて胸が悪くなったし、その持ち主の男にはもっと胸が悪くなった。たぶんあそこで、あっさり飛び上がって逃げ出してもよかったんだと思う。でも心の奥のどこかで、これは絶好のチャンスだってこともあたしにはわかった。反吐《へど》が出るような時間を少し我慢すれば、この教会のクズどもからあたしたち三人みんな自由になれる……

これは聖なる骨なのだよ、と尊師は勃起したムスコを手で持ってあたしの鼻先で振り回しながら言った。神が私にこの輝かしい贈り物を下さったのだ。ここからほとばしり出る精液は天使の生命を生み出しうるのだよ。握ってみたまえシスター・オーロラ、血管を流れている炎を感じたまえ。口に含んで、主が私に与えてくださった肉を味わいたまえ……

あたしはそいつの言うとおりにしたのよ、ナット伯父さん。目をつむって、血管の浮き出たでっかいトウモロコシを口につっ込んで、少しずつ吸っていったのよ。気持ち悪かった。嫌な臭《にお》いのする股《また》で鼻がこすれて、胃がむかむかしてひっくり返りそうだったけど、これでどうなるのかあたしにはちゃんとわかってた。あたしは嬉しかった。男が行きそうになった直前、口から抜いて、手で仕上げた――霊験《れいげん》あらたかな精液がブラウス一面に飛び散るようにしたのよ。これが証拠になる。この糞じじいを引きずり下ろすのに、唯一《ゆいいつ》必要なものよ。モニカとビル・クリントン、覚えてるでしょ？　ワンピースが証拠だったでしょ？　あたしにはこのブラウスがある、これって武器も同然よ、弾の入ったピストルよ……

車に乗り込んだとき、あたしは泣いていた。本物の涙だったかインチキだったか自分でもわからないけど、とにかく泣いていた。エンジンかけて家に向かってちょうだい、とデイヴィッドには言った。デイヴィッドは動揺しているみたいだったけど、翌朝まで喋っちゃいけないから、何も訊けずに黙っていた。それであたしも、これって結果は二つありうると悟ったのよ。尊師ボブにレイプされたってあたしは言うつもりだった。もしそれでデイヴィッドが喋ったら、〈聖なる御言葉の神殿〉なんかよりあたしの方が大事だってことになる。ブラウスを警察に提出して、DNA鑑定してもらえば尊師は煮え油でグツグツよ。でももし、デイヴィッドが喋らなかったら？　だとしたら、あたしはあの人にとって何の意味もないってこと。あの人は最後の最後まで父上ボブについてくってことよ。そうなったら時間は少ししかない。もしデイヴィッドが駄目だったら、自分のことを考えるのはあきらめて、ルーシーを救うことに絞らないといけない。そのためにはあの子をノースキャロライナから出すしかない。明日でも来週でもなく、いますぐ、ニューヨークに行く最初のバスで……

一〇〇メートルくらい走ったところで、あたしはデイヴィッドに話した。あいつにレイプされたのよ、このブラウス見てよデイヴィッド、そうあたしは言った。これ、尊師ボブのザーメンなのよ。あいつに押さえつけられて、逃げられなかったのよ。無理矢理犯されて、抵抗したけど力じゃ敵《かな》わなかった。するとデイヴィッドは、車を道端に寄せて停めた。少しのあいだあたしは、味方してくれるんだと思って、疑ったりして悪かった、信頼しなかった自分が恥ずかしいって思った。そしてあの人は片手をのばしてあたしの顔に触って、目には優しい、気持ちのこもった表情が浮かんでいた。カリフォルニアであたしが惚《ほ》れ込んだ、あの美しい、思いやりのある表情だった。この人こそあたしが結婚した男だ、その男がいまもあたしを愛してくれてるんだ、そう思ったわ。でもそれは間違いだった。あたしに同情はしたかもしれないけど、尊師ボブの聖なる言いつけに背いて沈黙を破る気はあの人にはなかった。何か言ってよ、とあたしは言ったわ。お願いデイヴィッド、口を開けてあたしに何か言ってちょうだい。デイヴィッドは首を横に振った。あの人が首を振って、あたしは泣き出した。今回の涙は本物だった……

また走り出して一、二分したところで、あたしは何とか気を引き締めて、ルーシーをブルックリンのトムのところに送り出すとデイヴィッドに言った。もしあんたが従わないなら、ブラウスを警察に持っていって尊師ボブを訴える。それであたしたちの結婚もおしまいよ。あんた、いまでもあたしと夫婦でいたいでしょう？　そう訊かれてデイヴィッドは頷《うなず》いた。いいわ、じゃあこうするのよ。まず、ルーシーを迎えに家に帰る。それからシティ・フェデラルのATMに行って現金を二百ドル引き出す。それからバスの発着所に行って、あんたのマスターカードでニューヨーク行きの片道切符をルーシーに買ってやる。で、ルーシーにお金を渡して、バスに乗せて、さよならのキスをするのよ。そこまであんたが一緒にやってくれるのよ。引き替えにあたしは、バスが発着所を出たらすぐ、あんたのヒーローのチンカスがついたブラウスをあんたに渡してあげる。あんたは英雄を救うために証拠を隠滅すればいい。そしてあたしはこれからもずっとあんたと一緒にいる。ただし条件がひとつあるわ。あたしはもう二度とあの教会に近よらない。もし無理に連れていこうとしたら、あたしはあんたの人生からいなくなる。永久に消えていなくなるのよ……

ルーシーと別れたときのことは話したくない。考えるだけで辛《つら》いのよ。リハビリに入ったときも別れたわけだけど、今回は話が違った。世界の終わりみたいな気がした。あの子を抱きしめて、泣き出さないようこらえて、ママは元気だってみんなに言うのよって言い聞かせるので精一杯だった。あたしがトムに書いた手紙をあの子がなくしちゃったのは残念ね。手紙で詳しく説明しておいたんだし、あの子がいきなり手ぶらでやって来てさぞ奇妙に思えたでしょうね。発着所からトムに電話をかけようと思ったんだけど、何もかもすごく慌《あわ》ただしくて、小銭もそんなにたくさん持ってなかったからコレクトコールでかけるしかなかった。トムは留守だったけど、前の住所にまだいるってことだけはわかった。あの日あたしがやったことは狂ってたかもしれないけど、トムがどこに住んでるかも知らずにルーシーをニューヨークに送り出すほど狂っちゃいなかった……

キャロライナキャロライナってのはわかんないわね。ママがどこにいるか言っちゃいけない、なんて一言も言わなかったのにね。そんなこと言うわけないでしょ？　だって、相手はトム伯父さんじゃない——まさかあの子がウィンストン＝セーレムのことを何も言わないなんて思いもしなかった。あの子も可哀想《かわいそう》に。ママは大丈夫だってトム伯父さんに言いなさい、元気でやってる、それだけ言いなさい、そうあたしはあの子に言ったのよ。もっとちゃんと考えるべきだったわよね。ルーシーは何でも文字どおり受けとるから、それだけってことはほかのことはいっさい言っちゃいけないんだと思ったのよ。あの子は前からそうなの。三つのときに、午前中だけ毎日保育園に行かせてた時期があったんだけど、二、三週間して先生が電話してきて、娘さんのことが心配ですって言うのよ。みんなが牛乳を飲む時間に、いつも決まって、ほかの子がみんなもらってからじゃないと自分の分を取ろうとしないっていうの。訳がわかりませんって先生は言った。あなたの牛乳を取りに行きなさい《ゴー・ゲット・ユア・ミルク》ってルーシーに言っても、カートンの残りがあとひとつしかなくなるまで待つんだって。あたしもこれがわかるには少し時間がかかったわ。ルーシーはね、あなたの牛乳って言われても、どのカートンが自分の牛乳なのかわからなかったのよ。で、ほかの子供たちはみんなどれが自分のかわかってるってあの子は思って、残りがひとつだけになったらそれが自分のだって考えたわけよ。わかる、ナット伯父さん？　ちょっと変な子よ、でも知的に変なのよ。ほかの子とは違う。それだけって言葉さえあたしが使わなかったら、伯父さんたちもあたしの居所がとっくにわかったのにね……

どうしてもう一度電話しなかったかって？　できなかったのよ。ううん、家に電話がなかったからじゃなくて、閉じ込められてたから。あんたの許《もと》を離れないってあたしはデイヴィッドに約束したけど、あの人はもうあたしのことを信用しなかった。バス発着所から家に帰ったとたん、あたしをルーシーの部屋に上がらせて、外から鍵《かぎ》をかけたのよ。そうよナット伯父さん、あたしを閉じ込めて、その日一日中、夜になってからも一晩中そこにいさせたのよ。そして翌朝話し出したら、尊師ボブのことで君は嘘《うそ》をついたから罰を与えないといけないって言ったわ。嘘？　いったい何の話よ？　そうあたしは言った。レイプなんてなかったんだ、とあの人は言った。一人で行くと君が言い張ったのは、あの方を誘惑するつもりだったからだ。そしてあの方は、お気の毒に、君の魅力に抗《あらが》えなかったんだ。ありがとう、デイヴィッド、とあたしは言った。ありがとう、あたしという人間を信じてくれて、あたしがどんなにいい妻だったかわかってくれて……

その日のうちに、デイヴィッドは部屋の窓に板を打ちつけた。囚人が窓から這《は》い出せるんじゃ牢獄《ろうごく》なんて意味ないものね。それから、何ともご親切なことに、わが愛しの夫は、尊師ボブの〈日曜の布告〉を受けて地下室にしまい込んだ物をみんな持ってきてくれた。テレビ、ラジオ、CDプレーヤー、本。これってルール違反じゃないのって訊いたら、そうとも、でもけさ礼拝のあと尊師と話をしたのさってデイヴィッドは答えた。それで尊師がね、特別の免除を与えてくださったんだ。ねえオーロラ、私は君の居心地をできるだけよくしてあげたいんだよ。ああら、なんでそんなに優しくしてくださるのかしらって言ったら、君を愛してるからさとデイヴィッドは言った。君は昨日邪《よこしま》なことをした、だがそれでも君に対する私の愛は変わらない。その愛の純粋さの証《あか》しに、デイヴィッドは一分後に、あたしが床におしっこしたりウンコしたりしなくていいように大きなシチュー鍋《なべ》を持ってきたわよ。ところで、君も喜ぶと思うが、君は〈神殿〉から破門されたよとデイヴィッドは言った。君はもう外に出たが、私はまだ中にいるんだ。ショックだわ、とあたしは言った。今日は人生で一番悲しい日よ……

あたしのどこがおかしかったのかわからないけど、何もかもがジョークみたいに思えて、真面目《まじめ》に受けとめられなかったの。まあ何日かこんなのが続いて、いずれ逃げ出せばいいって思ってた。約束なんて知ったこっちゃない、一分だって必要以上にとどまる気はなかった……

でも何日かが何週間かになって、何週間かは何か月かになった。こっちの考えをデイヴィッドも見抜いて、みすみす行かせる気はなかったのよ。仕事から帰ってきたらあたしを部屋から出してくれたけど、逃げるチャンスなんてどれだけある？　いつだってあたしのこと見張ってるのよ。ドアめざして駆け出したって、どこまで行ける？　きっと二歩が精一杯よ。向こうの方があたしより大きくて強いんだし、あたしを追いかけて引きずり戻すのなんて訳ない話よ。車のキーもあの人のポケットのなかだし、お金もあの人のポケットのなか。あたしにあるお金はルーシーのタンスの引出しから出てきたひと握りの小銭だけ。あたしは待ちつづけ、望みつづけたけど、家から抜け出せたのは一度だけだった。トムに電話したのはそのときよ。覚えてるでしょ？　デイヴィッドが奇跡的に、夕食のあと居間でうとうと寝入ったのよ。道を二キロばかり下ったところに公衆電話があって、あたしはその道を精一杯速く駆けていった。あたしにもっと勇気があって、デイヴィッドのポケットに手をつっ込んで車のキーを盗もうとしてたらねえ。でもあたしには、あの人を起こしてしまう危険を冒す度胸はなかった。だから走って道を下っていったの。あたしが出ていってから、たぶん十分くらいしてデイヴィッドも目を覚ましたんだと思う。言うまでもなく、デイヴィッドは車で道を下ってきた。ぶざまもいいところよね。メッセージを言い終える時間さえあたしにはなかった……

あたしがどうしてこんなに青白くて、やつれてるか、これでわかったでしょう。あたしは六か月閉じ込められてたのよ、ナット伯父さん。まる半年、動物みたいに自分の家に閉じ込められてたのよ。テレビを見て、本を読んで、音楽を聞いたけど、大半の時間はどうやって自殺しようか考えていた。踏みきれなかったのは、いつの日か迎えに行くからね、いつかまた一緒に暮らすのよってルーシーに約束してたから。だけどね、楽じゃなかったのよ、全然楽なんかじゃなかった。今日伯父さんが来てくれなかったら、あとどれだけ耐えられたかわからない。たぶんあの家で死んだでしょうね。簡単な話よ、ナット伯父さん。あたしはあの家で死んで、あたしの夫と尊師ボブさまとで真夜中にあたしを運び出して、墓標もない墓穴に放り込んだでしょうよ」

新しい生活

私がジョイス・マズッケリと親しくなっていたおかげで、オーロラとルーシーの住みかを見つけてやることができた。娘のBPM、そして二人の孫と一緒に暮らしているキャロル・ストリートの家はジョイスの所有だったわけだが、このブラウンストーン造りの家の三階に、空いている部屋がひとつあったのである。かつてはジミー・ジョイスが作業場として使っていた部屋だが、ナンシーの元夫フォーリー・ウォーカーが出ていったいま、オーロラとルーシーを住ませてもらえないだろうかと私は頼んでみた。ローリーには金も職もないけれど、彼女が独り立ちするまで家賃は私が払うし、ルーシーももう大きいからときどきはナンシーの子供たちの世話もできると思うし、誰にとっても損はないと思うんだ、と私は言った。

「家賃なんていいのよ、ネイサン」とジョイスは言った。「ナンシーはアクセサリー作りのアシスタントを探してるし、掃除と料理を手伝うのをオーロラが嫌じゃなかったら、ただで住んでくれていいわよ」

心優しいジョイス。そのころにはもう、私たちは半年近く親しい間柄だった。いちおう別々に住んではいたが、週に二、三晩同じベッドで——気分や状況に応じて彼女のベッドだったり私のベッドだったり——過ごさないことはめったになかった。彼女は私より二歳ばかり下なだけで、まあもういい齢《とし》なのだが、五十八、五十九歳にしてまだまだ物事をエキサイティングに保つだけのイキのよさがあった。

老いかけた人間同士のセックスは、気まずい面やだれた面があったりするわけだが、そこにはまた、若い人間がしばしば気づかない優しさのようなものもある。胸はたるみ、ペニスは垂れても、肌はまだ自分の肌であって、自分が大切に思う誰かが手をのばして触れてくれたり、両腕に抱いてくれたり口にキスしてくれたりすれば、永遠に生きられると思っていたときと同じようにいまも体はとろけるのだ。ジョイスも私もまだ人生の十二月に達してはいないが、五月はとうに過ぎたことは間違いない。二人一緒の私たちは、いわば十月中旬か下旬の午後だった。頭上の空は活《い》きいきと青く、空気にはぴりっと冷たいものが流れ、枝にはまだ無数の葉がついていて、大半は茶色だが金色や赤や黄もまだ十分残っていて、人を戸外にいられるだけいたい気持ちにさせる。そんな爽《さわ》やかな秋の日だった。

彼女は娘ナンシーのような美女ではなかった。昔の写真を見せてもらったかぎり、そうであったことは一度もなかったと思う。ナンシーの容貌《ようぼう》は夫のトニーから受け継いだのだとジョイスは言った。建設業者だったトニーは、一九九三年に心臓発作で亡《な》くなっていた。「あんなにハンサムな人は見たことがないわ」とジョイスはあるとき私に言った。「ヴィクター・マチュアーに瓜《うり》二つなのよ」。これを強いブルックリン訛《なま》りで言うものだから、その口から出てくる俳優の名はヴィクタマチュアと聞こえた。何だかまるで、rという音が甚だしく退化して英語のアルファベットから抹殺《まっさつ》されたみたいだった。その素朴な、プロレタリアート的な声が私は大好きだった。それはこの人といれば大丈夫だという気にさせてくれる声だった。ジョイスが持つさまざまな特質のなかでもとりわけその声は、彼女が余計な気どりのない女性であること、自分という人間を信じ自分の行ないを信じる人物であることを伝えていた。何といっても彼女は、美しき完璧な母親の母なのだ。自分がやっていることをしっかり自覚していなければ、どうしてナンシーのような娘を育てられよう？

表面的には、私たちには何の共通点もなかった。生い立ちはまったく違うし（都会のカトリック、郊外のユダヤ系）、関心の対象も重なるところはほとんどなかった。

ジョイスは書物に我慢できず本をまったく読まないのに対し、私は体を使うことを極力避け不動の状態をよき人生の頂点として追求している。ジョイスにとって運動は単なる義務にとどまらず快楽であり、日曜の朝六時に起きて自転車でプロスペクト公園を回るのが週末の愉《たの》しみである。彼女はいまも仕事をしていて、私はもう引退している。彼女は楽天家で、私は悲観主義。彼女の結婚生活は幸福だった一方、私の……その話はもうよそう。彼女はニュースにほとんどまったく注意を払わず、私は新聞を毎日じっくり読む。子供のころ彼女はドジャースを応援し、私はジャイアンツを応援した。彼女は魚とパスタ派で私は肉とポテト派。だがそれでも——人生についてこれ以上神秘的なことがあろうか？——私たちはおそろしく気が合ったのだ。ある朝七番街でナンシーに紹介されたときから私は彼女に惹《ひ》かれていたが、自分たちのあいだに火花のようなものがあるかもしれないと思ったのは、ハリーの葬式で長話をしたときだった。それでもつい気後れして、こっちからは電話もしなかったが、翌週、彼女の方から夕食に招いてくれて、私たちの微妙な仲がはじまったのだった。

私は彼女を愛していたか？　イエス、おそらく。私に人を愛する能力があるかぎりにおいて、ジョイスこそわが女性、リストに唯一名の挙がった候補者だった。「愛」という言葉の定義ということになっている百パーセントの全面的な情熱ではないとしても、それにごく近い、区別しても意味はないくらい近い何ものかだった。笑いは心身の健康にいいと医者は言うが、彼女といるとたっぷり笑うことができた。私の短所や矛盾も彼女は大目に見てくれたし、私が落ち込んでも耐えてくれて、GOP〔※共和党のこと〕、CIA、ルドルフ・ジュリアーニ〔※当時のニューヨーク市長〕に私が罵詈《ばり》雑言を浴びせても平然としていた。メッツに対する彼女の強烈な忠誠心も私には楽しかったし、古いハリウッド映画をめぐる百科事典的な知識と、スクリーン上につかのま現われるあらゆる忘れられた端役《はやく》俳優の名を指摘する才能には啞然《あぜん》とさせられた（ほらネイサン、フランクリン・パングボーンよ……あれウナ・マーケルね……あれはC・オーブリー・スミス）。『愚行の書』を私に朗読させてくれる度量も素晴らしいし、無知と人の好《よ》さとが相まって、私のしょうもない話を一級品の文学と思ってくれもした。イエス、掟《おきて》の——私の性格という掟の——許すかぎり私は最大限に彼女を愛していた。では、身を固めて人生最後まで彼女と過ごす気はあったか？　週七日彼女の顔が見たかったか？　大いなる問題を持ち出すほど彼女に夢中だったか？　それは、よくわからなかった。（名前削除）との長年にわたる惨状のあとでは、ふたたび婚姻に挑むことに躊躇《ちゅうちょ》せざるをえなかった。だがジョイスは女性であり、女性の大多数は独身よりカップル状態を好むようなので、自分が本気であることを伝えるのが己の義務だと私は考えた。その秋の、とりわけ暗かった瞬間に――レイチェルが流産した二日後、ブッシュが不法に当選を奪いとった四日後、ヘンリー・ピープルズが行方不明のオーロラの居場所をつきとめる十二日前――私は重圧に屈し、その言葉を口にした。仰天したことに、プロポーズは騒々しいゲラゲラ笑いでもって迎えられた。「まあまあ、ネイサンったら」とジョイスは言った。「馬鹿なこと言わないでよ。あたしたちいまのままで、最高に上手くやってるじゃない。わざわざ舟を揺らして厄介を招く必要はないわ。結婚ってのは若い人たちのため、赤んぼを作りたい子供同然の連中のためにあるのよ。あたしたちはもう、そういうのは済ませた。あたしたちは自由なのよ。ティーンエイジャーみたいにセックスしまくっても、絶対妊娠しない。口笛吹いてくれれば、あたしの大っきなイタリア系のお尻《しり》はあんたのものよ、ね？　あんたにはあたしのお尻があって、あたしにはあんたの素敵なユダヤ系のアレがある。あんたはあたしの初めてのユダヤ人なのよ、せっかく目の前にあんたが現われたんだからあたしだって離す気はない。あたしはあんたのものよ、ベイビー。だけど結婚がどうこうなんて話はよしましょうよ。あたしはもう妻になる気はない。それにね、あたしの素敵な人、笑える人、あんたって夫としては最悪だと思うわ……」

言い方はこのようにタフだったにもかかわらず、少し経って彼女は泣き出した。突然気を昂《たか》ぶらせ、知りあって以来初めて取り乱した。きっと死んだトニーのことを考えているのだろう、と私は思った。まだほんの小娘だったころにイエスと言った相手、わずか五十九歳で亡くなった夫、生涯の恋人を思い出しているのだろう、と。そうだったかもしれないが、次に彼女が言ったのは全然別のことだった。「あたしが喜んでないなんて思わないでよ。そもそもあんたはあたしの身にこの何年かで起きた最高の出来事なのに、その上こうして、こうしてこんなに嬉しいことを言ってくれる。このことは絶対忘れないわ。あたしみたいなお婆《ばあ》ちゃんがプロポーズされるなんてね。わああ泣くなんて馬鹿みたいだけど、でもでもでも、あんたの気持ち、あたしの急所を直撃したのよ」

どうやら涙を誘発するほど自分が彼女の心を打ったらしいとわかって、私はホッとした。これはつまり、私たちのあいだに何かしっかりしたものがあるということだ。そう簡単には壊れないつながりがあるということだ。と同時に、ジョイスに断られてホッとしたことも認めねばならない。大いなるジェスチャーを示したはいいが、正直言って気持ちとしては私も割れていたのだ。夫としては最悪だろうとわかるくらい、彼女は私のことをよく知ってくれている。私たちはどちらも結婚になど用はない。というわけで、不滅のパングロス先生〔※ヴォルテールの『カンディード』に出てくる楽天家」の言葉を若干言いかえるなら、すべては最善に落着いたのである。わが人生で初めて、二つの望みがどちらも叶《かな》ったのだ。

ジョイスは涙を拭《ふ》き、二週間後にはオーロラとルーシーが彼女の家に住んでいた。それは誰にとってもまっとうな選択だったが、母と娘がふたたび一緒になるのが筋ではあっても、幼い預かりものを手放すことがトムとハニーにとってどれだけ辛かったかを忘れてはならない。その時点で彼らはすでに何か月もルーシーの世話をしていて、三人でいつしか親密な小家族を形成していた。私もその夏に彼女を二人に手渡したときに似たような痛みを味わったし、しかも私など一緒に暮らしたのはほんの何週間かだったのだ。二人がルーシーと過ごした五か月半を想《おも》うと、オーロラが無事ブルックリンに行きついたことはむろんみんなすごく嬉しいにしても、彼らにも同情せずにいられなかった。「やっぱり母親と一緒でないと」と私はトムに、達観を装《よそお》って言った。「けれどルーシーのどこかはいまも私たちのもの、私たち一人ひとりのものなんだ。あの子はわれらが女の子でもあるのさ、そのことは何があっても変わらないよ」

ルーシーを失うのは二人としても辛かったが、とにかくそうやってつかのま子育てをしてみて、自分たちの子供が欲しいという気持ちは揺るがなくなった。さしあたってはもろもろの実際的な問題（ハリーの建物の売却交渉、新居探し、近辺での教職探し）に忙殺されていたが、ひとたびそうした雑事が片付くと、ハニーは避妊用のペッサリーを捨て、家族を築く夜ごとの営みに二人で腰を据えて取りかかった。二〇〇一年三月、二人はサード・ストリートの、六番街と七番街のあいだにある分譲アパートメントに移った。風通しも陽当たりもいい四階で、表側のリビングルームはなかなかの広さだし、真ん中に小ぶりのキッチンとダイニングがあって、狭い廊下は奥の小さな三寝室に通じていた（うちひとつをトムは書斎に変えた）。ここに落着いたころにはもうブライトマンズ・アティックはなくなっていた。建物の購入契約を済ませる条件のひとつとして、本をすべて取り払うことを買い手から強く求められていたので、トムは年のはじめに、ハリーのかつての商売の在庫を一掃すべく必死に頑張った。ペーパーバックは五セント、十セントで売り、ハードカバーは三冊一ドル、それでも二月一日の時点で売れなかったものは病院や慈善団体や海員図書館に送った。私もこの憂鬱な仕事を手伝い、二階の稀覯本《きこうぼん》や初版本は（一切を一人の、マサチューセッツ州グレート・バリントンに居を構える業者に引き取らせようとしたため底値で売ることになったものの）かなりの金になったが、それでもハリーの帝国の解体に携わるのは楽しい作業ではなかった。特に、空になったスペースで新しい所有者が何をするつもりかを聞いたとき、そうした気持ちはいっそう強まった。書物は女物の靴とハンドバッグに場を譲り、上三階は高級分譲アパートメントに作り変えられるというのだ。不動産こそニューヨークの公式宗教にほかならない。その神はグレーのピンストライプ・スーツを着て、キャッシュという名で、ミスター・モア゠アンド゠モア・キャッシュという名で通っている。こうした気の滅入る展開に何らかの慰めがあるとすれば、トムとルーファスが今後二度と金に困る心配はないという点だった。彼が死んで以来もう二百回目くらいのことだったが、私の思いはハリーに、そして永遠の偉大さへと達したあのとてつもないスワンダイブに向かった。

六月初旬の木曜の晩、妊娠したことをハニーが告げた。トムは彼女の体に腕を回し、テーブルの向こうから身を乗り出して、名付け親《ゴッドファーザー》になってくれと私に頼んだ。「ネイサン、あなたしかいないんです」とトムは言った。「義務をはるかに超えた奉仕。戦闘の只中《ただなか》で示した並外れた勇気。負傷した戦友を救出せんと、生命と身体を賭《か》け激しい砲火をくぐり抜けた無私の精神。その戦友をふたたび独り立ちさせこの婚姻に入らせた後押し。これら英雄的な行為に鑑《かんが》みて、そして我々の将来の子孫のためにも、あなたは大伯父という名以上にその役割に相応《ふさわ》しい称号に値するものと我々は考えます。ゆえに私《わたくし》は、汝《なんじ》に名付け親の称号を授与します――我々の慎ましい懇願を受けて貴殿がその重荷を担《にな》うことに同意してくださるなら。いかがでしょう? 不安に騒ぐ胸とともに我々は貴殿のご返答をお待ちします」。答えはイエス。イエスのあとにもごもごとした呟《つぶや》きが長々続いたが、その中身はもうまったく思い出せない。それからグラスを持ち上げると、不可解なことに私の目に涙があふれた。

三日後、レイチェルとテレンスが、日曜のブランチを食べにニュージャージーから車で私のアパートメントにやって来た。ジョイスに支度を手伝ってもらい、四人で家の裏手の庭に座ってクリームチーズを塗ったベーグルを食べていると、自分の娘がここ数か月で一番美しく幸せそうに見えることに私は気づいた。秋に起きた流産は辛い失望だったし、以来レイチェルはずっと危なっかしい様子だった。悲しみを隠そうと職場で働き過ぎたり、子供を産みそこなっても価値ある配偶者であることを証明すべくテレンスのために凝ったグルメ食を作ったり、事あるごとに自分を疲れさせていた。だがその日庭に座った彼女の目には、かつての輝きが戻っていて、いつも人前では控え目になりがちなのに、この日は会話に積極的に加わり、ほかの三人に量も回数も負けぬくらいよく喋《しゃべ》った。ある時点でテレンスがトイレに立ち、そのすぐあとにジョイスもコーヒーの新しいポットを取りにキッチンに飛んでいった。レイチェルと私は二人残された。私が彼女の頬にキスし、今日はとても綺麗《きれい》だよと言うと、向こうもキスを返してから、頭を私の肩に載せた。「また妊娠したのよ」と彼女は言った。「けさ検査してみて、結果が出たの。あたしのなかで赤ちゃんが育ってるのよ、今回はちゃんと産まれてくるのよ。約束する。父さんをお祖父《じい》ちゃんにしてあげるのよ、そのためならこれから七か月ベッドにいなくちゃいけなくても平気」

七十二時間以内で二度目だったが、私の目に予想外にも涙があふれた。

私の周りじゅうで妊娠女性が続々現われ、何だか私まで女性的になりつつあった。赤ん坊の話が出ただけで涙ぐむ、人前で恥をかかぬよう緊急用ティッシュ一箱を持ち歩かないといけない涙もろい薄のろ。かように男らしさを欠いた一因は、キャロル・ストリートの家だったと思う。その家で私は多くの時間を過ごしたが、ナンシーの夫の代わりにオーロラとルーシーが入ってきたいま、世帯はいまや完全な女性宇宙だった。唯一男性のメンバーはナンシーの三歳の息子サムだが、まだ言葉もろくに喋れないとあっては影響力も大きく限定されざるをえない。あとはすべて女性、三世代にわたる女性である。ジョイスが上の世代、ナンシーとオーロラが真ん中、十歳のルーシーと五歳のデヴォンが下。ブラウンストーンの建物の内部は、女性用の人工物の生きた博物館だった。陳列室にはブラにパンティ、ドライヤーにタンポン、化粧品のボトルに口紅、人形に跳び縄、ネグリジェにヘアピン、カール用アイロンにフェイスクリームに無限の、無限の数の靴が並んでいた。そこへ行くことは異国を訪れることだった。が、その家に住んでいる全員を崇めている私にとって、それは地球上のほかのいかなる場にも増して好ましい場だった。

オーロラがノースキャロライナから脱出してきてからの数か月、ジョイスの家では奇妙なことがいくつも起きた。家のドアは私に対して開かれていたから、そうしたドラマを間近に眺める機会を私は得て、尽きない驚きと感嘆に包まれて夢中で見守った。たとえばルーシーに関しては、先行きは一挙に不明になった。私としても、トムとハニーと一緒に暮らしていたあいだは、いつトラブルが起こってもおかしくないと気を揉《も》んでいた。何しろ「あたし、悪い子になる。神さまがお作りになった最高に悪い、最高に意地悪の、最高に口汚い子になる」と本人も脅《おど》かしたのだし、母親が相変わらずいないせいでいずれ参ってしまうのは避けられないと私には思えた。ふさぎ込んでばかりの、怒りっぽい、不機嫌な子供になってしまうのではないか。だがそうではなかった。かつてのハリーの店の三階のアパートメントで、彼女はこの上なく元気に暮らし、新しい環境に適応する早さも依然としてめざましかった。私がブルックリンにローリーを連れ戻したころには南部訛りも消えていて、背も優に十センチは伸びていたし、学校でも成績はトップクラスだった。まあたしかに、夜には母親を恋しがってよく泣いたが、母が戻ってきて、われらが女の子の祈りがまさに叶ったわけであり、万事めでたしとなってもよさそうなものである。だがこれもそうではなかった。再会の直後は幸福の大波が訪れたものの、少し経つと、恨みつらみや敵意が浮上しはじめた。一緒に住み出して一か月が過ぎたころには、われらが聡明《そうめい》でエネルギッシュで気のきいた科白《せりふ》を吐く女の子は、手に負えないわがまま娘になり果てていた。ドアを乱暴に閉める。丁寧に頼んでも意地の悪いあざけりを返す。三階から喧嘩《けんか》腰の叫び声が響きわたる。不機嫌はむっつりの沈黙に変わり、それが嵐《あらし》に変わり、嵐は涙に転じる。いやだ、馬鹿みたい、うるさい、放っといてよが日常会話の必須語彙《ごい》となった。ほかの誰に対しても、ふるまいは前と変わらない。攻撃にさらされるのは母親だけだった。そして、時とともに攻撃はますます容赦ないものになっていった。

オーロラの脆《もろ》さを思えば何とも困ったふるまいだが、それがルーシーにとって必要不可欠な浄化であることも私にはだんだん見えてきた。これは、ルーシーが自分の人生を求めて必死に闘《いと》っている証拠なのだ。問題なのは愛情ではない。ルーシーは母親を愛している。だがその愛しい母親はまた、ある狂おしい午後に彼女をあわただしくバスに乗せてニューヨークへ送り出した張本人、その後六か月にわたって彼女を放ったらかしにしていた人物でもあるのだ。幼い子供がこんな不可解な目に遭ったら、どうしたって、自分にも少し責任があるのではと思ってしまうのではないか？ 悪い子でもなければ、母の愛に値しない子でもなければ、どうして母親が追い出したりするだろう？ 母としてもそんな気はなかったのに、娘の魂には一筋の切り傷が刻まれてしまっていた。だとすれば、その傷が癒《い》えるには、娘があらんかぎりの声を振り絞り、世界に向かって、あたしは苦しんでいる、もう耐えられない、助けてと宣言する以外に道はない。ルーシーが大人しくしてくれたら家はもっと落着いた場所になっていただろうが、その悲鳴を内に貯《た》めてしまえば、結局は彼女に途方もない苦しみがもたらされるだろう。ここは外に出すしかなかった。出血を止めるために、ほかにすべはなかった。

オーロラには私もなるべく頻繁に会うように努めた。特に最初の、まだ足場を確保しようとあがいていた困難な二、三か月のあいだは、事あるごとに会いに行った。ノースキャロライナでのおぞましい体験は、彼女のなかに消えない跡を残していた。それが全面的に癒えることはもはやあるまい。今後どれだけよい生を送ろうとも、過去はつねに彼女とともにあるだろう。足しになると思うならセラピストに定期的に話を聞いてもらう費用も出すと私は申し出たが、いいえ、伯父さんと話す方がいいわと彼女は言った。この私、ブルックリンにこそ戻ってきて一年も経たない、恨みがましい独り身の男。もはや燃え尽きた、生きる目的など何も残っていないと信じていた人間。盆暗《ぼんくら》の私、愚者ネイサン、くたばるのを静かに待つしかすることの思いつかなかった私が、いまや打ちあけ話の聞き手にしてカウンセラーに、好色な未亡人の愛人に、危機に瀕《ひん》した乙女を救う遍歴の騎士に変身を遂げたのである。オーロラが私を選んだのは、私がノースキャロライナまで行って彼女を救い出したからであり、あの日以前何年も接触を断っていたとはいえ彼女の伯父であり彼女の母親のただ一人の兄であって、私なら信用できると思ったからだ。というわけで、私たちは週に何度か昼食時に会い、七番街の〈ニューピュアリティ・ダイナー〉の奥のテーブルに座って二人でじっくり話しあった。私たちはだんだん仲よしになっていった。彼女の兄とはすでに友だちになっている。それと同じだった。ジューンの子供が二人ともこうして私の人生に戻ってきたいま、あたかもわが妹が私のなかでよみがえったような思いがした。妹は私にとり憑《つ》きつづける幽霊にほかならない。だから彼女の子供は、いまや私の子供になったのだ。

オーロラが唯一、母親にも兄にも、家族の誰にも打ちあけなかったのは、ルーシーの父親の名前である。もう何年もずっとその秘密を守ってきたから、いまさら蒸し返すのも意味はないと私は思っていたのだが、四月初旬のそうした昼食会の最中、こちらからは何もせっつかなかったのに、その答えがポロッと転がり出てきた。

事は私が、刺青《いれずみ》はまだ残っているかと訊《き》いたことからはじまった。そう問われると、ローリーはフォークを置いてニッと満面の笑みを浮かべ、「どうしてそんなこと知ってるの？」と言った。

「トムから聞いたのさ。肩に大きな鷲《わし》、だろう？ もう剝《は》がしたかとみんな思ったんだけど、ルーシーは教えてくれなくて」

「まだあるわよ。相変わらず大きくて綺麗よ」

「デイヴィッドは気にしなかったのかい？」

「それほどでも。はじめは、君の滅茶苦茶な過去の象徴だから消しなさいって言われて、あたしもそれでいいと思ったんだけど、ものすごく高くつくことがわかって。そんな金はないとわかったとたん、デイヴィッドは一八〇度態度を変えたのよ。これがあの人の典型的なやり方ね。あたしがいくら議論しても勝てなかったのもこのせいよ。もしかするとこれは善きものなのかもしれないね、とデイヴィッドは言ったわ。このまま残しておけば、これを見るたびに私たちは、君の若く暗き日々からどれほど遠くまで来たかを思い出すのさ。これぞデイヴィッドよ——あたしの若く暗き日々。肌にじかに着けた護符のようなものさ、これ以上の害や苦しみから君を守ってくれるんだよ。護符《アミュレット》。何のことかわからないから辞書を引いてみたわ。悪い霊を引き寄せないためのお守り。うん、それならそれでいい。デイヴィッドというあいだはあんまり効かなかったけど、これからはひょっとして役に立つかも」

「刺青が残っていて嬉しいよ。なぜ嬉しいのかわからないけど、とにかく嬉しい」

「あたしもよ。馬鹿な代物《しろもの》だけど、何となく愛着があるのよね。十一年前にイーストビレッジで入れたの。ルーシーを妊娠したお祝いに。おめでたですってクリニックで言われたその朝に、飛んでいって彫ってもらったのよ」

「なかなか奇妙な祝い方だね」

「あたしは奇妙な女の子なのよ、ナット伯父さん。それにあのときは、たぶんあたしの人生で最高に奇妙な時期だった。男二人と一緒に、アベニューCから横に入った鼠の巣みたいなアパートに住んで。ビリーとグレッグ。ビリーがギターで、グレッグがフィドル、あたしがボーカルだった。あたしたち若い割には、けっこう悪くなかったのよ。たいていはワシントン広場で演奏してた。じゃなきゃタイムズスクェアの地下鉄の駅で。ああいう地下の通路って、反響が気持ちよくて、あたしはガンガン歌いまくって、通行人がグレッグのフィドルケースにコインや一ドル札を入れていってくれる。ときどきハイになったまま歌うこともあって、そんなときビルはあたしのことを、俺の自堕落《フルージー》な、ハイになった《ウージー》、酔っ払い女《ブージーガール》って呼んだ。素面《しらふ》で歌うこともあって、そうするとグレッグが、惑星Xの女王って呼ぶ。ったくねえ。あのころは楽しかったわ、ナット伯父さん。音楽だけじゃ稼ぎが足りないと、あたしがいろんな店に入って万引きするの。二人から〈怖いもの知らず《フィアレス》のフォズディック〉〔※漫画『リル・アブナー』に出てくる探偵〕って言われたわよ。スーパーの店内をぶらぶら歩いて、ステーキやチキンをコートのなかにつっ込むの。あのころは真面目なことなんて何ひとつなかった。ある週はグレッグに恋して、次の週はビリーに恋して。二人両方と寝て、そのうちに妊娠しちゃった。どっちが父親だかわからなかったし、どっちも父親になりたがらなかったから、二人とも追い出したのよ」

「だからジューンにも言わなかったのか。わからなかったわけだ」

「あーあ、言っちゃった。信じられない、自分がここまで馬鹿だなんて。あーあ、あーあ。絶対誰にも言わないって誓ったのに」

「大丈夫だよ、ローリー。グレッグもビリーも私にはただの名前さ。言いたくなければもう何も言わなくていい」

「グレッグはルーシーが生まれてから二年ぐらいしてクスリのやり過ぎで死んだ。ビリーはあっさり消えた。何があったのかはわからない。故郷に帰って大学を出て、どっか中西部の高校で音楽の教師やってるって誰かが言ってたけど、同じビリー・フィンチかどうか。別人かもしれないわよね」

オーロラがブルックリンにやって来たあとも、もうデイヴィッド・マイナーの顔を見ずに済むと決まったわけではなかった。私の名前と住所は電話帳に載っていたし、マイナーが私経由で彼女の居所をつきとめるのは難しくないだろう。あの独善のかたまりとまた対峙《たいじ》するかと思うとぞっとしたが、その不安は胸にしまって、ローリーには何も言わなかった。マイナーのことは彼女にとってもひどく辛い話題だったから、自分から話す気にはとうていなれずにいる。ただでさえいろんな問題と格闘しているところへ、こっちから余計な心配を上乗せしたくはなかった。何か月かが過ぎていくなかで、だんだん望みも出てきたが、やっとすっかり心配をやめて忘れてしまえたのは六月末のことだった。分厚い白い封筒がある朝郵便箱に出現し、私はぼんやりしていてそれがネイサン・グラス宛《あ》てではなくネイサン・グラス方オーロラ・ウッド宛てであることに気づかず封を開けてしまった。一番上の、短い手書きのメッセージにはこう書かれていた――

愛しい君よ、

この方がいいのだ。

幸運を祈る——神がつねに君に慈悲深くありますように。

デイヴィッド

手紙には七ページの文書が添えられていて、それはアラバマ州セントクレア郡発行の離婚命令書だった。遺棄を理由に、デイヴィッド・ウィルコックス・マイナーとオーロラ・ウッド・マイナーの婚姻が解消されていた。

その日の昼食の席で、私は開封してしまったことをローリーに詫《わ》び、それから郵便を渡した。

「なあにこれ？」と彼女は訊いた。

「君の元夫からの手紙だよ」と私は言った。「公式の書類が一式添えてある」

「あたしの元夫？　どういうこと？」

「開けて自分で見てごらん」

手紙を読んで文書に目を通す彼女を見ていて、その表情がほとんど変わらないことに私は驚いてしまった。きっと笑みが浮かぶだろう、ひょっとしたら笑い声の一つや二つも上がるのではと思っていたのに、顔には何の表情も浮かんでこなかった。何か埋もれた、謎《なぞ》めいた思いが一瞬キラッと光りはしたが、それがどんな思いなのかは知りようがなかった。

「ま、これでおしまいってことね」と彼女はやっと言った。

「君は自由になったんだよ、ローリー。そうしたかったら、明日にでも誰かほかの人と結婚したっていいんだよ」

「もう死ぬまで、一人の男にもこの体、触らせないわよ」

「まあいまはそう言うけどね。そのうち誰か新しい人が現われて、また結婚を考えるようになるさ」

「ううん、本気なのよ、ナット伯父さん。もうそういう段階はおしまいなの。デイヴィッドにあの部屋に閉じ込められたとき、あたしは決めたのよ。これで終わりだ、もう二度と男なんかに恋しないって。いいことなんてなんにもなかったもの。これからだっておんなじよ」

「ルーシーのことを忘れてるぜ」

「オーケー、ひとつだけあったわね。でももう子供がいるんだから、これ以上要らないわ」

「君、何かあったのかい？　何だかえらく自分に厳しく聞こえるよ」

「何もないわ。すごくいい気分よ」

「ここに来てもう半年になる。ジョイスの家に住んで、ナンシーの下で働いて、娘を育てて。そろそろ次のステップを考える時じゃないかな。計画を立てるとかさ」

「計画ってどんな？」

「私が言うことじゃないさ。何でも君の好きなことでいいのさ」

「でもあたしはいまのままがいいのよ」

「歌うことは？　また歌の仕事に戻りたくないの？」

「ときどきはそう思う。でももうキャリアは要らない。週末に地元で何かやるとかならいいけど、旅回りはもうたくさん。ビッグな成功の夢とか、もういい。疲れるばっかりよ」

「アクセサリー作ってて楽しいかい？　十分満足できるの？」

「十分以上よ。毎日ナンシーと一緒にいられるんだもの、それ以上いいことなんてないわ。あんな人、世界中ほかに誰もいない。あたし、心底愛してるわ」

「みんな愛してるさ、ナンシーのことは」

「違うのよ、わかってないわね。だから、ほんとに愛してるのよ。そして彼女もあたしのこと愛してくれてるのよ」

「もちろんそうさ。あんなに愛情深い人間はめったにいないからね」

「まだわかってないのね。言ってるのは、あたしたち恋愛してるってこと。ナンシーとあたし、恋人同士なのよ」

「……」

「鏡見てごらんなさいよ、ナット伯父さん。タイプライター丸ごと呑《の》み込んだみたいな顔してるわよ」

「ごめんごめん。全然知らなかったんだよ。君たちの気が合ってることは見えてたんだけどね。おたがい好きあってることも見えたけど……そこまで進んでたとはね。いつごろからそうなったんだい？」

「三月からよ。引越してきてから三か月くらいしたところではじまったの」

「どうしてもっと早く言わなかったんだい？」

「伯父さんがジョイスに話すんじゃないかと思って。母親には知られたくないってナンシーは言うの。きっとショック受けるからって」

「じゃあどうしていま言ったんだい?」

「伯父さんなら秘密が守れるって決めたのよ。まさか裏切ったりしないわよね?」

「ああ、裏切らないとも。ジョイスには話すなって言うなら話さない」

「で、伯父さんも、がっかりしてない?」

「もちろんしてないさ。君とナンシーが幸せなんだったら、結構なことさ」

「あたしたちね、共通点がたくさんあるのよ。姉と妹みたいに波長がぴったり同じなの。相手が何を考えてて、何を感じてるか、いつもわかるのよ。いままで一緒だった男とは、いつだって言葉だった。話して、説明して、言い争って、いっつも喋ってた。ナンシーとだと、もうただあたしが見るだけで、彼女があたしのなかに入ってくるのよ。こんなことっていままで一度もなかった。魔法の絆《きずな》だってナンシーは言うけど、あたしはあっさり『愛』って言う。シンプルで、混じりっけなしの愛。これこそ本物よ」

「まるっきりトニーと同じ」

オーロラとの約束を守ってジョイスには何も言わなかったが、黙っていたのは女性カップルを助けるためであると同時に、私自身を護《まも》るためでもあった。もしジョイスが真実を知ったらどう反応するか、私には見当もつかなかった。穏やかに、というわけにはおそらく行くまい。そうなったら、怒りの結果としてありうるのは、誰か責められる人間を探すという展開だ。そして叩《たた》かれ役となったら、オーロラの伯父以上の適役がいるだろうか？　あのドジのたかり屋が、精神のバランスをなくした、他人まで堕落させる姪《めい》をマズッケリ家に押し込んだせいで、無垢《むく》なナンシーはまんまとたらし込まれ、掛け値なしの情熱的レズビアンに変えられてしまったというわけだ。ジョイスがローリーとルーシーを家から叩き出し、家族内に嵐が生じるなか、私は自分の妹の娘を弁護する立場に置かれるだろう。そうなったらジョイスの私に対する気持ちも一気に冷めてしまって、私まで追い出しを喰らいかねない。彼女と仲よくなってから一年が経《た》っていた。私としては、その仲が破綻《はたん》することだけは避けたかった。

夏休みが終わった直後の、まだ蒸し暑い静かな日曜の晩、ジョイスは私のアパートメントにやって来た。一緒に映画を観《み》て、タイ料理を食べる予定だった。電話でデリバリーの注文を終えると、彼女は私の方を向いて、「あの二人、とんでもないことになってるのよ」と言った。

「誰の話だい?」と私は言った。

「ナンシーとオーロラ」

「そうかなあ。アクセサリーを作って、売って。子供たちを世話して。よくある話じゃないかね」

「一緒に寝てるのよ、ネイサン。恋愛してるのよ」

「どうしてわかる?」

「現場を見たのよ。木曜の晩、あたしここに泊まってったでしょ? 翌朝早く起きて、まっすぐ仕事に行く代わりに、着替えようと思っていったん家に帰ったのよ。で、その日の午後に配管工事の人が来ることになってて、ナンシーに念を押しておこうと思って二階に行ったの。それで寝室のドアを開けたら、二人がいたのよ。シーツの上に一緒に裸で横になって、抱きあってぐっすり眠ってた」

「二人は目を覚ましたのかい？」

「いいえ。あたしそっとドアを閉めて、忍び足で階段を降りていったから。ねえ、どうすればいいかしら。こんなショック初めてよ、手首を掻《か》き切ってしまいたいくらい。トニーがいたら……、い、い、初めて思ったわよ、あの人が死んでいてよかったって。こんな……こんなおぞましいことあの人が見ないで済んでよかったわよ。見たらきっと胸がはり裂けたわよ。自分の娘が女と寝てるなんて。考えるたびに反吐《へど》が出そうよ」

「あんまり君ができることもないんじゃないかなあ。ナンシーはもう大人なんだから、誰と寝たって自由だよ。オーロラも同じさ。二人とも辛い目に遭ってきたんだし。どっちも結婚が破綻して、たぶん男に少し嫌気がさしてるんじゃないかな。二人が同性愛者になったと決まったわけじゃないし、いつまで続くかもわかりゃしないよ。当面、おたがいが慰めになるんだったら、べつにいいじゃないか。何が悪いんだい？」

「それが胸糞《むなくそ》悪い、自然の理に背いた行ないだってことがよ。あんたどうしてそんなに涼しい顔してられるのよ、ネイサン。どういうことなの。なんかどうでもいいっていう感じじゃない」

「人の気持ちは人の気持ちさ。間違ってるなんてどうして私に言える？」

「同性愛支援の活動家みたいなこと言うのね。じきに今度は、あんたも男と関係持ったことがあるとか言い出すんでしょうね」

「男とベッドに入るくらいなら右腕を切るね」

「じゃあどうしてナンシーとオーロラを弁護するのよ？」

「まず第一に、彼女たちは私じゃない。第二に、女だ」

「それってどういう意味よ？」

「よくわからない。たぶん、私自身がすごく女に惹かれるから、女が女に惹かれるのも納得できるんだと思う」

「あんたって豚よ、ネイサン。そういうのに興奮するのね」

「そんなこと言ってない」

「一人になるとそういうことしてるわけ？　夜ここに座って、レズのポルノ映画観てるの？」

「ふむ。それは考えつかなかったな。しょうもない原稿をタイプしてるより楽しいかも」

「冗談はやめてよ。あたしは神経衰弱になりそうだってのに、あんたったらジョークなんか飛ばして」

「私たちが口出しすることじゃないからさ」

「ナンシーはあたしの娘よ……」

「そしてローリーは私の姪さ。だからどうなんだ？　二人とも私たちの持ち物じゃない。言ってみれば、一時的に借りてるだけさ」

「あたしどうしたらいい、ネイサン？」

「何も知らないふりして、放っておけばいい。じゃなけりゃ二人を祝福してやるか。二人の関係を好きになる義務はないけど、選択肢となるとその二つだけじゃないかな」

「二人を家から叩き出すことだってできるでしょ？」

「うん、まあできるだろうね。でもそうしたら、君は生涯ずっと、毎日後悔することになると思うね。やめておけよ、ジョイス。パンチにパンチを返すのはよせ。あごをしっかり引けよ。気楽に行けって。選挙は毎回民主党に入れろよ。公園で自転車に乗れよ。私の完璧《かんぺき》な、黄金の肉体を夢に見ろよ。ビタミン剤を飲めよ。一日コップ八杯水を飲めよ。メッツを応援しろよ。映画をたっぷり観ろよ。仕事、無理するなよ。私と二人でパリに旅行しよう。レイチェルの子供が生まれたら病院に行って私の孫を抱いてやってくれ。毎食後かならず歯を磨けよ。赤信号の道を渡るなよ。弱い者に味方しろよ。自分の権利を守れよ。自分がどれだけ美しいかを忘れるなよ。私がどれだけ君を愛してるかを忘れるなよ。毎日スコッチをオンザロックで一杯飲めよ。大きく息を吸えよ。目を開いていろよ。脂《あぶら》っこい食べ物は避けろよ。正しき者の眠りを眠れよ。私がどれだけ君を愛してるかを忘れるなよ」

彼女の反応はだいたい予想どおりだったわけだが、少なくともローリーの行為を私のせいにはしなかった。そして当面、こっちの気がかりはそのことだけだった。彼女がそのドアを開けてしまったこと、事実をかくもショッキングな忘れようのない形で見てしまったことは残念だったが、好むと好まざるとにかかわらず、いずれはそうした事態と折りあいをつけるしかなかったはずなのだ。デリバリーの食事が届いて、しばらくはナンシーとオーロラの話題も棚上げにされて二人とも食べ物に集中した。その夜私はいつになく激しい空腹感を覚えて、前菜も、バジル風味のスパイシーシュリンプも、ほんの数分で平らげた。それからテレビを点《つ》けて、一九五〇年、ジョエル・マクリー主演の西部劇『幌《ほろ》馬車隊』を二人で観はじめた。ある時点で、カウボーイたちが焚火《たきび》を囲んで喋っている最中、一団のなかの年寄り（演じていたのはジェームズ・ホイットモアだったと思う）が言った一言が私をゲラゲラ笑わせた。「歳《とし》とるってのも悪くないぜ」と老人は言った。「面倒なことがなくなるからな」。私がジョイスの頬にキスして、「あの馬鹿、何もわかってないのさ」と囁《ささや》くと、いまだ動揺醒《さ》めやらぬ不幸なるわがダーリンもその夜初めて声を上げて笑った。

ジョイスがその笑いを発して十分後、私自身の生命が終わりかけた。一緒にソファに座って映画を観ていると、突然胸に痛みが訪れた。はじめは胸焼けか、消化不良かと思ったが、痛みはどんどん大きくなって、上半身全体に広がっていって、内臓に火が点いたような、煮えた鉛を一ガロン呑まされたようなひどさになって、まもなく左腕が麻痺《まひ》し、あごは千本の見えない針で刺されたみたいにチクチク疼《うず》いた。心臓発作についてはいろいろ読んでいたから、これが古典的な症例であることはわかったし、痛みはなおも募ってますます耐えがたい激しさになっていったから、これはもう最期《さいご》だろうと覚悟を決めた。立ち上がろうとしたが、二歩歩いただけで倒れ、床の上でのたうち回りはじめた。両手で胸をつかんで息をしようとあがく私を、ジョイスは両腕に抱きしめてくれて、私の顔を見下ろし、大丈夫よ、頑張って、と言っていた。どこか遠くで彼女が「ああ何てこと。ああ何てこと。まるっきりトニーと同じよ」と言うのが聞こえ、気がつくと彼女はもうそこにおらず、彼女が誰かに向かって叫んで、ファースト・ストリートに救急車をよこしてくださいと頼むのが聞こえた。意外にも、怖くはなかった。発作によって、私は別の、生と死の問題が意味を持たない領域に連れていかれていた。そこではもう、ただ受け容《い》れるしかなかった。与えられたものを受けとるだけだった。今夜自分に死が与えられたのなら、私はそれを受け容れる気だった。救急隊員たちが私を持ち上げて救急車に運び入れるさなか、ジョイスがふたたびそこにいることに私は気がついた。私の横に立ち、涙が顔に流れ落ちていた。記憶が正しければ、私は彼女に向かって笑顔を浮かべてみせたと思う。「死なないでちょうだい、ベイビー」と彼女は言った。「お願いネイサン、死なないで」。そうしてドアが閉まり、次の瞬間私は去っていった。

インスピレーション

私は死ななかった。実はそもそも心臓発作でさえなかった。食道が炎症を起こしたのが激痛の原因だったのだが、その時点では誰もそんなことはわからない。その夜ずっと、そして翌日の大半、己の人生は終わったものと私は信じて疑わなかった。救急車でシックスス・ストリートと七番街の角にあるメソジスト病院に連れていかれ、上の階のベッドはすべてふさがっていたので、一階緊急治療室の、心臓系患者用の小さなブースに入れられた。緑の薄いカーテンが（看護師たちが忘れずに閉めてくれるときは）ブースを受付デスクから遮っていて、着いてまもなく、廊下を先へ行ったところにあるX線検査室に連れていかれた以外は、そこにいたあいだひたすら狭いベッドに横になっていた。体には心電図モニターがつながれ、点滴の針を腕に刺され、ビニールの酸素チューブが鼻の穴に入れられて、とにかく仰向けに寝ているしかなかった。四時間ごとに採血された。冠動脈血栓が起きたのなら、壊れた組織の断片が心臓から血流に流れ込むはずで、いずれそれが検査の結果にも表われる。確かなことがわかるのに二十四時間かかります、と看護師の一人が説明してくれた。それまでは、私の身に何が起きたのか起きなかったのかの物語を血液が徐々に語るなか、恐怖と病んだ想像力とを抱えて横になって待つしかなかった。

救急隊員たちは次々新しい患者を運び入れてきて、癲癇《てんかん》の発作や腸閉塞《へいそく》、ナイフの傷やヘロイン過量摂取、骨折した腕や血まみれの頭を抱えた連中が一人また一人と私の前を過ぎていった。いろんな声が発せられ、電話が鳴り、食事のカートがかたかた床を進んでいった。それがみんな、爪先《つまさき》から体ひとつ分も離れていないところで起きているのに、私にとってすべては別世界の出来事のように感じられた。あの夜ほど周囲に対して無感覚になったときはないと思う。あのときほど自分のなかに閉じこもり、そこにいなかったことはない。自分の体以外は何ひとつリアルに感じられぬまま、自分が壊れてしまったという思いに浸って横たわっていると、私はいつしか、胸の内部を行き来する静脈と動脈の回路を一心に思い描いていた。どろどろ血の流れる濃密な内なるネットワーク。私は自らそのなかに入って、あたふたと必死にあちこち嗅《か》ぎ回っていたが、同時に遠く離れてもいた——ベッドの上に浮かび、天井の上、病院の屋根の上に浮かんでもいた。筋が通らないのはわかっているが、四方を仕切られたその場所で、ピッピッと音を立てる機械に囲まれ肌に何本も線をつながれて寝ていたあのときほど、どこにも、い、な、い、状態に近づいたことはない。あのときほど自分のなかにいると同時に自分の外にいたことはない。

病院に行きついた人間はみなそうなる。服を脱がされ、屈辱的なガウンを着せられて、人は突如自分であることをやめてしまう。自分の肉体に棲《す》むのみの存在となり、いまの自分はその肉体のさまざまな欠陥の総和でしかなくなる。そのように貶《おとし》められて、プライバシーに対する権利もすべて失う。医者や看護師が入ってきて、質問をしたら、答えなくてはいけない。彼らは患者を生きつづけさせようとしているのであって、生きたくない人間でもないかぎり嘘《うそ》の答えを返したりしない。小さなブースに入れられて、ほんの一メートル右で別の人間が医者か看護師に質問されれば、返される言葉を聞いてしまうのは避けられない。べつに答えを知りたいわけではない。知らずに済ますのが不可能な立場に置かれてしまうのだ。そのようにして私はオマール・ハシム゠アリについて知ることになった。五十三歳、エジプト生まれ、リムジンサービス運転手、既婚で子供は四人、孫は六人。客を乗せてブルックリン橋を渡っている最中に胸に痛みを覚え、午前一時少し過ぎにブースに運び込まれた。数分のうちに私は、彼が高血圧の薬を飲んでいることを知り、いまだに煙草《たばこ》を一日一箱喫《す》っているが減らそうと努力していて、痔《じ》を病んでいて時おりめまいに襲われ、アメリカには一九八〇年以来住んでいることを知った。医者が出ていくと、オマール・ハシム＝アリと私は一時間近く話をした。たがいに見ず知らずであることは問題でなかった。じきに死ぬと思っている人間は、聞いてくれる相手なら誰とでも話すのだ。

その夜はほとんど眠れなかった。それぞれ十分か十五分のうたた寝が二度ばかり、それだけだった。が、夜が明けて一時間くらい経ってから、私は本格的に寝入った。八時に看護師が体温を測りにきて、右を見てみるとわがルームメイトのベッドは空になっていた。ミスター・ハシム＝アリはどうなったのかと訊いてみたが、相手は答えられなかった。いまシフトに入ったばかりで何も聞いていないんですと彼女は言った。

四時間ごとに血液検査の結果が出て、いずれもシロだった。午前中にジョイスが来て、トムとハニーが来て、オーロラとナンシーが来たが、みんな数分で帰らされた。午後早くにレイチェルも顔を出した。みんな開口一番、同じことを訊いた――気分は、どう？ そして私もつねに同じ答えを返した――大丈夫、大丈夫、心配しなくていいよ。もうそのころには痛みも消えていたし、ひょっとしたら五体満足でここから出られるかもしれないという思いがだんだん強まっていった。間抜けな冠動脈梗塞《こうそく》で死ぬためにガンを生き延びたんじゃないんだからね、そう私は言った。馬鹿げた発言と言うほかないが、日が進んでも血液検査の結果が依然シロのままなものだから、今回は見逃してやろうと神が決めたことの論理的証拠として私はその検査結果にすがりはじめた。昨夜の発作は単に、お前の運命は私たちが握っているのだぞという神々の意思表示にすぎないのだ。そう、私はいつの瞬間にも死にうる。そして、そう、リビングルームの床に倒れてジョイスの腕に抱かれていたときはいまにも死ぬものと信じた。死すべき運命とのこうした接触から何か学ぶべきことがあるとすれば、それは、もっとも狭い意味での私の生はもはや私自身のものではないということだ。あの恐ろしい、炎のごとき発作のあいだに体を貫いた痛みを思い出すだけで、いま私の肺を満たしている一息一息が、それら気まぐれな神々からの賜物であることを私は理解できる。これ以降は、心臓の鼓動一つひとつが、恣《し》意的な恩寵《おんちょう》を通して私に与えられるのだ。

十時三十分、空っぽだったベッドにはロドニー・グラントが入っていた。三十九歳の屋根職人、その朝階段をのぼっている最中に意識を失った。同僚たちが救急車を呼んでくれて、こうしていま、ちんちくりんの入院患者用ガウンを着せられてここにいる。がっちり逞《たくま》しい体つきの、いまだ幼い顔立ちのこの黒人男は、見るからにひどく怯《おび》えていた。医者との面談が済むと、彼は私の方を向いて、煙草が喫いたくてたまらないと言った。トイレに行って一服したらまずいですかね？　やってみないとわからないんじゃないかね、と私が言うと、心電図モニターを自分で外し、点滴スタンドを押して廊下を下っていった。何分かして戻ってくると、私に向かってにっこり笑い、「任務完了」と言った。二時になって看護師がカーテンを開け、上の階の心臓科に移りますと彼に告げた。いままで卒倒したこともなく、水疱瘡《みずぼうそう》と軽い花粉症くらいしか患《わずら》ったことがないまだ若い男は、そう言われて面喰らっていた。「かなり深刻そうですよ、ミスター・グラント」と看護師は言った。「気分はもうよくなってらっしゃるのはわかってますけど、もう少し検査する必要があると先生がおっしゃってるんです」

幸運を祈るよ、と言って彼を送り出すと、ブースはふたたび私一人になった。私はオマール・ハシム＝アリのことを考え、彼の何人もの子供の名前を思い出そうと努め、彼も上階の科に移されたんじゃないかと考えた。妥当な推測と思えたが、空になった右側の寝台を見ていると、彼は死んだのだという思いを私は頭から振り払えなかった。その仮説を裏付ける証拠は何もないが、ロドニー・グラントがその不確かな未来へと運ばれていったいま、がらんとしたベッドには何か神秘的な消去の力がとり憑いているように思えた。その力が、これまでそのベッドの上に横たわった男たちを抹消《まっしょう》し、闇《やみ》と忘却の領域へと彼らを導いているように思えた。空っぽのベッドは、現実のものであれ想像上のものであれ死を意味していた。この考え方の含意するところをあれこれ考えていると、もうひとつ別のアイデアが徐々に私を捉《とら》え、ほかのいっさいをめぐる思いを圧倒していった。自分がどこへ向かっているかが見えてきたころにはもう、これまでに浮かんだ何よりも重要なアイデアが、今後すべての日のすべての時間ずっと私の頭を占めるほど大きなアイデアが訪れたことを私は悟っていた。

私は無名の人間である。ロドニー・グラントも無名の人間である。オマール・ハシム＝アリも無名の人間である。ハビエル・ロドリゲス――四時にベッドを引き継いだ七十八歳の元大工――も無名の人間である。私たちはいずれみな死ぬ。肉体が運び去られ地中に埋められたら、私たちがいなくなったことを知るのは友人と家族のみである。私たちの死がラジオやテレビで報じられたりもしない。ニューヨーク・タイムズに訃報《ふほう》が載ったりもしない。私たちについて本が書かれたりもしない。権力者や有名人、並外れて才能ある人間にはそれなりの名誉が与えられもするが、通りですれ違うとき私たちだってろくに目もくれぬ普通の、無名の、平凡な人々の伝記を誰が刊行するだろう？

ほとんどの人生は消滅する。一人の人間が死に、その人生の痕跡《こんせき》は少しずつ消えていく。発明家は発明品のなかに生き残り、建築家は建物のなかに生き残るが、大半の人間は何の記念碑も恒久的な功績も残さない。一棚分の写真アルバム、五年生のときの通知表、ボウリングのトロフィー、おぼろげに記憶された旅行の最後の朝にフロリダのホテルからくすねてきた灰皿。いくつかの品、いくつかの文書、ほかの人たちに与えた一握りの印象。その人たちはかならず、死者をめぐる物語を語りはする。だが多くの場合その日付は混乱していて、事実は省かれ、真実はどんどん歪《ゆが》んでいく。そしてこれらの人々が死んだら、物語の大半は彼らとともに消えてしまう。

私が思いついたアイデアとはこうだ。すなわち、忘れられた人々をめぐる本を出版する会社を作るのだ。物語や事実や文書が消えてしまう前にそれらを救出し、連続性ある物語に、一個の人生の物語に仕立て上げるのだ。

故人の友人や親戚《しんせき》が執筆を依頼し、出来上がった伝記は少部数——五十部から三、四百部程度だろうか——の私家版として出版する。それらの伝記を自分が書くことを私は想像したが、需要が大きくなってきたら人を雇って手伝わせればいい。食うに困っている詩人や小説家、元ジャーナリスト、職のない研究者、あるいはトムだっていい。そうした本を執筆し刊行するには相当金がかかるだろうが、私としてはこの伝記を金持ちにしか手の届かぬ贅沢《ぜいたく》にはしたくなかった。それほど財力のない家族のために、新しいタイプの保険を私は構想した。ごくわずかな額を毎月、もしくは毎季、出版費用として積み立てるのだ。住宅保険でも生命保険でもない、伝記保険。

こんな荒唐無稽《こうとうむけい》な計画が物になりうると考えるのは、頭がおかしい証拠だろうか？　そうは思わなかった。自分の父親の決定版伝記を読みたくない若い女性がいるだろうか——たとえその父が工場労働者か田舎の銀行の副支配人にすぎなかったとしても？　勤務中に銃弾を受け、三十四歳にして世を去った警察官たる息子の生涯の物語を読みたがらない母親がいるだろうか？　どの場合も、要は愛情の問題だろう。妻や夫、息子や娘、親きょうだい、この上なく強い絆でなくてはならないだろう。大切な人間が亡《な》くなって半年か一年経ったところで、彼らは私の許《もと》を訪れる。そのころにはもう死という事実を吸収してはいるが、まだ克服してはいない。残された者たちにとって日常の暮らしがすでに再開されたいま、克服などいつまでもできはしないことを彼らは悟るだろう。愛する者を生の世界に連れ戻したいと彼らは願い、私はその願いを叶《かな》えてやるべく全力を尽くす。その人物を言葉のなかでよみがえらせ、原稿が印刷され物語が本の形で綴《と》じられたら、彼らの手元には一生のよすがとなるものが残ることになる。彼らが死んでもまだ残るもの、私たちみんなが死んでも残るものが。

本の力をあなどってはならない。

Ｘは現在地を示す

午前零時過ぎに最後の血液検査の結果が届いた。もう退院するには遅すぎたので、私は朝まで病院にとどまり、疲れはてたハビエル・ロドリゲスが向かいのベッドでまどろむのを眺めながら、わが新会社の構想に没頭した。仕事の精神に合った名前をいろいろ考えたが、結局、地味だが内容はしっかり伝わる〈バイオズ・アンリミテッド〉に落着いた。その一時間後、真っ先にすべきはシカゴのベット・ドンブロウスキーに連絡して、彼女の元夫の伝記を注文する気があるか訊《たず》ねることだと思いあたった。この伝記集の第一巻は、ハリーをめぐる書物となるのが相応《ふさわ》しいと思えたのだ。

まもなく私は退院を許された。涼しい朝の空気のなかに出ていくと、生きていることがものすごく嬉《うれ》しくて、大声で叫びたい気分だった。頭上の空は混じり気なしの、どこまでも深くこの上なく青い青空だった。急いで歩けば、ジョイスが仕事に出かける前にキャロル・ストリートに着けるだろう。私たちはキッチンに座って一緒にコーヒーを飲み、母親に登校の支度をさせられながら子供たちがシマリスのように駆け回るのを眺めるだろう。それから私はジョイスを地下鉄まで送っていって、両腕を彼女の体に回し、行っておいでのキスをするだろう。

街路へ踏み出したときは八時だった。二〇〇一年九月十一日の朝八時、一機目の飛行機が世界貿易センターの北タワーに激突する四十六分前である。その二時間後、三千の焼死体から上がる煙がブルックリンの上空を漂い、灰と死の白い雲となって私たちの身に降り注ぐことになる。

だがいまはまだ八時で、そのまばゆい青空の下、並木道を歩きながら、私は幸福だった。わが友人たちよ、かつてこの世に生きた誰にも劣らず、私は幸福だったのだ。

訳者あとがき

二〇〇二年刊の『幻影の書』にはじまって、ポール・オースターは「自分の人生が何らかの意味で終わってしまったと感じている男の物語」を五作続けて発表した。そのうちで本書『ブルックリン・フォリーズ』は、その三作目にあたる。

また、「中高年の物語」ということでいえば、この『ブルックリン・フォリーズ』からはじまって、オースターは三作続けて、そのように呼べる物語を書いている。

このように、「人生が終わった」「中高年」をめぐる作品群のただなかに位置しているにもかかわらず、『ブルックリン・フォリーズ』は、オースターの全作品のなかでもっとも楽天的な、もっとも「ユルい」語り口の、もっとも喜劇的要素が強い作品だと言ってひとまずさしつかえないと思う。

Follyとは「愚行」「愚かさ」の意であり、事実、この小説の語り手兼準主人公であるネイサン・グラスも、自分をはじめとする人間のさまざまな愚行を書きつづった書『人類愚行の書』（*The Book of Human Follies*）を執筆中であるし、オースターには珍しく群像ドラマと言っていいこの小説の登場人物たちの多くが、何らかの意味での愚行を犯したりもする。だがこの小説は、そうした愚行を、正しさの視点から断罪したりはしない（もしストレートに批判されているものがひとつあるとしたら、それは、非寛容な宗教的狂信だろう）。人物たちに向けている語り手の、そしてその向こうに見える作者の、目はおおむね温かである。Folly が複数になって follies となると、ダンスホール、演芸場などで行なわれる、時事諷刺《ふうし》などを盛り込みつつもまずは舞台にずらりと並ぶ女性たちの歌と踊りが売りである出し物を指すが（パリのフォリー・ベルジェール、ブロードウェイのジーグフェルド・フォリーズが有名）、そうしたフォリーズにも通じるおおらかさが、この『ブルックリン・フォリーズ』を貫いている。こうした楽天、おおらかさは、この小説が、作者オースターが長年住んでいるブルックリンを舞台にしていることと大いに関連があることは間違いない。「ブルックリンの、特に僕が住んでいるあたりの住民のウィットは大したものだ」とオースターはあるラジオ・インタビューで述べている。そうしたブルックリン讃《さん》はすでに、彼が脚本を書いた映画『スモーク』に（あるいはそれ以上に、『スモーク』の副産物のごとく即興的に作られた『ブルー・イン・ザ・フェイス』に）表われているし、この小説で語り手ネイサンが『愚行の書』執筆を思いつくきっかけとなる、ベーグル店で「シナモンレーズン」を「シナモンレーガン」と言い間違えたらすかさず「それはないけどパンパーニクソンならどうか」と店員が返してくるエピソードも、ブルックリンでの実体験に基づいているという（現実に言い違えたのはオースターの妻シリ・ハストヴェットで、「パンパーニクソン」と即座に返したのはうしろの客）。自分の住んでいる地域についてこういう感慨が抱けて、こういう小説まで書けてしまうというのは、かなり羨《うらや》ましい話だが、もちろんそれは、街や人に肯定的要素を積極的に見出《みいだ》す姿勢が作者にあってこそだろう。

この小説を訳していて、自分が「わが〜」「われらの〜」といった言い方を多用していることを何度か意識した。これは直接的には、語り手ネイサンが甥《おい》のトムや姪《めい》のルーシーに抱く家族的愛情の表われだろうが、それを背後から支えているのは、ネイサンが街と、街に住む多種多様な人々に対して感じている緩やかな連帯感であるにちがいない。それなりに違っている人同士がそれなりに共存しあっている街の空気から滋養を得て、冒頭では死ぬのを待っているだけだった語り手ネイサンは、意外にストレートな「成長」を作品内で遂げる。そして、何だかんだ言ってもいくつかの人生の修復を助けさえする。個人的な感慨になってしまうが、人間、何歳になってもまだ成長発展の余地はあるという思いを、よい物語を通してユルく伝えてもらえるのは、ふと気がつけば自分も人生の折り返し地点をとっくに過ぎてしまった訳者にとって大変ありがたいことである。折り返し前であれ後であれ、多くの読者の皆さんが同じように感じてくだされればと思う。

以上、人生に対して前向きな作品、ということでひとまずまとめてみたが、ただし、小説のある箇所で出てくる9・11への言及を考えれば、楽天、おおらかというだけで話は済まなくなってくることには触れておかねばならない。このあたりに見え隠れしている影が、本書のあとに書かれることになる、より影の濃い作品につながっていると見てよいだろう。

いつものように、オースターのこれまでの主要作品を挙げておく。特記なき限り、筆者訳による長篇作品。

The Invention of Solitude（1982）邦訳『孤独の発明』（新潮文庫）

City of Glass（1985）『ガラスの街』（新潮社）

Ghosts（1986）『幽霊たち』（新潮文庫）
The Locked Room（1986）『鍵のかかった部屋』（白水Uブックス）
In the Country of Last Things（1987）『最後の物たちの国で』（白水Uブックス）
Disappearances: Selected Poems（1988）『消失　ポール・オースター詩集』（飯野友幸訳、思潮社）
Moon Palace（1989）『ムーン・パレス』（新潮文庫）
The Music of Chance（1990）『偶然の音楽』（新潮文庫）
Leviathan（1992）『リヴァイアサン』（新潮文庫）
The Art of Hunger: Essays, Prefaces, Interviews（1992）『空腹の技法』エッセイ集（柴田・畔柳和代訳、新潮文庫）
Mr. Vertigo（1994）『ミスター・ヴァーティゴ』（新潮文庫）
Smoke & Blue in the Face: Two Films（1995）『スモーク&ブルー・イン・ザ・フェイス』映画シナリオ集（柴田ほか訳、新潮文庫）
Hand to Mouth: A Chronicle of Early Failure（1997）エッセイ集、日本では独自編集で『トゥルー・ストーリーズ』として刊行（新潮文庫）
Lulu on the Bridge（1998）『ルル・オン・ザ・ブリッジ』映画シナリオ（畔柳和代訳、

新潮文庫）

Timbuktu（1999）『ティンブクトゥ』（新潮文庫）

I Thought My Father Was God（2001）『ナショナル・ストーリー・プロジェクト』編著（柴田ほか訳、新潮文庫、全二巻／CD付き対訳版アルク）

The Story of My Typewriter（2002）『わがタイプライターの物語』絵本（サム・メッサー絵）（新潮社）

The Book of Illusions（2002）『幻影の書』（新潮社、新潮文庫）

Oracle Night（2003）『オラクル・ナイト』（新潮社）

Collected Poems（2004）『壁の文字　ポール・オースター全詩集』（飯野友幸訳、TOブックス）

The Brooklyn Follies（2005）本書

Travels in the Scriptorium（2007）

Man in the Dark（2008）

Invisible（2009）

Sunset Park（2010）

Winter Journal（to be published in August 2012）回想録

文中に出てくるスペイン語に関し、東京大学大学院の仁平《にひら》ふくみさんにご教示いただいた。この場を借りて感謝する。そして今回も、新潮社出版部の森田裕美子さんに企画から編集まで一貫してお世話になった。あつくお礼を申し上げます。そしてこれまで日本でのポール・オースターを支えてくださった読者の皆さんにも。今回も、楽しんでいただけますように。

二〇一二年三月

柴田元幸

文庫化に寄せて

二〇一二年にこの『ブルックリン・フォリーズ』邦訳が刊行されて以降、ポール・オースターは四冊の著書を発表している。二冊は自伝的考察、一冊はJ・M・クッツェーとの往復書簡、そしていまのところの最新作は九百ページ近い長篇小説である。この大作『4321』のみ現時点では未訳、できるだけ早くお届けしたいと思っている。

オースターが近年取り組んでいた、二十八歳で夭折《ようせつ》したアメリカ人作家スティーヴン・クレイン（『勇気の赤い勲章』など）の生涯と作品を論じた著書もほぼ書き上がったという。これまでにはない取り組みの成果が読めるのが待ち遠しいし、現在七十三歳、次はどこへ行くのかも大いに楽しみである。

訳者あとがきに記した、二〇一二年三月時点での著作リストから変わっている部分を以下に記す。

City of Glass (1985)『ガラスの街』(新潮社)↓新潮文庫
Oracle Night (2003)『オラクル・ナイト』(新潮社)↓新潮文庫
Travels in the Scriptorium (2007)↓『写字室の旅』(新潮社)
Man in the Dark (2008)↓『闇の中の男』(新潮社)
Invisible (2009)↓『インヴィジブル』(新潮社)
Sunset Park (2010)↓『サンセット・パーク』(新潮社)
Winter Journal (2012)『冬の日誌』自伝的考察(新潮社)
Here and Now: Letters (2008-2011) (with J. M. Coetzee, 2013)『ヒア・アンド・ナウ』往復書簡、J・M・クッツェーと共著(くぼたのぞみ・山崎暁子訳、岩波書店)
Report from the Interior (2013)『内面からの報告書』自伝的考察(新潮社)
4321 (2017)

また、雑誌『MONKEY』第一号(特集「青春のポール・オースター」)には、オースターが一九六〇年代に書いた文章を集めた「草稿と断片」が収められている。『ブルックリン・フォリーズ』、今回の文庫化にあたって久しぶりに読み返し、そののびやかさ、あたたかさ、おおらかさを、ほとんど他人が訳したもののようにひたすら楽しんで読んだ。多くの皆さんにその楽しみを共有していただけますように。

二〇二〇年四月

柴田元幸

本書は、平成二十四（二〇一二）年五月新潮社から刊行された。

J・アーヴィング
筒井正明訳
ガープの世界
全米図書賞受賞（上・下）
巧みなストーリーテリングで、暴力と死に満ちた世界をコミカルに描く、現代アメリカ文学の旗手J・アーヴィングの自伝的長編。

T・ウィリアムズ
小田島雄志訳
欲望という名の電車
ニューオーリアンズの妹夫婦に身を寄せたブランチ。美を求めて現実の前に敗北する女を、粗野で逞しい妹夫婦と対比させて描く名作。

カポーティ
河野一郎訳
遠い声 遠い部屋
傷つきやすい豊かな感受性をもった少年が、自我を見い出すまでの精神的成長の途上でたどる、さまざまな心の葛藤を描いた処女長編。

カポーティ
村上春樹訳
ティファニーで朝食を
気まぐれで可憐なヒロイン、ホリーが再び世界を魅了する。カポーティ永遠の名作がみずみずしい新訳を得て新世紀に踏み出す。

R・ブローティガン
藤本和子訳
アメリカの鱒釣り
軽やかな幻想的語り口で夢と失意のアメリカを描いた200万部のベストセラー、ついに文庫化！ 柴田元幸氏による敬愛にみちた解説付。

ホーソン
鈴木重吉訳
緋 文 字
胸に緋文字の烙印をつけ私生児を抱いた女の毅然とした姿——十七世紀のボストンの町に、信仰と個人の自由を追究した心理小説の名作。

サリンジャー
野崎孝訳
ナイン・ストーリーズ
はかない理想と暴虐な現実との間にはさまれて、抜き差しならなくなった人々の姿を描き、鋭い感覚と豊かなイメージで造る九つの物語。

サリンジャー
村上春樹訳
フラニーとズーイ
どこまでも優しい魂を持った魅力的な小説……『キャッチャー・イン・ザ・ライ』に続くサリンジャーの傑作を、村上春樹が新訳！

フォークナー
加島祥造訳
八月の光
人種偏見に異様な情熱をもやす米国南部社会に対して反逆し、殺人と凌辱の果てに逮捕され、惨殺された男ジョー・クリスマスの悲劇。

龍口直太郎訳
フォークナー短編集
アメリカ南部の退廃した生活や暴力的犯罪の現実を、斬新な独特の手法で捉えたノーベル賞受賞作家フォークナーの代表作を収める。

フィツジェラルド
野崎孝訳
フィツジェラルド短編集
絢爛たる'20年代、ニューヨークに一世を風靡し、時代と共に凋落していった著者。「金持の御曹子」「バビロン再訪」等、傑作6編。

カミュ
宮崎嶺雄訳
ペスト
ペストに襲われ孤立した町の中で悪疫と戦う市民たちの姿を描いて、あらゆる人生の悪に立ち向うための連帯感の確立を追う代表作。

スティーヴンソン
鈴木　恵　訳
宝　島
謎めいた地図を手に、われらがヒスパニオーラ号で宝島へ。激しい銃撃戦や恐怖の単独行、手に汗握る不朽の冒険物語、待望の新訳。

ディケンズ
加賀山卓朗訳
大いなる遺産（上・下）
莫大な遺産の相続人となったことで運命が変転する少年。ユーモアあり、ミステリーあり、感動あり、英文学を代表する名作を新訳！

ヘミングウェイ
沼澤洽治訳
海流のなかの島々（上・下）
激烈な生を閉じるにふさわしい死を選んだアメリカ文学の巨星が、死と背中合せの生命の輝きを海の叙事詩として描いた自伝的大作。

C・マッカラーズ
村上春樹訳
結婚式のメンバー
多感で孤独な少女の姿を、繊細な筆致と音楽的文章で描いた米女性作家の最高傑作。村上春樹が新訳する《村上柴田翻訳堂》シリーズ。

メルヴィル
田中西二郎訳
白　鯨（上・下）
片足をもぎとられた白鯨モービィ・ディックへの復讐の念に燃えるエイハブ船長。激浪荒れ狂う七つの海にくりひろげられる闘争絵巻。

D・E・ウェストレイク
木村二郎訳
ギャンブラーが多すぎる
ギャンブル好きのタクシー運転手が殺人の容疑者に。ギャングにまで追われながら美女とともに奔走する犯人探し——巨匠幻の逸品。

ブルックリン・フォリーズ

新潮文庫　オ－9－16

Published 2020 in Japan
by Shinchosha Company

令和二年六月一日発行
令和六年九月二十日六刷

訳者　柴《しば》田《た》元《もと》幸《ゆき》
発行者　佐藤隆信
発行所　株式会社新潮社
郵便番号　一六二―八七一一
東京都新宿区矢来町七一
電話　編集部(〇三)三二六六―五四四〇
　　　読者係(〇三)三二六六―五一一一
https://www.shinchosha.co.jp

価格はカバーに表示してあります。
乱丁・落丁本は、ご面倒ですが小社読者係宛ご送付ください。送料小社負担にてお取替えいたします。

印刷・株式会社光邦　製本・株式会社大進堂

ISBN978-4-10-245117-5 C0197